REZAR POR MIGUEL ÁNGEL

CHRISTIAN GÁLVEZ

REZAR POR MIGUEL ÁNGEL

SUMA
de letras

Primera edición: marzo de 2016

© 2016, Christian Gálvez
© 2016, de la presente edición en castellano para todo el mundo:
Penguin Random House Grupo Editorial, S.A.U.
Travessera de Gràcia, 47-49. 08021 Barcelona

Diseño de cubierta: Cover Kitchen
Fotografía del autor: Alberto López Palacios
Mapas de interior: Fernando de Santiago
Ilustracción de la página 561: María Emegé

Printed in Spain – Impreso en España

ISBN: 978-84-8365-781-2
Depósito legal: B-2093-2016

Impreso en Rodesa, Villatuerta (Navarra)

SL 5 7 8 1 2

Penguin
Random House
Grupo Editorial

A Almudena,
Amore

A J. J. Benitez,
otro hombre del Renacimiento

Índice

Nota del autor

Esta novela, segundo volumen de las Crónicas del Renacimiento, está inspirada en hechos reales. Es el resultado de varios meses de trabajo, de viajes, de visitas a numerosos archivos, bibliotecas y museos. Fruto de una minuciosa labor de investigación, compilación de fuentes y reconstrucción de los hechos acaecidos en la historia. Para completar la información se recomienda leer *Matar a Leonardo da Vinci*. El orden de lectura no afecta al resultado, pues son historias paralelas e independientes, aunque complementarias.

Asimismo, para disfrutar de la primera experiencia de lectura con sonido envolvente IMMERSE® se recomienda descargar la aplicación iOS y Android Crónicas del Renacimiento.

Bienvenidos al Renacimiento.

Rezar por Miguel Ángel

Il pericolo più grande per la maggior parte
di noi non è che il nostro obiettivo
è troppo alto e non lo raggiunge,
ma è troppo basso e ottenere.
MICHELANGELO BUONARROTI

«El mayor peligro para casi todos nosotros
no es quedarnos sin llegar a la meta porque
esta sea demasiado alta, sino alcanzarla
precisamente porque sea demasiado baja».
MICHELANGELO BUONARROTI

1

Florencia, 1573, basílica de la Santa Croce

A Giorgio Vasari,

Si diste con tu pluma o con colores
a Natura su hermana equiparable en tu arte,
y en realidad en parte le achicaste la gloria,
al devolvernos su belleza más acrecentada,

ahora, sin embargo, con labor más valiosa,
te has puesto a escribir con mano sabia,
y así le robas lo único que de su gloria
le resta y te faltaba, al darle vida a los seres.

Rivales tuvo en cualquier siglo con obras
hermosas, mas, al menos, le rendían tributo;
cuando a su final señalado por fuerza llegaban.

Pero hiciste que sus memorias tan perdidas
volviesen cargadas de luz, ellos mismos y tú,
a su pesar, para siempre vueltos a la vida.
MICHELANGELO BUONARROTI

«Padre, he venido a confesarme».

Salvó la amplia explanada que daba acceso a la basílica de la Santa Croce en cuestión de segundos. En aquel lugar desde el año 1530 de Nuestro Señor se celebraba cada temporada el Calcio Storico y, poco a poco, se iba convirtiendo en una zona mercantil y artesanal. Giorgio Vasari, celebérrimo arquitecto, pintor y escritor de las vidas de los artistas más importantes de su tiempo, se dispuso a entrar por una de las puertas laterales de la fachada principal de la basílica, que, con su rústico frontispicio, plantaba cara al palacio Cocchi-Serristori desde hacía casi un siglo. El camino lo conocía bastante bien, pues él mismo había dirigido la reforma del edificio no hacía mucho tiempo. «Algo radicales», pensaban algunos sobre los cambios efectuados. Él se defendía amparándose en los dictámenes de la contrarreforma, una respuesta tanto religiosa como arquitectónicamente necesaria frente a las herejías de Martín Lutero y sus seguidores.

Florencia no era la misma ciudad de antaño. Si bien es verdad que los Medici habían recuperado el poder y solo cuatro años atrás se habían convertido en Grandes Duques de la Toscana, lejos quedaba ya en el tiempo la época de los mayúsculos mecenazgos y de la glorificación del arte y de los valores humanistas. Cosimo I de' Medici intentó devolver el honor perdido a la familia mediante expansiones territoriales, la creación de rutilantes jardines y el apoyo a algunos artistas y virtuosos como el mismísimo

Giorgio Vasari. Gracias al Medici, Vasari había construido el palacio de los Uffizi y su corredor, así como la Lonja del Pescado, además de restaurar el interior del palacio de la Signoria, la iglesia de Santa Maria Novella y la basílica donde se encontraba en ese momento. Pero, a diferencia de Lorenzo de' Medici *el Magnífico*, Cosimo I de' Medici cambió el concepto del «porqué» del arte. Este ya no se creaba para la comunidad florentina, sino para obedecer a una orden que normalmente servía para afianzar la política del líder. El interés de este último por temas delicados como la alquimia y el esoterismo le granjearon enemistades, pero su fin anímico llegó con la pérdida de su mujer y dos de sus hijos. Corrían rumores de abdicación, y eso siempre significaba inestabilidad.

Nada más entrar en la iglesia franciscana más grande de todo territorio conocido, la piel se le erizó una vez más. No importaba cuántas veces accediera a la basílica. Siempre, al entrar por la misma puerta, hacía una pausa frente al lugar del reposo eterno del *Divino*. Michelangelo Buonarroti yacía frente a él imperecedero. Vasari se había encargado del diseño del pequeño panteón, y aunque había sido rematado con obras de Battista Lorenzi y Battista Naldini, la creación era suya. En su tumba de mármol descansaba el mayor artista que había pisado nunca la faz de la tierra, y un simple y humilde pintor aretino, pues así se veía a él mismo, se había encargado de esbozar su sepulcro y de redactar su biografía.

Para su desgracia, no era el único en gozar de semejante honor. Ascanio Condivi, uno de los discípulos más carismáticos del Divino, había publicado veinte años atrás las hazañas del maestro, y no eran pocos los que consideraban esta obra como oficial, tildando la biografía de Vasari de «cuento recogido de la tradición oral».

Daba igual lo que los demás dijeran de él, de su obra. Sabía que tenía un asunto pendiente. No con el artista de Caprese, sino consigo mismo. Su vida, como la de su admirado Buonarroti, llegaba a su fin. Lo sentía. Todo estaba dispuesto para descansar en Santa Maria della Pieve, en su tierra natal de Arezzo. Pero aún tenía una obra que llevar a cabo. Nada de pigmentos, nada de estructuras; esta vez se trataba de una obra espiritual. Quería hacerlo allí, en la Santa Croce, como un último respeto frente al Divino. Había de hacerlo si no quería arder en el fuego del averno para el resto de la eternidad.

Dio un paso al frente y posó la mano sobre la piedra fría. Dejó que sus dedos se deslizaran sobre la superficie y le dedicó unos pensamientos.

Reinició el rumbo y encaró la diagonal de la planta, no sin antes dirigir una última mirada al flanco derecho de la nave. Otro grande, posiblemente tan maltratado por su carácter como malinterpretado por su obra, observaba desde allí el paso del tiempo, como el ídolo anterior. Se trataba de Niccolò Machiavelli, que tenía también reservado su sitio de honor en la basílica, sin que aquello fuera suficiente para que las voces venideras terminaran de honrarle justamente. «Si hubiera sido pintor —pensaba Giorgio Vasari—, hubiera manuscrito su crónica».

Giorgio Vasari, criticaban algunos, tenía tendencia a hiperbolizar todo cuanto pudiera sobre sus coetáneos artistas, aunque bien es verdad, vituperaban otros, que en la mayoría de los casos se limitaba a recoger la tradición oral y a adornarla a su antojo, como homenaje al patrimonio cultural de la época. Pero él nunca lo admitiría.

Al fondo, en el colofón de la sobria estructura compuesta de tres naves jalonadas con ágiles pilares octogonales de piedra recia, la capilla mayor se inundaba de la majestuosidad del *Crucifijo*, obra del casi desconocido Maestro del Figline. El suculento pan de oro daba un brillo celestial a toda la estancia, pues potenciaba ligeramente el reflejo de los escasos y tímidos rayos de sol que se colaban a través de las ventanas superiores. Era imposible no dejarse atrapar durante un momento por su belleza.

Al salir de su abstracción, la mirada de Vasari viró a su izquierda, y fue a encontrarse con la *Piedad* de Agnolo Bronzino, quien después de fundar la Accademia delle Arti del Disegno había participado personalmente en las exequias del gran Michelangelo años atrás. Cerca, descansaban los restos de Francesco de Pazzi, salvados *in extremis* a orillas del Arno después de la venganza que tomaron los florentinos ante el atentado contra los Medici hacía casi un siglo ya. Conocía palmo a palmo la basílica. Cada columna, cada monumento fúnebre, cada obra de arte, cada confesionario. Estos últimos no disfrutaban de un amplio recorrido, ya que habían sido instaurados durante el reciente Concilio de Trento, clausurado tan solo un decenio atrás.

Sorteó las antiguas losas sepulcrales que salpicaban el piso y se aproximó a su destino. Esperó. El padre Innocenzo apareció por el lado opuesto, caminando a paso ligero a través del corredor de acceso a la sacristía. Apenas tardó en aparecer en la capilla Bardi, también conocida como la capilla de San Silvestre.

—*Buonasera,* Giorgio —se apresuró a saludar el padre.

—*Buonasera,* padre —replicó cortésmente Giorgio.

Los dos hombres se fundieron en un caluroso abrazo. Innocenzo lo había tratado muy bien durante la restauración de la basílica. Sabía que el cronista amaba el arte, la Iglesia y, por encima de todo, a Dios. El artista se lo agradecía profundamente.

—¡Cuánto tiempo! Recibí vuestra misiva, sí, la recibí.

—*Grazie mille,* padre. Es —titubeó— ... un asunto vital, la salvación de mi alma está en juego.

Giorgio Vasari era profundamente religioso y no tenía reparos en mostrarlo en público. En sus *Vidas,* las virtudes de Michelangelo habían sido otorgadas por el «Rector del Cielo»; los dones de Raffaello Sanzio eran obra de la generosidad del «benigno Cielo», y las cualidades de Leonardo da Vinci le venían infundidas por Dios a través de los influjos celestes. De ahí que le diera tanta importancia a la información que le preocupaba.

--- Items Renewed Today ---

Title: El ancla de arena
Item ID: 34028089167580
Date due: 1/3/2017,23:59

Title: Rezar por Miguel Ángel
Item ID: 34028089167275
Date due: 1/3/2017,23:59

—¡No será para tanto amigo mío! —dijo Innocenzo, intentando apaciguar el ánimo de su camarada.

—¡No pensaréis lo mismo cuando escuchéis lo que he de contaros! —A pesar de que sus ojos vacilaban buscando en el suelo un lugar donde refugiarse, su voz era firme y determinante.

De repente se hizo el silencio. Un silencio breve, pero suficiente para incomodar a los dos amigos. Innocenzo rompió su propio mutismo. Miró a Vasari a los ojos, que seguían buscando un lugar concreto donde detenerse, donde perderse.

—¡No haré excepciones con vos, amigo mío! Creo que será mejor para vuestro espíritu no encararnos durante vuestra confesión.

Esta vez, Vasari le devolvió la mirada.

—¡Así sea, padre! *Grazie.*

Innocenzo instó a Vasari a tomar asiento en el confesionario. Procuraba sosiego e intimidad, y los justificaba ante posibles ojos curiosos. No eran tiempos para desafiar ninguno de los acuerdos y decretos dogmáticos alcanzados en el último Concilio.

—Contadme, hijo mío, ¿qué es lo que niebla vuestro interior? —Innocenzo, que ardía de ganas de saber lo que Vasari había de contarle, consiguió imprimir a la pregunta el mismo tono pausado y sereno que utilizaba para el resto de sus feligreses.

—Padre, he pecado —anunció la voz de Vasari, a través del tablero de madera que les separaba.

—Confesaos.

—Confieso que he mentido.

La mentira era uno de los pecados favoritos de Innocenzo. Y uno de los negocios favoritos de la Iglesia.

—Especificadme, hijo, no puedo perdonaros sin saber qué delito de fe habéis cometido. ¿Se trata de una mentira justificada?, ¿piadosa?

—¿Sabéis, padre, que soy el autor de *Las vidas de los más excelentes arquitectos, pintores...*?

—Así es, querido amigo. Toda la ciudad de Florencia, e incluso extramuros, alaba la titánica labor de recopilación de datos. Pasaréis a la historia como uno de los grandes cronistas de este siglo. Además, fuisteis el primero en acuñar ese término... ¿Cómo lo llamáis?

—«Renacimiento», padre.

—Eso, eso, «Renacimiento». Bonito término.

A pesar de las numerosas críticas vertidas sobre la figura del Vasari cronista, bien es cierto que el término «Renacimiento» había sido recibido con aplauso, aunque cualquiera que lo mentara echara la vista atrás, ya que los días gloriosos del Renacimiento habían dado paso a nuevas vertientes ideológicas, tanto religiosas como artísticas. Giorgio Vasari no quiso desviar la conversación y la encauzó de nuevo.

—¿Recordáis el nombre del último artista a quien tuve a bien glorificar su vida para la eternidad?

El tono de Innocenzo era, ante todo, conciliador. Eso hacía la confesión más llevadera.

—Por supuesto, Giorgio, nada más y nada menos que al divino Buonarroti, a quien Dios tiene bajo su protección y cuyos restos tenemos la bendición de poder honrar aquí, en el panteón de las glorias italianas. Vos mismo os encargasteis de su monumento funerario. Sé que le admirabais y le amabais.

—Aún le admiro y le amo. Ese es mi pecado, padre. La vida de Michelangelo Buonarroti de Caprese no es como la conté.

Innocenzo esperó y reflexionó. No era aquella una confesión que él esperara. *Las vidas* de Vasari ya iba por la segunda edición. La información allí vertida era de dominio público. Sabía que la pregunta que estaba a punto de formular era retórica, pero necesitaba la confirmación. Si era verdad lo que se imaginaba, sería una jornada larga, muy larga. Pero interesante y, ¿quién sabe?, apetecible.

—¿Qué queréis decir con eso, amigo mío?

—Oculté el verdadero significado de la obra de Buonarroti. Mentí.

2

Roma, 1573, estancias vaticanas

Monseñor Carlo Borromeo, arzobispo de Milán, recorría los pasillos de las dependencias del segundo piso del palacio apostólico con celeridad. En su rostro de tez pálida, nariz larga, grandes ojos azules y una barba corta y desaliñada, asomaba un rictus de preocupación. La información que poseía no era ni mucho menos de su agrado. Para su santidad el papa Gregorio XIII, menos aún. Esquivó los andamios de la estancia de Constantino, ya que el sumo pontífice había mandado reemplazar el tejado de madera originario del mandato de Leone X por una bóveda, y había encargado la decoración de la misma al pintor Tommaso Laureti. Estaba todo meticulosamente preparado para que las obras pictóricas de la escuela de Raffaello Sanzio no se vieran afectadas. Después de la muerte del maestro, sus discípulos, a través de los últimos diseños del artista, dieron forma a la *Visión de la Cruz*, la *Batalla de Constantino contra Majencio*, el *Bautismo de Constantino* y la *Donación de Roma*.

Monseñor Borromeo esperaba encontrar a su santidad en la estancia contigua, lugar donde despachaba los asuntos privados de la Iglesia. Al no encontrarlo allí, Borromeo abandonó la sala sin detenerse a admirar la obra del artista de Urbino. Ya había contemplado en innumerables ocasiones la *Misa de Bolsena,* la *Liberación de San Pedro,* el *Encuentro de León Magno con Atila* o la *Expulsión de Heliodoro del templo.* No tenía mucho tiempo antes de partir a Milán. Dejó atrás la estancia de Heliodoro y accedió a la cámara de la Segnatura. Allí se encontraba el vicario de Cristo con su mano derecha, el cardenal Gulli. Lejos de admirar una vez más la poderosa *Escuela de Atenas* de Raffaello, que eclipsaba por completo a otras obras no menos complejas, como la *Disputa del Santísimo Sacramento,* el *Parnaso* o *Las virtudes cardenales y teologales y la ley,* los dos hombres mantenían una apacible discusión sobre la posibilidad de restaurar la biblioteca que, años atrás, ocupó ese lugar. Perin del Vaga, bajo el mandato de Pablo III, había reformado los desperfectos ocasionados durante el Saco de Roma, en el año 1527 de Nuestro Señor, y, pigmentos en mano, había diseñado un zócalo con claroscuros. Era el momento de recuperar aquella sala despejada.

Monseñor Borromeo se detuvo. No quiso interrumpir. A pesar de tener solo treinta y cinco años, ya era respetado por la alta curia, pues había sido nombrado administrador de los Estados de la Iglesia y de la Secretaría de Estado bajo el mandato de Pío IV. Pero su estado y su sentido común no le permitían interrumpir una conversación de Gregorio XIII por muy nimia que pudiera parecer.

El Pastor Universal reparó en Borromeo. Con un leve gesto de la mano silenció al cardenal Gulli y ambos se volvieron hacia monseñor Borromeo.

—*Buongiorno*, monseñor —saludó Gregorio XIII—. Una grata sorpresa, pues le hacía de camino a Milán.

—*Buongiorno*, santidad. Los brotes de peste pueden esperar, y me he encomendado a la Santa Síndone. Tengo noticias alarmantes. —Se arrodilló y besó el anillo del santo padre.

—Su tono de voz no es alarmante, monseñor. —El papa levantó a Carlo Borromeo y lo sujetó amistosamente por los hombros—. Y eso que vos sois precipitado al hablar.

—Bien sabe su santidad que la prudencia es una sabia consejera. No soy yo quien debería evaluar lo crítico de la situación.

—¿De qué se trata, pues? —respondió apremiante Gregorio XIII.

Monseñor Borromeo vaciló. El cardenal Gulli aguardaba en silencio, impaciente.

—Veréis, santidad. Poseo datos que acusan a Michelangelo Buonarroti de hereje.

La reacción de Gregorio XIII sorprendió tanto al cardenal como al arzobispo de Milán.

—En el nombre de Dios, monseñor Borromeo. El artista murió hace ya… ¿Cuánto hace?

—Nueve años, santidad. —Tres palabras fueron el único apoyo ofrecido por el cardenal.

—¡Nueve años! No es un asunto de Estado, ni mucho menos urgente. Monseñor Borromeo, aquí el cardenal Gulli y yo mismo aún saboreamos la victoria aplastante de los católicos sobre los herejes hugonotes en las tierras de Francia. Todos los que disientan de la Iglesia de Roma deberían encontrar el mismo final. ¿Por qué no avisáis a nuestro buen amigo Roberto Belarmino, el inquisidor de la Compañía de Jesús?

—He hablado con él, santidad. Está ocupado con un caso nuevo. Un tal Giordano Bruno, de Nápoles. Le han llamado a servir al convento de la Minerva en Roma. Sus escritos son, por decirlo de alguna manera, extraños. Debe ser vigilado.

Gregorio XIII hizo una mueca. Monseñor Borromeo no supo interpretarla.

—El legado de Martín Lutero por tierras alemanas; Catalina de' Medici aireando las absurdas visiones de un tal Michel de Nôtre-Dame en Francia; una pintora de éxito llamada Sofonisba *nosequé*, que debería estar pariendo o en un convento; y, ahora, ese tal Giordano Bruno por aquí. El mundo se acaba. El Apocalipsis de San Juan está cerca. ¡Debería aprender algo de Giulio II y levantar una espada!

—Tranquilizaos, santidad —Gulli tomó la palabra—. El tiempo pondrá a cada uno en su sitio, y para los pecadores solo hay un lugar.

Monseñor Borromeo debía convencer a Gregorio XIII de que la información que poseía era lo suficientemente importante como para que centrase en ella su atención y se olvidase temporalmente de reformadores sin oficio, visionarios mercenarios o jóvenes de dudosa lucidez. Debía actuar rápido. Por él, por su devoción, por la Iglesia, por su Señor Jesucristo.

—Santidad, disculpad el atrevimiento. Ruego no me toméis por un loco. Si os preguntara quién es el padre de Adán, el primer hombre, vuestra santidad, ¿qué contestaría?

—¡Si no fuera porque sé de buena fe que sois un verdadero conocedor de los textos del Génesis, diría que os comportáis como un blasfemo! ¡Santo padre, Borromeo! Adán nació a imagen y semejanza del Padre Todopoderoso.

—Exacto, santidad, gracias por realizar este ejercicio de fe. Y si preguntara por la madre de Adán, ¿qué responderíais?

El cardenal Gulli frunció el ceño. No le gustaba nada esa pregunta. «¿Dónde quiere llegar el monseñor?».

—Creo —contestó algo enfurecido el pontífice— que estáis tocando temas que no os competen.

—Confiad en mí, os lo suplico. —Borromeo sabía que estaba jugando con fuego, sobre todo con la nube de corrientes anticatólicas que sobrevolaba la basílica de San Pietro.

—Adán fue creado a imagen y semejanza de Dios Todopoderoso. —A medida que Gregorio XIII hablaba, el volumen de su voz se elevaba y su tono se volvía más agresivo—. Su propio nombre indica que viene del suelo, del barro y del polvo. *Adamah,* en hebreo, significa «Tierra»: «Entonces Dios formó al hombre con polvo del suelo e insufló en sus narices aliento de vida, y resultó el hombre un ser viviente». Por lo tanto, la mujer no tiene ningún papel que sea digno de alabanza. ¡Son pecadoras!

—No se exaspere, santidad. Estoy de acuerdo con el dogma de la fe. Ahora bien, volviendo al tema de Buonarroti. Si Adán nació de su Padre, Dios Todopoderoso, y la mujer no tiene ningún papel importante en la Creación descrita en el Génesis, ¿por qué, en los paneles de la *Creación*, pintó Michelangelo Buonarroti un ombligo en el cuerpo de Adán?

El sumo pontífice Gregorio XIII y el cardenal Gulli palidecieron.

3

Florencia, 1490, jardín de San Marco

El joven empezó a sangrar mucho por la nariz. El golpe recibido le había pillado por sorpresa y no había tenido tiempo de esquivarlo. El agresor era un aspirante a escultor conocido por su temperamento. El agredido iba a convertirse rápidamente en uno de los mejores escultores que vería la ciudad de Florencia. Ambos tenían dieciocho años.

En ese momento se acercó con celeridad sorteando los cipreses Marsilio Ficino, el sacerdote neoplatónico valido por los Medici desde los tiempos de Cosimo de' Medici. El director de L'Accademia Neoplatonica florentina y canónigo de Santa Maria del Fiore de Florencia alcanzó al joven que parecía llevar la ofensiva. Le acompañaba su alumno y amigo Giovanni Pico della Mirandola, joven muy maduro, también protegido por el Magnífico tras ser acusado de herejía en Roma al publicar *Conclusiones filosóficas, cabalísticas y teológicas*. Enseguida se unió al sacerdote, y ambos intercedieron para que el altercado no fuera a más.

Pietro Torrigiano, el agresor, estaba exaltado, dando muestras de querer abalanzarse de nuevo sobre el otro chico, que se agarraba una nariz que ya no volvería a ser la misma. Mientras los adultos lo agarraban de los brazos, el joven no dejó de increpar.

—¿Quién os creéis, Buonarroti? —vociferaba—. ¡Que el Magnífico os haya acogido en palacio no os da derecho a mirar por encima del hombro a los demás!

El herido no levantó la vista. Apoyando la mano en la pared para no perder el equilibrio, observó cómo la sangre se le escapaba de entre los dedos y golpeteaba contra las losas del suelo. El golpe en la nariz le había provocado un fuerte dolor de cabeza, poco le importaba que el tabique nasal se le hubiera fracturado; ya no tenía solución. Lo único que quería era acabar el duelo cuanto antes para poder volver al trabajo.

—¡Eh, Michelangelo! ¡Hablo contigo, cobarde! *Mi girano i coglioni!*

Michelangelo alzó la mirada con los ojos inundados de lágrimas de ira. Deseó que la fría piedra sobre la que se apoyaba fuera liviana como para poder arrancarla y aplastar al miserable que le vituperaba. Tanto Marsilio, ya superados los cincuenta, como el joven Giovanni reprobaron la actitud, los modales y el lenguaje utilizado por Pietro. Algunos de los estudiantes que se encontraban en el jardín de San Marco se asomaron a curiosear ante la algarabía que se había formado. El espectáculo era dantesco, pues dos de los llamados a ser mejores escultores de la ciudad de Florencia estaban enfrentados. De un lado, Pietro, que trataba sin cesar de desembarazarse de los brazos que evitaban que se abalanzara de nuevo contra su amigo y compañero. Del otro, Michelangelo, que no reaccionaba. No hablaba, solo se sujetaba la nariz, y poco a poco iba recuperando una posición más erguida.

En ese instante llegó Lorenzo de' Medici con su guardia personal. Como no podía ser de otra manera, la cara de estupor fue compartida por alumnos y mecenas.

—¿Qué diablos ocurre aquí? —preguntó el príncipe.

—Por lo que sabemos, *signore* —Marsilio tomó la delantera debido a su relación cercana con el Magnífico—, Pietro ha golpeado a Michelangelo durante sus trabajos en la capilla de Santa Maria del Carmine, pero desconocemos los motivos.

Torrigiano no se contuvo.

—¡Majestad! El alumno al que tanta estima tenéis se vanagloria ante sus compañeros de ser uno de vuestros elegidos a la hora de personalizar las tutelas. ¡No es justo! No tiene derecho a burlarse de los dibujos de los demás. ¡Y mucho menos de los míos!

Lorenzo escuchó con atención las palabras del joven, que parecía una fiera recién enjaulada, y, por alusión, giró la cabeza en dirección al lastimado.

—¿Es eso cierto, Buonarroti? —preguntó inquisidor el Medici.

Michelangelo guardó silencio. Ni siquiera apartó la mirada de su rival, aunque había desaparecido cualquier rastro de venganza en sus ojos. La mirada era hierática, como si esperase que el destino juzgara aquella situación. Tarde o temprano.

Hizo en ese momento acto de presencia Bertoldo di Giovanni, maestro escultor de ambos jóvenes. Lorenzo interrogó con la mirada al profesor, y este, con un leve movimiento de cabeza casi imperceptible, señaló a Torrigiano.

—Está bien —resolvió Lorenzo—. Giovanni, por favor, acompañad a Pietro de nuevo al interior y que prosiga su trabajo. Luego hablaremos, joven Torrigiano. *Messer* Marsilio, acompañadme. Necesito un médico como vos para que Buonarroti sea atendido. *Messer* Pico, por favor, aseguraos de que cada alumno vuelve a su puesto.

Tan pronto como Lorenzo de' Medici pronunció palabra, así se hicieron las cosas. Ficino alcanzó al joven, que había recuperado la calma y la quietud.

—Dejadme ver, joven —el médico y sacerdote examinó a Michelangelo—, tenéis fracturado el tabique nasal: hueso y cartílago. Puedo hacer una alineación manual, pero desgraciadamente no recuperaréis la forma inicial. Tardará un tiempo en bajar la inflamación. El derrame lo detendremos con un paño en los orificios.

Michelangelo no prestaba mucha atención. El aspecto físico no era importante para él, algo raro para una época en la que se habían abandonado los jubones recortados del medievo bajo hopalandas de mangas amplias, por piezas con formas más cuadradas, bajas y de pliegues naturales con drapeados, y algunos artistas ya jugueteaban con aromas y esencias para el aseo, como método de distinción. Buonarroti solo elegía el negro para su vestimenta.

Ficino se había dedicado en los últimos tiempos a traducir a Platón, y ahora se encontraba inmerso en los nuevos trabajos lingüísticos de Plotino, pero no por ello había abandonado la docencia, la religión ni la medicina. Con un brusco movimiento subsanó como pudo la deformidad de la nariz y, acto seguido, intentó taponar la hemorragia. El herido ni se inmutó. Sentía un dolor muy diferente al físico.

Lorenzo instó al joven a que le acompañara a su sólida fortaleza, firme e inquebrantable, y este asintió sin pronunciar palabra. Ficino caminaba a su lado, rasgando un trozo de tela y dándole la forma conveniente para parar de una vez por todas la pérdida de sangre. La escolta personal del Medici apartaba sin consideración a los ojos curiosos. No tardaron mucho en atravesar la vía Larga, que separaba el convento de San Marco del palacio Medici. Accedieron al estudio personal de Lorenzo, donde se guardaban antigüedades, gemas, medallones, monedas y una biblioteca con más de mil volúmenes, algunos de ellos manuscritos protegidos por fundas de piel. Allí, trabajando en la nueva basílica de Santa Maria delle Carceri, se encontraba el arquitecto favorito del Medici, Giuliano da Sangallo.

—Sentaos —instó Lorenzo a Ficino y Buonarroti.

Se acomodaron en sendas sillas *sella curulis,* recuperadas de la tradición romana, aunque se había sustituido el marfil por madera de nogal.

—Giuliano, he aquí a Michelangelo Buonarroti.

—*Piacere* —se limitó a decir el arquitecto con una sonrisa.

Michelangelo no reaccionó. Lorenzo de' Medici instó a su arquitecto a abandonar la sala amablemente. Cuando Sangallo salió de la estancia, se dirigió al joven escultor.

—¿Qué ha pasado en el jardín, Michelangelo?

El hecho de dirigirse a él por su nombre significaba que, lejos de ser una reprimenda, el Magnífico buscaba conciliación.

—*Signore* —habló por primera vez el joven escultor—, mi único objetivo como artista es buscar la perfección.

Marsilio Ficino, a su lado, miró a Lorenzo de' Medici y esbozó una cálida sonrisa.

—Eso no os da derecho a reprender a los compañeros públicamente, si ese ha sido el caso.

—*Signore,* vos buscáis a los mejores. No se puede obtener la distinción si solo se buscan alabanzas gratuitas. En el error está el progreso, la mejora.

A los dieciocho años, Buonarroti estaba a punto de convertirse en un maestro de la perseverancia. Fue Lorenzo quien, en esta ocasión, devolvió la mirada a su amigo y protegido Marsilio, buscando una respuesta. Ficino, por supuesto, asintió.

—Veréis, Buonarroti. Os contaré algo. En verdad no os he llamado para amonestaros. Quiero haceros partícipe de una privilegiada información.

El joven Michelangelo escuchaba con atención, como si las palabras de Lorenzo sirvieran de un improvisado calmante para su maltrecha nariz.

—Os contaría que incluso llegué a surcar el aire, pero no lo creeríais. Prestad atención, Buonarroti, porque lo que os voy a narrar no lo repetiré nunca más. Ni delante de vos ni en cualquier otro sitio.

La conversación no duró mucho tiempo. Lorenzo reveló la información y el joven artista escuchó.

—¿Por qué me lo contáis a mi, *signore?* —preguntó Michelangelo sin más preámbulos, cuando el Medici hubo acabado.

—Porque el Magnífico está convencido de que pasaréis a la historia.

Esta vez las palabras fueron pronunciadas por Marsilio.

Buonarroti miró a Ficino y después al Magnífico. Estaba en confianza, decían la verdad. Se mostró paciente y dejó al Medici hablar.

Ficino y Lorenzo cruzaron la mirada de nuevo. No había marcha atrás. La joven promesa de nombre Michelangelo Buonarroti acababa de recibir una información valiosísima. Cómo la utilizara dependía solo de él.

—Una cosa más antes de marchaos, *messer* Marsilio —terminó añadiendo Lorenzo de' Medici—, expulsad a Torrigiano del jardín. No quiero violencia en mi ciudad, y mucho menos en mis academias.

Sin mediar palabra, médico y paciente abandonaron la sala. Habían sembrado una información en la cabeza de Michelangelo Buonarroti, gran florentino, y sabían que habían acertado.

Pero Lorenzo de' Medici cometió entonces un error: influenciado por las palabras de un ya maduro Pico della

Mirandola y por la obsesión de dotar a la ciudad de Florencia de todo cuanto pudiera engrandecer su fama, hizo llamar a Girolamo Savonarola. Escribió al maestro de la Orden de los Dominicos instándole a que le mandaran a «Hyeronimo da Ferrara», nombre con el que lo conocía el Magnífico.

Girolamo Savonarola no lo dudó. Era el momento perfecto. Tenía madurez, tenía experiencia, gozaba de la credibilidad del oyente y los poros de su piel rebosaban de energía. Regresaba al convento de San Marco. Volvía a la ciudad. Volvía a Florencia.

Sin saberlo, Lorenzo de' Medici acababa de traerse a su futuro paladín del arte proflorentino, pero también a su propio caballo de Troya a la ciudad.

4

Florencia, 1573, basílica de la Santa Croce

—Lorenzo de' Medici...

Las palabras de Innocenzo flotaron en el aire. Giorgio Vasari no entendía el silencio. El cardenal le sacó de dudas.

—Contadme algo sobre él.

Giorgio notaba que la curiosidad del cardenal era insaciable. Apuntaba a una larga jornada. Adoptó una posición cómoda y comenzó.

—El Magnífico.

—Eso está por ver, querido amigo.

Prometiéndose a sí mismo que no le molestarían los inoportunos comentarios del cardenal, Vasari siguió hablando:

—Lorenzo de' Medici. ¿Qué le puedo contar del líder florentino? Su educación fue exquisita, basando su formación en el humanismo, en el latín y en el griego. Era aficionado a la filosofía, prueba de ello es que dirigía los debates de la Academia platónica florentina de Cosimo de' Medici, abuelo de Lorenzo. Buena influencia en ello tuvo el filósofo de Constantinopla Georgios Gemistos *Plethon,* portador de la filosofía platónica.

—Malditos herejes politeístas…

Más que un comentario, aquellas palabras fueron como un balbuceo. Vasari estimó que lo mejor era hacer caso omiso, y continuó su discurso:

—También era amante de la caza y de las obras de arte, como todos los Medici. Accedió al mando del Estado florentino a los veinte años, una edad demasiado temprana quizá, pero su maestro Gentile de Becchi hizo muy bien su trabajo. Lorenzo de' Medici estaba preparado. Durante su mandato, dos facciones se enfrentaron: los que acusaban al Medici de déspota y de descuidar los asuntos relacionados con la banca, lo que le llevó a enfrentarse públicamente con la familia Pazzi, y los partidarios de Lorenzo, aquellos que le consideraban un pacificador en una época demasiado convulsa y que admiraban el buen gusto que, digamos, despilfarró en la ciudad.

—¿Qué hay del mecenazgo? ¿Cómo se relacionó con los artistas?

—Lorenzo tiene el honor de ser el fundador de la primera academia de arte en Europa, *signore.* A diferencia de su abuelo, Cosimo, que se dedicaba a financiar a los artistas, Lorenzo se preocupó de la escuela base, de formar artistas desde el inicio, con grandes maestros como instructores. Una vez formados, y dentro del programa político de prestigio artístico de Lorenzo, los elegidos se convertían en embajadores de Florencia.

—¿Embajadores de la ciudad? —El tono del sacerdote dejaba ver el odio que sentía por la ciudad de Florencia, a pesar de formar parte en aquella época de la población de la ciudad pecadora.

—Así es. Lorenzo gustaba de rodearse de gente culta, artistas, escritores, filósofos. Había adquirido un gran gusto por las artes, y sus protegidos eran demandados en toda Europa.

—¿A qué se debía ese prestigio de los artistas?

—Lorenzo de' Medici, a diferencia de otros regentes, acumuló innumerables obras de arte, no para deleite personal, sino para ser expuestas en lugares donde los artistas pudieran aprender desde la observación. En los jardines que el Magnífico habilitó en San Marco, los aspirantes a artista podían admirar esculturas de tiempos antiguos, muchas de las cuales habían sido adquiridas en la mismísima Roma.

—Florencia saqueando la Ciudad Eterna, no podía ser de otra manera.

—Más bien, padre, la Ciudad Eterna ninguneando un pedazo importante de su historia. Roma nunca ha sido pionera en el arte de proteger su legado. Solo hay que observar el monte Palatino y el Foro romano.

Innocenzo calló. No tenía argumentos para rebatir al cronista. Guardaría sus palabras para más adelante.

—Fueron no pocos los artistas que allí aprendieron técnicas de dibujo y de escultura.

—Iluminadme. ¿Quiénes fueron los privilegiados?

—Entre ellos, nada más y nada menos que los grandísimos Leonardo da Vinci, Baccio da Montelupo, Francesco Granacci, Sandro Botticelli, Giuliano da Maiano, Pietro Torrigiano y Michelangelo Buonarroti.

—Criadero de sodomitas, ¿verdad?

—No tenéis de qué preocuparos. Fuera lo que fuere, cardenal, lo cierto es que, a partir de la muerte de Lorenzo de' Medici, el jardín de San Marco entró en decadencia.

Giorgio Vasari no alcanzó a verlo, pero el cardenal Innocenzo Ciocchi del Monte suspiró aliviado.

5

Ciudad de Florencia, 1492

El año 1492 de Nuestro Señor se consideró un intervalo valioso para la humanidad. La humanidad conocida por aquel entonces, que terminaba en tierras portuguesas. A principios de ese año se dio por finalizado el Estado musulmán en España con la entrega de Granada a los reyes católicos Isabel y Fernando, y meses más tarde se decretó la expulsión de los judíos, que dio lugar a un éxodo de más de ciento cincuenta mil personas.

El navegante genovés Cristoforo Colombo, bajo supuesta financiación española, partiría entonces al encuentro del Nuevo Mundo. Pocos fueron los que tuvieron acceso a la información privilegiada sobre la verdadera subvención del viaje del genovés. En realidad, el grueso del empréstito de aquel viaje lo aportaron los hombres de confianza del papa Innocenzo VIII, el mismo hombre que había impulsado la Inquisición en España y nombrado a Tomás de Torquemada paladín de la purificación. Los reyes católicos solo ofrecieron apoyo político a Colombo.

En ese mismo año, 1492, un Borgia, de nombre Rodrigo, accedió a la Santa Sede como el papa Alessandro VI, un mandato salpicado de perversiones, incestos y sodomía. El Borgia, en un titánico esfuerzo por acumular poder, entablaría relaciones con las casas más importantes de Europa como los Este, los Sforza, los Trastámara o los Albret. Francia e Inglaterra firmaron el tratado de paz de Étaples; y el astrónomo de nombre Martin Behaim construyó el primer globo terráqueo sin la información del Nuevo Mundo en su poder.

Pero el año 1492 de Nuestro Señor también sería recordado como el año en que Lorenzo de' Medici dejó este mundo, desapareciendo con él todas las libertades en la ciudad de Florencia. Todo comenzó algo antes de la muerte del Magnífico, con un sermón de Girolamo Savonarola. Aquel sermón que le convertiría en mártir o en leyenda.

—¡Es mi deber abrir vuestros ojos y haceros saber que toda la bondad y toda la maldad recaen sobre la cabeza de Lorenzo de' Medici! ¡Su responsabilidad también está en sus pecados! ¡Si siguiera la senda del Señor, toda la ciudad se santificaría! ¡Es el orgullo el que no permite corregir al tirano! Escuchad lo que os digo: no siento temor al destierro, aunque yo venga de lejos y Lorenzo de' Medici sea el principal ciudadano de Florencia, ¡tened por seguro que cuando Lorenzo parta de este mundo, yo seguiré entre vosotros!

Los florentinos creyentes vieron en Savonarola a un nuevo enviado de Dios, cargado no solo de cólera, sino también de coraje. Supieron apreciar el valor destilado en cada una de sus palabras, en cada gesto, en cada mirada.

El *duomo* de Santa Maria del Fiore fue testigo de excepción. Un soplo de aire fresco había llegado a la ciudad.

Lorenzo de' Medici no pudo creer las palabras vertidas sobre él. Si el fraile estaba en la ciudad era precisamente por intervención suya, que se había dejado convencer por Pico della Mirandola. ¿Cómo era posible que el religioso descargara su ira contra él? Lorenzo había creído poseer un as bajo la manga; había creído que, en su intento de purificar la Iglesia desde dentro, Savonarola cargaría contra el papa, potenciando así la figura del príncipe en la ciudad. Florencia contaría con un nuevo soldado en sus filas contra los ejércitos vaticanos. Su protegido debía ser aquel que insuflara una nueva ilusión y una nueva ideología capaces de acabar con la cortina que escondían en Roma. Pero el devenir de los hechos no era ni mucho menos el que Lorenzo esperaba.

De una u otra manera, Lorenzo de' Medici había intentado acercar posiciones con Girolamo Savonarola, por ejemplo, convirtiéndolo en el prior de San Marco, convento del cual era patrón el Magnífico, como había hecho en el mes de julio del año anterior. Lorenzo necesitaba allí a un monje verdadero, y quería mantener la amistad con Pico della Mirandola, el auténtico valedor de Savonarola. Era costumbre que, tras la investidura, el prior aceptara la invitación de Lorenzo de' Medici para mostrarle sus respetos y su gratitud, pero esta vez no ocurrió. Girolamo se excusó otorgando a Dios su Señor la verdadera responsabilidad de su nombramiento como prior de San Marco. No le habían hecho ningún favor; se había hecho justicia. «Un monje extranjero se ha asentado en mi casa y ni siquiera se preocupa de visitarme», se quejaba Lorenzo de' Medici, que contaba entonces cuarenta y tres años, a sus círculos íntimos.

Así fue como una comitiva formada por cinco de los ciudadanos más eminentes de la ciudad de Florencia realizó una visita bajo pagamento, en nombre de Lorenzo, al nuevo prior del convento de San Marco. Francesco Valori, Guidantonio Vespucci, Domenico Bonsi, Paolantonio Soderini y Bernardo Rucellai hablaron con Girolamo. Le pidieron por activa y por pasiva que dejara a un lado sus sermones más provocadores. Le instaron a obviar términos como «purgas», «muertes» y «renovaciones espirituales», así como a dejar de nombrar al patrón del convento y regente de la ciudad en sus homilías. Girolamo Savonarola no accedió a las peticiones. Se limitó a apuntar que su derecho a predicar le daba libertad para pronunciar las palabras que estimase oportuno, porque eran las palabras del verdadero Señor, del Señor Supremo.

Una vez más, los intentos de Lorenzo de' Medici de ganarse al inquilino que se transformaba lentamente en su propio parásito fracasaron.

Cuando, el 9 de abril del año 1492, consumido y condenado por una larga enfermedad, Lorenzo de' Medici comprendió que había llegado su hora, pidió confesarse ante Girolamo Savonarola. Nadie estuvo presente en esa sala. Nadie supo nunca qué se dijo entre esas cuatro paredes. Cuando Lorenzo *el Magnífico* expiró, Savonarola exclamó pocas palabras: «Lorenzo de' Medici se fue a la grupa de la muerte, y yo me quedé».

Lorenzo de' Medici no vivió lo suficiente para enterarse del descubrimiento del Nuevo Mundo, y Girolamo Savonarola se convirtió oficialmente en «el Caballero de Cristo».

Malas noticias para los artistas de Florencia. Malas noticias para Michelangelo Buonarroti.

6

Roma, 1573, Capilla Sistina

El sumo pontífice Gregorio XIII y el cardenal Gulli entraron los primeros a través de la puerta más cercana al altar, conocida como la entrada de los monaguillos, a una velocidad fuera de lo común. Monseñor Carlo Borromeo, arzobispo de Milán, iba tras ellos. El ansia por saber qué se escondía en aquel lugar santo no entendía de ceremonias ni parafernalias. Si la preocupación de monseñor Borromeo estaba justificada, tenían un problema; un problema del mismo tamaño que el primer templo construido por el rey Salomón, puesto que el diseñador de la capilla, Baccio Pontelli, se inspiró en las descripciones de dicho lugar que daban los textos del Antiguo Testamento. La sección posterior del primer templo diseñado por Salomón había servido de modelo en la construcción de la nueva capilla. La doble moral que en aquellos tiempos se aplicaba en la sede del cristianismo había permitido que la capilla fuera construida con las mismas dimensiones que el templo judío por excelencia, a pesar de que estos estuvieran señalados por ser los artífices de la muerte de Jesús de Nazaret, el Cristo.

Este nuevo templo tenía una anchura de 13,41 metros, una longitud de 40,93 metros y una altura de casi 21 metros. El pavimento era de mármol polícromo, con discos papales formados por diez esferas concéntricas. En mitad de la sala se encontraba la *transenna*, la barrera móvil que hacía divisible el espacio sagrado. La construcción databa de la segunda mitad del siglo xv, época floreciente de la renovación urbanística. Sisto IV ordenó derribar una antigua capilla pontificia del siglo xiii y construir en su lugar el edificio donde ahora se encontraban los pesquisidores. Era un edificio con doble función: la de capilla palatina y la de defensa avanzada de la entrada del cuerpo principal del edificio.

Las murallas de las paredes laterales estaban formadas por ladrillos de corte alineados con ladrillos de cabeza. En la parte superior, las mansardas, donde las vertientes se quebraban, se abrieron ventanas a la manera de buhardillas destinadas al cuerpo de guardia.

Toda una galería de sumos pontífices permanecerían inmortales e impávidos ante la información que monseñor Borromeo estaba a punto de facilitar a Gregorio XIII. Desde lo alto, la decoración deseada por Sisto IV homenajeaba a sus más antiguos predecesores, lo cual era perfecto para destinar la capilla a los ritos papales oficiales.

Tan pronto como llegaron al punto que les pareció el centro del habitáculo, los tres hombres de fe miraron hacia arriba.

Desde abajo, resultaba bastante complicado distinguir aquellos detalles que Michelangelo había deseado mantener ocultos a ojos curiosos, y la iluminación tampoco ayudaba mucho.

Michelangelo Buonarroti había sido el encargado de pintar aquel espacio. Su magnánima obra debería estar compuesta por cinco sibilas, siete profetas, nueve paneles dedicados al Génesis, cuatro historias sobre la salvación de Israel sobre las pechinas, y los antepasados de Cristo en lunetos y enjutas. Al parecer, lo que estaba allí reproducido no era eso exactamente. Al menos, no tal y como lo predicaban los representantes de Dios en la tierra.

Monseñor Borromeo no alargó la situación más de lo debido, pues sabía que, sin el conocimiento oportuno, ni el santo padre ni el cardenal serían capaces de encontrar nada aparte del ombligo de Adán.

—Santidad, ¿qué le parece si empezamos desde el principio? —preguntó cortésmente el arzobispo.

—Empiece por donde quiera, pero empiece de una vez. Si Satán está dentro de la capilla, ¡exijo saberlo! —Su voz retumbó entre las cuatro paredes.

—No se altere, santidad —rogó el cardenal, tratando de calmar a un Gregorio XIII enervado.

Borromeo miró al papa primero y después al cardenal.

—Os adelantaré que la obra de Michelangelo Buonarroti os provocará más de un disgusto. Lo que os voy a relatar cambiará la historia del arte, si vos mismo no ordenáis con premura la demolición de la Capilla Sistina.

Las últimas palabras de Borromeo se quedaron suspendidas en el aire.

7

Ciudad de Roma, 1496

Roma, Ciudad Eterna. Roma, uno de los lugares santos de la cristiandad junto con Santiago de Compostela. Desde 1378 y gracias al mandato de Pierre Roger de Beaufort, conocido como Gregorio XI, gozaba de ser una vez más la sede del pastor universal, lo que había supuesto un aumento considerable de habitantes en la ciudad, que a finales del siglo XIV solo contaba con 17.000 almas dentro de las murallas aurelianas, de las 35.000 que había llegado a tener.

Aun así, era el centro del mundo. Gracias a la construcción de nuevas vías de desplazamiento en el siglo XV, el norte de Europa estaba perfectamente conectado con la Ciudad Eterna. París, Brujas, Aviñón o Worms tenían acceso directo a Roma para asistir a las celebraciones de los años santos.

En los últimos cincuenta años, la ciudad de Roma había sufrido y disfrutado a partes iguales de una remodelación sin igual. Celebrados dos años santos y a punto de entrar en un tercero, la urbe crecía a pasos agigantados.

Las calles eran restauradas, los puentes reconstruidos, las casas desinfectadas y los hospitales ampliados. Cada veinticinco años, la ciudad de Roma se convertía en un gran hostal del peregrinaje, y pueblos cercanos a la gran urbe como Montefiascone, Viterbo o Acquapendente servían de parada obligatoria para reponer fuerzas y descansar.

Sin embargo, no todos los penitentes podían disfrutar de las mismas comodidades. Los pobres, los nómadas o aquellos peregrinos que no se podían permitir un lecho en los albergues de Campo dei Fiori o en Monte Giordano pasaban las noches a la intemperie en los viñedos o en las numerosas ruinas que dibujaban la ciudad. En contraprestación, trabajaban como jornaleros, ya que, en los años en los que se celebraba el jubileo, el consumo de vino se duplicaba, generando fuertes ingresos en el negocio. Los dueños de los viñedos del área de Colli Albani se frotaban las manos.

Incluso los artistas aprovechaban estos periodos de bonanza para desarrollar sus talentos. En los últimos años, artistas como Francesco Traini, Masaccio, Masolino da Panicale o Filippo Rusuti habían retratado la vida de los peregrinos en su camino a la urbe. Asimismo, las calles se poblaron de mapas de la ciudad que marcaban los lugares importantes y sagrados, productos de un nuevo mercado aún por explorar. Los diseños de Alessandro Strozzi, Paul de Limbourg o Taddeo di Bartolo pasarían a la historia, aunque ellos no fueron conscientes. Solo cinco años atrás, en el año 1491 de Nuestro Señor, se había publicado en

Núremberg una guía de Roma para peregrinos encuadernada a mano.

La Roma que se encontró Michelangelo Buonarroti al llegar era bien distinta a la de no mucho tiempo atrás. Superado el Gran Cisma de Occidente y bajo el papado de Niccolò V, conocido por su afición a los relatos libertinos, el jubileo anterior llevó consigo la restauración de las murallas y las puertas de la ciudad, junto con la renovación de los puentes Salario y Nomentano, al norte de la ciudad, y Tiburtino, al noreste. Se rehabilitaron el palacio pontificio junto a la basílica papal de Santa Maria Maggiore o las iglesias de Santo Stefano Rotondo, próximas a las termas de Caracalla y San Giacomo degli Spagnoli, en la plaza Navona. El castillo de Sant'Angelo pasó de ser fortaleza a residencia, y también la vía de San Celso alcanzó un esplendor nunca antes imaginado

Años después, Paolo II, cuya aportación arquitectónica fue la construcción del palacio Venezia, instauró el carnaval en el año 1465 de Nuestro Señor. Estas fiestas, que poco rescataban de la tradición veneciana, incluían carreras de caballos y de monos, tauromaquia, y competiciones y peleas de carros. Asimismo, el papa Paolo II, amante del lujo, del placer y de jóvenes indefensos hambrientos de una carrera eclesiástica triunfal, subió los impuestos a los judíos con el fin de costear sus fiestas personales. La humillación para con el pueblo judío no terminaba ahí, les hacía correr tras un palio y bajo los insultos de la multitud, instigados por hombres a caballo. Su sadismo le llevó a promover torneos entre cojos y jorobados en plaza Colonna, plaza Venezia o en plaza Sciarra, mientras que en la plaza del Popolo se podía disfrutar de ejecuciones públicas.

Con la llegada de «el gran constructor», que así se conocía a Sisto IV en los Estados Pontificios, se recuperó el espíritu de crecimiento urbanístico. Mientras se fraguaba la conjura de los Pazzi y se aprobaba la puesta en marcha del Tribunal de la Inquisición en España, fueron realizadas varias labores arquitectónicas que ensalzarían aún más la gloria romana: la nueva Capilla Sistina; la tremenda restauración que vivió la biblioteca vaticana dejando atrás los vestigios de la construcción de Niccolò V; la introducción de nuevas cátedras en la Universidad de Roma; la creación de los Musei Capitolini con las primeras donaciones en bronce del propio papa y el nuevo palacio del Senatore, ambos en la plaza del Campidoglio; el alzado de la primera Fontana di Trevi, suministrada por el reparado acueducto Aqua Virgo; de nuevo la fortificación del castillo de Sant'Angelo, y la creación de calles nuevas desde el mismo: en dirección a San Pietro, al Campo di Fiore, al palacio San Marco y hasta la puerta del Popolo. Para terminar, las reformas higiénicas en el hospital Santo Spirito, y el puente Sisto, cerca de la isla Tiberina, se convertirían en el legado de Francesco della Rovere.

El sucesor de Sisto IV, Innocenzo VIII, solo inauguró la vía Alessandrina y el palacete de Belvedere, pero dejó como legado a Tomás de Torquemada como gran inquisidor de España; un negocio ruinoso de compraventa de puestos eclesiásticos, y un ejército de cincuenta mil prostitutas en la ciudad a Rodrigo Borgia. El nuevo papa, entronizado con honores de césar, tenía un plan urbanístico sin parangón, oscurecido por la fama de sus orgías y favores familiares. En aquel momento, bajo el mandato de Alessandro VI, Roma viviría una nueva época de esplendor arquitectónico. Familias poderosas como los Cesi, los Grimani, los Caraffa, los D'Este, los Carpo, los Farnese, los Maffei, los Soderini o los Vittori acumularían propiedades, riquezas y antigüedades. Surgirían las villas y, de nuevo, la diferencia brutal entre las clases sociales.

Sin embargo, Roma no disfrutaba de una vida municipal. Algunos miraban con recelo las libertades florentinas, cuyas bibliotecas públicas estaban al alcance de casi todos. Alessandro VI no iba a permitir el libre pensamiento inducido por la circulación sin control de textos no autorizados por la Santa Sede, por lo que el negocio de la imprenta no solo sufrió una recesión sino que resultó ser un negoció nefasto en la ciudad de Roma. «Al menos —pensaban algunos— la suciedad de las calles ha desaparecido». No menos importante era la disminución de fallecimientos por paludismo a orillas del Tíber.

Esta era la ciudad que se preparaba para el jubileo del año 1500 de Nuestro Señor, decretado bajo el mandato del Borgia; la misma ciudad que Michelangelo visitaba por primera vez. Las pocas y pobres copias manuscritas de la obra *Las muy ricas horas del duque de Berry* proporcionaron mediante un mapa una idea general de lo que el visitante podría encontrar en Roma y podía servir de guía. Las murallas aurelianas, de unos diecinueve kilómetros de perímetro, hacían las veces de defensa frente a posibles invasores desde los tiempos del emperador Aureliano. En su interior, la decadente gloria del Imperio romano se dejaba ver con el imponente Colosseo, dañado por un terremoto ciento cincuenta años atrás; la Colonna Traiana, ahora acompañada por la nueva iglesia de San Niccolò de Columna; el Pantheon, templo pagano reconvertido al cristianismo; la basílica de San Giovanni in Laterano, primera catedral de Roma asediada por distintos incendios en el siglo anterior; el monte Capitolino, centro neurálgico de la ciudad con las nuevas construcciones, y la cúspide de los Estados Italianos: el castillo de Sant'Angelo y la basílica de San Pietro.

Como inmigrante, no bastaba con saber dónde estaban las construcciones. Era básico conocer el día a día de las gentes de la ciudad. Dónde vivir, dónde comer, dónde comprar. Y de ello se preocupó Buonarroti. Cerca de la isla Tiberina, lugar en el que Ottone III había edificado la iglesia dedicada a san Bartolomé, reposo de los restos del apóstol y de san Adalberto, se encontraba el pórtico de Ottavia, donde los romanos negociaban a la baja, o al menos lo intentaban, el precio del pescado. Los fabricantes de cuero se habían instalado en lo que otrora fueran las criptas del estadio de Domiziano, en el Campo di Marte. Cerca se encontraban los quemadores de cal y fabricantes de cuerdas, que ocupaban las ruinas del circo Flaminio, mientras que el pórtico Balbi veía cómo los fabricantes de velas hacían sus negocios. Un poco más al norte, a unos pasos del Pantheon, los sopladores de cristal se habían apoderado de lo poco que quedaba de los antiguos baños de Agrippa.

Un simple vistazo alrededor de la aureliana a plena luz del día era suficiente para saber que los peligros, en el exterior de la ciudad, se dividían en dos clases: el peligro animal, representado por los lobos que merodeaban en busca de presas fáciles; y el peligro humano, personificado en los salteadores de caminos en busca de presas aún más fáciles. Ruinas como el antiguo Foro romano, que se había convertido en un campo de vacas, o el del césar, ahora invadido por la clase campestre, tardarían mucho tiempo en ser rescatadas del olvido, a pesar de los intentos fallidos del poeta aretino Francesco Petrarca. Un ambiente semirrural quizá no demasiado apto para un artista florentino.

Sin embargo, mientras en Florencia los miembros de la familia Buonarroti iniciaban su declive y poco a poco se iban convirtiendo en nobles venidos a menos, la aclimatación del artista florentino a su nueva ciudad se obró con rapidez. No podía ser de otra manera, el honor del apellido Buonarroti aún no estaba mancillado en la Ciudad Eterna. El día en el que Michelangelo llegó a la ciudad, el cardenal Rafaelle Riario le estaba esperando. No le hizo falta mostrar ninguna de las cartas de recomendación que le otorgara Lorenzo di Pierfrancesco de' Medici, primo de Lorenzo *el Magnífico* y protector de Sandro Botticelli, cuyos destinatarios principales eran los banqueros florentinos residentes en Roma y el propio cardenal. Riario sabía lo que quería, y quería lo mejor para Roma. No iba a dejar que alguien con el talento de Buonarroti se mezclase con los libertinos florentinos.

Rafaelle Riario no dejó pasar ni una sola jornada. Conocía de sobra el trabajo del joven escultor en Florencia, sabía de su dominio tanto en el relieve como en la escultura. Dejó que se instalara en la zona del barrio de Parione, donde se ubicaba, frente al palacio de San Giorgio, la casa de Jacopo Galli, colaborador de los cardenales, y se puso manos a la obra. Si en la primera jornada de Michelangelo en Roma se encargó del protocolo necesario para la instalación del artista, en la segunda se ocupó de mostrarle la impresionante colección de estatuas griegas y romanas que había acumulado, con el fin de divulgar el arte en Roma. Partieron de su casona en dirección al palacio recién construido cerca del Campo dei Fiori, conocido como la cancillería. La conversación que mantuvieron frente a los pétreos inmortales fue breve.

—*Messer* Buonarroti, ¿seríais capaz de hacer algo similar?

—No haré cosas tan grandes, ya veré lo que puedo hacer.

Con esas palabras cerraron de forma verbal el primer contrato en la Ciudad Eterna. Lo que nunca sabría el cardenal es que aquella primera visita de Michelangelo a su colección de estatuas cambiaría la visión global de la escultura. Lo que Buonarroti apenas había podido saborear en el florentino jardín de los Medici estaba ahora al alcance de su mano cuantas veces quisiera. Tenía enfrente el legado de la Antigüedad, donde los hombres se fundían con la piedra, y viceversa. Fue tal el efecto causado en él que, tan solo un día después, ya buscaba en las calles de Roma un pedazo de mármol con el que ponerse a trabajar. Una vez asentado en la ciudad, con un trabajo estable que, sabía, superaría con creces, se tomó la libertad de escribir a su mecenas florentino Lorenzo di Pierfrancesco de' Medici.

Jesús, a día 2 de julio de 1496

Magnífico Lorenzo de Pierfrancesco de Medici:

Solamente para avisaros de que el sábado pasado llegué sano y salvo, y rápidamente fui a visitar al cardenal de San Giorgio, Rafaelle Riario, y le presenté vuestra carta. Me recibió satisfecho y quiso que fuese a ver algunas esculturas, en lo que pasé toda la jornada, por lo que ese día no entregué a nadie más cartas vuestras. Después, el domingo, el cardenal me hizo llamar: fui a su casa y me preguntó qué me parecían las cosas que había visto. Yo le di mi opinión, pues en verdad había figuras muy bellas. Él me preguntó si tendría ánimo suficiente para hacer alguna cosa tan bella. Le dije que yo no haría cosas tan grandes pero que ya vería lo que sería capaz de hacer. Hemos comprado un pedazo de mármol para una figura del natural y el lunes comenzaré a trabajar. Nada más por ahora. A vos me encomiendo. Dios os guarde de cualquier mal.

Michelangelo en Roma

A la semana siguiente comenzó a esculpir el *Baco*, una obra de temática pagana con una sensualidad impropia no solo para la purista ciudad de Roma, sino también para una Florencia que poco a poco veía su libertad menguada con el efecto Savonarola. Vino y orgías era lo que, en lo más profundo de su marmóreo ser, representaba la figura. A Riario le sonrojó el subterfugio que implicaba la estatua y al final pasó a manos del amigo en común Jacopo Galli, pero el éxito fue tal que Michelangelo fue nombrado, con tan solo veintiún años, primer artista de Roma. Sin embargo, esto no nubló el espíritu del florentino. Michelangelo seguía vistiendo de negro, y nunca nadie en Roma le vería vestir de otro color que no fuera ese, atezado. El éxito le trajo una posición económica bastante cómoda a pesar de que se le tachaba de huraño. No era un despilfarrador. Ahorraba y ahorraba, y solo se sumergía en el trabajo. Su notoriedad le permitió inmiscuirse en los círculos cardenalicios más exclusivos, pues todos querían ofrecer a Buonarroti propuestas escultóricas a cual mejor pagada. Tomó la delantera el cardenal francés de San Dionigi, de nombre Jean Bilhères de Lagraulas. El aún abad de Saint Denis deseaba fervientemente que el artista creara un conjunto escultórico, y así se lo hizo saber:

—Quiero una *pietà* de mármol para la capilla de Santa Petronilla, en la basílica de San Pietro.

Michelangelo, que, además de ser un gran artista había evolucionado como hombre de negocios, vio en ello una excelente oportunidad para volver a Florencia, aunque fuera por una muy breve estancia, de paso a Carrara, donde él mismo elegiría los bloques de mármol que configurarían los cuerpos de la Virgen María y el Cristo muerto. Sin embargo, las noticias que llegaban de su tierra natal no eran ni mucho menos buenas. La situación gubernamental en Florencia era insostenible. Con la ciudad a punto de ser sometida bajo dominio francés, los Medici habían sido expulsados definitivamente, en favor de la necesaria y urgente creación de un nuevo sistema de gobierno que garantizase la seguridad y el porvenir del pueblo florentino frente al invasor. Atrás quedaban los días de gloria en que la ciudad era un referente (artístico para los más soñadores, lujurioso para los más puros).

En aquel clima de duda e inestabilidad política surgió como un celestial rayo iluminador la figura de Girolamo Savonarola. Frente a la duda generalizada, su seguridad individual. Frente a la ausencia de fe, la palabra del Señor personificada en su boca. Frente a la ausencia de liderazgo, el nuevo pastor que guiaría al rebaño.

La inspiración divina le dio poder suficiente para hablar no solo de religión, sino también del gobierno. Poco a poco ganó terreno espiritual, y ya era frecuente verle recitar en el interior del *duomo*. Los miembros de la Signoria, que ejercían un precario gobierno de contención, así como los magistrados y gentes de diversas índoles, se agrupaban para escucharle. En realidad, creían que sus palabras venían directamente de la Providencia. El golpe de efecto del fraile de Ferrara surgió efecto. La política le abría las puertas.

La Signoria había desmantelado por completo la organización de los Medici. El problema al que se enfrentaban ahora era el de decidir cuál era la mejor manera de gobernar la ciudad. El único que exponía firmemente y sin temor sus ideales era, sin duda, Girolamo Savonarola: una idea que conjugaba reforma política y moral a partes iguales. Debían coexistir sin ninguna duda. Nada podía dejarse en manos del azar. No solo se trataba de reformar una ciudad; sus habitantes se reformarían con la urbe, y viceversa.

Los sermones de Savonarola crecían en intensidad y en contenido político a medida que avanzaban las jornadas, y ayudaban a esclarecer los puntos que la futura constitución debía obligatoriamente contener. Para Girolamo Savonarola, esa constitución fue el triunfo de Dios sobre la tierra.

Atrás quedó la prohibición de predicar y sermonear a los fieles. Lejos también quedó el apoyo a la corona de Francia, y Savonarola centró gran parte de su esfuerzo en atacar a Rodrigo Borgia, que si se había convertido en papa era gracias a las preferencias que otorgaba para conceder cargos públicos. Siendo ya sumo pontífice, Alessandro VI había querido obligar a Savonarola a abandonar los púlpitos de Florencia, pero el fraile había hecho caso omiso, y continuaba cargando contra Roma desde el estrado.

La jornada del 7 de febrero del año 1497 de Nuestro Señor se levantó en llamas. El fuego de la purificación había descendido de los cielos y Girolamo Savonarola portaba el pebetero de Dios. El fraile había dado un paso más en su misión divina: había llegado el momento de laxar todo pecado material de la faz de la ciudad de Florencia.

Las columnas de humo, de más de veinte metros de altura, se podían divisar desde cualquier punto de la ciudad. Al otro lado del Arno, en la parte más alta de la ciudad, la basílica de San Miniato al Monte se erigía como lugar privilegiado para contemplar el flagelo ígneo del fraile. Desde allí, la magnitud del incendio que sufría la ciudad parecía comparable al de la Roma de Nerón. El fuego, gracias a Dios o por culpa de Él, estaba focalizado en la plaza de la Signoria.

Sería recordado como el martes de carnaval más ardiente de la historia. El *falò delle vanità* había comenzado. Los ejércitos de ángeles de la «Guardia Blanca» habían recopilado todos aquellos objetos dignos de censura; su final se reduciría a polvo y ceniza. Girolamo Savonarola ejercía de maestro de ceremonias y su voz sobresalía entre el murmullo de las gentes y el crujir de las maderas presas del fuego.

Cosméticos, ropajes, cartas, libros de dudosa moralidad, manuscritos y textos con canciones seculares impropias del ámbito espiritual fueron presas de las llamas. Ese también fue el destino de algunas obras de arte que incitaban a los pecados capitales o a la adoración o admiración de los dioses paganos de la Antigüedad. Algunos talleres se opusieron por completo a tal medida opresora mientras que otros fieles devotos, como Sandro Botticelli, entregaron voluntariamente sus pecaminosos encargos a la insaciabilidad de la combustión.

Girolamo Savonarola llamó a aquel fuego purificador «La hoguera de las vanidades», allí donde se purgan los pecados y se limpian las almas. El Todopoderoso tenía a su representante en la tierra, su brazo armado, su paladín de fe.

Michelangelo Buonarroti se estremecía por dentro. Si Florencia caía presa del fuego, él ardería con Florencia. Gracias a Dios, el mármol no se podía quemar.

8

Florencia, 1573, basílica de la Santa Croce

Vasari sabía que estaba a punto de inmiscuirse en un asunto peligroso. Otro más. La interpretación de las acciones de Girolamo Savonarola dependía del punto de vista, y él, como cronista, no debía tomar parte ni a favor ni en contra de los asuntos que tratara, y mucho menos de los asuntos relativos a la Iglesia. Ya había peligrado su confesión con Lorenzo de' Medici.

—También está el asunto Savonarola —masculló Vasari, esperando la respuesta de su confesor.

—Ah, ese mártir. No sé si terminó haciendo daño a nuestra Iglesia o definitivamente era un enviado de Dios. Sea como fuere, el fuego evitó que se crease un lugar de peregrinación para adorarlo.

—Cuentan que, incluso después de muerto, algunos de sus seguidores intentaron continuar su obra. Las últimas noticias que llegaron de la vida del maestro Leonardo da Vinci apuntan a que los *piagnoni* atentaron contra él. Evité añadir cualquier información del exterior para no

empañar la biografía y para no herir sensibilidades inne-
cesariamente.

—Si ese Leonardo sufrió un accidente —repuso Innocenzo—, es que algo malo habría hecho. Aunque, como
sabéis, no soy partidario de la violencia. Volviendo a Buonarroti, no recuerdo en vuestra obra ningún pasaje relativo a la relación entre el fraile y el escultor.

—Bien sabéis que Savonarola no causó el mismo efecto en todos los florentinos, padre. Su primera incursión no
fue positiva, pero la mente y el espíritu del fraile eran per-
severantes. La ayuda, por decirlo de alguna manera, de Pico
della Mirandola fue crucial.

—¿Pico della Mirandola? ¿No fue considerado hereje por la Iglesia?

—Su herejía estuvo en duda, padre. Presentó alrededor
de novecientas tesis que justificaban el cristianismo como un
punto de unión y no de disgregación. En resumen, quiso
demostrar que el ascetismo egipcio, las teorías platónicas y el
judaísmo conducían a la misma divinidad que nuestra religión. No mucho más de una decena de estas tesis se tildaron
de ser sospechosamente herejes. El humanista intentó defenderse y lo único que consiguió fue que el papa se enojase y lo
excomulgara. Pasó entonces una temporada en Francia y finalmente fue acogido en Florencia por Lorenzo de' Medici.

—Ah, otra vez el Magnífico —exclamó el religioso con
ironía.

—Así es, padre. Para bien o para mal, Lorenzo fue
un elemento fundamental en la historia de Florencia y del
Renacimiento.

—Si tan importante fue ese Medici, ¿cómo no escribisteis su vida?

La pregunta respiraba mala intención. De la respuesta que diera Vasari dependería, a ojos de su interlocutor, su catalogación en uno u otro bando.

—Lo mío siempre ha sido el arte, padre —contestó finalmente, evadiendo la pregunta con una firme sinceridad—. Si me hubiera entrometido en la política, habría necesitado otra vida para contarlo todo. Y bien sabe Dios que no lo habría publicado.

—No toméis el nombre de Dios en vano. —Innocenzo no dudó en regañar a su amigo—. Mucho menos en su territorio.

—Disculpad padre, tenéis razón. —El rostro de Giorgio Vasari se tornó carmesí.

—Prosigamos. —Apremió el padre, restándole importancia al incidente—. ¿Qué relación tenían Pico della Mirandola y Lorenzo de' Medici?

—Un ya maduro Pico della Mirandola recomendó fervientemente al Medici reunir lo mejor de la sociedad en la ciudad de Florencia, y Girolamo Savonarola pertenecía a esa élite. Lorenzo de' Medici no podía permitirse una falta de excelencia en ningún ámbito. Aceptó traer de nuevo al fraile y esto fue su perdición. El fraile se enfrentó públicamente contra el Medici. Conquistó el convento de San Marco, conquistó la catedral de Santa Maria del Fiore y conquistó los corazones de los florentinos. La gente lloraba en sus sermones, decía que era Nuestro Señor Jesucristo el que hablaba a través de su voz y tildaba a Lorenzo de' Medici de tirano.

Llegó a pronosticar que aunque él venía de lejos y Lorenzo era el primer ciudadano de Florencia, cuando el Magnífico muriera, él, fraile, seguiría entre los florentinos. Y así fue.

—¿Creéis que fue un enviado de Dios? —preguntó Innocenzo, con la esperanza, de nuevo, de que Vasari se posicionara.

—No me corresponde juzgar a los hombres, padre —respondió inteligentemente Vasari—. Esa tarea solo le corresponde a Dios.

—Y al papa —puntualizó Innocenzo.

—Así sea. Como venía contando, Savonarola se autoproclamó Caballero de Cristo. Con el final de los Medici, la situación política era débil y delicada. El pueblo se dividió. El fraile provocaba amor y odio a partes iguales. Los seguidores del nuevo representante estuvieron encarnados en la figura del gran Sandro Botticelli, mientras que otros, como Leonardo da Vinci, ejercieron su derecho a negar la supremacía política y religiosa con la que se vistió a sí mismo Savonarola.

—Ese supuesto nuevo representante, como vos decís, se enfrentó al mismísimo Alessandro VI *el Borgia,* apoyando a Carlos VIII de Francia.

—Así es, padre. No es que yo lo considere como tal, recuerde que soy un cronista de los hechos. Solo transcribo, no doy opinión. Pero tenéis razón. Desafió a Roma y posiblemente ese fue su error.

—Veo que estáis muy bien informado del «incidente Savonarola». Disculpadme, pero no entiendo qué pinta Michelangelo Buonarroti en todo este asunto.

—Ahí es donde quería llegar, padre. Michelangelo no pinta, como vos decís, absolutamente nada. No se pronunció, ni falta que hizo. La escultura no se puede quemar, con lo que la obra de Buonarroti estuvo a salvo de la hoguera de las vanidades que «purificó», según Savonarola, el hedor a pecado que transpiraban algunas de las obras de la época. Michelangelo fue un mero observador de los hechos el poco tiempo que estuvo en Florencia. Al parecer, solo actuó al final. Su grano de arena lo aportó en el momento en el que el fraile de Ferrara se consumió presa del fuego; una de las pocas veces en las que Roma y Florencia estuvieron de acuerdo en algo.

9

Florencia, 1498, plaza de la Signoria

La jornada del 23 de mayo del año 1498 de Nuestro Señor terminaría coronada por las llamas. Girolamo Savonarola, Domenico Buonvicini y Silvestro Maruffi habían sido acusados de traicionar a la Constitución, imputados por delinquir contra la política y la religión. Habían traicionado a Dios, lo que este representaba y, para muchos, algo incluso más importante que cualquier tipo de fe: habían traicionado a la República de Florencia.

La Signoria había pronunciado el edicto el día anterior. Morirían ahorcados y quemados en la plaza de la Signoria. Desde que fueran capturados en las primeras jornadas de mayo, el pueblo florentino supo que Savonarola únicamente saldría de la ciudad siendo ya cadáver. Se sentían engañados y querían venganza. Querían ver el fuego purificador limpiando sus pecados. Nada volvía del fuego, nadie resurgía de sus cenizas. Aquella jornada no estaba pensada para el ave Fénix, por mucho que apareciera en la epístola de Clemente di Roma a los corintios en la tradición apostólica.

Un mes de confinamiento en solitario en el Alberghettino, la cárcel situada en la torre de Arnolfo del palacio de la Signoria, fue suficiente. Durante este tiempo y, a pesar de los interrogatorios y las torturas, Savonarola no dejó de escribir.

A los tres acusados se les concedió un breve momento para poder hablar entre ellos y, así, administrarse los sacramentos. Las últimas palabras de Girolamo denotaron un vaivén de sentimientos que sus ojos no reflejaron hasta su momento final.

«Desgraciado de mí, todos me han abandonado, habiendo ofendido al cielo y a la tierra. ¿Hacia dónde me dirigiré? ¿Hacia dónde me volveré? ¿Dónde estará mi refugio? ¿Quién se apiadará de mí? No me atrevo a alzar la vista al cielo, ya que he pecado gravemente contra Él. No encuentro lugar de refugio en la tierra, pues en ella soy un escándalo. ¿Qué haré, pues? ¿Me desesperaré? ¡No! La misericordia está en Dios, la compasión está en el Salvador. Dios es solo mi refugio, no despreciará la obra de sus manos, no rechazará a quien es su imagen. A vos, dulce Dios mío, vengo desolado y herido. Vos sois mi esperanza, mi refugio. Pero ¿qué más os puedo decir? No me atrevo a alzar la vista, exhalaré las palabras del dolor, imploraré vuestra compasión y os diré: "¡Compadeceos de mí, Dios mío!", apelando a vuestro perdón. No según el perdón de los hombres, que no es grande, sino según vuestro perdón, inmenso, incomprensible, infinito sobre todos los pecados.

Según vuestra misericordia, con la cual habéis amado nuestro mundo y le habéis dado a vuestro único Hijo. Lavadme, Señor, en su sangre, iluminadme en su humildad, renovadme en su resurrección».

En la plaza estaba todo dispuesto. Una gran pasarela construida para la ocasión ganaba terreno hacia el centro del recinto. Los más morbosos aguardaban en las primeras filas, como espectadores de lujo ante la inminente ejecución. No tardó mucho el pueblo florentino en abarrotar la plaza. Las últimas palabras de la liturgia las pronunció el obispo Benedetto Pagagnotti, pero nadie les prestó atención. Florencia quería sangre, no palabras.

Los reos avanzaron de uno en uno hacia el gigantesco mástil que terminaba en cruz. Allí, alzados, serían colgados y quemados. El fuego devoraría la madera de la tarima, el mástil, la cruz y los cuerpos sin vida de los tres herejes. Los pies descalzos entraron en contacto con la madera. Alguna astilla hizo mella en su delicada piel, mas no sintieron sino miedo. ¿Acaso no dudó el Hijo del Hombre en sus últimos momentos? Tan solo una toga vestía los cuerpos de los que se disponían a morir. Gritos de «traidores», «herejes» o «pecadores» llenaban la plaza, y el alboroto llegaba incluso hasta las orillas del Arno.

Silvestro y Domenico fueron los primeros. Mediante una escalera, auparon sus cuerpos hasta que sendas sogas rodearon sus cuellos. No dejaron de repetir el nombre de Jesús hasta el final. Una vez colgados, los florentinos más irascibles trataron de prender las primeras llamas antes de que los reos colgados murieran, para aumentar aún más su sufrimiento. Los miembros de la Signoria encargados de la seguridad evitaron que la ejecución se convirtiera en un espectáculo todavía más dantesco.

Acusados y acusadores esperaban que la tortura de los dos primeros reos no durara mucho. Al fin y al cabo, la pena de muerte ya era un precio suficientemente alto que pagar. El pueblo tampoco quería que les tomara mucho tiempo. En realidad, los florentinos habían dejado en su estómago espacio suficiente para el postre final: la ejecución de Girolamo Savonarola.

Savonarola no se movió. Miró a sus compañeros, que yacían calcinados sin vida, y esperó su turno. No opuso resistencia. Incluso en esos momentos se sentía en verdad un enviado de Dios. Entonces le llegó el turno. Tras recibir un leve empujón, Girolamo se acercó a la escalera. El ascenso fue interminable, mientras intentaba transportar su mente a otro lugar, fuera del alcance de tantos improperios.

Pocos fueron los que derramaron alguna lágrima. Los partidarios del fraile, conocidos como los *piagnoni,* o «llorones», hicieron honor a su nombre. Semiocultos entre las gentes, poco podían hacer para evitar el funesto desenlace. Algunos de ellos, como Sandro Botticelli, prefirieron no estar presentes por miedo a ser arrestados si se les reconocía como seguidores del hereje. Otros, como Michelangelo, estuvieron presentes por casualidad o dejaron sus quehaceres para asistir a la ejecución. El de Caprese estaba de viaje con destino a Carrara, pero no se había detenido en Florencia para ver morir al fraile. Lo conocía, eso sí, de vista, de cuando aún frecuentaba el jardín de artistas de San Marco, y, en cualquier caso, no habría podido jurar ante nadie que no se alegrara. Eso mismo sintieron la mayoría de los florentinos. Pocas veces la ciudad de Florencia y el papa habían estado de acuerdo en algo. Girolamo Savonarola debía morir.

Girolamo miró hacia abajo. La soga estaba a punto de ceñirse alrededor de su cuello. Con un poco de suerte, la brusca caída se lo partiría, evitando minutos de dolor y sufrimiento. Había llegado a su fin. Continuaría su misión divina al otro lado. Más allá. Aun así, en sus últimos momentos, no perdió ni la fe ni la esperanza. Miró al cielo y exclamó:

—¡Dios mío! ¡Ha llegado la hora de realizar un milagro!

Poco a poco, todo se volvió negro. O blanco. El humo empezó a ascender. El cuerpo de seguridad de la Signoria había retrasado el ígneo desenlace todo cuanto le había sido posible, pero la gente no podía esperar más. El cuerpo se retiró de la soga, y las llamas empezaron a devorar madera primero, carne después. Pronto, la columna de humo fue visible desde cualquier punto de la muralla de la ciudad. No hubo gritos. No hubo más dolor.

Los cuerpos de los tres herejes yacían sobre la madera, después de que el fuego hubiera acabado con las sogas. El fuego fue devorando poco a poco la pasarela central construida para la ocasión. Los florentinos esperaron a que los cuerpos se carbonizaran. La Signoria había dado la orden de arrojar todo resto que quedara sobre la pila de cenizas al río Arno. No quería de ninguna manera que aquellos hombres se convirtieran en mártires, y, si alguien tenía en mente venerar sus despojos, habría de hacerlo sumergido bajo las aguas del río que atravesaba la ciudad.

A partir de entonces, la familia Medici retornaría al poder.

El rostro de espanto de Girolamo Savonarola al ser ahorcado no solo se grabó en la mente de los florentinos. Michelangelo se encargó de convertir a la piedra en un testigo más. Las mentes se perturbarían, los hechos se relatarían con subjetividad, pero la piedra nunca cambiaría su versión. Justo a la derecha de la entrada principal del palacio Vecchio, antes de la esquina que conducía al callejón que lo separaba de aquel otro palacio que en un futuro reformaría Giorgio Vasari convirtiéndolo en una galería, sobre un banco de piedra, el talentoso Michelangelo talló el rostro del ahorcado. Sin tiempo para detalles, su cincel trabajó mientras sus ojos no apartaban la vista del ajusticiado. Terminó justo antes de que el cuerpo colgante fuera consumido por las llamas. El bajorrelieve perduraría por los siglos en la piedra incombustible.

El escultor era muy observador, y quería dejar huella sobre lo que estaba observando en aquel momento. Él estaba acostumbrado a contemplar la muerte de cerca, fruto de la peste y la pérdida de su madre, y cinceló el relieve sin remordimiento ni compasión. No hacía ni un año que la ciudad de Florencia se había visto diezmada por una epidemia de peste, dejando cadáveres en el hospital de Santa Maria Nuova y en el convento de San Marco. La parca no hizo excepción alguna con la familia Buonarroti, llevándose a Lucrezia Ubaldini da Gagliano, madrasta de Michelangelo. Fue muy común, en aquellos días, que los doctores deambularan por la ciudad embutidos en negro, con máscaras extravagantes y vara en mano, a fin de conservar su salud. Técnicas como la entrega de amuletos no funcionaron demasiado. Las sanguijuelas o el mercurio, tampoco. El temor al resurgir de la temida peste negra del siglo XIV revoloteaba sobre Florencia. Gracias a Dios, no fue así.

Michelangelo se marchó de Florencia con destino a los Alpes Apuanos. Allí, en algún lugar de Carrara, una *pietà* se escondía entre el mármol, esperando a ser liberada por el cincel del maestro.

10

El joven artista llegó al pequeño pueblo de Carrara, ahora gobernado bajo mandato de la familia Malaspina, que había adquirido el ducado al conde Antoniotto Filoremo de Génova, allá por el año 1473 de Nuestro Señor.

La columna vertebral que realizara el Imperio romano siglos atrás aún seguía vigente y era el modo más raudo de alcanzar cualquier punto. Buonarroti pudo haber optado por el camino más rápido tomando la vía Aurelia, que unía Roma con Pisa; desde allí, alcanzar Carrara no le hubiera supuesto ni una jornada más. Pero la vía paralela al mar siempre había sido algo peligrosa, pues saqueadores y piratas aprovechaban sus jornadas de descanso para asaltar a los viajeros. Optó por un camino algo más largo, y se dirigió por la vía Cassia, que circundaba la tierra que le vio nacer, Arezzo, y llegaba cómodamente a Florencia.

Después de la ejecución de Savonarola, retomó su travesía de nuevo por la vía Cassia hasta el cruce con la vía Aemilia Scaura. Así aprovechó para hacer una parada diplomática y visitar, en Bianello delle quattro Castella, al conde Alessandro de Canossa, amigo de su padre. Nunca sabía cuándo podría llegar a necesitar contactos.

Jacopo Galli, amigo y representante del artista, se presentó por sorpresa en Carrara certificando los pagos de la nueva empresa.

a día 27 de agosto de 1498

Se hace saber a quien lea este contrato que Su Eminencia el cardenal de San Dionigi ha llegado al siguiente acuerdo con el maestro Michelangelo, el escultor florentino: el citado maestro se compromete a esculpir a sus propias costas una Pietá de mármol, es decir, una Virgen María vestida sosteniendo en sus brazos a su hijo Jesucristo muerto, a escala natural, por la cantidad de cuatrocientos cincuenta ducados de oro en moneda pontificia, en el plazo de un año a contar desde el día en que se inicie la obra. Su eminencia el cardenal efectuará el pago de la forma siguiente:

Entregará antes del comienzo del trabajo ciento cincuenta ducados de oro en moneda pontificia. Una vez se haya comenzado la obra pagará al citado Michelangelo cien ducados en la misma moneda cada cuatro meses, de forma que los mencionados cuatrocientos cincuenta ducados de oro en moneda pontificia estén satisfechos en el plazo de un año si este encargo se ha realizado. Si la obra fuese concluida con anterioridad a esta fecha, Su Eminencia pagará entonces toda la suma.

Y yo, Jacopo Galli, prometo a Su Eminencia el Cardenal que el susodicho Michelangelo terminará la obra en el plazo

de un año y que será la escultura mas bella de Roma, ya que
ninguno de los maestros actuales serían capaces de superarla.

Prometo, por otra parte, al citado Michelangelo, que Su
Eminencia el Cardenal satisfará el pago en la forma conve-
nida. Para dar fe de todo esto, yo, Jacopo Galli, he redacta-
do de mi puño y letra el presente documento en el año, mes
y día arriba indicados. Este contrato suspende y anula cualquier
otro escrito por mí o por el mencionado Michelangelo, y sólo
el presente tiene valor legal. Así lo acuerdan ambas partes.

Su Eminencia el cardenal me entregó a mí, Jacopo Galli, en
fecha reciente, cien ducados de oro en moneda pontificia, y hoy
me entrega cincuenta ducados de oro de la misma moneda.

Ita est Joannes, Cardinalis s. Dyonisii
Idem Jacobus Gallus, de su puño y letra.

Todo estaba, pues, listo para pasar uno de los inviernos
más fríos que Michelangelo recordaba. Durante el mes de
febrero, la Toscana había sufrido una helada tal que casi nadie había visto en su vida algo parecido. El río Arno se conge-
ló por completo, y el suministro de pescado se vio menguado
hasta el punto de peligrar todo el negocio pesquero. Las relaciones con Pisa no atravesaban su mejor momento, de manera que la pesca en alta mar se antojaba complicada.

El artista dedicó los primeros días a sondear las laderas del
monte Polvaccio en busca de la mejor cantera. Si conseguía
encontrar el lugar idóneo, en verano podría estar esperando
todo el material en el puerto de Ripetta, pues pensaba confiar

a su amigo Simone el traslado del mármol. Michelangelo sabía que el mejor mármol se hallaba allí, sin duda alguna, y que su intuición acabaría llevándolo hasta él. Buonarroti inició entonces un diálogo con el entorno, dejándose llevar por una especie de voz hasta el lugar adecuado, sin importarle lo difícil que fuera acceder hasta él y sacar de allí el preciado bloque de mármol. Con un cuchillo y un par de *melas,* o manzanas, tenía lo suficiente. Agarraría un buen bastón para ayudarse en el ascenso y volvería con la información.

La extracción del mármol nunca era tarea sencilla. En primer lugar, había que encontrar el mármol. Pero no un mármol cualquiera, sino el que decidiera el maestro. Piero d'Argenta, joven discípulo de tan solo veintitrés años, lo sabía muy bien. Una vez elegido el bloque, tenían que cortarlo a mano, con una sierra de cable. No había otra manera.

Con unas cuñas de madera se terminaba el proceso de extracción, para después descender el bloque por la ladera de la cantera gracias a unas poleas de cuerdas. El equipo humano había de trabajar en sincronización perfecta. Un mal movimiento, un simple despiste, y todo el bloque podía perderse; ningún escultor estaría dispuesto a trabajar con un bloque en mal estado. Mucho menos, Michelangelo Buonarroti. Al menos por el momento.

Las heladas alcanzaron Carrara y por ende todo el Polvaccio. El brusco descenso de temperatura y la tormenta que provocó pilló desprevenidos a algunos trabajadores, que tuvieron que improvisar escondrijos para, al menos, combatir la nieve y el frío. Piero d'Argenta perdió de vista a su maestro, que se había encaramado a un nivel superior. Temeroso de que el frío pudiera con él y sin rastro de Buonarroti a pesar de sus gritos de alerta, bajó los metros que le separaban del campamento base para intentar alcanzar un fuego que le devolviera algo de vitalidad. Esa noche no pudo pegar ojo, pensando en su maestro, que no había descendido ni daba indicios de que lo fuera a hacer.

La testarudez de Michelangelo le había llevado a escalar más de la cuenta, y el viento y el agua habían convertido la escalada en un viaje de no retorno. Al menos hasta la jornada siguiente, si es que aparecía el sol. El abrigo que vestía le protegía de las bajas temperaturas, pero no aguantaría toda la noche. Debía buscar refugio. Por suerte, el Polvaccio no solo era una estupenda cantera de mármol, también disponía de un buen número de grutas donde cobijarse. Solo había que encontrar una. Agarrando con fuerza el bastón que le ayudaba a sostenerse frente a las grandes corrientes de viento, avanzaba a tientas por el maldito temporal. En un extraño movimiento y ante la falta de visibilidad, Michelangelo tropezó desorientado y la tierra se lo tragó. No hubo mucho que lamentar, pues la caída no fue grave, más bien aparatosa. Sin saberlo, había encontrado un lugar donde guarecerse de la tormenta, aunque con nula visibilidad. Dedujo que o bien era un abrigo rocoso, o se encontraba dentro de una pequeña caverna de mármol. Al no sentir corriente de aire, se declinó por la segunda opción. Aunque había evitado el viento y la humedad de la lluvia, el frío le calaba los huesos y debía buscar solución si no quería perecer presa de la tormenta. El espacio era insuficiente para moverse por él y mantenerse en calor, así que optó por el método más rudimentario: hacer un fuego. Tenía madera, pues podía reducir a pequeñas astillas el bastón que le había servido de guía. Tenía la herramienta para destruir el bastón: el cuchillo con el que pelaba sus manzanas. Pero le faltaba una de las partes más importantes de la ecuación, algo que ejerciera de pedernal. Dedujo que el mármol no sería lo suficientemente resistente como para generar una mínima chispa, así que se dispuso a buscar. Gateó a tientas, pues la iluminación era demasiado débil y el único punto de luz era el agujero abierto a dos metros sobre él. Justo el lugar por donde había caído y por el cual no dejaba de entrar agua y nieve.

De repente topó con algo seco, duro; de textura entre la suavidad y la aspereza. Tan pronto como lo tuvo agarrado tiró de ello e intentó exponerlo a la débil claridad, pero en cuanto lo reconoció lo soltó sobresaltado. Se trataba de una calavera humana. Michelangelo estaba instruido en el arte de la anatomía, pero en aquel momento lo que menos esperaba encontrar era un pequeño cementerio en su nido particular de mármol. ¿Qué hacía allí? ¿Quién era? Posiblemente otro escultor despistado que había caído tiempo atrás en aquella misma trampa. No tenía tiempo ni deseaba pensar que compartirían el mismo destino, así que siguió buscando, aunque sin ningún resultado.

Fruto de la desesperación, creyó que se rendiría. No dejaba de ser una cueva bajo el mármol, y las posibilidades de encontrar una piedra de mayor dureza allí dentro se presentaban casi imposibles. Tenía que pensar en otro plan. Quizá la calavera serviría. Recogió el cráneo y se dispuso a golpear la parte metálica del cuchillo contra el hueso. Cortó un poco de madera, y con paciencia la redujo a un amasijo de astillas. Necesitaba también algo que iniciara la combustión, y parte del jubón se convirtió en un perfecto colchón para la madera. Golpe tras golpe, intentó producir alguna chispa que soplar, pero cada impacto que sufría el cráneo le dolía a él mismo como si le estuvieran golpeando con un cincel. Al menos el vaivén le procuraba algo de calor. Poco a poco, la preocupación empezó a tornarse en miedo. No aparecía chispa ninguna.

Pensó entonces en el fuego por fricción. El resto del bastón, apartado de la húmeda oquedad, había pasado un tiempo resguardado y quizá no estuviera mojado. Tomó la parte que no había utilizado como leña y la partió por la mitad. Con el cuchillo talló una uve en la base de una de las mitades y la dispuso en horizontal; la otra mitad la utilizaría como taladro improvisado. Le cinceló la punta para facilitar la fricción. Luchando contra un frío cada vez más intenso, colocó en una pila las astillas, parte del jubón y el bastón horizontal encima de todo. De rodillas, se inclinó frente a la hoguera improvisada, y colocó en vertical la otra mitad del garrote. Hora de frotar. Intentó administrarle velocidad al movimiento de fricción y rezó. No tenía tiempo de juzgar si debía o no suplicar a Dios. A un Dios. Al Dios que fuera y que le escuchara. Rezó sin más.

Un tímido punto incandescente asomó brevemente, efímero. Algo fallaba. Necesitaba un material que ardiera a la primera. Miró sus botas, su vestimenta. Nada le aportaba confianza. Ya tenía un trozo de tela como colchón esperando a que cayera alguna chispa y no había dado resultado. Aún no. Entonces pensó en algo casi macabro. Miró el cráneo desnudo de su compañero de refugio. Cabello humano. Se llevó la mano a la cabeza y se agarró un mechón de la nuca. El pelo ardía, sí. Sin dudarlo un instante, prendió con la mano izquierda el cuchillo y segó un generoso mechón de su cabello, que dispuso en el hueco en forma de uve que acababa de tallar. Reanudó el movimiento de fricción. Una vez más. Con mucho más ahínco. En unos momentos, el tímido punto incandescente volvió a resurgir; era como un ave fénix en aquellos momentos. Cuando Michelangelo estaba al borde de la extenuación, el hasta ahora débil punto caliente se hizo fuerte, y empezó a crecer y a generar algo de humo. Lo había conseguido. Los pulmones del escultor hicieron el resto. Los cabellos ardieron y, con ellos, tela y madera. El fuego salvaría su vida, sí. Al menos una jornada más.

El florentino pensó que el fuego le aportaría la calma y paciencia necesarias para aguardar el fin de la tormenta. Pero no fue así. Las llamas entregaron a Michelangelo la visión de algo que no se esperaba. Y el resto cobró sentido. Una pequeña galería pictórica se presentó poderosa y milenaria frente a él. Iluminadas por aquella luz inesperada, las casi monocromáticas figuras esquemáticas de animales y seres humanos que aparecieron ante sus ojos convirtieron el refugio helado en una extraña capilla de hielo, y al artista, en el testigo de un legado. Aquello era, sin duda, la herencia de una época anterior, desconocida, que el maestro no alcanzaría a entender. Mientras ciudades como Florencia y Roma rivalizaban en batallas por el territorio y también artísticas,

Buonarroti acababa de encontrar, sin saberlo, el posible origen de todo aquello. Conocedor de las Sagradas Escrituras, no encontró en aquel lugar ninguna referencia religiosa, ningún mensaje manipulado. Así como ningún emblema de poder. Lo que había representado en aquella pared era únicamente naturaleza. Bendita naturaleza: la lucha del hombre y el animal; instinto de supervivencia. La simplicidad de los bosquejos le dio que pensar. Michelangelo había frecuentado la biblioteca de Lorenzo *el Magnífico* y conocía las civilizaciones del antiguo Egipto, de la Grecia antigua, pero aquello se remontaba mucho más atrás. Todos los libros que había leído clasificaban la cultura y el arte en politeístas y monoteístas. Pero esto iba más allá de toda religión. O quizá, por el contrario, se trataba de la primera religión. Algo anterior a la que propusiera el latino Lactancio, que atribuía la etimología de la palabra «religión» a *religar*. Recordó a Cicerón, para quien la palabra «religión» tenía un significado mucho más unido a la cultura: interesarse por la cultura y releer. Más cultura y menos sumisión. Estaba seguro de que aquellas pinturas, aquellas simples muestras de arte, no eran más que un legado cultural, ajenas a luchas de poder, a creencias manipuladas, a tergiversaciones de traducciones realizadas a dedo. Recordó las palabras de Lorenzo de' Medici el día que le partieron la nariz. Aquello era natural, en un ambiente rupestre. Arte en roca. Inmortal.

Y entonces volvió la vista atrás. Dirigió la mirada hacia el cráneo. Quizá no fuera el de un florentino más en busca de mármol para un nuevo ángel o una virgen. Quizá era el cazador; quizá el artista. Muy posiblemente, ambos. Y le dedicó unos pensamientos de respeto. Junto al cráneo y al fuego, Buonarroti se quedó dormido.

No sabría distinguir muy bien si fue por el frío o por las voces que le llamaban por su nombre, pero se despertó de un sobresalto. Permaneció un momento algo perdido, como si no supiera dónde estaba. Entonces se acordó de la aventura casi paleolítica de la jornada anterior. En el centro del agujero se había formado una montaña de nieve, pero no cubría la entrada. La humedad se había apoderado por completo de la estancia y no quedaba rastro del fuego que le salvó la vida. Una voz, por encima del resto, gritaba su nombre. Era la voz de Piero d'Argenta. Tosió un par de veces para recuperar la voz y gritó con todas sus fuerzas hasta que dieron con él. Con ayuda de una de las sogas no fue difícil upar al maestro, que, encaramándose al montón de nieve, salió con facilidad. Piero se abrazó a su maestro, y el resto de la pequeña expedición celebró con alegría el regreso de Buonarroti.

Michelangelo no contó a nadie lo que había visto allí abajo. Había sido un privilegiado y, pensaba, nadie sería capaz de entenderlo.

—¡Maestro, qué gran placer encontraros con vida! ¡Os ha salvado la naturaleza!

—Nunca me he sentido salvado por la naturaleza. Me encantan las ciudades por encima de todo.

Aquello fue cuanto Michelangelo Buonarroti alcanzó a pronunciar antes de volver a Roma. Ya nunca volvería a ser el mismo.

11

Roma, 1499, basílica de San Pietro

Débil fragancia de aguas perfumadas. La expectación en la capilla de Santa Petronilla, un mausoleo romano del siglo IV adherido a la sacristía de la basílica de San Pietro, era máxima. Cada vez que se presentaba una nueva obra de arte, la curiosidad se apoderaba de los adinerados, gente influyente que aprovechaba la mínima ocasión para ejercer de relaciones públicas en cualquier acto social. En lo que concernía a su vanagloria, sabían que Florencia les sacaba ventaja en muchas cosas, pero no perdían la esperanza de ganar a nivel artístico y de recuperar las glorias de la Roma imperial.

El mecenas de la obra, Jean Bilhères de Lagraulas, había instado una y otra vez a Michelangelo a trabajar con premura, sobre todo cuando vio que, los primeros meses, el joven artista se sentaba delante del bloque y se ponía a pensar sin tocar martillo ni cincel. Por muy irritado que estuviera su mecenas, Buonarroti no alteraba su modo de proceder. Quizá pensara en las maravillosas imágenes de la gruta del Polvaccio.

Por desgracia, Jean Bilhères de Lagraulas falleció unos días antes de la presentación de la obra, que pasó directamente a ser propiedad del mismísimo sumo pontífice. El propio Alessandro VI se encargó del envío de las misivas de invitación al acto, aquel paso más hacia el prestigio perdido.

Allí acudieron Vannozza Cattanei, amante del Borgia desde 1470, y sus tres hijos: Cesare, que después de acabar su carrera eclesiástica se había transformado en el verdadero hombre de acción que llevaba dentro y estaba a punto de participar en la invasión de Milán en apoyo al rey de Francia; Lucrecia, en pleno proceso de separación de Giovanni Sforza; y el joven Goffredo, con su esposa Sancha de Aragón y Gazela, recién llegados de Nápoles. Giovanni, el mayor, contaban algunos, había sido asesinado dos años atrás por su hermano Cesare en el gueto de Roma, mientras que otros aseguraban haber visto al joven Goffredo en los alrededores en el momento del crimen. Nunca se desvelaría el misterio.

Deambulando sin llamar demasiado la atención, así se dejó ver igualmente el vicecanciller Ascanio Sforza, valido de Borgia desde el cónclave de 1492 y despojado de aquella confianza desde la invasión francesa. Además, estaba siendo investigado y vigilado en secreto como sospechoso del asesinato de Giovanni, pues su ausencia en el consistorio había levantado demasiadas suspicacias. También asistió el arzobispo Lorenzo Cybo de Mari, que no solía tener demasiado tiempo libre, ocupado como estaba en terminar la capilla Cybo en Santa Maria del Popolo; el cardenal Francesco Nanni Todeschini Piccolomini, implicado en el proyecto de reformar la curia romana; el cardenal Oliverio Carafa, con la mente puesta en la administración de la diócesis de Cádiz; el casi centenario Jorge da Costa, arzobispo de Lisboa y todo un ejemplo en cuanto a vitalidad; el cardenal Girolamo Basso della Rovere; el cardenal Tommaso Inghirami, más centrado en la interpretación que en la religión y cuyo sobrenombre era *Fedra* por su brillante papel en las representaciones de la tragedia de Séneca *Hipólito;* y el cardenal Giovanni Battista Zeno, conocido como «el hombre de los cónclaves», pues su participación había sido decisiva en las votaciones de los años 1471, 1484 y 1492 de Nuestro Señor.

Por último, acudieron igualmente representantes de las familias más adineradas y emergentes de la ciudad. Pietro Cesi; el cardenal Domenico de la familia Grimani; Alfonso I d'Este, que rondaba a Lucrecia Borgia; Giulia de la familia Farnese, amante del papa; o el embajador florentino Francesco Soderini estaban entre los privilegiados asistentes al evento de la jornada.

Todo estaba preparado para que cayera el enorme lienzo que cubría la aún misteriosa mole de mármol. Pocos habían sido los asistentes al momento de su colocación, que se había realizado sin público, sin negocios a la espalda ni la crítica de la alta sociedad.

El joven Michelangelo Buonarroti, desconocido para casi todos los presentes, pasó inadvertido y se instaló como uno más entre la gente. Tenía apenas veinticuatro años y estaba a punto de convertirse en inmortal.

Eso creía.

Eso quería.

El encandilamiento fue general. Todos los presentes compartieron la misma sensación, como si acabaran de asistir al descendimiento de la cruz. Ante la expectación general, el paño había caído y dejado al descubierto a una joven Virgen María, arrodillada, con el Cristo muerto sobre ella. Rostro angelical, libre de cualquier rastro pecaminoso que pudiera arrastrar en vida, y joven, muy joven, así era la Virgen de Michelangelo. Sobre su cuerpo, aparentemente frágil, yacía no un dios recién crucificado, sino el Hijo del Hombre. La fuerza casi sobrehumana que poseía la Virgen asía con una mano el cuerpo inerte de Jesús de Nazaret. La Madre tenía que ser más joven que el Hijo, para mostrarse virgen para la eternidad; mientras que el Hijo, afiliado a la naturaleza humana, había de semejarse a un hombre cualquiera en sus despojos mortales. El autor no solo había conseguido la maestría anatómica, sino que la delicadeza del cuerpo de la Señora combatía en belleza con la inercia del de la figura del Hombre. Pareciera, incluso, que los marmóreos pliegues de la vestimenta se llenarían de movimiento con cualquier corriente de aire. Allí había vida y muerte, amor y temor, fin y principio, dolor y pasión. Alessandro VI, el papa, empezó a transpirar un sudor frío. La imagen le evocaba irremediablemente la reciente muerte de su hijo Giovanni.

Se levantó un murmullo ininteligible; la gente había reaccionado. Por el gesto en los rostros, todo parecía ser aprobación y respeto. Aquella fue, para todos, la evolución natural del arte romano imperial. La mirada de Michelangelo iba y venía de un sitio a otro, analizando expresiones, buscando respuestas, encontrando dudas.

En aquel ir y venir escrutador, sus ojos tropezaron de repente con alguien que no se esperaba: Pietro Torrigiano, el joven escultor que nueve años atrás le había partido la nariz. Lorenzo de' Medici lo había expulsado de la ciudad de Florencia y ahora estaba allí, en Roma, a punto de juzgar su trabajo.

Michelangelo no tembló, no dudó de sí mismo. Confiaba en su trabajo, confiaba en el mármol de Carrara y en la Virgen impoluta arrodillada frente a ellos.

Las primeras voces sonaron en el interior de la capilla de Santa Petronilla.

—¿Quién, en nombre del Señor, es merecedor de nuestras alabanzas? —vociferó alguien entre la multitud.

—¡Tiene el don de Policleto!

La voz de Jacopo Galli, amigo y compañero de hogar del artista, se erigió por encima de todas las demás:

—¡Esta obra, la más bella de toda Roma y que ningún otro artista vivo será capaz de recrear, es del joven escultor florentino Michelangelo Buonarroti!

El artífice de la obra agradeció en su interior el gesto de su amigo. Sin embargo, la respuesta de la concurrencia sorprendió a propios y extraños. Una risa generalizada se apoderó del ambiente, y Buonarroti palideció. Al escuchar la palabra «florentino», la mayoría de los presentes se carcajearon. No era el mejor lugar ni el mejor momento para ser florentino. No es que fuera peligroso, pero el ego romano era incapaz de aceptar que aquella maravilla fuera obra de alguien vinculado a la que consideraban la ciudad de la sodomía.

—¡Esa obra solo puede ser digna de un escultor romano! —gritaron desde las esferas eclesiásticas más bajas, que desconocían el verdadero origen del encargo de la *pietà*.

—*Non è vero!* —vociferó un rico mercader lombardo—. ¡Seguro que es obra de nuestro *Gobbo di Milano!*

Hubo un abucheo generalizado para el milanés.

—¡Sepan, romanos insolentes, que, en Milán, un hombre llamado Leonardo da Vinci ha pintado el cenáculo más grande de todos los Estados Italianos!

Para evitar que la indignación fuera a más, el mercader fue arrastrado a la salida del recinto por los mercenarios suizos que desde el mandato de Sisto IV protegían la Santa Sede desde los cuarteles situados en vía Pellegrino.

Solo los más entendidos supieron que el mercader se refería a Cristoforo Solari, el escultor encargado de la tumba de Ludovico Sforza y Beatrice d'Este pocos meses atrás. Michelangelo no daba crédito al debate. Todo el mundo estaba de acuerdo en algo: era una obra de arte sublime. Todo el mundo discrepaba en algo: no podía ser obra de un florentino. No podía entenderlo. Su arte estaba por encima de ciudades, religiones, reyes o papas. El único mensaje que le interesaba era el de la devoción, devoción al arte. Si aquella noche en la gruta de Carrara había transformado su perspectiva artística, este momento estaba a punto de descubrirle su sentimiento de pertenencia. Roma, inapelablemente, era enemiga de cuantos ideales quería el artista promover mediante su oficio: dejar una huella, romper las barreras del tiempo, trascender a lo largo de los siglos.

Un suave empujón en el hombro sacó a Michelangelo de sus pensamientos. Al girar la cabeza, sus ojos se toparon con una sonrisa que conocía demasiado bien. Pietro Torrigiano, lejos de sentirse ofendido por su origen florentino, disfrutaba de la porfía. Retrocedió el tiempo: Florencia, jardín de San Marco, sangre. El destino aún no había hecho justicia.

—La escultura no está nada mal. Lástima que tu nariz esté mejor esculpida y no seáis vos el cincelador.

El otrora hierático Buonarroti estuvo a punto de arder en cólera y abalanzarse sobre Torrigiano. Ojo por ojo y diente por diente. Nariz por nariz. Sin embargo, Pietro se deslizó hábilmente entre las gentes que comenzaban a abandonar el lugar entre las alabanzas y la incredulidad.

El artista se resignó a avanzar al ritmo de la corriente, al darse cuenta de que le sería imposible alcanzar a Torrigiano. Tampoco era momento ni lugar para saldar cuentas pasadas.

Al llegar a casa, Jacopo le esperaba con rostro de preocupación. Sabía que el viaje a Carrara había marcado un antes y un después en la vida de su colega. Su comentario, lanzado con el único fin de engrandecer la figura del escultor, había provocado justo el efecto contrario: desconsideración, segregación, burla. Jacopo se sentía culpable del revés sufrido en la capilla. La sensación —así la habría definido cualquiera de los dos involucrados— era agridulce. La mejor obra de arte que Michelangelo podía dar a la ciudad había sido alabada y comparada con el arte de la antigua Roma. Algunos se habían apresurado a lisonjear la técnica depurada del pulido, muy superior a todo lo visto hasta la fecha. Pero, por otra parte, la figura del artista había sido tratada con desdén. No se juzgaba el talento, no se juzgaba la pasión; la oriundez estaba, para los romanos, por encima de todo.

Arribó como siempre, caminando. Vestido de negro, con la cabeza gacha. Nadie diría que se trataba de un veinteañero que acababa de presentar en sociedad una de las grandes esculturas de todos los tiempos.

Japoco tomó la palabra.

—*Michelo*, yo... lo siento.

—*Non fa niente*, Japoco. —Ya de por sí parco en palabras, Michelangelo rehusó la conversación.

Pasó de largo y se dirigió a las caballerizas. Jacopo creyó comprender que su amigo no deseaba saber, en lo que restaba de aquella jornada, nada del género humano. Imaginó, aunque era algo que le costaba entender, que dormiría entre la paja, al lado de los caballos. Su amigo escultor empezaba a generar unos ingresos inusuales tanto para alguien de su edad como para la época. Podría considerarse un privilegiado. Sin embargo, Buonarroti no le daba la menor importancia al estipendio. Simplemente lo guardaba sin más, mandando de vez en cuando pequeñas cantidades a su familia en Florencia. Pero allí estaba él, el escultor. Dormiría entre la paja, al lado de los caballos.

No se equivocó.

12

Roma, 1499, basílica de San Pietro

Al final Jacopo Galli sí se equivocó. Michelangelo no tenía ninguna intención de dormir en la cuadra. En realidad, no tenía ninguna intención de dormir. Durante el tiempo que estuvo en el cobertizo, una idea se fue fraguando lenta pero decididamente en su espíritu. Esperó al ocaso y se puso manos a la obra. Debía volver a la capilla de Santa Petronilla.

Solo la luz de la luna iluminaba el trayecto. Las cálidas notas de color que desprendían las escasas antorchas fluctuantes que iluminaban las viviendas no mejoraban demasiado la visibilidad de las vías. Tampoco ayudaba aquella falta de claridad a sortear la delincuencia. Por fortuna, Michelangelo no tuvo problema. Su paso firme, su aspecto descuidado y su negruzca indumentaria lo mantenían al abrigo de posibles asaltadores. Al llegar a la plaza se detuvo y escudriñó a su alrededor. Conocía los anárquicos turnos de guardia. Los mercenarios suizos obraban por dinero. Pocos ejercían su labor por pasión o por fe, algo que tarde o temprano tendría que corregir Alessandro VI.

Ya estaba estudiándose la propuesta de oficializar un ejército vaticano, una guardia papal profesional contra posibles amenazas. Pero aún no se había puesto en marcha. «Afortunadamente», pensó Michelangelo.

El acceso a la capilla se produjo de manera silenciosa, a pesar de que el joven escultor no era ducho en el arte del sigilo. Roma era un lugar que se caía a pedazos desde hacía siglos, y no solo artísticamente hablando. El reciente antropocentrismo, que situaba al hombre como medida de todas las cosas, se había transformado de forma rápida en egocentrismo. Al menos en la casa del Señor. El descontrol y el despilfarro llevaban a la Iglesia por la senda del caos.

El aroma de las aguas perfumadas seguía en el ambiente. Allí estaba Ella, virgen e inmortal. Allí estaba Él, marchito y mortal.

Envuelto en una penumbra idónea para sus intenciones, Michelangelo se dispuso a trabajar. Sacó de la faltriquera, negra como su indumentaria, cincel y martillo, y comenzó el remate final. Con golpes cortos, secos, empezó a modificar la *pietà*, su *pietà*.

Nervioso, desconfiado, el joven sabía que, si era descubierto, se exponía a la pena de muerte. Es cierto que tres años atrás había sido nombrado primer artista de Roma por el cardenal Rafaelle Riario, pero ese título honorífico no le otorgaba ni mucho menos inmunidad. Había entrado sin permiso en un lugar sagrado, de noche, y en el fondo estaba profanando no solo un espacio bendito, sino la propiedad de Alessandro VI.

Cada golpe de martillo sobre el cincel hacía que una minúscula fracción de mármol cayera al suelo. Entre golpe y golpe, no podía evitar mirar a su alrededor, en busca de posibles ojos acusadores.

De repente, se escuchó un sonido.

El pulso de Michelangelo se aceleró y comenzó a temblar. Era momento de parar. Pasos. Una conversación entre dos personas. Hombres. El ejército francés de Luis XII había invadido el norte de la ciudad de Milán. Eran malos tiempos para la paz. Con sumo cuidado, el escultor bajó de la estatua y la bordeó, ocultándose tras el monumento. A medida que los pasos se acercaban, el nerviosismo se iba apoderando de él. Empezó a sudar. La respiración se le agitó. Los dos hombres, que pertenecían a la guardia improvisada de la basílica de San Pietro, pasaron de largo, antorchas en mano y espadas al cinto. Michelangelo se serenó, pero no lo suficiente como para no vacilar de nuevo. Subió al mármol y se apresuró cuanto pudo.

Al terminar el trabajo, bajó con el mismo cuidado que la primera vez y echó un vistazo rápido a su alrededor. No había rastro de los soldados. Entonces se dio cuenta del terrible error que había cometido. Era mármol lo que tenía frente a él. No era lienzo, era roca. La corrección no era una posibilidad, ni siquiera remota. El plan que había gestado durante la tarde, horas después, era un sin sentido. Había querido firmar la obra, algo totalmente prohibido en la Roma de los papas, y había fracasado en el intento. La banda que atravesaba el pecho de la virgen era el tramo perfecto de mármol en el que inmortalizar su nombre, pero sus nervios lo habían traicionado. Lo vio enseguida:

MICHAEL. AGLVS. BONAROVS. FLOENT. FACEBAT

¿Cómo había podido cometer semejante error? Faltaban letras. La frase estaba incompleta. No tenía más remedio que solucionarlo, y cuanto antes, por si volvían los guardias.

Se encaramó de nuevo a la escultura y colocó las letras restantes como buenamente pudo. Esculpió una «N» sobre la «A», una «E» en el interior de la «G», una «T» dentro de la segunda «O» y una «R» en la parte central de la «O» de «FLOENT». Solo quedaba una «I» pendiente dentro de la última «C», y todo habría acabado. El último repaso le tranquilizó temporalmente. Leyó:

MICHAEL. ANGELVS. BONAROTVS. FLORENT. FACIEBAT

Ahora no había ninguna duda: Michelangelo Buonarroti, florentino, lo hizo. Desafió las leyes, desafió a Roma y desafió al tiempo. La obra era suya. De Michelangelo. El de Florencia. Para siempre.

No tuvo tiempo para regocijarse mucho más. De nuevo escuchó unos pasos. Lejanos, pero merodeadores. Tenía que salir de allí. Bajó más rápido de la cuenta, y tropezó al llegar al suelo, lo que provocó un sonido brusco.

—*Chi é?* —preguntó una voz ronca a lo lejos.

No hubo respuesta. Michelangelo se levantó con mucho más cuidado y salió a la plaza de San Pietro. Su único objetivo en la oscuridad de la noche era alcanzar la vía Alessandrina, y allí tomar el puente del castillo de Sant'Angelo para continuar por la vía del Pellegrino. Sería muy fácil perderse por el Campo Marzio; con el negro de sus ropajes y su jubón de cuero no sería más que un bulto en mitad de la tenebrosidad nocturna.

Alcanzó el puente y disminuyó la velocidad. Hacía apenas cuatro décadas, la balaustrada del puente había cedido ante la gran cantidad de peregrinos que llegaron a Roma durante el jubileo del año 1450. En consecuencia, todas las viviendas anexionadas al puente de Sancti Petri fueron derruidas y el puente fue rehabilitado. Los transeúntes lo cruzaban con nostalgia y respeto. Michelangelo aminoró el paso, algo más tranquilo, y echó un vistazo atrás. Ni rastro del supuesto arcángel san Miguel, que, según la tradición popular, se había aparecido en lo alto del castillo anunciando el final de la peste en el año 590 de Nuestro Señor.

Avanzando con la vista puesta atrás, el escultor chocó con brusquedad contra un hombre que se apoyaba en el nuevo balaustre. Ambos hombres fueron al suelo, aunque Michelangelo, aún con la adrenalina disparada, se reincorporó rápidamente y tendió una mano al desconocido al que acababa de arrollar.

Era delgado, con las facciones bien marcadas, moreno, de pelo largo, e iba uniformado en escarlata.

—Ruego me disculpe, *messer...* —dijo Michelangelo tendiendo su mano al caído.

El individuo aceptó de buena gana la disculpa, y tendió su mano para ser upado. Hablaba su lengua, pero su acento distaba mucho de ser italiano.

—Mikołaj Kopernik. Para vos, amigo, Niccolò Copernico.

13

Roma, 1500, plaza Navona

Había transcurrido más de un año desde el incidente de la *pietà*. El mundo parecía haber cambiado rápidamente desde entonces. Durante ese breve periodo de tiempo tuvo lugar la independencia de la Confederación Suiza, la derrota de las tropas navales venecianas frente a las otomanas en la batalla de Zonchio y la segunda guerra italiana, que enfrentó a la coalición formada por Luis XII de Francia, el papa Borgia y su hijo Cesare contra los Sforza en el Ducado de Milán. Diez mil hombres aportaba el joven Borgia con el fin de seguir anexionando territorios a los Estados Pontificios y de alargar su leyenda como señor de la Romaña.

Pero no solo llegaron noticias belicosas a la Santa Sede. El papa Alessandro VI autorizó la bula que permitió la creación de la Universidad Complutense en Madrid, dando pie a una expansión facultativa sin parangón. En su ciudad de origen, Valencia, también se creó la universidad, mientras que en Alcalá de Henares se construyeron las facultades de Artes, Derecho y Teología. Asimismo y bajo mandato de Alessandro VI, se incorporó a la celebración la utilización de las puertas santas para los peregrinos en las basílicas mayores de Roma. Su apertura y clausura marcaba el inicio y el fin del año jubilar y la inauguración de la vía Alessandrina aumentaba la fama del sumo pontífice.

Por otra parte, llegaban noticias del Nuevo Mundo a través del florentino Amerigo Vespucci, con el consiguiente cambio de concepción del mundo conocido hasta el momento.

A Lorenzo di Pierfrancesco de' Medici,
desde Sevilla, 18 de julio de 1500

Magnífico Señor, mi señor:

Hace mucho tiempo que no he escrito a Vuestra Magnificencia por no haberme ocurrido cosa digna de memoria. Y la presente sirve para daros nueva de cómo, hace un mes aproximadamente, vine de las regiones de la India por la vía del mar Océano, a salvo con la gracia de Dios, a esta ciudad de Sevilla: y porque creo que Vuestra Magnificencia tendrá gusto de conocer todo lo sucedido en el viaje, y de las cosas más maravillosas que se me han ofrecido. V. M. sabrá cómo, por comisión de la Alteza de estos Reyes de España, partí con dos carabelas a 18 de mayo de 1499, para ir a descubrir por la vía del mar Océano; y tomé mi camino a lo largo de la costa de África, tanto que navegué a las islas Afortunadas, que hoy se llaman las islas de Ca-

narias: y, después de haberme abastecido de todas las cosas necesarias, nos hicimos a la vela desde una isla, que se llama La Gomera, y dirigimos la proa hacia el lebeche, y navegamos sin ver tierra ninguna, y al cabo de veinticuatro días avistamos tierra. Avistada la tierra, dimos gracias a Dios, y echamos al agua los botes, y con dieciséis hombres fuimos a tierra, y la encontramos tan llena de árboles que era cosa maravillosa no solo su tamaño, sino su verdor, porque nunca pierden las hojas, y por el olor suave que salía de ellos, que son todos aromáticos. Y andando a lo largo de la tierra encontramos el agua dulce como de río, y sacamos de ella y llenamos todos los barriles vacíos que teníamos. Cuando estuvimos en los navíos, levamos anclas y nos hicimos a la vela, poniendo proa hacia el mediodía; porque mi intención era ver si podía dar vuelta a un cabo de tierra, que Tolomeo llama el Cabo Cattigara, que está unido con el Gran Golfo, ya que, en mi opinión, no estaba muy lejos de ello.

Navegamos hacia el mediodía, y a lo largo de la costa vimos desembocar de la tierra dos grandísimos ríos, y uno venía del poniente y corría hacia levante, y el otro corría de mediodía hacia septentrión; y yo creo que estos dos ríos eran la causa de ser dulce el mar, debido a su grandeza. Y visto que la costa de la tierra resultaba ser aún tierra baja, acordamos entrar en uno de estos ríos con los botes y navegar por él hasta encontrar u ocasión de saltar a tierra o población de gente; y preparados nuestros botes y aprovisionados para cuatro días, con veinte hombres bien armados, nos metimos por el río, y a fuerza de remos navegamos por él, en casi dos días, tentando la tierra en muchas partes; y así navegando por el río, vimos señales ciertísimas de que el interior de la tierra estaba habitada. Acordamos al cabo de dos días volvernos a las carabelas, y así lo hicimos.

Lo que aquí vi fue: una feísima especie de pájaros de distintas formas y colores, y tantos papagayos y de tan diversas clases que era maravilla; algunos colorados como grana, otros verdes y colorados, y amarillos limón, y otros totalmente verdes, y otros negros y encarnados, y el canto de los otros pájaros que estaban en los árboles era cosa tan suave y de tanta melodía que nos ocurrió muchas veces quedarnos en suspenso por su dulzura. Y una vez que hubimos llegado a los navíos, levamos anclas haciéndonos a la vela, teniendo continuamente la proa hacia el mediodía; y navegando en este rumbo, y estando lejos en el mar al pie de cuarenta leguas, encontramos una corriente marina, que corría del siroco al maestral, que era tan grande y corría con tanta furia que nos causó gran pavor, y corrimos grandísimo peligro.

La corriente era tal que la del Estrecho de Gibraltar y la del Faro de Mesina son un estanque en comparación de aquella.

Me parece, Magnífico Lorenzo, que la mayor parte de los filósofos queda reprobada con este viaje mío, pues dicen que dentro de la zona tórrida no se puede habitar a causa del gran calor, y yo he encontrado en este viaje mío ser lo contrario, porque el aire es más fresco y templado en esa región que fuera de ella, y que hay tanta gente que habita allí que por su número son mucho más que aquellos que viven fuera de ella, por el motivo que más adelante se dará; que cierto es que más vale la práctica que la teoría.

Digo que la primera tierra que encontramos habitada fue una isla, y cuando estuvimos cerca de ella, vimos mucha gente en la orilla del mar que nos estaba mirando como cosa de maravilla, y surgimos junto a la tierra obra de una milla, y equipamos los botes, y fuimos a tierra veintidós hombres bien armados; y la gente como nos vio saltar a tierra, y conoció que éramos gente diferente de su naturaleza, porque ellos no tienen barba alguna, ni visten ningún ropaje, así los hombres como las mujeres, que van como salieron del vientre de su madre, que no se cubren vergüenza ninguna, y así por la diferencia del color, porque ellos son de color como pardo o leonado y nosotros blanco, de modo que teniendo miedo de nosotros, todos se metieron en el bosque, y con gran trabajo por medio de signos les dimos seguridades y platicamos con ellos; y encontramos que eran de una raza que se dicen caníbales, y que casi la mayor parte de esta generación, o todos, viven de carne humana, y esto téngalo por cierto Vuestra Magnificencia. No se comen entre ellos, sino que navegan en ciertas embarcaciones que tienen, y que se llaman canoas, y van a traer presa de las islas o tierras comarcanas, de una generación enemiga de ellos y de otra generación que no es la suya. No comen mujer alguna salvo que las tengan como extrañas, y de esto tuvimos la certeza en muchas partes donde encontramos tal gente, porque nos sucedió muchas veces ver los huesos y cabezas de algunos que se habían comido, y ellos no lo niegan: y además lo afirmaban así sus enemigos, que están continuamente atemorizados por ellos. Son gente de gentil disposición y de buena estatura: van totalmente desnudos, sus armas son armas de saeta, y llevan estas, y rodelas, y son gente esforzada y de mucho ánimo.

Son grandísimos flecheros: en conclusión, tratamos con ellos y nos llevaron a una población suya, que se hallaba como dos leguas tierra adentro, y nos dieron de almorzar y cualquier cosa que les pedíamos, enseguida la daban, creo más por miedo que por buena voluntad: y después de haber estado con ellos un día entero, volvimos a los navíos quedando amigos con ellos. Navegamos a lo largo de la costa de esta isla y vimos otra gran población a la orilla del mar: fuimos a tierra con el batel y encontramos que nos estaban esperando, y todos cargados con alimento: y nos dieron de almorzar muy bien, de acuerdo con sus vituallas: y viendo tan buena gente y tratarnos tan bien, no abusamos nada de lo de ellos, y nos hicimos a la vela y fuimos a meternos en un golfo, que se llamó el golfo de Parias y fuimos a surgir frente a un grandísimo río, que es la causa de ser dulce el agua de este golfo; y vimos una gran población que se hallaba cerca del mar, donde había tanta gente que era maravilla, y todos estaban sin armas, y en son de paz; fuimos a tierra con los botes, y nos recibieron con gran amor, llevándonos a sus casas, donde tenían muy bien aparejadas cosas de comer. De esta gente supimos cómo los de la isla antes nombrada eran caníbales, y cómo comían carne humana. Salimos de este golfo, y fuimos a lo largo de la tie-

rra, y siempre veíamos muchísima gente, y cuando teníamos la oportunidad tratábamos con ellos, y nos daban de lo que tenían y todo lo que les pedíamos. Todos van desnudos como nacieron, sin tener ninguna vergüenza, que si yo hubiese de contar cuan poca vergüenza tienen sería entrar en cosas deshonestas, y es mejor callar.

Y navegando por la costa, cada día descubríamos infinidad de gente y distintas lenguas, hasta que, después de haber navegado unas cuatrocientas leguas por la costa, empezamos a encontrar gente que no quería nuestra amistad, sino que nos estaban esperando con armas, que son arcos y flechas, y con otras armas que tienen: y cuando íbamos a tierra con los botes nos impedían bajar a tierra, de modo que nos veíamos forzados a luchar contra ellos, ya al fin de la batalla quedaban mal librados frente a nosotros, pues, como están desnudos, siempre hacíamos en ellos grandísima matanza, sucediéndonos muchas veces luchar dieciséis de nosotros contra dos mil de ellos y al final desbaratarlos, y matar a muchos de ellos y robar sus casas. Después volvimos a los navíos refugiándonos en un puerto donde estuvimos veinte días únicamente para que el médico nos curase, y nos salvamos todos menos uno que se hallaba herido en la tetilla izquierda.

Navegando así, llegamos a una isla, que se halla distante de la tierra firme quince leguas, y como al llegar no vimos gente y pareciéndonos la isla de buena disposición, acordamos ir a explorarla, y bajamos a tierra once hombres; y encontramos un camino y nos pusimos a andar por él dos leguas y media tierra adentro, y hallamos una población obra de doce casas, en donde no encontramos más que siete mujeres de tan gran estatura que no había ninguna de ellas que no fuera más alta que yo de un palmo y medio; y como nos vieron tuvieron gran miedo de nosotros, y la principal de ellas, que por cierto era una mujer discreta, con señas nos llevó a una casa y nos hizo dar algo para refrescar; y nosotros, viendo a mujeres tan grandes, convinimos en raptar dos de ellas, que eran jóvenes de quince años, para hacer un regalo a estos Reyes, pues sin duda eran criaturas que excedían la estatura de los hombres comunes: y mientras estábamos en esto, llegaron treinta y seis hombres y entraron en la casa donde nos encontrábamos bebiendo, y eran de estatura tan elevada que cada uno de ellos era de rodillas más alto que yo de pie.

En conclusión, eran de estatura de gigantes, según el tamaño y proporción del cuerpo, que correspondía con su altura; que cada una de las mujeres parecía una Pentesilea, y los hombres, anteos; y al entrar, algunos de ellos tuvieron tanto miedo que aún hoy no se sienten seguros. Tenían arcos y flechas, y palos grandísimos en forma de espadas, y como nos vieron de estatura pequeña, comenzaron a hablar con nosotros para saber quiénes éramos y de dónde veníamos, y nosotros, manteniéndonos tranquilos en son de paz, contestábamos por señas que éramos gente de paz y que íbamos a conocer el mundo; en conclusión, resolvimos separarnos de ellos sin querella, y nos fuimos por el mismo camino que habíamos venido, y nos acompañaron hasta el mar, y subimos a los navíos. Desde esta isla fuimos a otra isla vecina de aquella, a diez leguas, y encontramos una *grandísima población que tenía sus casas construidas en mar como Venecia, con mucho arte; y, maravillados de tal cosa, acordamos ir a verlas, y al llegar a sus casas, quisieron impedir que entrásemos en ellas. Probaron cómo cortaban las espadas y se conformaron con dejarnos entrar, y encontramos que tenían colmadas las casas con finísimo algodón, y las vigas de sus casas eran también de brasil, y les quitamos mucho algodón y brasil, volviendo luego a nuestros navíos.*

Resolvimos dirigirnos hacia el norte, donde encontramos a muchísima gente, y descubrimos más de mil islas, la mayor parte habitadas y siempre gente desnuda, y toda era gente muy miedosa y de poco valor, y hacíamos de ella lo que queríamos. Navegamos por este mar doscientas leguas, y como ya la gente estaba cansada y fatigada, reclamó la tripulación diciendo que querían volver a Castilla, a sus casas, por lo que acordamos apresar esclavos, cargar con ellos los navíos y tornarnos de vuelta a España; tomamos por la fuerza doscientas treinta y dos almas, y las cargamos, y tomamos la vuelta de Castilla, y en sesenta y siete días atravesamos el golfo, y llegamos a las islas Azores, y después de abastecernos por fuerza tuvimos que ir a las islas Canarias, y de las Canarias a la isla de Madera y de Madera a Cádiz, empleando en este viaje trece meses. Trajimos perlas y oro nativo en grano; trajimos dos piedras, una de color de esmeralda y la otra de amatista, durísimas, de una media cuarta de largo y gruesas como tres dedos. Trajimos un gran trozo de cristal, que algunos joyeros afirman que es berilo. Trajimos catorce perlas encar-

nadas y muchas otras cosas de pedrería que nos parecieron bellas; y de todas estas cosas no trajimos cantidades porque no parábamos en ningún lugar, sino que estábamos navegando continuamente. Cuando llegamos a Cádiz, vendimos muchos esclavos, de los cuales nos quedaban doscientos porque los restantes, hasta doscientos treinta y dos, habían muerto en el golfo; y después de pagar los gastos de la navegación, nos quedaron obra de quinientos ducados que repartimos en cincuenta y cinco partes, siendo así poco lo que nos tocó a cada uno. Con todo, quedamos muy satisfechos con haber salvado la vida y dimos gracias a Dios porque durante el viaje, de cincuenta y siete hombres cristianos que éramos, murieron únicamente dos que mataron los indios. Aquí me arman tres navíos para que nuevamente vaya a descubrir, y creo que estarán listos a mediados de septiembre. Plazca a Nuestro Señor concederme salud y buen viaje, que a la vuelta espero traer grandes nuevas y descubrir la isla Taprobana, que se halla entre el mar Índico y el mar Gangético, y después es mi propósito repatriarme y descansar los días de mi vejez.

He resuelto, Magnífico Lorenzo, así como os he dado cuenta por carta de lo que me ha ocurrido, enviaros dos figuras con la descripción del mundo, hechas y preparadas con mis propias manos y saber. Y serán un mapa de figura plana y un mapamundi de cuerpo esférico que pienso enviaros por la vía del mar por medio de un tal Francesco Lotti, florentino que se encuentra aquí. Creo que os gustarán, y especialmente el cuerpo esférico, que hace poco tiempo hice otro para la Alteza de los Reyes y lo estiman mucho. Era mi propósito llevarlos personalmente, pero la nueva determinación de ir otra vez a descubrir no me da lugar, ni tiempo. No falta en esa ciudad quien entienda la figura del mundo y que quizá enmiende en ella alguna cosa; sin embargo, el que quisiera hacer alguna enmienda que espere mi llegada, porque pudiera suceder que me justifique.

Estamos a 18 días del mes de julio de 1500 y no hay otra cosa que mencionar. Nuestro Señor la vida y el magnífico estado de Vuestra Señorial Magnificencia guarde y aumente como desea.

De V. M. servidor,
Amerigo Vespucci

Amerigo Vespucci tardaría solo seis años en llamar América a esa nueva y extraña tierra. Tierras y mares que no aparecían en la Biblia. Razas y comportamientos que no aparecían en la Sagrada Escritura. Animales y frutos que no aparecían en los Santos Libros. Definitivamente, era un tiempo nuevo. Y el encuentro que estaba a punto de ocurrir confirmaba el inicio de una nueva era.

La cita se llevó a cabo en un espacio público en el barrio de Rione Parione, donde se ubicaba la casa de Jacopo Galli y hogar de Buonarroti. Lo que antes era el estadio de Domiziano, ahora era un espacio recientemente abierto al público, rodeado de talleres de juboneros, cerrajeros, bauleros y demás. Los romanos lo llamaban plaza Navona, y allí se había instalado el mercado de abastos que tiempo atrás inundaba el Capitolio. Anteriormente, la plaza había estado rodeada de casas torre, aunque eran pocas las que quedaban en pie, ya que la nobleza se iba apoderando salvajemente de los mejores espacios de la ciudad para construir sus palacios. Cerca quedaban la recién construida iglesia de San Agustin y la iglesia de Sant'Apollinare. Se trataba de un buen sitio para comenzar una reunión cuyo propósito ninguna de las dos partes conocía en realidad. Era la jornada del día 6 de noviembre: luna llena.

Mikołaj Kopernik vestía de negro con algún detalle en rojo y bastante abrigado. La humedad del Tíber podía calar los huesos. Michelangelo vestía de negro, como siempre, y muy probablemente habría dormido la noche anterior con la ropa puesta. No solo eso, también la habría utilizado durante toda la jornada. El astrónomo, carta mediante a la Santa Sede, había contactado con el escultor meses atrás. Aquella noche era el momento. La plaza se encontraba casi vacía, los comerciantes habían recogido el género al ocaso y descansaban para librar a la jornada siguiente una nueva batalla de precios. Algún vagabundo, cosa no muy extraña en aquellos días, un par de cabras y una mula terminaban de componer un extravagante bodegón. El astrónomo hizo todo lo que pudo por sortear barro, paja y excrementos antes de llegar a su cita. El escultor estaba algo más acostumbrado. Caminó en línea recta sin más.

Se dieron un fuerte apretón de manos con cierta distancia. Ambos se respetaban, mas no se conocían. El polaco había dado el primer paso, un paso que el florentino no habría dado en la vida.

—¿Por qué me habéis hecho llamar? —La brusquedad de Michelangelo alarmó a Copernico.

—Veréis, desde nuestro encuentro, fortuito encuentro, en el puente de Sancti Petri me di cuenta de que sois alguien que haría cualquier cosa por lo que cree. Escapasteis tan pronto como chocasteis conmigo, y no pudimos cruzar palabra alguna. Pensé que algo malo habríais realizado, pero días después entendí el motivo.

—¿Creéis conocerme?

—En absoluto. Quiero conoceros. Sin más.

—No tengo tiempo para relaciones que no tengan que ver con mi trabajo.

—Es uno de los motivos por los que le hice llamar, *messer* Buonarroti. Tuve la oportunidad de ver vuestra obra maestra, *La piedad,* creo que la llaman. Una obra firmada. Firmada por vos, de manera clandestina, me atrevería a decir. Tengo que felicitaros. Sois un genio en el arte de la escultura.

—¿Genio? Si supierais la cantidad de trabajo que hay en ello, no me llamaríais genio.

—Esa modestia os honra, amigo. ¿Preferís pasear o seguir sobre la pila de excrementos donde os encontráis?

Michelangelo miró abajo. Efectivamente, aquellas botas que llevaba días sin descalzar estaban cubiertas de heces. Ya tenía motivo para cambiárselas.

—Caminemos.

Iniciaron un paseo en dirección a Santa Maria in Aracoeli a través de la vía Papale, protegida por unos edificios públicos destinados a la demolición. Aquella plaza era demasiado importante para albergar restos de la Edad Media. La iglesia era el único edificio digno de conservación.

—Tengo, si me lo permitís, la necesidad imperiosa de compartir unas inquietudes que me quitan el sueño.

—¿De dónde venís? Vuestro italiano es bastante forzado.

—Procedo de la ciudad de Torun, Polonia.

—Muy bien, polaco —inquirió Michelangelo, sonando casi despectivo—. ¿Por qué yo? ¿Por qué debería escucharos?

—Porque confío en vos.

—¿En mí? Creo que se ha precipitado. Muy posiblemente no me importe lo más mínimo lo que me tenga que contar. Alguien tan exquisito como usted, evitando mierda de vaca a cada paso que da, debería rodearse de otros círculos más eruditos.

El astrónomo se quedó perplejo ante la sinceridad del escultor, aunque no todo era sinceridad, también había grosería en sus modales. La leyenda de Buonarroti era cierta. Sin mediar palabra, el artista dio media vuelta y ofreció la espalda. Comenzó a caminar en la dirección por la que había venido. Copernico tenía que actuar, no quería que la única persona que podría entenderle huyera, de manera que dijo lo primero que le vino a la mente.

—¡El sol no gira alrededor de la tierra! ¡Es justamente al revés!

Sobrecogió el silencio que se impuso en ese momento. Su reacción improvisada causó efecto. Buonarroti paró en seco.

—¡Cállate, mamarracho! —gritó un vagabundo, muy posiblemente embriagado de un mal vino.

—¡Santidad! ¡Es un blasfemo! —gritó otro, mirando justo en dirección contraria a la Santa Sede.

Los gritos de los dos ebrios no llegaron nítidamente a oídos de Michelangelo; las palabras de Niccolò Copernico, sí. Giró de nuevo sobre sus pasos y se encaró al polaco, volviendo a su lado y retomando el paseo.

—Continuad.

Niccolò Copernico quedó sorprendido. Con aquellas palabras esperaba retener la atención del escultor, pero nunca habría imaginado esa reacción. Tan contundente y a la vez tan fría, tan normal.

—¿Así? ¿Sin más?

—¿Qué esperabais?

—No esperaba que me tomarais en serio.

—Aún no os tomo en serio, pero tampoco considero que hayáis perdido la cordura. Soy florentino. Allí nos creemos todo hasta que nos demuestran lo contrario. Comenzad.

—Gracias, amigo mío. No os aburriré con los inicios. Tan solo debéis saber que estudié a Platón y Aristóteles, sus concepciones del universo. También me versé en Ptolomeo y en su teoría geocéntrica. Es ese el sistema que nos ha regido científicamente hasta nuestros días. Nuestra tierra, el lugar donde vivimos, está en el centro de un todo, y lo que nos rodea gira alrededor de nosotros.

Michelangelo esperaba el final en silencio. Permitió que su interlocutor continuara con la exposición.

—No nos han permitido leer a Aristarco de Samos…

El florentino hizo un ejercicio de memoria e intentó recordar algunos de los volúmenes que poseía Lorenzo de' Medici en su despacho, o incluso en las bibliotecas que el Magnífico había dispuesto en la ciudad de Florencia. Nunca había oído hablar de aquel autor.

—Él ha sido el primer hombre en situar el sol en el centro de un todo. Y ese todo, según él, no es una esfera. Estoy siguiendo esos estudios, quiero ampliarlos y mejorarlos. Observando los astros, creo que hay mucha verdad en esa teoría pero, la gente está demasiado ocupada mirando al suelo, y somos pocos los que levantamos los ojos al cielo.

—Es… interesante. No lo voy a negar… —Buonarroti no miraba a los ojos de su compañero; pensaba en voz alta, y las palabras se escapaban de su mente para terminar en su boca.

—No son pocas las cosas que nos han contado y que no tienen nada que ver con la realidad. Estamos en la ciudad más importante de la cristiandad, una religión que ha asentado sus bases en la ley de Moisés primero, y en el advenimiento de Cristo después. Dentro de los aposentos papales no se comulga con ninguno de los mandamientos de Moisés. Se ama el dinero y el poder por encima de un Dios, se mata en nombre de ese Dios, los propios pontífices han cometido actos impuros y no dudan en pronunciar falsos testimonios. Las noticias del descubrimiento de un nuevo mundo en este mundo huelen a verdad. El mundo, o bien se desmorona, o bien cambia a pasos agigantados.

El florentino escuchó con mucha atención. Al parecer, el científico también era versado en teología y su exposición era nítida, todo un axioma.

—Si confesara ahora todo lo que me habéis contado, os encerrarían y muy posiblemente os quemarían vivo.

—Lo sé. También sé que no lo haréis. —La seguridad de Copernico no era ningún farol.

—¿Tan seguro estáis?

—Tan seguro como que yo no confesaré que entrasteis sin permiso a firmar vuestra escultura, algo prohibido en el gremio de los artistas bajo pena de muerte.

Una daga imaginaria se clavó en el costado de Michelangelo. No hizo más que sonreír. Copernico, Niccolò, había ganado.

—Algún día escribiré un tratado sobre todo cuanto os cuento, pero puedo imaginar, amigo Michelangelo, que en cuanto algunas personas sepan cómo adscribo determinados movimientos al globo terráqueo levantarán de inmediato un clamor para que mi opinión y yo seamos abucheados.

Buonarroti calló. No daba crédito a lo que escuchaba. No se atrevió a juzgar la teoría de Niccolò el polaco. ¿Y si fuera cierto?, ¿y si, en ese momento en el que el hombre miraba hacia sí mismo en un acto de antropocentrismo, se descubriera que todo lo que se conocía hasta entonces sobre la bóveda celeste era erróneo? Michelangelo tenía la mirada puesta en los astros cuando el astrónomo lo sacó de su ensimismamiento.

—Decidme, amigo Buonarroti, ¿de dónde viene la pasión que sentís por la escultura?

Michelangelo mantuvo la mirada en el firmamento durante unos instantes. Copernico intentó adivinar su razonamiento, si pensaba en el sol o si, más bien, buscaba las palabras adecuadas.

—Veréis, si hay algo bueno en mi ingenio con respecto al arte de la escultura, lo debo a haber nacido en la sutileza del aire de las tierras de Arezzo y a haber mamado, con la leche de mi nodriza, los cinceles y el mazo con que hago mis figuras.

—¿Eran vuestros padres escultores?

A pesar de la inocencia de la pregunta, Michelangelo se echó a reír. El sonido era confuso, pues la risa denotaba alegría y tristeza al mismo tiempo.

—Para nada, mi nuevo amigo polaco. Mi padre, Ludovico di Leonardo Buonarroti Simoni, aún se cree un noble, pero hace años que la familia Buonarroti perdió la nobleza que le quedaba. La mía madre, Francesca di Neri del Miniato di Siena, murió joven, demasiado. Fui criado por unos picapedreros con mucha pasión. Quizá de ahí venga mi afinidad con el mármol.

—Algo innato tuvo que salir de vuestra mente, no me cabe duda.

—¿Mi mente, decís? Ya a los dieciséis años, mi mente era un campo de batalla: mi amor por la belleza pagana, el desnudo masculino, en guerra con mi fe religiosa. La ocupaba una polaridad de temas y formas, una espiritual y la otra terrenal.

El paseo continuó por la vía Papale hasta bordear el monte Capitolino, justo donde comenzaba el camino hacia el Foro imperial. Dejaron atrás a la izquierda la columna de Trajano, un imponente monumento de treinta y ocho metros de altura compuesto por diecisiete tambores vaciados en su interior para formar una escalera circular. El friso helicoidal de doscientos metros estaba rematado con un águila. Más adelante se encontraba el barrio del Rione Monti. A su derecha, descansaban campesinos y ganado, distribuidos entre las pocas columnas que quedaban en pie, a la espera de una nueva jornada. Las botas de los viandantes se hundían de vez en cuando en los pequeños charcos que se formaban en el maltrecho pavimento, tan común en la ciudad de Roma.

—La belleza pagana y el desnudo masculino están presentes en esa obra, *La piedad,* ¿no es así?

—Así es.

—¿Trata con ello de sugerir que la belleza de la madre de Jesús es de origen pagano?

—No tiene por qué. Se supone que las personas enamoradas de Dios no envejecen nunca.

—¿Sois un hombre de fe?

—Depende de la fe.

—¿Creéis en el cielo?

—¿En vuestro cielo o en el cielo que venden en ese lugar donde prostituyen la sangre de Cristo a cualquier precio? —dijo el escultor señalando en dirección a los aposentos papales.

—Me refería al cielo religioso, el mío aún está por demostrar.

—Mi alma no subiría al cielo por ninguna escalera que no fuera la hermosura de la tierra.

«Sabias palabras», pensó Mikołaj Kopernik, aunque no lo dijera. Había en verdad mucho mensaje oculto en ellas. Y algo de ciencia también. La personalidad de Michelangelo le fascinaba, aunque no era una persona fácil de llevar. Su hermetismo y los rumores nada halagüeños que le habían llegado sobre su fama hacían que le formulara cada una de sus preguntas con sumo cuidado, pero las respuestas del escultor, sobre todo cuando la conversación se volvía importante, no eran ni mucho menos fútiles o triviales. El Colosseo les observaba inmóvil, eterno. En su interior dormían cientos de vagabundos ajenos al exterior. Copernico y Buonarroti continuaron la marcha que marcaba el científico, no sin antes admirar la belleza del arco de Constantino. Solo la mitad era visible, pues la suciedad y los escombros de los hogares y negocios colindantes lo habían convertido en un vertedero. Copernico leyó la inscripción con dificultad:

«Al Emperador Cesare Flavio Constantino, el más grande, pío y bendito Augusto: porque él, inspirado por la divinidad, y por la grandeza de su mente, ha liberado el Estado del tirano y de todos sus seguidores al mismo tiempo, con su ejército y solo por la fuerza de las armas, el Senado y el Pueblo de Roma le han dedicado este arco, decorado con triunfos».

Buonarroti se había ausentado unos momentos sin que Niccolò notase su alejamiento. Este le vio volver del Colosseo andando rápidamente.

—¿Algún problema? —preguntó preocupado.

La zona era peligrosa y no convenía andar solo por los alrededores del Colosseo.

—Ninguno. Continuemos.

Michelangelo prosiguió la marcha como si nada tras su enigmática actitud y Copernico, conocedor de los alrededores, se dejó llevar.

—¿Qué podéis sacar de la tierra?

Michelangelo retrocedió en el tiempo: Carrara, mármol, tormenta, cueva, cráneo, fuego, pelo, pintura. Por un momento, estuvo tentado de compartir aquella información con su interlocutor. Pero fue más práctico. Resumió aquella experiencia vital en una palabra.

—Mármol. Solo estoy bien conmigo mismo cuando tengo un cincel en la mano.

—Yo miro al cielo y veo armonía, veo paz, veo movimiento y veo sincronía. ¿Qué veis vos en el mármol?

—En cada bloque de mármol yo veo una estatua, tan clara como si ya estuviera delante de mí. Me limito a liberarla de las paredes rugosas que la aprisionan, para revelar a los ojos ajenos la aparición preciosa que tuvieron los míos.

—No hay mucha diferencia entre un hombre de ciencia como yo y un hombre de fe como vos, amigo Buonarroti.

—¿Hombre de fe me llamáis? —preguntó el artista extrañado.

Niccolò pensó detenidamente las palabras que dijo a continuación.

—Por supuesto, sois un hombre de fe. Puede que no améis al Dios tergiversado que se propaga desde esta sucia ciudad, pero amáis un Dios. No sé de dónde viene o quién os inculcó su fe, pero sin duda su luz peculiar os ilumina.

Buonarroti escuchó estas palabras con el corazón acelerado. Durante sus veinticinco años de vida nadie le había realizado un chequeo espiritual tan intenso como aquel polaco apenas mayor que él.

El florentino jugaba inconscientemente con sus silencios, mucho más holgados que sus soliloquios y sus conversaciones. Por suerte, Niccolò Copernico los manejaba muy bien. Al llegar al área del monte Palatino, Copernico aminoró la marcha. Se encontraban frente al antiguo circo Massimo, vestigio de la Roma imperial, sacudido durante la Edad Media por el expolio. Poco quedaba ya de lo que fuera en otro tiempo el primer y mayor circo de la gloriosa Roma. Ni rastro había del supuesto obelisco que marcaba un eje central. Copernico no le dio mucha importancia. Albergaba otras preocupaciones que nada tenían que ver con el urbanismo.

—En realidad, amigo Michelangelo, os he traído aquí por un motivo especial. En verdad os digo que soy un hombre tanto diurno como nocturno, pues mi método solo avanza con la observación. Si me permitís, os rogaría que yacierais junto a mí en la fresca hierba.

—Disculpad, ¿por quién me tomáis? Soy de Florencia, pero no por ello un joven libidinoso en busca de...

Copernico le cortó en el acto. Pensó que su acento le había jugado una mala pasada. Pero no era así. Por uno u otro motivo, el escultor había tergiversado su petición.

—No os confundáis, amigo mío —se apresuró a aclarar Copernico—. Se trata de una proposición de carácter puramente científico.

Buonarroti pareció algo perdido. «Una proposición científica»... A su entender, también en el arte del sexo se podría hallar mucha ciencia, pero el tono de su acompañante terminó por sacarlo de dudas. Aceptó la aclaración y se tendió sobre el suelo bocarriba.

Como pasaron unos minutos sin que el científico dijera nada más, la impaciencia se apoderó del escultor.

—¿Qué se supone que debemos observar «científicamente»? —preguntó Michelangelo con bastante ironía.

—Paciencia, escultor, paciencia. Vos veis sin duda en el mármol la figura que debéis liberar. Yo veo en el cielo las señales que confirmarán mi teoría.

De repente, algo sucedió en el firmamento. No fue nada repentino; tuvo lugar lentamente. La luz que irradiaba la luna comenzó a menguar y Copernico instó a Michelangelo a mirar el satélite natural de la tierra. Lo había calculado todo, quería sorprender a Buonarroti y lo consiguió. Lo que vio allí tumbado le dejó boquiabierto. El fenómeno natural del que estaba siendo espectador de excepción sacudió su espíritu. La tierra, como más tarde explicaría el astrónomo, estaba interponiéndose lenta e inapelablemente entre el sol y la luna llena.

La penumbra avanzó sobre la plenitud del satélite hasta convertir en sombra absoluta su superficie.

Ninguno de los dos hombres articuló palabra durante el tiempo que duró el fenómeno. El polaco sonreía regocijándose del momento y el florentino tardó en salir de su asombro.

Minutos después, la luna recuperó parte de su esplendor, escapando de las garras de la penumbra, que desapareció ineluctablemente en dirección opuesta.

—Esta es mi vida, *messer* Buonarroti.

Michelangelo, recién recuperado del asombroso poder de la naturaleza, volvió en sí y miró a Copernico mientras recuperaba una posición más erguida.

—¿Decíais?

Copernico se sentó sobre la hierba.

—Decía, amigo mío, que esta es mi vida.

—Asombrosa vida, aunque no la querría para mí. No la entiendo.

—¡Ni falta que hace! Ni yo mismo la entiendo a veces, pero no lo comentéis en Roma. Dadme al menos un tiempo para comprender el universo. —Niccolò por fin se sentía cómodo, y prueba de ello era su tono jocoso.

—¿Y ahora qué? ¿Seguiréis en La Sapienza intentando demostrar vuestra teoría?

—Me han nombrado canónigo en mi patria, en la catedral de Frombork. Volveré a Polonia, al menos temporalmente.

—Entonces, mi nuevo amigo, sois como yo. Un hombre de ciencia, sí, pero también creyente. Creéis en otro Dios, uno que no separe la ciencia de la religión.

—Bonita teoría unionista. Pensaré sobre ello. Ha llegado el momento de decir… ¿Cómo os despedís los italianos? *Arrivederci?*

—No está mal para ser polaco, amigo. Quizá sea un *ci vediamo.*

—Mucho mejor, escultor, mucho mejor. *Ci vediamo.*

Ambos se pusieron en pie. Mikołaj Kopernik tendió la mano a Michelangelo, en un apretón sincero, de admiración. Algo les decía que muy posiblemente aquello no sería un «hasta la vista». Era más que probable que no se volvieran a ver, pero eso no restaba importancia a la influencia que, a partir de aquel momento, tendrían el uno sobre el otro. El tiempo daría a este pensamiento la razón.

Copernico tomó rumbo en dirección al Colosseo para encarar el camino a la Universidad de Roma, La Sapienza. Pero cuando hubo avanzado unos pasos se detuvo en seco, titubeó unos segundos y se giró como si acabara de tomar una decisión.

—Disculpad, amigo Michelangelo. Si no es mucha molestia, me gustaría formularos una última pregunta.

—Adelante.

—Me alegra saber que no reconozco en vos a la persona huraña y mezquina que describen los rumores en la ciudad de Roma, pero, de ser ciertos estos comentarios sobre vuestra persona, ¿por qué habéis actuado tan amablemente conmigo?

Michelangelo sonrió.

—Cada vez que amanece, pienso lo mismo: «Hoy me encontraré con un indiscreto, un ingrato, un insolente, un envidioso y un egoísta». No reconozco a ninguna de estas personas en vos.

Copernico devolvió la sonrisa y asintió con la cabeza. No se cruzaron ninguna palabra más. Giró sobre sus pasos sin volver a mirar atrás, y solo hubo algún leve gesto de su parte en dirección a la noche estrellada, que tantas alegrías le daría en un futuro no muy lejano.

Sin embargo, Michelangelo no pudo apartar la mirada de su nuevo y a la vez antiguo amigo hasta que la silueta que se alejaba desapareció en la oscuridad de la noche. Aunque no le había dicho nada al científico, él también iba a volver a su tierra de origen. El destino había querido que le encargaran acabar una escultura que había empezado Francesco di Simone Ferrucci de Fiesole. Por algún motivo desconocido, Francesco había abandonado la obra, y Michelangelo había sido reclamado para sustituirle.

Se tomó el resto de la noche como un descanso. No tenía prisa ni espíritu para pensar en la tarea que le esperaba en Florencia, ocupado como estaba su pensamiento en saborear el acontecimiento que había podido observar gracias a Copernico. Un eclipse lunar. Se tumbó de nuevo sobre la hierba con las manos bajo la cabeza. Observó el cielo infinito, ese que ninguna escalera podía alcanzar. Levantó la mano derecha e hizo el amago. Estiró el brazo todo lo que pudo y, como si de un niño se tratara, intentó atrapar la luna llena. Entonces soltó una carcajada. No era mal momento para reírse de sí mismo.

14

Florencia, 1573, basílica de la Santa Croce

El nombre de Mikołaj Kopernik todavía revoloteaba en el aire. No era la primera vez que Innocenzo escuchaba hablar del modelo copernicano en los aposentos vaticanos. La posibilidad de que el lugar elegido por Dios para crear una raza a su imagen y semejanza no fuera el centro del universo no le hacía ninguna gracia. Ninguna.

—Copernico, como le llamaban aquí —explicó Vasari—, pasó siete años de su vida en tierras italianas. Dedicado a las matemáticas y a la astronomía, observó un eclipse de luna en la Ciudad Eterna en el año del jubileo de 1500. Fue su santidad Sisto V el que le hizo llamar para que se hiciera cargo de la reforma del calendario, algo que nunca llegó a fraguarse.

—Si no me equivoco, nuestro actual papa está de nuevo ocupado en este asunto.

—Eso dicen, aunque todavía tardará algún tiempo. Esperan noticias de Salamanca, en tierras españolas. Volviendo a Copernico, esa manía suya de mirar hacia arriba (y no hacia al suelo, como la mayoría de nosotros) le hizo estudiar otros tantos fenómenos astronómicos en los años 1511, 1522 y 1523 de Nuestro Señor. Aunque su círculo más cercano apunta a la influencia que sobre él ejerció la obra de Regiomontano en Roma. Su misión era fijar sus posiciones exactas en el cielo.

—¿No es Dios Todopoderoso quien fija las posiciones exactas en el cielo?

—Esa es la eterna batalla irracional entre ciencia y religión, padre. Copernico publicó de manera póstuma la obra científica *Sobre las revoluciones de los orbes celestes,* en un periodo bastante turbulento religiosamente hablando. La batalla reformista de Lutero y las sucesivas reuniones del Concilio de Trento restaron bastante importancia a la tesis de Copernico. Sin embargo, y lejos de las expectativas del científico, quien creía que sería abucheado, sus teorías fueron escuchadas por las altas esferas del catolicismo. Su interlocutor fue Johann Albrecht Widmanstetter, un notable hombre de letras que estuvo presente en la coronación del emperador Carlos V en Bolonia y que años después se convirtió en secretario personal de Clemente VII. Él mismo se encargó de comisionar la lectura de la teoría copernicana a toda la Iglesia en los jardines vaticanos.

—Sí, sabía algo de eso. La verdad es que una facción de nuestra Iglesia se mostró interesada en las ideas de ese científico.

—Si quiere que le cuente un rumor, al parecer fue Leonardo da Vinci el primero que sugirió esta teoría, estudiando la luz que llega del sol hasta nosotros y que, por algún fenómeno de la naturaleza, rebota hasta la luna.

—Sin duda se trata de una interesante propuesta, pero todos estos testimonios heréticos carecen de valor si no se pueden demostrar.

—Padre…, Dios no se puede demostrar. —Vasari esperó un comentario de Innocenzo que nunca llegó, de modo que siguió hablando—. La ciencia no carece de fe. Aún no. Se necesita un atisbo de esperanza para perseverar. Para encontrar la confirmación.

—Son conceptos totalmente diferentes, amigo Giorgio, ¡no seáis impertinente!

Giorgio estaba decidido, a pesar de su convicción cristiana, a entrar al juego.

—Hay gente que no cree en Nuestro Señor, padre. Hay gente que incluso no cree en ninguno.

—Solo son herejes que deberían morir quemados. ¿Creéis en Dios?

—Por encima de todas las cosas, padre.

—Y ese Michelangelo, ¿creía en Dios?

Giorgio Vasari tardó en masticar la respuesta. ¿Qué debía decir cuando ni siquiera él sabía de verdad la contestación?

—Creía en un Dios, padre. Pero también creía en la ciencia. Creía en un Todo superior y en armonía con la ciencia.

—¿Un hereje, pues?

—Depende del punto de vista, padre. Siempre depende de ello. Si no estuviéramos separados por este tablón de madera, podría dibujarle un número, un número seis. Yo siempre vería desde mi punto de vista un número seis, sin duda. Vos veríais siempre un número nueve. Siempre. Su punto de vista. Y en ese momento, padre, ambos tendríamos razón.

La breve explicación matemática cayó como una losa en la mente de Innocenzo. A pesar de ser un hombre sin formación matemática y de haber dedicado su vida al latín, al griego y a la religión, entendió aquella explicación perfectamente, solo se basaba en el sentido común. No podía, pues, oponer ningún argumento, y empezaba a sentir la urgencia de cambiar de tema y volver a Buonarroti. Copernico no suponía ya peligro alguno, y en aquel momento ningún científico seguía de una manera seria su trabajo. Solo un teólogo de nombre Giordano Bruno tenía ideas tan heréticas como Copernico, y ya estaba siendo investigado por sus teorías panteístas. Nada de qué preocuparse.

—Volviendo al joven escultor…

—Por supuesto que fue influenciado por Copernico, aunque muy sutilmente. Prueba de ello es su pintura en…

—No me importa lo más mínimo el científico y su paranoica concepción de la obra de Dios. ¿Es verdad que terminó el gigante en dieciocho semanas, tal y como afirma su otro biógrafo, Ascanio Condivi? —La pregunta cortó de manera tajante la dirección del discurso de Vasari.

El biógrafo tomó aire. La confesión estaba siendo más complicada de lo que había imaginado. Ascanio Condivi era un nombre que no le hacía demasiada gracia. Había demasiado conflicto entre ambas biografías de su amado Michelangelo. Bajó los hombros, hizo un ejercicio de memoria y continuó.

—En absoluto, padre, creo que eso es una exageración.

15

Florencia, 1504, plaza de la Signoria

Cuando Savonarola tomó el liderazgo de Florencia, Michelangelo partió a Roma para evitar tener que dar explicaciones sobre su arte y sus tendencias sexuales, demasiado liberales desde el punto de vista doctrinal. Si bien no se le conocía relación alguna, ya fuera hombre o mujer, defendía la libertad de unión, fuera del sexo que fuera. Roma siempre sería la ciudad en la que había realizado *La piedad* con solo veintitrés años, en la que se había ganado el reconocimiento artístico de los Estados Italianos a partir de un bloque de mármol escogido de los Alpes Apuanos. Igualmente, sería siempre la ciudad en la que un universo nuevo se había abierto ante sus ojos, tumbado una noche sobre la hierba del circo Massimo.

Pero tras la muerte de Savonarola, y con ella la desaparición de cualquier prejuicio para con los artistas, Buonarroti había sido llamado otra vez a Florencia para dar vida a un nuevo patrón de la ciudad. El elegido sería David, el joven pastor que acabó con la vida de Goliat, historia narrada en el primer libro histórico de Samuel, en el Antiguo Testamento.

La Opera del Duomo estaba a escasos metros del ábside principal de la catedral y, desde la llegada de Michelangelo a la ciudad, había albergado un improvisado taller para el maestro. Inaugurada como una fábrica bajo institución laica, había sido reconstruida como palacio colindante al taller de Lorenzo Ghiberti, quien durante veinte años trabajó en las puertas del baptisterio de la catedral de Florencia. Por allí habían pasado maestros como Donatello, Michelozzo di Bartolomeo o Paolo Uccello.

Convertida ahora en el taller del que salían las esculturas de la catedral, había sido testigo del proceso escultórico del *David,* que ya estaba terminado y por fin iba a presentarse al *gonfaloniere* Piero di Tommaso Soderini. El escultor echaba la vista atrás y, a pesar de su orgullo, no terminaba de creerse que su *David* se irguiera frente a él, poderoso.

El *David* que pronto iba a convertirse en el nuevo protector de la ciudad de Florencia había estado a punto de ser desechado antes de nacer. Ya desde el año 1464 de Nuestro Señor los encargados de la Opera del Duomo, Andrea della Stufa y Jacopo Ugolini, buscaban al héroe que se encargara del coloso de seis metros que necesitaba la ciudad de Florencia para su mayor gloria.

«Se encarga a Agostino di Duccio, escultor y ciudadano florentino, una figura de mármol blanco proveniente de Carrara para situarla sobre uno de los espolones de Santa Maria del Fiore».

Ante semejante empresa y no viéndose lo suficientemente preparado después de dar las primeras cinceladas, Agostino declinó la oferta. Una década después, Antonio Rossellino fue nombrado ejecutor del proyecto, pero fracasó también. La última oportunidad la había tenido Francesco di Simone Ferrucci de Fiesole, pero este había encontrado una veta en el mármol y había decidido que la piedra no era válida. Lo único que adelantó fue un agujero que le hizo. El bloque, de casi seis metros de altura, quedó abandonado a lo largo de los años. Incluso se le había ofrecido a Leonardo da Vinci con el fin de que esculpiera en él una de las estatuas basadas en el Antiguo Testamento que iban a adornar los contrafuertes externos del ábside de Santa Maria del Fiore. Leonardo, al observar con atención el bloque ya utilizado, se limitó a decir:

—No, *grazie*.

Los pocos amigos que tenía Michelangelo en la ciudad le escribieron a Roma. En la misiva instaban al escultor a venir a Florencia para hacerse cargo del mármol que nadie quería. Michelangelo recogió el mensaje de la correspondencia y, tras leerlo, decidió que iría a ver ese bloque huérfano. Mármol y Florencia: no podía negarse. No quería.

Tan pronto como llegó a la ciudad, fue a presentarse y a pedir que le mostraran el bloque. Aquel monolito no solo presentaba el gran orificio que años atrás le hiciera Simone de Fiesole, sino que había estado expuesto a la climatología externa con los consecuentes estragos. Sin embargo, nada de esto desmotivó al joven escultor, que se puso a medir la piedra con celeridad.

—¡Veo a David! —exclamó.

La gente alrededor fue presa de la duda. La seguridad con la que hablaba aquel escultor venido de Roma abrumó a los allí presentes.

—David ha estado aquí todo este tiempo —murmuró para sí.

Prendado del allí latente e invisible David, se dirigió a los operarios de la Opera de Duomo:

—Quiero trabajar este mármol.

No tardaron en firmar el contrato con Buonarroti. Solo pidió martillos, cinceles, un taladro especial con forma de arco y los doscientos florines pactados por el trabajo. El mismo Buonarroti se encargaría de escribir:

«David con la honda,
y yo con el arco».

Michelangelo hizo levantar un muro para que nadie, absolutamente nadie, pudiera fisgonear su trabajo. No contento con dotarle de una invisibilidad lateral, le procuró al gigante un techo. Acto seguido, dibujó en el mármol la figura del David. Estaba convencido de que solo necesitaba retirar de la piedra todo aquello que sobrara.

Esquirlas de todos los tamaños volaron día y noche. El polvo, el sudor, las velas de noche y la misma indumentaria serían sus mayores aliados. Apenas dormía, y, si lo hacía, no se tomaba la molestia de recorrer la corta distancia que separaba el taller de su casa. Ni siquiera iba a su casa para lavarse, lo que le acarreó desde luego mala fama en cuanto a su precaria higiene. En aquel taller, en esa época, Michelangelo terminó de labrarse su fama de huraño. Poco después la compensaría con la de genio.

Tras más de dos años de trabajo, la escultura estaba a punto de ser mostrada al público. El *gonfaloniere* exigió ser el primero en verla. Esta aún conservaba el andamio de madera sobre el cual había trabajado el artista, cuando Piero Soderini entró en el minúsculo recinto fortificado y brillantemente iluminado con candelas de cera. El abanderado de la ciudad se sintió insignificante frente al gigante expectante y sensual al mismo tiempo. Más de tres metros separaban el rostro del hombre del rostro de la estatua: el primero, aturdido; el otro, estoico. Altivo, un tercero los observó sin mediar palabra.

Bajo un silencio de ultratumba, Soderini repasó al coloso. Temía que en cualquier momento aquel titán girara la cabeza y echase a andar. El *contrapposto,* por otro lado, le dotaba de una pasividad pasmosa. Aquel no era el David elegido por Dios, no era el futuro rey de Israel.

Parecía un joven cualquiera en una situación complicada pero factible. Su encomienda no era una quimera; tenía seguridad en sí mismo. Era tal la perfección del cincelado que, unida a la luz fluctuante de las velas, parecía que estuviera a punto de arreglarse el cabello ondulado con la mano. La fuerza de los músculos, la energía contenida en las venas, así como la sensualidad intrínseca de toda la obra harían que los florentinos la miraran incrédulos una y otra vez. Michelangelo había acertado: Soderini no necesitaba un David victorioso. Necesitaba un emblema que mirara fijamente a Roma y le dijera: «Te estoy esperando».

Casi al final de su visionado, Piero Soderini reparó en algo que le llamó la atención. El extrañamente joven pero a la vez adulto David era de una belleza algo insólita. Algo no encajaba en el modelo de Soderini. La nariz del gigante de Florencia era, en su opinión, demasiado grande.

—Maestro Michelangelo, le felicito enormemente por su trabajo. En verdad le digo que es una de las obras más bellas que jamás haya producido una persona. ¿Cómo lo habéis conseguido?

—¿Que cómo puedo hacer una escultura? Simplemente retirando del bloque de mármol todo lo que no es necesario. Cuando volví a esta ciudad, me di cuenta de que ahora era famoso. Vos y el Consejo de la ciudad me pedisteis que sacara un David colosal de un bloque de mármol dañado de casi seis metros. Aquí está.

Soderini sabía que estaba hablando con un genio. Decidió no abordar de nuevo el cómo y derivó al qué.

—Si me permitís, me gustaría aconsejaros sobre un nimio detalle.

Michelangelo no encajó demasiado bien el comentario. Pero como Soderini pagaba, le dejaría hablar. Con un gesto de la cabeza incitó al *gonfaloniere* a continuar.

—Veréis, en mi opinión, creo que el naso de nuestro campeón es demasiado grande. Parece el arquetipo de una nariz judía, y nosotros necesitamos fieles cristianos, con independencia de nuestra relación con los Estados Vaticanos.

Michelangelo le miró fijamente. Después tornó la cabeza hacia la estatua. «La arrogancia de la ignorancia», pensó. Tomó de nuevo cincel y martillo y trepó una última vez a la estructura de madera. En cuestión de segundos alcanzó el rostro del David y se dispuso a disminuir mediante unos ligeros golpecillos la nariz de su nueva genialidad. Al terminar, descendió de nuevo frente a Soderini y esperó su juicio.

—Ahora está perfecto. Ahora sí está vivo. Enhorabuena.

Soderini estaba contento, orgulloso. Michelangelo terminó de recoger su material y se dispuso a abandonar el edificio.

—Una cosa más, Buonarroti.

El artista, que ya se marchaba, detuvo el paso, mas no se giró hacia su interlocutor. Soderini no se lo tomó como una ofensa.

—¿Por qué no está circuncidado? Al menos, aparentemente. Maestro Michelangelo, ¿se le pasó por alto el hecho de que su judío contradijese la ley judaica?

—Mi escultura es belleza, no religión. Derriben el muro cuando quieran.

En el rostro de Soderini se dibujó una sonrisa irónica que Michelangelo no alcanzó a ver. No le hubiera importado lo más mínimo. Sin embargo, si Piero Soderini hubiera observado la carcajada que Buonarroti reprimió hasta que estuvo lo suficientemente lejos se habría alarmado.

Michelangelo se alejó con paso decidido, limpiándose la mano contra su negruzco chaleco. El polvo de mármol era un terrible delator, pero su pagador no lo descubriría nunca. Soderini creía tener para su David la nariz que deseaba, pero solo Michelangelo Buonarroti, su padre, sabía que el cincel no había corregido el rostro marmóreo de la figura ni un ápice. En lugar de obedecer, al recoger cincel y martillo para volver a subir al andamio, aprovechó para agarrar un puñado de polvo de mármol del que cubría el suelo del taller. Al subir al andamio, a más de tres metros de altura del seudoinquisidor, simuló un martilleo. Solo tuvo que relajar un poco el puño y dejar caer el polvo a los pies del *gonfaloniere.*

El David y su nariz ya eran intocables. Sin duda era el momento de buscar su lugar de honor en la ciudad de Florencia.

16

Florencia, 1504, plaza de la Signoria

Se acababa de fraguar una alianza entre el rey de Francia Luis XII y el papa Borgia Alessandro VI. Cesare Borgia, hijo del sumo pontífice, entró a las órdenes del monarca francés después de abandonar su cardenalato. Juntos encabezarían su ofensiva contra la ciudad de Milán. Ludovico Sforza estaba en el exilio y corrían rumores de que se alzaría contra los franceses y volvería a recuperar el ducado.

Los diseños bélicos de Leonardo da Vinci no fueron obviados. A Cesare Borgia le parecía un aliado muy poderoso para un futuro próximo. Así fue. Leonardo se plegó al estilo de vida nómada dictado por el hijo del papa Alessandro VI, quien meses después ejercería como capitán del ejército vaticano. El artista sería nombrado arquitecto e ingeniero militar.

Cesare Borgia era un estratega descomunal. No solo en el campo de batalla; también en cuanto a relaciones políticas se refería. Contrajo matrimonio con la prima de Luis XII de Francia y fue nombrado duque de Valentinois. Pero su ambición no tenía límites. Poco a poco se fue convirtiendo en el señor de las tierras de Imola, Forlì, Pésaro, Rímini o Cesena durante sus campañas en la Romaña. Su ejército de diez mil hombres no tenía rival.

Con un papel más pacífico y diplomático se unió a la comitiva Niccolò di Bernardo dei Machiavelli, un funcionario público que debía hacer entrar en razón no solo a Cesare Borgia, sino también a Luis XII cuando se preparaban para continuar la guerra contra la ciudad de Pisa. En realidad, era un espía para la ciudad de Florencia.

La ciudad de Arezzo, sublevada contra el dominio de Florencia, apoyó públicamente al Borgia. Los juegos de la Justa del Sarraceno de San Donato habían sido dedicados en el verano del año 1502 de Nuestro Señor a Cesare Borgia. Una gran comitiva había accedido a la ciudad y había disfrutado de los enfrentamientos de lanzas entre los cuatro *quartieri:* puerta Crucifera, puerta de Sant'Andrea, puerta del Foro y puerta Burgi o del Santo Spirito. Cesare Borgia no rehusó la invitación de la familia Leti y Luciano, encargada de las actividades deportivas y artísticas de la ciudad. El mismísimo Dante Alighieri, hacía dos siglos, ya se había hecho eco del *Giostre ad Burattum* en su *Divina Comedia*.

> *Caballeros he visto alzar el campo,*
> *comenzar el combate, o la revista,*

y alguna vez huir para salvarse;
en vuestra tierra he visto exploradores,
¡oh, aretinos!, y he visto las mesnadas
hacer torneos y correr las justas;
ora con trompas y ora con campanas,
con tambores, y hogueras en castillos,
con cosas propias y también ajenas.

Los pensadores Niccolò y Leonardo se dieron un respiro y decidieron no tomar parte de la actividad. En su defecto, disfrutaron de un largo paseo a caballo que les llevó hasta la pequeña población colindante, Quarata. Allí cruzaron el río Arno, el mismo río que bañaba la ciudad de Florencia y que una vez le salvó la vida. Cruzaron el puente Buriano, un pontón de siete arcos edificado en el año 1277 de Nuestro Señor, y descansaron en una de sus orillas.

Leonardo expuso sus inquietudes: tenía conocimientos de ingeniería y anatomía, una mezcla mortal. Niccolò habló de su sueño utópico: ver una Italia unificada. Machiavelli era impulsivo y directo, algo nada conveniente para ejercer la diplomacia, pero sabía bien de lo que hablaba. Los reyes católicos habían terminado el proceso de reconquista y su horizonte llamaba a la unión. Los territorios franceses presentaban una fuerte solidez y los Tudor habían empezado la modernización de su Estado: Inglaterra se presentaba como el líder político y marítimo. Italia se estaba quedando atrás, segregada en cinco grandes Estados: el Ducado de Milán, la República de Venecia, la soberanía de los Medici en la República de Florencia, los territorios papales conocidos como Estados Pontificios y el reino de Nápoles. Niccolò hablaba de banderas.

Pero la aventura de Leonardo da Vinci y Niccolò Machiavelli al lado del hijo del papa no duró mucho más. Cesare Borgia asesinó a tres de sus hombres porque al parecer no pensaban como él. Los estranguló hasta darles muerte. Uno de ellos, Vitellozzo Vitelli, era amigo personal de Leonardo, de manera que la acción adquirió una importante dimensión.

El destino quiso que Alessandro VI falleciera a causa de envenenamiento y Cesare Borgia no tuvo tiempo de reaccionar. Giuliano della Rovere, antiguo abad comendatario de Montserrat, accedió al trono de Pietro como Giulio II y comenzó el ocaso de los Borgia.

Llamado por el *gonfaloniere* de Florencia, Piero Soderini, Leonardo volvió a la ciudad que le vio crecer. Allí formó parte del comité que elegiría el emplazamiento de la nueva obra maestra de la ciudad, una enorme estatua de mármol de un David, esculpida íntegramente por un joven que no alcanzaba la treintena, Michelangelo di Ludovico Buonarroti.

Corrían rumores de que ese tal Michelangelo era un joven bastante irascible que había aprendido los oficios en el taller de Domenico Ghirlandaio. Como ocurriera con Leonardo y Verrocchio, Michelangelo había superado a su maestro y había abierto su propio taller.

El éxito del David de Michelangelo residió en la sorpresa que produjo, tal y como le había sucedido a Leonardo en Milán con su cenáculo. Todos esperaban un David victorioso, con la cabeza de Goliat a sus pies, al igual que Verrocchio o Donatello lo habían representado años atrás. En vez de eso, Buonarroti decidió mostrar el lado más humano del joven héroe: el momento de la duda. El instante justo en el que el pastor se debatía entre huir o plantarle cara al gigante. Un momento de la historia en el que el épico desenlace no era más que una utopía.

Al parecer, al pasar por el taller del escultor, se le podía oír gritando: «¡Libérate de tu prisión de mármol!».

Como resultado, la ciudad de Florencia disponía ahora de la estatua de mármol más hermosa de su historia y no se sabía qué hacer con ella. Para decidirlo, se creó un comité designado por Piero Soderini y formado por Andrea della Robbia, Francesco Granacci, Piero di Cosimo, Davide Ghirlandaio, Simone del Pollaiolo, Filippino Lippi, Pietro Perugino, Lorenzo di Credi, Cosimo Rosselli, Giuliano y Antonio da Sangallo, Leonardo da Vinci y Sandro Botticelli.

Durante la reunión en la que cada miembro dio su opinión sobre dónde debía ubicarse el *David*, Sandro Botticelli no cruzó ni una sola vez la mirada con Leonardo. Este último se entregó con ganas al arte de la oratoria, que tanto le gustaba, sin prestar atención a un cada vez más insignificante artista, que se había quedado clavado en un estilo pictórico obsoleto.

Fue *messer* Francesco Granacci, emisario de la Signoria, el que lanzó un ultimátum al colosal equipo de artistas:

—Después de darle muchas vueltas en mi cabeza, he llegado a semejante juicio: tenemos dos lugares idóneos para colocar esta brillante estatua: el primero, donde ahora se encuentra la Judith del maestro Donatello. El segundo, en el patio del palacio. No nos engañemos, Judith es un signo mortífero ya que nosotros tenemos por escudo la cruz y el lirio, y una mujer no debe matar a un hombre. Desde que colocamos la estatua del maestro Donatello, la ciudad ha ido a peor. Perdimos Pisa. Estas son mis dos opciones, pero aconsejaría encarecidamente que colocáramos este David en el lugar de Judith.

En el fondo, todos sabían que había un tercer lugar donde colocar el mármol. En el *duomo* de Santa Maria del Fiore. Pero Soderini prefería dotar a la estatua de un carácter político y no religioso.

La decisión final se tradujo en la colocación del coloso de mármol en el lugar de la antigua Judith, junto a la entrada principal del palacio de la Signoria, así adquiriría un significado mucho más civil.

Algunos de los artistas propusieron situarla en frente, en la logia del Lanzi, alegando que allí no sufriría de las inclemencias meteorológicas. Lógicamente se sustituía visibilidad por mantenimiento. Leonardo se encontraba entre estos artistas, algo que enojó a Michelangelo, que pensaba que el grupo actuaba de mala fe. Aquel fue el brote de una inesperada enemistad, la del corvado, insolente y huraño Michelangelo Buonarroti frente al esbelto, cortés y charlatán Leonardo da Vinci. El morbo estaba servido.

Tardaron cuatro jornadas en transportar la obra maestra del joven escultor, siendo la fecha de la colocación definitiva el 18 de mayo de 1504 de Nuestro Señor. Florencia se encargó de proteger a su nuevo patrón. Envuelto en una coraza de madera para evitar cualquier desperfecto, se derrumbó el muro de la Opera del Duomo que protegía de la mirada de los curiosos al gigante de mármol. Los hermanos Giuliano y Antonio da Sangallo se ocuparon del diseño. Arrastrado sobre grandes leños, cuarenta fueron los hombres porteadores del nuevo adalid de la ciudad de Florencia. Los florentinos, orgullosos, celebraron su nuevo icono, que miraba en dirección a la ciudad de Roma. Mirada serena, paciente, madura, amenazadora. Nadie dudó esta vez del origen del autor como otrora se hizo en Roma. La obra de arte había sido realizada por un maestro, un maestro florentino: el maestro Buonarroti.

Florencia tenía dos nuevos gigantes de los que sentirse orgullosa: *David* y Michelangelo.

En medio de la celebración, un joven de nombre Raffaello Sanzio, invitado por el *gonfaloniere* Soderini bajo recomendación de Giovanna Felicia della Rovere, disfrutaba de la ciudad de Florencia. Tenía veintiún años y deseaba aprender todo cuanto estuviera relacionado con las artes. Sabía del comité reunido para el traslado del *David* y no dudó en presentarse en la ciudad para ver de cerca a dos de sus mayores ídolos: Leonardo da Vinci y Michelangelo Buonarroti. El propio Raffaello fue testigo no solo de la colocación titánica del *David,* sino también de una anécdota protagonizada por los dos genios.

En un punto de la calle Palagio degli Spini había un grupo de florentinos que discutían sobre un texto de Dante. Raffaello se encontraba en un puesto de especias muy cercano a ellos, con lo que podía escuchar la conversación perfectamente. Leonardo caminaba por allí. Era inconfundible, un hombre de su envergadura ataviado de rosa, con una larga melena y una barba frondosa. Los ciudadanos lo reconocieron enseguida y, en un humilde acto, le preguntaron a Da Vinci si podía aclararles el pasaje. Leonardo, gentilmente, se detuvo ante ellos. Respondiendo a sus preguntas, se giró y señaló a un hombre que pasaba en ese momento frente a ellos.

—Ahí va Michelangelo, él os lo puede aclarar.

Buonarroti se sintió insultado, pues no sabía qué tema tocaban en la conversación. Además, Michelangelo sabía que el maestro Leonardo había criticado el *David* por sus imperfecciones y su falta de criterio en las proporciones. Leonardo iba jactándose por ahí de que él podía hacerlo mejor. Lleno de ira, se enfrentó con él.

—Aclaradlo vos, que sabéis tanto. ¡Ah, no! No sabéis tanto como creéis. Es verdad que diseñasteis un caballo para fundirlo en bronce y tuvisteis que abandonarlo por no saberlo hacer. El estúpido pueblo de Milán confiaba en vos, ¡menuda vergüenza!

Michelangelo se marchó, dejando a Leonardo con la palabra en la boca. Raffaello no estaba seguro de que Leonardo pudiera responder a aquello con la rapidez que merecía, y así fue. Leonardo se disculpó y partió en dirección contraria al escultor.

Michelangelo prosiguió su camino hasta que una joven voz lo llamó por su nombre.

—¡Maestro Buonarroti! —La voz vibraba entrecortada, pues su dueño se acercaba a media carrera, con el fin de darle alcance. El maestro se dio la vuelta y se encontró cara a cara con un bello joven bien vestido—. Disculpad que le importune, *messer* Buonarroti. Soy Rafaello Sanzio, aspirante a ser alguien de la talla de maestros como Leonardo y vos mismo.

—Lo tenéis complicado, joven. Aún sigo aprendiendo —respondió Buonarroti toscamente.

—No os preocupéis. Soy paciente y perseverante. No me gustaría robarle mucho más tiempo, maestro. Quería felicitaros por el gigante de Florencia. Sin duda sois un genio.

—¿Genio decís? Joven… Si supierais la cantidad de trabajo que hay en esa escultura, no me llamaríais genio.

Sin despedirse, Michelangelo se giró y se marchó. Raffaello se quedó en silencio, algo decepcionado. Pero entonces el maestro se volvió para añadir unas palabras.

—Si queréis llegar a algo en esta vida, no toméis a Leonardo da Vinci como ejemplo.

Raffaello no entendía aquella contienda entre los dos artistas que, en su opinión, eran los máximos representantes del arte en todo el mundo conocido.

—¿Qué problema tenéis con el maestro Leonardo, *messer* Buonarroti?

—¿Problema? Ninguno, querido Sanzio. Memorizad simplemente lo siguiente: desde que amanece, estamos obligados a pensar «Hoy me encontraré con un indiscreto, un ingrato, un insolente, un envidioso y un egoísta». Gracias a Da Vinci, hoy ya me he encontrado con todos ellos. *Arrivederci*.

Allí se quedó pasmado el joven Raffaello, pensando en las palabras de Michelangelo Buonarroti. Si hacía apenas unas horas tenía claro que quería ser como Buonarroti y Da Vinci, ahora ya no estaba seguro.

En los meses venideros, Michelangelo descubriría uno de los hallazgos más importantes de su vida y, a su vez, competiría con el peor de sus enemigos. Nada de armas. Solo pigmento y pincel.

17

Florencia, 1573, basílica de la Santa Croce

Innocenzo había disfrutado especialmente con el último tramo de la conversación aunque no fuera una confesión propiamente dicha. Gozaba haciendo acopio de chismorreos que más tarde pudiera relatar en sus círculos cercanos, a fin de parecer erudito en determinadas materias.

—Parece ser, tal y como lo contáis, que las relaciones entre los grandes genios no eran, ¿cómo expresarlo?, buenas al fin y al cabo.

—Entre ellos nació el mayor de los desdenes. No tenían una relación cordial ni mucho menos. Fueron sin duda los máximos exponentes del arte de la época, pero cada uno venía de una generación diferente y eran muy distintos entre sí. Imagínese, padre, Leonardo da Vinci era considerado bello, amable, generoso, de buen hablar y buen vestir y erudito en infinidad de materias. Por su parte, Michelangelo Buonarroti era considerado, aparte de como uno de los artistas más brillantes de la época, como alguien solitario, irascible, tosco y burdo. Estaban condenados a no entenderse.

—Entonces, amigo Vasari, ¿por qué el *gonfaloniere* Piero Soderini decidió juntar a ambos artistas?

—La verdad es que no trabajaron juntos, padre. En toda Florencia se chismorreó que Soderini, literalmente, los enfrentó para mayor gloria de la ciudad.

El interés de Innocenzo por Soderini se intensificó.

—Me gusta ese tipo de personas —confesó—. ¿Cómo era ese Soderini?

—Un cronista florentino coetáneo suyo, Bartolomeo Cerretani, lo definió como alguien rico y sin hijos; de estatura mediana, frente ancha, color cetrino, cabeza grande, cabellos negros y escasos; grave, elocuente, ingenioso, de poco ánimo y entendimiento poco firme; no muy letrado; vanidoso, parco, religioso, piadoso y sin vicios. No llegué a conocerlo personalmente, pues expiró en Roma en el año 1522 de Nuestro Señor.

Un nuevo silencio separó a los amigos. En realidad, aquella amistad se estaba convirtiendo poco a poco en otro tipo de relación. Y Giorgio Vasari no terminaba de estar cómodo con ella.

Como Innocenzo no reanudaba la conversación, el confesado trató de ampliar una información que el cardenal no necesitaba.

—Veréis, padre, aunque Leonardo da Vinci, ese extraordinario artista, estaba pintando la sala grande del Consejo del palacio de la Signoria, el *gonfaloniere* Piero Soderini, al ver las dotes de Michelangelo, le encargó a este

segundo una parte de la misma sala para que, en competencia con Leonardo, decorara el otro muro con el tema
de la batalla de Cascina, en Pisa. Se puso a disposición de
Buonarroti una sala del hospital de Sant'Onofrio dei Tin-
tori y a disposición de Leonardo un local de la sala del papa
de Santa Maria Novella.

—Y ganó el escultor florentino, ¿no es así?

—En aquella batalla pictórica no ganó nadie. Sin embargo, en cuanto al *David*, después de que Leonardo de-
clinara la oferta, Michelangelo ganó mucho, sí. Quien haya
visto su escultura no necesita ver ninguna otra. Pero también perdió. Durante la colocación del *David* en la plaza
de la Signoria no fueron pocos los vándalos que atentaron
a pequeña escala contra el nuevo símbolo de la ciudad.
Siempre hay algún indeseable. Le contaré, si me lo permitís, padre, un episodio que ocurrió siendo yo adolescente.

—No tenemos toda la jornada, amigo Vasari, pero si
es vuestro deseo, continuad.

Un jarro de agua fría cayó sobre Vasari, que dudó si
continuar con aquella casi catastrófica conversación. Pero no
solo estaba allí para salvar su alma, también para dignificar
aún más, si era posible, la figura de su amado Buonarroti.

—Como apuntaba, siendo pubescente, durante la revuelta republicana del año 1527 de Nuestro Señor, en mitad
de la guerra de la Liga de Cognac, unos vándalos comenzaron a tirar bancos desde las ventanas del palacio Vecchio.
Lamentablemente, uno de ellos alcanzó el brazo izquierdo
del *David*, partiéndolo y arrojándolo al suelo. Recuerdo que
iba acompañado de mi querido amigo Cecchiino Salviati,

y recogimos los pedazos y los llevamos a casa para protegerlos. Los entregaríamos después a Cosimo I.

—¡Enhorabuena, Giorgio, sois el salvador del Rey David!

En otras circunstancias, Vasari habría encajado el comentario irónico como una despiadada acusación de herejía. Decidió, pues, dejar de aportar información personal y limitarse a contar lo que el cardenal quería oír. Nada de inocencia, solo morbo.

—Había un desprecio mutuo entre Michelangelo Buonarroti y Leonardo da Vinci. Debido a esta competencia, Michelangelo se fue de Florencia, con el permiso del duque Giuliano, llamado por el papa para trabajar en la fachada de San Lorenzo. Leonardo, por su parte, partió hacia Francia. Pero soy consciente de que esperáis que os detalle en profundidad el enfrentamiento entre los dos titanes en la sala del Consejo.

Innocenzo se frotó levemente las manos. Pasado el tedio, era momento de disfrutar una vez más del comadreo.

18

Florencia, 1505, plaza de la Signoria

La sala del Cinquecento vería librarse entre sus paredes la mayor batalla artística de la historia. Aquella cámara era obra de Simone del Pollaiolo, bajo las órdenes y supervisión de Girolamo Savonarola. Tras la caída de los Medici, el fraile de Ferrara había querido convertirla en la sede del Consejo o Consiglio Maggiore, formado por quinientos representantes. Piero Soderini fue elegido años después por su pueblo *gonfaloniere* vitalicio, y a su cargo quedó el cuidado del palacio Vecchio. De manera que era su momento, tenía en su ciudad a los dos artistas más grandes de la historia. Y los quería para él.

Leonardo, asentado en el local de la sala del papa de Santa Maria Novella, preparaba el cartón que le serviría de modelo para realizar su versión de la batalla de Anghiari en el palacio de la Signoria. La mano de Machiavelli, antiguo compañero del pintor bajo las órdenes de Cesare Borgia, se notaba en la elección del artista. El diplomático había regresado de Roma tras el cónclave de Giulio II, y había dotado a Leonardo de lo necesario para seguir mostrando su talento y maestría. La información que Da Vinci necesitaba para documentarse no la halló en sus libros. Fue Niccolò quien le facilitó todo cuanto pudiere hacerle falta para llevar a cabo su fresco. En Niccolò Machiavelli, Leonardo encontró una persona sin rencor, alguien que le tenía en cuenta, que le deseaba el bien.

El artista, junto con Salai y el resto de sus ayudantes, construyó un gran andamio móvil con la ayuda del carpintero Benedetto Buchi para evitar las idas y venidas cada vez que necesitase cambiar de ubicación.

La petición formal para Michelangelo se realizó en el verano de 1504. El encargo fue la batalla de Cascina, y Buonarroti decidió plasmar su experiencia artística en el desnudo masculino.

Niccolò Machiavelli también había participado en el encargo de esta obra. Convencido de que Florencia necesitaba una milicia formada por florentinos y no por mercenarios, fue quien sugirió a Buonarroti la temática. Michelangelo, tan apasionado de Florencia como el político, accedió aunque se dio cuenta de que el único interés que tenía Machiavelli era político, y no artístico. El creador no tenía ningún problema en que alguien le sugiriera el tema de su obra, pero no aceptaría de modo alguno que le indicaran cómo hacerla. Por su parte, Niccolò Machiavelli sabía que aquella no sería la última vez que su vida y la del joven Buonarroti se cruzarían.

El joven escultor, que ahora se enfrentaba a una batalla pictórica, no quería, al igual que le había ocurrido con el *David*, reflejar el momento de la victoria de los florentinos sobre los pisanos. Quería que el fresco fuese bello, épico y, a su vez, dramático. La contienda real había sorprendido a los florentinos despojados de toda arma y armadura, descansando desnudos en el río, y aquel fue el momento que eligió el joven Buonarroti para su pintura: el antes de la batalla. El después era para otros artistas.

Leonardo se hallaba en lo alto del andamio inspirado por los planos que Brunelleschi y Verrocchio construyeran para el *duomo* años atrás, cuando apareció en la sala Michelangelo. Los dos titanes quedaron frente a frente. El de Vinci, con cincuenta y un años. El de Caprese, con tan solo veintinueve. Experiencia frente a frescura.

—*Buongiorno* —saludó el recién llegado—, me han concedido la mitad de esta sala.

El séquito de Leonardo miró alrededor. No había nadie más. Buonarroti venía solo.

—Disculpad, *messer* Michelangelo —se atrevió a preguntar Salai, el discípulo aventajado de Leonardo—. ¿Dónde se encuentran sus ayudantes?

—¿Me tomáis por estúpido? —contestó Buonarroti con crueldad—. No necesito a nadie a mi lado. Soy capaz de realizar la tarea por mí mismo.

Esta vez, Leonardo no permitió tal insolencia, seguramente porque afectaba también a sus discípulos.

—Tranquilo, Salai —apostilló—, cuentan en Florencia que son los discípulos los que no quieren trabajar con el maestro Buonarroti. Al parecer le tiene pavor a la higiene y pasa semanas enteras sin sumergir siquiera su cuerpo en agua.

Todos rieron. Al parecer, Leonardo no solo tenía memoria, también tenía rencor, como apuntaba desde joven. El único que no rio fue Gian Giacomo Salai, que se quedó prendado de la bruta personalidad de Michelangelo.

—Bueno, parece que van a tener que pagaros una cantidad superior a la mía, ya que no solo pintaréis, sino que además ejerceréis de bufón. ¿De veras os toman en serio esos ceporros de los milaneses? Decidme, ¿con qué encargo pretendéis sorprendernos, *maestro* Leonardo?

La palabra «maestro» fue pronunciada con tintes de burla. Leonardo se limitó a contestar con una falsa sonrisa.

—Me han encargado la batalla de Anghiari, aquella en la que Florencia venció a Milán en el año 1440 de Nuestro Señor. He diseñado una batalla ecuestre sin parangón. Y vos, ¿cuál es vuestro cometido?

—¡Cuidado, bufón! Los caballos nunca se os dieron bien, eso dicen en Milán... Me han encargado la victoria de Florencia frente a Pisa en la batalla de Cascina de 1364. Soldados celebrando una victoria en el río. Como veis, Leonardo, siempre voy por delante de vos. Casi un siglo esta vez...

—Puede ser, escultor, puede ser. Pero seguramente os paguen el doble a vos. No solo por la pintura, sino para que aprendáis el arte del baño de los soldados que os disponéis a retratar.

Leonardo no soportaba la irreverencia del escultor, pero tampoco deseaba un enfrentamiento público más violento. La situación degeneraba inexorablemente en una competición dialéctica y no artística.

—Además —continuó Leonardo sin poderlo evitar—, tendréis que mostrarnos que sabéis pintar. La escultura es un arte totalmente mecánico, que provoca sudor y fatiga corporal en su realizador. Lo cubre de polvo y de escombros y le deja el rostro pastoso y enharinado como el de un molinero. Salpicado de esquirlas, el escultor parece cubierto de copos de nieve, y su habitación está sucia y repleta de escombros y polvo de la piedra. Vos solo quitáis lo que sobra de un bloque de mármol. Nosotros, los pintores, partimos de cero, añadimos, creamos. Vuestro gremio solo resta. El mío suma.

—No sabía que aparte de ser un gran perdedor a la hora de fabricar esculturas también erais poeta.

Aquello volvió a atravesar el orgullo de Leonardo. En el ambiente flotaba el caballo de arcilla del artista atravesado por un infinito número de flechas. El maestro guardó la compostura.

—La poesía es superior a la pintura en la representación de las palabras, y la pintura es superior a la poesía en la representación de los hechos. Por esta razón, considero que la pintura es superior a la poesía.

Leonardo expuso su tesis con suma delicadeza.

—La buena pintura se parece a la escultura.

Michelangelo defendía su gremio, su pasión.

—Disculpad, querido amigo. Un buen pintor ha de pintar dos cosas fundamentales: el hombre y la obra de la mente del hombre. Lo primero es fácil; lo segundo, difícil.

—No seáis ingenuo, *messer* Leonardo, no somos amigos. Se pinta con el cerebro, no con las manos. Por eso no dudo.

—Aquel pintor que no tenga dudas poco logrará.

—Y con esta última respuesta, Leonardo le dio la espalda y comenzó a trabajar.

—Solo sois un Goliat para mí. Hora de sacar la honda.

De espaldas a la tensa situación, una sonrisa de felicidad recorrió el rostro de Michelangelo. En el rostro de Leonardo sucedió lo mismo. Si bien es cierto que eran polos opuestos, cada uno había encontrado en su oponente una de las mentes más brillantes con las que conversar, con las que discutir.

Sin embargo, la madre naturaleza no estaba preparada para decantar su balanza a favor de ninguno de los dos. El papa Giulio II, ante las noticias del brillante *David*, decidió llamar a Michelangelo a Roma. El encargo de la tumba papal se antojaba imprescindible para el maestro del cincel. Dejó en Florencia el cartón con los dibujos preparatorios de su batalla de Cascina y hubo de marchar a Roma con el trabajo a medias. Seis serían los meses que pasaría en Carrara seleccionando mármol.

La suerte tampoco saludó al maestro Leonardo. La jornada del 6 de junio del año 1505 de Nuestro Señor empezó a jarrear. Era tal la cantidad de agua que caía copiosamente de los cielos que las paredes del palacio de la Signoria no pudieron evitar tal filtración de humedades. El cartón de Leonardo se desprendió de la pared y los primeros colores aplicados se deslizaron hasta el suelo. Da Vinci hubo igualmente de abandonar su trabajo, y el palacio Vecchio perdió dos obras maestras con sus respectivos maestros.

A pesar de todo, Leonardo quedó prendado del trabajo del joven Buonarroti. Sabía que los maestros Aristotile da Sangallo, Ridolfo Ghirlandaio, Raffaello Sanzio, Francesco Granacci y Baccio Bandinelli admiraban el trabajo del escultor florentino. La precisión de Buonarroti a la hora de esbozar mediante carboncillos, claroscuros, luces marcadas con albayalde y aguadas demostraba que no solo dominaba la anatomía como nadie; también era técnicamente multidisciplinar. Leonardo, después de observar el cartón de Michelangelo, no volvería a ser el mismo. Debía mejorar su erudición en materia de fisiología.

—No son sacos de nueces… Es anatomía en armonía…

La madre naturaleza decidió que el resultado del enfrentamiento fuera nulo, pero Leonardo da Vinci sabía que Buonarroti había vencido. No era la primera vez que Leonardo y Michelangelo se enfrentaban. Tampoco sería la última.

19

Roma, 1506

La ciudad entera hablaría de él. Era quizá el mayor descubrimiento de la ciudad y potenciaba aún más el interés romano por las artes, siempre a la zaga de Florencia.

Todo comenzó aquella mañana del 14 de enero. Un campesino, atareado con sus cotidianos quehaceres, topó con algo inaudito. El Colosseo, a pocos metros de distancia, era testigo del suceso. También lo fue, en el lado opuesto, Santa Maria Maggiore. Justo a mitad de camino entre las dos construcciones motivo de orgullo de la ciudad de Roma se encontraba el terreno en otro tiempo perteneciente a la Domus Aurea de Nerone. Ahora pertenecía a Felice de Fredis, pero este no se ocupaba demasiado de la labranza de las tierras y había dejado el trabajo a sus siervos. Danielle Magro, uno de los campesinos, sintió de repente cómo la tierra se abría a sus pies. Un socavón se hizo en el suelo y le tragó por completo. Afortunadamente, la caída no fue demasiado aparatosa y Danielle pudo levantarse sin problemas. Sin embargo, algo atravesó su corazón.

A su alrededor, como si de una prisión térrea quisieran escapar, distinguió el trazo de dos serpientes abriéndose camino hacia el exterior. Para su tranquilidad, enseguida se dio cuenta de que la piel de los animales era nada más y nada menos que de mármol. Renunciando a intentar sacar a la superficie algo que era más grande de lo que su vista podía alcanzar, hizo llamar a las autoridades.

Los primeros en llegar fueron el arquitecto florentino Giuliano da Sangallo con su hijo Francesco, un escultor en ciernes de tan solo doce años. El artista había sido nombrado por Alessandro VI encargado de las nuevas obras de la basílica de Santa Maria Maggiore y ya había trabajado en la ciudad mejorando las fortificaciones del castillo de Sant'Angelo, así como la basílica de San Pietro in Vincoli, de la que el mismísimo Giulio II había sido cardenal. Su punto de vista erudito era tenido muy en cuenta en las estancias vaticanas. Allí estaba también el escultor Michelangelo Buonarroti, ya hecho hombre. Casi veinte años habían transcurrido desde la primera vez que se vieron en el estudio personal del Magnífico en Florencia. Aquel mozo, cuya nariz nunca llegó a recuperar su forma original, se había convertido en un artista de referencia en el arte de la escultura. En esos momentos, y ante la ausencia de Jacopo Galli en la ciudad, Michelangelo se encontraba en la casa del arquitecto y acababa de llegar de Carrara, adonde había ido para elegir el mármol de la tumba de Giulio II. Sangallo les había acogido a él y a *Kabbalah,* una yegua adquirida días atrás en Florencia. Muy precavido y humilde, el arquitecto ocultaría para siempre a Michelangelo que él había sido el que había convencido al papa de que Buonarroti se encargase de su panteón.

En cualquier caso, atrás quedaba ahora el enfrentamiento del escultor con Leonardo en la Signoria de Florencia, pues tenía la mirada únicamente puesta en el futuro. En aquel momento se disponía a disfrutar de un par de jornadas de descanso con su paisano y a recordar juntos los tiempos de Lorenzo de' Medici. La tumba de Giulio II se había convertido para Buonarroti en la más importante empresa de las realizadas hasta entonces, y justo mientras compartía su entusiasmo con los Sangallo fue cuando llegaron las noticias del Esquilino. Partieron enseguida.

De buena gana habría asistido también Donato di Pascuccio d'Antonio, más conocido como Bramante. La noticia le llegó más bien pronto que tarde, pues se hallaba enfrascado en la reconstrucción de la vía Giulia y en el nuevo palacio de los tribunales de justicia. También se habría de encargar de levantar otra vez la basílica de San Pietro, puesto que su proyecto, en competencia con el de Sangallo, ambos arquitectos oficiales de la Santa Sede, había resultado ser el más elegante. Aquel día no disfrutaría de uno de los acontecimientos artísticos más importantes de su era y del cual se hablaría en los años venideros.

Al llegar, Sangallo se cercioró de que la zona fuera segura y estuviera libre de sufrir otro derrumbamiento. Una vez reconocido el terreno, instó a su hijo Francesco a que descendiera por el agujero abierto en el suelo con sumo cuidado. No tuvo que convencerlo. Francesco, que, pese a su corta edad, prometía en el arte de la escultura, bajó con mucha rapidez y poca seguridad. A pesar de ser un frío día de enero, bajo tierra había suficiente luminosidad para observar el lugar con detalle. La descripción que Francesco les hizo llegar desde abajo fue tal que Giuliano y Michelangelo no pudieron esperar a que Danielle, el campesino, volviera con la escalera que había ido a buscar. Ambos hombres bajaron de un salto que casi les provoca una torcedura. Cuando sus pupilas se adaptaron al cambio de luminosidad, se hizo el silencio. Dos hombres y un niño, a tres metros bajo tierra, callados.

Francesco repasaba con la vista las serpientes, Giuliano trataba de recordar y Michelangelo observaba enamorado la contorsión del cuerpo musculado. Era algo diferente, inaudito. Algo que podía cambiar cualquier perspectiva en el mundo de la escultura. No era un *kuros,* tal y como los llamaba Homero. No era un desnudo digno de Policleto, no era clasicismo de Fidias, no era la flexibilidad de Praxíteles. Aquello era nuevo. No sabría decir si mejor, pero era diferente. Finalmente, Sangallo rompió el silencio.

—Observad. Eso que veis es el *Laocoonte* que describió Plinio.

Plinio el Viejo, autor de *Historia Natural,* era el historiador que había dominado la cultura en la Edad Media. Su obra, tratada como una auténtica enciclopedia, dedicaba unas palabras al conjunto escultórico que volvía a ver la luz del día.

«Atenodoro, hijo de Agesandro, y Agesandro, hijo de Peonio, y Polidoro, hijo de Polidoro, rodios, lo hicieron».

La gran expresividad de la escultura tenía totalmente cautivado a Michelangelo. Los músculos tensos, en un acto de desesperación; la cara del sacerdote troyano desgarrada por el dolor y por el inminente desenlace; la fragilidad con la que sus hijos intentaban, en vano, zafarse de los reptiles, todo superaba sus expectativas.

—Prestad atención —se dispuso a hablar Buonarroti—: está incompleta. En el suelo hay trozos dispersos de las culebras, y el brazo derecho de la figura principal está ausente.

—Ya sabéis lo que tenéis que hacer —añadió jocoso Sangallo padre guiñándole un ojo—: cuando acabéis con la tumba de Giulio, podréis dotarle de un brazo nuevo.

—¿Por qué no yo, padre? —preguntó entrometido Sangallo hijo.

—¡Cierto! —zanjó Michelangelo—. ¿Por qué no el zagal?

Los tres florentinos rieron. Giuliano da Sangallo sabía que tarde o temprano aquel descubrimiento cambiaría la historia del arte. No ya por haber descubierto el *Laocoonte* que el historiador Plinio nombraba en uno de los textos más importantes de la humanidad, sino también por el hecho de que era la primera vez en su vida que veía a Michelangelo Buonarroti sonreír.

Una escalera de madera entró por el agujero y rompió el ambiente distendido que se había creado entre los tres hombres. Al ascender, se encontraron arriba con más gente de la que allí habían dejado un par de horas atrás. Danielle Magro sostenía la escalera mientras un hombre con aires de grandeza hablaba con una sonrisa de oreja a oreja. Era Felice de Fredis. Tan pronto como se había enterado de la noticia, había dejado sus quehaceres y se había presentado en el Esquilino. Tuvo buen ojo. Un emisario papal protegido por dos soldados acababa de llegar a la finca. Charlaban entre ellos de una manera demasiado amistosa.

—Disculpad, ¿qué sucede aquí? —preguntó Sangallo padre.

—Oh, queridísimo *messer* Sangallo, permitidme que me presente. —La pedantería del desconocido emisario hizo acto de presencia—. Me envía su santidad Giulio II para adquirir cualquier elemento que se haya encontrado hoy aquí.

—Pero… como enviado del sumo pontífice y arquitecto papal tengo el derecho a ser el primero en informar a su santidad —contestó perplejo Sangallo.

—Bueno, en realidad, ya sabéis lo caprichoso que puede llegar a ser el papa. No os preocupéis. De ahora en adelante me encargaré yo de todo.

Felice de Fredis no abrió la boca. Estaba entusiasmado con los seiscientos ducados que le acababan de entregar para cerrar el pico y no protestar por el saqueo que acababa de sufrir. Ni siquiera preguntó qué había allí abajo. Dio media vuelta y se retiró a su hogar, dejando su pequeño terreno desprotegido al mando de Magro, el campesino.

Michelangelo observó la escena con calma. De nada servía discutir. El representante, supuesto, de Dios en la tierra tenía poder para hacer aquello y más. Al menos había podido observar de cerca, por primera vez, las maravillas del *Laocoonte.* Con un poco de suerte, y algún permiso papal, podría admirarlo de nuevo. Los guardias y el emisario montaron sus caballos y, vía el Foro romano, se encaminaron de nuevo a los aposentos vaticanos. Allí quedaron el arquitecto y los escultores. Michelangelo se volteó para ver al campesino tirar de la escalera con la cual habían salido de aquel magnífico zulo. Echó mano de su faltriquera y se aproximó al agricultor. Sin decirle nada, depositó diez escudos en su mano, en señal de gratitud. Volvió con los Sangallo y dispusieron su partida.

—¿Por qué? —gritó el campesino sorprendido.

—Porque vos sois el verdadero descubridor de este hallazgo.

Las palabras de Michelangelo sonrojaron al labrador. Sangallo volvió a sonreír. Su hijo se dirigió a él.

—¿Veis, padre? *Messer* Buonarroti no es tan malvado y huraño como dice la gente…

Su padre, mano abierta, le endosó un pescozón, y el niño calló hasta llegar a casa.

Una vez relajados, la cena no reparó en sorpresas. Michelangelo, absorto en sus pensamientos, no habló de Florencia. Su mente estaba en la escultura. No solo en el *Laocoonte y sus hijos*, sino también en el conjunto escultórico de la tumba de Giulio II. Su obra tenía, de una u otra manera, que superar aquello que acababa de ver. Era muy probable que la escultura de Atenodoro, Agesandro y Polidoro eclipsara, al menos durante un tiempo, su *pietà*.

—Amigo Michelangelo, ¿en verdad no deseáis nada más? —preguntó con amabilidad Sangallo antes de que se retirara la mesa.

—No, *grazie*. Yo y un banquete de pan y vino, una fiesta hacemos.

Buonarroti se dio por satisfecho y se retiró a su lecho, no sin antes despedirse de su buena compañía y agradecer al maestro Sangallo la oportunidad brindada de participar en semejante hito.

Antes de tumbarse, sin ni siquiera desvestirse, aprovechó para redactar una misiva a su padre. El tiempo apremiaba y necesitaba el mármol. Lo deseaba, lo quería. Horas antes todo era distinto. Antes del *Laocoonte* todo estaba bien, todo estaba en tiempo. Todo era como él quería. Sin embargo, ahora experimentaba una sensación parecida a la de la cueva de Carrara. Similar, también, al sentimiento que le invadió al observar el eclipse junto a Copernico. Definitivamente aquella mañana lo había vuelto a cambiar todo.

Muy respetado y querido padre:

De haberme llegado el material, mi trabajo iría muy adelantado. Pero está visto que me persigue la adversidad. Desde mi llegada no ha habido ni un solo día bueno. Hace varios días arribó una barcaza que estuvo a punto de naufragar debido al mal tiempo. Tan pronto como la descargamos, el río creció súbitamente y la inundó por completo. En resumen, aún no he podido empezar mi trabajo. Alimento el buen humor del papa para que no se enfade conmigo. Espero que las circunstancias mejoren y pueda dentro de poco comenzar mi tarea. ¡Dios lo quiera!

Vuestro Michelangelo, escultor en Roma

A pesar de no haber sido del todo sincero con su progenitor, el escultor durmió perfectamente.

20

Roma, 1506

A pesar del dramatismo que había plasmado en su misiva, el escultor sabía que, en aquella nueva jornada, el mármol llegaría de Carrara al puerto de Civitavecchia y, de allí, a Roma.

Se levantó de la cama y, sin aseo y con un trozo de pan como desayuno, marchó a caballo hacia el palacio Laterano, más allá del Colosseo. Intentó en vano reunirse con el papa en sus propios aposentos. Era él, el máximo mandatario de la Iglesia católica, quien debía hacerse cargo de los gastos que generara la ejecución de su mausoleo. Lejos de ello, fue despachado por los secretarios papales, quienes argumentaron que el pontífice se hallaba en esos momentos reunido con el arquitecto papal Bramante. Buonarroti, enfadado en su máximo esplendor por no ser recibido en tan urgente situación, se dirigió con el orgullo herido a la platea Sancti Petri, zona central de la Santa Sede, donde los portadores iban a depositar los mármoles y a esperar el pago del transporte.

Cien ducados de su propio bolsillo bastaron para cerrar la transacción. Una vez solo con aquella cantidad ingente de mármol, tuvo ganas de estrellárselo a alguien en la cabeza. Nadie jugaba con su dinero, y mucho menos, con su dignidad. Él nunca fallaba y no soportaba que nadie le fallara a él. La gente que por allí pasaba miraba con extrañeza a aquel hombre vestido de negro al borde de la ira, maldiciendo entre dientes y con una presencia más que agresiva. Incluso *Kabbalah*, la yegua, se mantenía a unos metros de distancia.

Si la jornada anterior se había visto ennegrecida por la intervención de aquel emisario papal, Michelangelo se daba cuenta ahora de que Bramante no era un simple emisario. Giulio II acababa de ningunearle dando más importancia a ese hombre que a él.

Harto de la situación y preso de una furia insostenible, dejó todo el mármol en la platea Sancti Petri y se dispuso a dirigirse de nuevo al Laterano. Tan pronto como se hubo montado en la yegua, una voz le impidió arrancar.

—¡Michelangelo! —El grito se oyó en toda la plaza rectangular.

Era Giuliano da Sangallo, que venía a toda prisa.

—¡Parad!

Michelangelo, al ver aproximarse a su amigo, tiró para sí de las riendas y frenó a *Kabbalah*.

—Ahora no, Giuliano. No estoy de humor para conversar.

Sangallo insistió, a pesar del rostro desencajado de su amigo.

—Escuchadme con atención. ¡Ahora!

Aquel tono imperativo fue suficiente para que el escultor se calmara y le prestase atención. Aun así, no descabalgó.

—¿Qué sucede?

—Sé que habéis estado en el palacio Laterano.

—Así es, aunque de poco ha servido.

—Estaba reunido con su santidad y con Donnino.

—¿Vos con Alejandro y Bramante? —Se extrañó Michelangelo.

—Así es. Soy conocedor de vuestra, digamos, expulsión de los aposentos papales.

—¿Vos creéis, amigo Sangallo, que he tenido que desembolsar de mi propia faltriquera nada más y nada menos que cien escudos solo porque el papa estaba reunido con sus arquitectos?

—Amigo Michelangelo, me han destituido del cargo de arquitecto oficial de la Santa Sede.

—¿Cómo? —Los ojos de Buonarroti casi se salieron de sus órbitas.

—Así es. Ese era el motivo de la asamblea matinal —dijo, no sin melancolía—. Me han destituido de cualquier obligación para con ellos. De ahora en adelante, será Donnino el único encargado de las labores en el Trono de Pedro.

—¿Pero es que Giulio II, en el nombre de Dios, ha perdido el juicio? —preguntó encolerizado Buonarroti.

—Aún hay más…

Sangallo dejó suspendidas las palabras en el aire. Sabía que lo que estaba a punto de desvelar tendría una repercusión nefasta en Michelangelo Buonarroti. Y a pesar de que el escultor se jactaba de no tener amigos, él era su amigo.

—Veréis, Michelangelo. Tengo la certeza de que Giulio II os va a denegar la prosecución del monumento fúnebre.

—Pero... ¿qué cosas decís? —Michelangelo, con el corazón debatiéndose entre la irascibilidad y el asombro, bajó del caballo.

—Ha sido Bramante...

—*Figlio di puttana...*

—Ha tenido la destreza de convencer a Giulio para que realice el panteón tras su muerte argumentando que, de hacerlo antes, la vanidad le haría atraer muy mala fortuna.

—Pero entonces..., ¿qué será de mí?

—Tenéis un problema mayor, y no será precisamente la ausencia de trabajo. Buscan pintores de renombre para decorar de nuevo la bóveda de la capilla que mandó construir Sisto IV.

—¿Y qué tiene que ver eso conmigo, Sangallo? ¡Soy escultor! —exclamó, señalando al conjunto de mármol depositado en mitad de la plaza—. ¿Qué diablos se supone que debo hacer ahora con todo eso? ¿Sodomizar a alguno de los mancebos que campan a sus anchas en el templo de Cristo? ¡Válgame Dios!

—Michelangelo..., Bramante ha convencido al papa de que seáis vos quien decore la bóveda.

—¿Yo? ¡Maldita sea! Bramante *schifoso!*

—Así es. Debido al estipendio que os procura, no os puede tener en taller sin encargo alguno. Así que se os designará en breve vuestra nueva tarea.

—¡De ningún modo! —aseguró, volviendo a la grupa de *Kabbalah*—. Amigo Sangallo, gracias por cuidar de mí. Nos vemos en el hogar al atardecer. ¡Ea!

Yegua y jinete partieron a través de la vía Alessandrina dirección al palacio Laterano.

Tampoco esta vez fue recibido como esperaba. Una nueva justificación del séquito papal hizo que Michelangelo golpeara a uno de los criados. El pontífice seguía reunido, tratando cuestiones arquitectónicas. Nadie se atrevía a molestar al papa guerrero.

—Soy Michelangelo Buonarroti, escultor papal y actual encargado de ejecutar la obra que honrará su alma inmortal. ¿Quién sois para evitar que me encuentre con él?

Con un gesto del criado, que sangraba por la comisura del labio, la guardia personal de Giulio II arremetió contra el de Caprese y le expulsaron de palacio. Michelangelo, que no se dignaba a sustituir enojo por vergüenza, se acercó a *Kabbalah* y sacó de una de las alforjas algo de papel y carboncillo. Anotó un texto breve y volvió sobre sus pasos.

La reacción del séquito papal fue de incredulidad cuando vieron venir de nuevo al escultor desde la puerta santa de la basílica de San Giovanni in Laterano. El criado golpeado aún tenía la mano en los labios, comprobando la copiosidad de la sangre que bullía.

Lejos de querer entrar de nuevo en conflicto con un grupo de hombres armados, al llegar a la altura de estos el escultor levantó ambas manos en señal pacífica, aunque no aminoró el paso. En una de las manos llevaba un trozo de papel, cuyo destinatario era el mismísimo Giulio II. Guardias y criados esperaron la reacción del escultor, que se limitó a avanzar hacia el mismo lacayo al que había golpeado. Este, nervioso, retrocedió con torpeza buscando una mirada cómplice, pues pensaba que Michelangelo estaba interpretando una farsa. No fue así. Con las manos aún en alto, llegó hasta él despacio, tranquilo. Lentamente bajó el brazo que sostenía el pedazo de papel y se lo entregó al sirviente.

—Para Giulio II —dijo sin más.

Ante la mirada atónita de la guardia papal, dio media vuelta y se dirigió de nuevo hacia la puerta santa, donde le esperaba *Kabbalah*.

Una vez hubo montado y arrancado al galope, guardias y criados se miraron. No había sobre, no había lacrado. Giulio II nunca sabría si la pequeña circular había sido leída o no.

Santo Padre:
Hoy me han obligado a dar media vuelta a las puertas del palacio por orden de su santidad. Por tanto, he de informaros de que en lo sucesivo, si queréis algo de mí, tendréis que buscarme en otro lugar que no sea Roma.
Michelangelo Buonarroti, ESCULTOR

Todos se miraron y, en un acto de querer evitar enfrentarse al Della Rovere, pusieron tierra de por medio. El criado, con el labio partido y la carta en la mano, se encomendó a Dios.

Mientras, Buonarroti, como había prometido, alcanzó el hogar de los Sangallo. Dejó descansar a su yegua en la cuadra y accedió a la vivienda.

—Sangallo, tan pronto como amanezca, me haréis el favor de entregar al banquero las anotaciones que estoy a punto de plasmar. Me llevo mi dinero a Florencia.

—Pero… ¿estáis seguro? —A pesar de conocer el difícil temperamento del escultor, la noticia le sorprendió demasiado.

—Tanto como que esculpí el *David* de mi ciudad —respondió con firmeza, mientras alcanzaba su alcoba.

—¿No teméis al papa guerrero?

—Solo tengo miedo a Dios. Y ese Della Rovere no creo que represente a ninguno.

—Así sea pues… Pero, sea al Dios que sea, rezaré por vos, amigo Michelangelo.

—Gracias. Mañana amaneceré temprano. Prepararé a *Kabbalah* y partiré a Florencia, ciudad que amo y me ama. Si no estáis en pie, daros por agradecido y despedido.

Con estas frías palabras el escultor se dispuso a sentarse a la mesa de su alcoba para redactar unas líneas, pero algo le hizo parar. Se giró y miró a los ojos a Sangallo. Aquella no era forma de tratar a una persona que había sobrepasado los sesenta, y mucho menos a un amigo. Volvió hacia él y ambos se fundieron en un abrazo.

—Amigo, no se si volveré a Roma algún día. De ser así, seréis el segundo en saberlo, ya que el primero será muy a mi pesar el papa. Gracias. Gracias de verdad por pensar en mí aun cuando no estoy presente.

Con los ojos vidriosos Sangallo asintió. Ya estaba todo dicho. Lamentaba que su hijo, el futuro escultor, no pudiera despedirse del artista más grande que había conocido. Pero sabía que Michelangelo había hecho un esfuerzo. No se le podía pedir más. Era el momento de dejar a Buonarroti con su intimidad, de manera que se retiró a sus aposentos.

A la mañana siguiente, Sangallo madrugó, pero no fue suficiente. En la mesa de la estancia principal encontró, como apuntó su amigo, las instrucciones bancarias pertinentes, así como un soneto dedicado a Giulio II.

A Giulio II,

*Si verdadero es un antiguo proverbio, mi Señor,
aquel que dice: «Quien todo lo puede nada desea»,
habéis creído las falsedades y fábulas todas
y permitís que el enemigo de la verdad halle premio.*

*Desde siempre he sido vuestro fiel sirviente;
vuestro soy como es el astro rey de los rayos.
Mi tiempo no os molesta, mas os embarga,
y con mayor esfuerzo menos os complazco.*

*Al principio creí que Vuestra Majestad me dejaría
incorporarme, pero veo que el justo equilibrio
y la espada poderosa son vuestras; lo otro, voz sin eco;*

así nuestra ansia, y así el cielo desprecia
virtudes al darlas a la tierra, y con su ofrenda:
árbol seco de donde recoger los frutos.

Durante horas, Michelangelo cabalgó en dirección a Florencia. Faltriqueras y alforjas por doquier acumulaban lo poco que rescató de Roma. El dinero, de seguro, estaría disponible en la ciudad floreciente.

De repente, algo sacó al jinete Buonarroti de sus pensamientos. Tenía compañía. Cinco jinetes ataviados con el estandarte de Giulio II galopaban a su lado más ligeros, sin cargas.

—¡Buonarroti, deteneos! —gritó el que iba a la cabeza del grupo persecutorio.

Michelangelo aminoró la marcha. Cinco contra uno; no estaba en posición de tentar a la suerte. Tan pronto como detuvo a *Kabbalah*, los cinco hombres rodearon al escultor. No se veían, a primera vista, signos de hostilidad, pero convenía ser precavido. A la mínima señal de peligro, arrearía a *Kabbalah* y se pondría a rezar; a rezar por él mismo.

—*Messer* Buonarroti, se nos ha encomendado la tarea de haceros volver a la ciudad de Roma bajo orden expresa de Giulio II.

—Disculpad mi ignorancia, caballeros. ¿Cómo sabíais dónde encontrarme?

—Su santidad Giulio II tiene ojos en todas partes —contestó uno de los jinetes, de complexión más delgada que el que llevaba la voz cantante.

—Callaos, *spaghetto*. No estoy hablando con vos —le interrumpió Buonarroti groseramente—. De modo que Giulio II espía a sus artistas. Es bueno tenerlo en cuenta.

—Si nos permitís, os escoltaremos y acompañaremos de nuevo a Roma —volvió a tomar la palabra el líder.

—Si me permitís, no he necesitado de escolta ni compañía desde mi salida de Roma. No creo que la necesite tampoco para volver. Además, tenéis un grave problema.

Los cinco jinetes se miraron incrédulos. Ninguno se atrevió a abrir la boca. Aquel hombre, de barba y cabellos desaliñados, ataviado siempre de negro, les estaba desafiando.

—Os encontráis en la República de Siena, lejos ya de los territorios pontificios. No tenéis ninguna jurisdicción aquí. Marchaos.

Ninguno de los jinetes tenía conocimientos en geografía. No sabían con qué rebatir aquel argumento al escultor, pues, de ser cierto, efectivamente no tenían poder alguno sobre él. El líder del conjunto tomó la delantera.

—*Messer* Michelangelo Buonarroti, permitidme que os ruegue vuestro regreso. Giulio II no se conformará con nuestro retorno y vuestra ausencia. Os lo suplico.

Michelangelo, convencido de estar fuera de peligro, se creció aún más.

—Ese es vuestro problema, aún estáis bajo la sotana del tirano. Tenéis dos opciones: si continuáis vuestro rumbo en aquella dirección —dijo señalando la vía a Roma—, ateneos a las consecuencias. Sin embargo, si optáis por la dirección contraria —prosiguió, apuntando entonces a Florencia—, tendréis libertades. Pero es vuestra decisión. Al fin y al cabo, yo soy solo un escultor.

Dicho lo cual, arreó a *Kabbalah* y partió de nuevo, a una velocidad de vértigo, rumbo a su destino inicial, dejando con la palabra en la boca al grupo de incompetentes.

21

Bolonia, 1506

El mundo avanzaba tan rápido que daba vértigo. Los cambios que acontecían a diario debían ser asimilados con la misma velocidad. Al parecer, se confirmaba la sospecha: las tierras expoliadas por Cristoforo Colombo y sus hombres no tenían nada que ver con las Indias. Era un continente nuevo. Y aunque fue el marinero genovés el descubridor de tales tierras, de las cuales hablaba como «otro mundo, una tierra enorme», sería Amerigo Vespucci quien se llevaría los honores gracias a la publicación de *Introducción a la cosmografía,* un tratado que daba a conocer los descubrimientos, así como la odisea, del explorador florentino. De él se decía: *Ab Americo Inventore quasi Americi terram sive Americam,* es decir, «de Amerigo el descubridor, como si fuese la tierra de América».

El destino quiso que el almirante Cristoforo Colombo muriera en Valladolid con la mala fama de dejar este mundo en la extrema pobreza. En realidad, mientras era descarnado y enterrado en el convento de San Francisco de Valladolid, sus hijos Diego y Fernando se repartían cuatro millones de maravedíes.

Esa misma semana, el papa Giulio II, ajeno a las disputas de nomenclaturas territoriales y ante la admiración y veneración que empezaba a suscitar entre las gentes la llamada Santa Síndone, decidió establecer un día solemne para el oficio de la Sábana. El 4 de mayo, a partir del año 1506 de Nuestro Señor, sería conocido como el *Ineuco Crucis*. Si bien nunca se supo la opinión del sumo pontífice sobre la autenticidad del lienzo, no fueron pocos los que aprovecharon para sacar provecho económico del objeto sagrado. Fue así como surgieron las reproducciones del sudario, para beneficio mercenario de muchos.

Poco a poco, Giulio II había ido ampliando su fortificación. Desde el mes de enero contaba con una guardia privada de ciento cincuenta soldados provenientes de Suiza y a las órdenes de Kaspar von Silenen, del catón de Uri. En esos momentos, lo único que le importaba al papa guerrero era que nadie cuestionara su autoridad, y Michelangelo Buonarroti le había desafiado. Ante su espantada a la ciudad de Florencia, no tuvo más remedio que enviar una misiva a Piero Soderini, *gonfaloniere* vitalicio de la ciudad floreciente.

Sumo Pontífice Giulio II a la República de Florencia.
Queridos hijos, salud y bendición apostólica

Michelangelo Buonarroti, escultor, que se alejó de Nos sin
fundamento y por capricho a cuanto entendemos, teme

regresar, contra lo cual no habremos de decir nada por co-
nocer el humor de los hombres de su especie. No obstante,
para que no ponga recelo, apelamos al afecto que sentís
por Nos para que le prometáis de parte nuestra que, en
caso de regresar, no recibirá de Nos ni roce ni ofensa y le
conservaremos en la apostólica gracia que disfrutaba antes
de su partida.

Roma, a 8 de julio de 1506, año III de nuestro pontificado

Al otro lado del Mediterráneo, varios episodios cambiarían la historia para siempre. Algo que causaría un enorme daño colateral en adelante a los Estados Pontificios. A los rumores de que la reina de Castilla, Juana I, era bastante escéptica en cuanto a temas religiosos se refería, se añadió la actitud que mantuvo durante los ocho meses que duró el desplazamiento del féretro de su marido, Felipe el Hermoso, y aquello le valió el apodo de *la Loca*. Ella mantenía que Felipe había sido envenenado y se sembró la duda. Al fin y al cabo, eran muchos los que, por un motivo u otro, se habían beneficiado de la muerte del nuevo rey de España, entre ellos, su suegro Fernando el Católico, ya retirado a sus tierras en Aragón. Por otro lado, el cardenal Cisneros, mucho más apegado a Fernando que a Juana, consideraba a la reina una enajenada mental. Ni siquiera la propia Juana se libraba de acusaciones, ya que eran bien conocidas las infidelidades del nuevo rey. En muy poco tiempo sería recluida en Tordesillas a la espera de que su hijo Carlos tomara el poder, y mientras tanto, sería Francisco Jiménez de Cisneros el que haría las funciones de gobernador del reino de Castilla.

Ajeno a la grotesca carambola de la corona española y ante la incipiente insubordinación de las ciudades anteriormente sometidas por Cesare Borgia, Giulio II se abalanzó contra Bolonia reduciendo la resistencia y la desobediencia de los Baglioni y los Bentivoglio. El vicario de Cristo no había renunciado a su plan de expansión religiosa y territorial. Desde ese mismo momento, Venecia se levantó en armas contra los Estados Pontificios. Girolamo Priuli, uno de sus escritores más célebres, le dedicó las siguientes palabras:

Dele la vuelta, santo padre, a san Pietro
y ponga freno a su ardiente deseo,
porque, disparando a ciegas,
el resultado final será fallido
y el deshonor se hará presente
aunque siempre haya alguien
que le empuje por detrás.

Pero estando contento con
el vino de Corso, Trebbiano y Malvasia
y en un bello acto de sodomía,
usted lanzará loas y bendiciones
en compañía de Squarcia y Curzio en su sagrado palacio,
guardando la botella en su boca
y el miembro en su culo.

Las noticias de la toma de Bolonia llegaron al palacio de la Signoria. Piero Soderini, sin dudarlo, hizo llamar a Buonarroti, que en esos momentos contemplaba la posibilidad de trasladarse a Constantinopla.

—*Messer* Michelangelo Buonarroti, para mí, como bien sabéis, es un orgullo teneros aquí, que es donde siempre debisteis estar. Pero habéis desafiado al papa de un modo en el que ni el rey de Francia se hubiera atrevido. Los florentinos no queremos entrar en guerra por vuestra culpa y poner el Estado en riesgo. Así pues, dispongo vuestro regreso tan pronto como os sea posible.

Las palabras de Soderini calaron hondo en el escultor. No había duda, Piero Soderini no era ni la mitad de hombre que Lorenzo de' Medici. Por si acaso, el *gonfaloniere* florentino se bajaba los pantalones. No le quedaba otra opción que enfrentarse al papa. Tenía que volver.

No lo hizo por él, ni mucho menos. Tampoco por Soderini. Lo hizo por la ciudad que amaba, por Florencia. Ni siquiera esperó a que el papa estuviera de vuelta en Roma; tomó lo poco que necesitaba y, *Kabbalah* mediante, emprendió la antigua vía Aemilia en dirección a Bolonia.

A la tercera jornada, Michelangelo entró en Bolonia. Nada más atravesar la puerta Castiglione supo de lo acontecido. El para muchos tirano Giovanni il Bentivoglio acababa de ser derrotado por Giulio II, y las tropas del papa habían saqueado los tesoros artísticos de su palacio. Michelangelo arribó a la plaza central de Bolonia, frente a la basílica de San Petronio, y unos criados papales le condujeron hasta el sumo pontífice.

Tan pronto como llegaron adonde estaba el papa, Buonarroti entregó las riendas de *Kabbalah* a uno de los criados papales y se arrodilló ante él. No podía desafiarlo en público. No allí. No después de la victoria de su ejército.

—¿Qué ven mis ojos? ¡Michelangelo Buonarroti! Vos, que debíais venir hasta nosotros, y habéis esperado tercamente a que nosotros fuéramos hacia vos.

—Su santidad, nunca fue mi intención provocaros semejante descontento. Habéis de saber que no consideré justo que no me permitieran el acceso a su santidad. Interpreté que cancelabais nuestros contratos.

El tono del papa había sido más bien conciliador. Sarcástico pero conciliador. De repente, uno de los obispos que lo acompañaban y que no interpretó el tono apaciguador de Giulio II intervino en la conversación.

—Disculpadle, su santidad, Buonarroti es de ese tipo de hombres ignorantes. Ruego le perdonéis.

El báculo papal se estrelló en la cabeza del obispo ante la mirada atónita de todos los presentes.

—¡Ignorante sois vos que le tratáis de villano, cuando no lo trato así ni yo! Que algún palafrenero aparte a este mamarracho de mi vista.

Michelangelo, aún postrado ante un Giulio cuyo cutis sonrosado se había vuelto carmesí por el enojo, no evitó media sonrisa. Acompañó al obispo con la mirada mientras este era empujado fuera del círculo de confianza del vicario de Cristo.

—Poneos en pie —exigió el papa. El escultor obedeció de inmediato—. Si vuestro problema es la comunicación directa conmigo, lo resolveremos. Aunque siempre he de buscaros en casa de conocidos, es notorio que poseéis propiedades en Roma. Una de ellas es casi colindante con el *passetto* di Corvoque, ¿no es así?

—Así es, santidad.

—Bien. Entonces aprovecharemos que Bramante está dedicado en cuerpo y alma a la reconstrucción de la basílica de San Pietro y uniremos el *passetto* que comunica la Santa Sede y el castillo de Sant'Angelo con vuestra vivienda. Tendréis acceso directo. ¿Os parece bien?

—Me parece bien, santidad. Pero ¿ha de ser Bramante? No es digno de mi confianza.

—No juguéis con fuego, Buonarroti, pues podríais quemaros. Se hará. Pero se hará a mi manera. Si vuestro problema es Bramante, digno de mi confianza, no os preocupéis. Os quedaréis los próximos meses aquí en Bolonia. San Petronio necesita una escultura en mi honor y vos seréis el ejecutor.

—¡Pero, santidad!

El temperamento de Michelangelo volvió a florecer.

—¡Silencio! Así sea.

El criado vino a devolverle las riendas de la yegua y Giulio II y su comitiva se dirigieron al interior de San Petronio. Antes de cruzar las puertas de la fachada incompleta, el papa se dirigió una vez más al escultor.

—Por favor, Buonarroti, nada de libros ni de tonterías en las manos, que no soy un hombre de letras. Poned a la escultura una espada.

Michelangelo observó cómo el cortejo accedía al interior de la basílica y suspiró. Los próximos meses se quedaría en Bolonia, sí. Pero lo haría haciendo lo que más le gustaba: la escultura. Una vez más, evitaba a Bramante y eludía el encargo de la Capilla Sistina.

Maldita pintura.

22

Florencia, 1573, basílica de la Santa Croce

Definitivamente, el mundo estaba cambiando. Los nuevos horizontes hacían perder el norte a las muchedumbres y estas empezaban a morder las manos que antes las alimentaran. Se podía insultar al pastor universal sin que, al menos en la vida terrenal, tuviera consecuencias. «Ya se encargará el Todopoderoso de los impíos», pensaba el padre Innocenzo.

—Tened en cuenta, padre, que Giulio II instó a Michelangelo a que le representara con una espada en la mano, no un libro. Sabía cómo ganarse la fama.

—Aun así, fue un hombre que promovió las artes. Y bien sabe Dios que, si Giulio II no hubiera empuñado la espada, ahora seríamos presa de los bárbaros del norte.

—Creo que ese fue el error de Giulio II. Demasiado tiempo pensando en temas belicosos.

—¿Error, decís?

—Así es, padre. Estuvo ocupado en tantos asuntos de Estado que dejó vía libre a Buonarroti. Bolonia, Génova,

Milán, Venecia e incluso Navarra. Demasiados territorios, demasiados favores contraídos con monarcas extranjeros.

—Es normal que el sumo pontífice tuviera que responder a la ayuda prestada por Fernando II de Aragón y V de Castilla. De no ser por el monarca católico, nunca hubiéramos podido expulsar a los franceses de los territorios italianos.

—Cierto es, padre. Y como sabe, no entraré a valorar la bondad o la maldad de los hechos, pues no es a mí a quien corresponde hacerlo. Solo pongo de relevancia el hecho de que el artista Buonarroti no tuvo ninguna vigilancia durante la creación de su obra maestra. Su fuerte carácter, su determinación y la falta de observación convirtieron la capilla en un taller de libre albedrío, donde hizo y deshizo a su antojo.

—¿Estáis diciendo que Buonarroti no tuvo ningún supervisor?

—Así es. Después de lo acontecido en Bolonia, nadie osó dudar de Giulio II. A partir de entonces, solo él podía decir al artista qué debía o qué no debía hacer. Y Michelangelo era muy buen manipulador.

—Entonces… ¿qué hizo Michelangelo Buonarroti ante los ojos de… nadie?

Antes de que Giorgio Vasari pudiera contestar, la conversación se vio interrumpida por un servidor del altar.

—Padre, disculpad la interrupción —dijo este en un tono subordinado.

—Hablad.

—Tenía confesión con el político Fabio Albergati.

—Le había citado más tarde —refunfuñó Innocenzo.

—Ha sido puntual, padre. Ha pasado mucho tiempo desde que entrasteis en este confesionario.

Para Innocenzo Ciocchi del Monte el tiempo, sin embargo, había pasado rápidamente. Demasiado rápido para su gusto.

—Emplazadle para mañana.

—Pero, padre…

—Hacedlo.

Lo dijo de una manera tan violenta que el monaguillo no se atrevió a intentarlo una vez más. Dio media vuelta y se dirigió al diplomático, que esperaba en el transepto de la Santa Croce.

—¿Fabio Albergati? ¿El escritor? —curioseó Vasari.

—Así es. ¿Lo conocéis?

—Solo de oídas. Acaba de publicar *Ragionamento al Cardinal S. Sisto come nipote di papa Gregorio*. Creo que no comulga con el político Machiavelli.

—¿Quién lo hace?

Vasari no sabía si aquella era una pregunta retórica o algún tipo de trampa. La prudencia le mandó callar e Innocenzo tomó de nuevo la palabra.

—Volvamos a lo que nos atañe. ¿Qué hizo Michelangelo Buonarroti?

—Hay dos puntos de vista, padre. Michelangelo creó la mayor obra de arte de la historia. Toda la perfección que se puede dar a la disciplina de la pintura la logró Michelangelo en la Capilla Sistina. Su obra es el faro que ha iluminado y beneficiado a la historia del arte.

—Estoy cansado de halagos, Vasari. ¿Cuál es el otro punto de vista?

Giorgio Vasari buscó bien las palabras. Una vez decidido, aseguró:

—Michelangelo perpetró el mayor atentado contra la Iglesia católica.

23

Contra todo pronóstico, Buonarroti terminó la estatua de Giulio II en mucho menos tiempo del que estaba establecido. Eran tales sus ganas de salir de aquella ciudad que el escultor dedicó día y noche a terminar la obra cuanto antes. Y eso, a pesar de que el vaciado en bronce tuvo que repetirse dos veces por la ineptitud de unos supuestos expertos fundidores; sería el propio Michelangelo, aun careciendo de experiencia en esa técnica, quien iniciara y terminara el proceso.

Durante la presentación de la estatua en San Petronio de Bolonia, no fueron pocos los que alabaron el trabajo del florentino. Una ciudad más ya se podía vanagloriar de poseer una obra del maestro Buonarroti. También recibió las alabanzas de Giulio II, quien veía en ella una nueva e irrefutable muestra de inmortalidad para una ciudad que hasta no hacía mucho tiempo había sido enemiga de los Estados Vaticanos. Sin duda era un nuevo golpe de efecto militar, religioso y artístico. El pontífice estaba jugando demasiado bien sus cartas. Además, había convencido al artista de que volviera a Roma, y ni siquiera había necesitado amenazarlo. Michelangelo sabía leer muy bien entre líneas.

A la presentación de la talla del papa, acudió también el pintor boloñés Francesco di Marco di Giacomo Raibolini *el Francia,* discípulo en tiempos pasados de Marco Zoppo, y uno de los grandes exponentes del máximo esplendor de la llamada Escuela Boloñesa. Giulio II quería ganárselo para su cruzada de propaganda particular. A pesar de que la figura había quedado muy de su gusto, no dudó en cederle parte del protagonismo a Raibolini, preguntándole qué le parecía a él el trabajo de Buonarroti.

—Muy bello el bronce elegido, santidad —fueron las únicas palabras que se atrevió a pronunciar Raibolini el Francia, más por miedo a Giulio II que por ningunear la obra de Buonarroti.

Sin embargo, el autor de la escultura no se lo tomó demasiado bien. Aunque no experimentó el mismo sentimiento de repulsión que abrigara hacia Torrigiano durante la presentación de su *pietà* en Roma, no estaba dispuesto a que ningún artista ignorara su esfuerzo fijándose exclusivamente en el material empleado. Decidido, utilizó la misma técnica que el Francia y prescindió de la parte más importante: en vez de dirigirse al artista, dictaminó que el destinatario de su reproche sería el hijo de este, Giacomo Francia.

Tan pronto como le localizó en las inmediaciones del séquito papal, que protegía una zona de seguridad para Giulio II y el propio Francia, se acercó a Giacomo y, mano en el hombro mediante, le habló.

—*Messer* Giacomo, felicitad a vuestro padre de mi parte, Michelangelo Buonarroti.

—Gracias, señor —dijo alegremente el joven ante el gran artista.

—Vuestro padre es más bueno haciendo figuras vivas que pintadas.

Giacomo Francia se quedó pensando en la última frase pronunciada, mientras el escultor se alejaba del grupo que se había formado en la plaza San Petronio. Minutos después, Giacomo aún no había entendido el verdadero significado de aquella oración, todo sarcasmo.

Michelangelo, *Kabbalah* mediante, partió por fin a Roma, no sin antes hacer un alto en Florencia. Al no disponer de mucho tiempo, ni siquiera avisó al *gonfaloniere,* y se limitó a realizar alguna que otra visita familiar de cortesía y a invertir una suma importante de dinero, incluidos los mil florines recibidos por la estatua de Bolonia, en una de las villas que asentaría a los Buonarroti definitivamente en Florencia. La casa de la vía Ghibellina fue adquirida en una rápida transacción y el escultor dejó a cargo allí a su familia. Como ya hiciera con Sangallo, dejó órdenes escritas para que transfirieran de nuevo su dinero a Roma, pues la sabia intuición le advertía de que pasaría largo tiempo bajo la bóveda de la Sistina. Allí se enfrentaría a Bramante y al joven Raffaello, maestro y aprendiz, ambos de Urbino, aunque el joven demostraría unas capacidades fuera de lo normal. Por eso precisamente Giulio II lo había convocado a su lado.

Tan pronto como se hizo entrega de las llaves de la casa en vía Ghibellina, Michelangelo aprovechó para airearse en la cercana plaza de la Santa Croce, tan conocida por la práctica de juegos y torneos como por su majestuosa basílica. La fachada, incompleta, era de una desnudez impropia para una construcción de tal magnitud. No había habido acuerdo al respecto. Tardarían siglos en llegar a alguno beneficioso para la basílica. Pero Buonarroti no estaría allí para verlo. El campanario, algo tambaleante, mostraba signos de debilidad. En solo cuatro años, dejaría la piedra de tiritar, pues un rayo terminaría con su temblor y tendría que ser reconstruido. Pero Buonarroti no estaría allí para verlo. Las vidrieras, de reciente estreno, parecían jactarse como si fueran la mujer más bella de la taberna. La Santa Croce era para Michelangelo una gran desconocida que ejercía sobre él una poderosa atracción. Además estaba cerca de casa, de la que sentía como su casa; cerca de la Signoria, donde su *David* descansaba eterno, atento, vigilante, desafiante. Un *David* que curiosamente también daría la bienvenida a un rayo durante la misma tormenta que derribaría el campanario de la Santa Croce. Pero Buonarroti no estaría allí para verlo.

Para el escultor, la arquitectura no era más que el orden, la disposición, el aspecto hermoso, la proporción de las partes, la comodidad y la distribución. Y, de repente, sintió un escalofrío. Algo le decía que aquel era el lugar idóneo para el reposo final. Tal vez ese lugar le llamaría en un futuro lejano, cuando la parca le visitara en sus últimas horas.

«Si llega el momento de reposar aquí —pensó—, no estaré para verlo».

No había pesadumbre en sus palabras. Tarde o temprano llegaría el momento, y, pensando en la labor que le esperaba en la Sistina, quizá ese momento se haría de esperar. Una voz le sacó de tan hondos pensamientos.

—¿*Messer* Buonarroti? —preguntó un hombre de edad avanzada ataviado con una túnica grisácea.

—*Sono io.*

—Permitidme que me presente. Me llamo Egidio Antonini da Viterbo. ¿Le molesto?

—En absoluto. Acabáis de salvar mi vida.

—¿Disculpad? —replicó extrañado Egidio.

—Dictaminaba el lugar de mi reposo eterno, y justo creo que lo he encontrado —respondió sin apartar la mirada de la Santa Croce.

—Perdonad la intromisión, ¿qué edad tenéis, caballero?

—Treinta y tres años.

—La edad de Cristo al morir. Curiosa coincidencia.

—Créame, padre, cuando le digo que sospecho que Jesús de Nazaret murió algo más tarde.

Egidio da Viterbo no supo cómo reaccionar. Michelangelo se lo puso fácil.

—¿Qué queréis?

—Siendo tan joven, le dais demasiada importancia a la muerte.

—Si hemos estado satisfechos con la vida no debemos estar disgustados con la muerte, ya que viene de la mano del mismo maestro.

—Bella reflexión...

—En serio, ¿qué queréis? —insistió comenzando a impacientarse.

—Si los rumores son ciertos, estáis a punto de convertiros en el maestro pintor de la Capilla Sistina, ¿cierto?

—Así es...

—Un momento único para admirar los trabajos de Sandro Botticelli, Ghirlandaio, el Perugino y Cosimo Rosselli.

Michelangelo recordaba a fuego esos nombres. Aquel encuentro no era fortuito. Aquel hombre sabía mucho más de lo que por el momento había dejado entrever. El artista pronunció un nombre que desvelaría la afiliación de Egidio da Viterbo.

—Lorenzo de' Medici.

—Así es, joven Buonarroti. Permitidme que os llame joven, podría ser vuestro padre.

—Mientras no reclaméis el mismo dinero que él...

—No os preocupéis por nada, pues vivo en rigurosa austeridad. Soy amigo de Marsilio Ficino, el médico que os trató la nariz, y de Pico della Mirandola, alumno suyo.

—Digamos que lo de la nariz no tuvo solución.

—No es la cáscara de fuera la que importa, Buonarroti. Es lo que llevamos dentro. Y vos lleváis un florentino con una información privilegiada. Una información que haría temblar los cimientos del prostituido trono de San Pietro. Simplemente quería miraros a los ojos antes de vuestra partida.

—¿Mirarme a los ojos?

—Así es.

—¿Con qué motivo?

—Para saber si estáis preparado para pasar a la historia.

—Lo estoy.

—Lo sé. Y por eso parto con el alma en paz. *Un piacere, messer* Buonarroti.

—Disculpad, vais con túnica, ¿sois cardenal?

—Prior general de Giulio II.

Michelangelo se encogió de la sorpresa. Algo no terminaba de encajar en aquella conversación.

—¿Entonces?

—Vos estáis frente a la basílica de la Santa Croce. No todos tergiversamos el verdadero mensaje de Jesús el Mesías. Cada uno hacemos lo que podemos. Solo unos pocos realizan actos colosales. ¿Puede un artista cambiar el mundo?

Michelangelo mostró una humildad impropia en él.

—¿Puede?

—Puede —contestó el prior.

En el rostro de Egidio da Viterbo se dibujó una sonrisa amable, y el religioso se retiró por donde vino. Buonarroti, pensativo, sonrió. En el fondo de su alma, deseaba con todo su anhelo rechazar la propuesta de Giulio II. Él no era pintor, era escultor. La decoración de la Sistina le llevaría años. Si la rechazaba, podía temer por su vida. Por algo llamaban a Giulio II el papa guerrero. Si la aceptaba, estaba a merced no solo del propio papa, sino también de su más directa competencia. Tener que demostrar a los artistas afincados en Roma que Michelangelo Buonarroti podía pintar aquella bóveda era un reto que no estaba seguro de querer afrontar. Ni siquiera sabía si podría. Sin embargo, las palabras de Viterbo volvieron a sonar en su cabeza.

«Puede. Un artista puede cambiar el mundo».

Él era artista. Y había desafiado a la naturaleza liberando figuras de sus marmóreas prisiones. Sin duda era el momento de cambiar cincel por pincel, mármol por pigmento, escultura por pintura. Si había de hacerlo, sería fiel a sus convicciones, y para ello necesitaría mano de obra florentina. Solo florentina. Tenía que hacer cálculos. Allí, en ese momento. Apuntó:

«Para los cinco aprendices de pintor que hay que traer de Florencia, fijemos veinte ducados de oro de cámara para cada uno con la condición de que, cuando estén aquí y lo acepten, dichos ducados recibidos vayan a cuenta de su salario, comenzando dicho salario el día que partan de Florencia. Si no están de acuerdo, se les dará la mitad de los dichos dineros por los gastos que hayan tenido para venir aquí y por el tiempo».

Estaba listo para su partida. Listo para volver a aquella ciudad del pecado que era Roma. Listo para asaltar la Capilla Sistina.

24

Roma, 1508, Capilla Sistina

Hago constar que yo, el escultor Michelangelo, he recibido hoy, día 10 de mayo de 1508, quinientos ducados de Su Santidad el papa Giulio II, que messer Carlino y messer Carlo degli Albizzi me han abonado para que pinte la bóveda de la capilla del papa Sisto. Comienzo hoy a trabajar sujeto a las cláusulas contractuales que figuran en un documento extendido por el reverendo obispo de Pavía y firmado por mí personalmente al pie.

Michelangelo, escultor en Roma

La Roma que se encontró Buonarroti a su regreso era algo diferente a la que había dejado hacía apenas dos años. Los cambios a nivel estructural se reflejaban en el ir y venir de los romanos y de los peregrinos. No todo era pecado en el trono de San Pietro, y las reformas urbanísticas hacían de la Ciudad Eterna una urbe en constante crecimiento. A las reformas de Sisto IV, que incluyeron la construcción de las vías Borgo Santo Spirito, Borgo Sant'Angelo y vía del puente Sant'Angelo, y a las de Alessandro VI, responsable de la vía Alessandrina, la vía Clementina y la vía del puerto de Ripa Grande, se sumaban ahora las reformas de Giulio II, que también tenía tiempo de jugar a construir su propia ciudad. Adaptó la vía de la Lungara, que los peregrinos llamaban vía «Sancta», y justo enfrente, al otro lado del Tíber, la nueva vía adoptó el nombre nada modesto de vía Giulia. Dos años atrás, el papa guerrero se había atrevido a derruir la antigua iglesia de San Pietro y a comenzar la construcción de un nuevo lugar de culto, adecuado a aquellos tiempos renacentistas. La demolición comenzó por el crucero, donde la tumba de San Pietro marcaría el centro de la nueva construcción diseñada por Bramante.

—Construiremos contra el tiempo —le había dicho Giulio II al arquitecto.

Aquello se tradujo en años de andamios y nubes de polvo, pero Giulio II, que nunca renunció a la idea de preservar la teología por encima del humanismo imperante, se las arregló para financiar los costes mediante bulas remisoras de pecados previo generoso pago.

En la ciudad, a pie de calle, la atención estaba centrada por un lado en el restablecimiento del diácono Tommaso Inghirami, a quien en el Vaticano y en Roma entera se le conocía como *Fedra,* por su maravillosa interpretación de la heroína de la tragedia *Hipólito* de Séneca. Inghirami se había caído de su mula y había sido atropellado por un carro de bueyes que llevaba una pesada carga de grano. Muchos temieron por su vida y por su vuelta a los escenarios, pero Fedra era duro de roer. Por otro lado, la gente comentaba aquellos días, aunque con menos cariño, la elección del florentino Amerigo Vespucci como piloto mayor de Castilla por Fernando el Católico. Si el marino hubiera sido romano, el júbilo habría inundado las avenidas.

Lo primero que hizo Buonarroti al empezar su trabajo en la bóveda fue ridiculizar a Bramante frente a Giulio II. Tantas ganas tenía el arquitecto de ver fracasar al artista que le había preparado un andamiaje para que empezara su labor tan pronto como fuera posible. Sin embargo, por motivos no solo de seguridad sino también de estética, Buonarroti rechazó por completo el andamio del hombre que estaba levantando de nuevo San Pietro. Argumentó ante el papa que la estructura de Bramante dañaría parte del techado de la bóveda porque era colgante, y optó por diseñar él mismo la alternativa: un andamio formado por una plataforma central sostenida por soportes de madera, para que ni muro ni techo sufrieran daños, y un sistema de poleas para upar los pigmentos y los cartones de los bocetos preparatorios desde el suelo hasta las alturas. Muy a su pesar y contrariando a su arquitecto, Giulio II reconoció la evidencia y accedió de inmediato. Quería evitar a toda costa tocar la estructura principal de la capilla. Ya había demasiados andamios y demasiado polvo en la plaza de San Pietro como para agujerear la antigua capilla Magna. Aquello fue una primera batalla ganada para Buonarroti. Una batalla psicológica, pero al fin y al cabo, una victoria.

Bramante se recluyó en las estancias vaticanas, pero sin renunciar a sus ganas de luchar contra el pintor advenedizo. En medio de sus cavilaciones, se irguió el nombre del retratista Raffaello Sanzio, que sonaba cada vez con más fuerza en Florencia. Aquellas estancias debían ser decoradas, y él sabría convencer a Giulio II. No sería tarea difícil. El mejor pintor de Florencia frente al mejor escultor de Florencia. Ambos en Roma, ambos pincel en mano. ¿Qué podía salir mal?

Mientras el arquitecto Piero Roselli, florentino de confianza, se encargaba de la construcción del andamio y del revoque del techo, Michelangelo se dedicó a los preparativos del equipo necesario.

A fray Jacopo de Francesco en Florencia,
13 de mayo

Fray Jacopo:

Teniendo que pintar aquí ciertas cosas, querría daros aviso, porque necesito cierta cantidad de buen azul; y si tenéis suficiente para servirme, me proporcionaréis un buen servicio. Ved si podéis enviar aquí, a vuestros hermanos, la cantidad que tengáis, que sea bello, y yo os prometo un precio justo. Y antes de que use el azul, os haré pagar vuestro dinero aquí o allí, donde queráis.

Vuestro Michelangelo, escultor en Roma

Asimismo, requirió los servicios de Francesco Granacci, compañero suyo en los tiempos de la *bottega* de Ghirlandaio y del jardín de San Marco en Florencia. Más que como pintor, pues no consideraba que fuera lo suficientemente original, lo eligió como cabeza de equipo, pues era muy bueno gestionando cuadrillas.

Juntos elaboraron un equipo de *garzoni,* como los llamaba él. A pesar de que todos eran pintores experimentados, Buonarroti siempre los trató como aprendices. Los elegidos fueron: Giuliano Bugiardini, pintor de la también academia medicea de San Marco; el pintor Pier Francesco di Jacopo Foschi; el joven pintor y escultor Jacopo l'Indaco; el joven Bastiano da Sangallo, sobrino de su amigo Giuliano, pintor y escenógrafo en ciernes; y por último, el mayor de todos ellos, Agnolo di Donnino. Por supuesto, todos florentinos, todos cercanos.

Desde el trono de San Pietro intentaron imponer a un joven de dieciocho años recién llegado de España. Su nombre era Alonso Berruguete, pero tan pronto como Michelangelo lo vio entrar en la bóveda, lo expulsó. Ante tan violenta situación, los *garzoni* quisieron saber el motivo, pues el joven venía con buena fama de Florencia, donde llevaba viviendo un año. Buonarroti fue tajante.

—No quiero espías aquí entre nosotros. Ese joven español de nombre Berruguete es protegido de Donante Bramante. Prueba de ello es que fue uno de los pocos privilegiados que pudo copiar el *Laocoonte* del original. Algo que ni siquiera yo, Michelangelo Buonarroti, pude hacer.

La explicación fue bien recibida por todos los integrantes de la comitiva. O se estaba en el equipo de Buonarroti o se estaba en el equipo de Bramante. No había término medio. A partir de ese momento, se pusieron manos a la obra.

Sobre ellos, un cielo azul estrellado veía pasar sus últimos momentos. La obra de Piermatteo d'Amelia sería destruida tan pronto como Roselli finiquitara el andamio. El último paso consistía en cubrir dicha estructura con un cortinaje con dos funciones: evitar que el color cayera en el suelo de la capilla y evitar las miradas de los curiosos. Ya no había marcha atrás.

Durante los seis primeros meses no se tocó la bóveda con pigmento alguno. Mientras los ayudantes enlucían la parte superior de las paredes, Buonarroti se encargaba de los diseños. Tras conciliación con el diácono y actor Tommaso Inghirami como cabalista cristiano y con el médico judío del papa, Schmuel Sarfati, como estudioso de la Torá y el Talmud, se llegó a la decisión siguiente, dejando el diseño de la bóveda para más adelante, pues suponía ya labor más que de sobra:

* Comenzaría por los judíos asquenazíes y sefardíes, un pueblo castigado por la Inquisición, que hallaron en Roma algo de clemencia. Los pintaría con telas de sedas tornasoladas. Un toque amarillo, color con el que eran señalados, les otorgaría una tímida distinción.

* Continuaría por las cuatro esquinas. No importaba si tenía que recurrir a los evangelios apócrifos. Iban a representar cuatro momentos clave de la salvación del pueblo judío.

* A continuación, rescatando iconografía pagana, se iban a añadir siete profetas: Zacarías, Joel, Isaías, Ezequiel, Daniel, Jeremías y Jonás; y cinco sibilas: Eritrea, Délfica, Pérsica, Libia y Cumas.

* Para terminar, en triángulos y lunetos, se representaría a los antepasados de Cristo desde Abraham.

Michelangelo optó por hacer los diseños mezclando pluma y tinta marrón o sepia sobre papel por un lado, y carbón y sanguina por otro. Un elemento indispensable para la ejecución de las sibilas fue el ejemplar del *Discordantiaie nonnullae inter Sanctum Hieronymun et Agustinum,* del historiador Filippo Barbieri, publicado en el año 1481 de Nuestro Señor, que llegó a manos de Buonarroti gracias a los servicios de Inghirami y Sarfati.

Una vez resuelta la aprobación final de los diseños, se hizo una réplica a una escala mayor en los cartones que se utilizarían en las paredes. Michelangelo calculó una semana por sibila y por profeta. Mientras el artista se dedicaba a la réplica en los cartones, los *garzoni* dejaron listos los muros y empezaron a preparar las esponjas y el polvo negro para marcar los diseños en pared, así como los pigmentos.

Giulio II, ajeno a las primeras decisiones de Buonarroti, creó a finales de ese año la liga de Cambrai contra la República de Venecia, forjando una terrible alianza con Fernando II de Aragón, Maximiliano I de Austria y Luis XII de Francia. En la repartición de bienes se conformaba con el dominio de Rímini y Rávena. Sin embargo, por muy apetecible que pareciera, esta alianza tardó poco en disolverse, y el daño colateral de esta guerra contra la expansión territorial de la República de Venecia lo recibió Michelangelo Buonarroti y, por ende, la Capilla Sistina.

25

Roma, 1573, Capilla Sistina

Eran seis los ojos que escudriñaban la bóveda de Michelangelo. Sería complicado decir qué par era el más inquisitorio. El sumo pontífice Gregorio XIII y el cardenal Gulli seguían a monseñor Carlo Borromeo, quien se había tomado la libertad de servir de guía.

—¿Decís entonces, cardenal, que el primer encargo era un retrato de los *doce?*

—Así es, santidad —confirmó Gulli—, la primera orden era honrar a Jesucristo y a sus discípulos. Sin embargo...

—Todo acabó en esto... —interrumpió Borromeo, terminando la frase por él.

—No negaremos que es una obra maestra —prosiguió Gregorio XIII—, pero... ¡no hay ni una sola figura cristiana en esta bóveda!

La conversación se mantenía mientras la mirada de los tres hombres saltaba de figura en figura sin orden alguno. A medida que los nervios iban creciendo, tampoco sus pies podían mantenerse en una posición fija.

—Así es, santidad —explicó Borromeo—, todas las figuras que aparecen en la bóveda son judías. Por lo tanto, son figuras precristianas, si queréis llamarlo así. Si os dais cuenta, los profetas son judíos. No hay rastro ni siquiera del Bautista.

—Entonces es un problema serio —añadió escuetamente Gulli.

—Por supuesto que lo es. Buonarroti no sigue los patrones genealógicos del Evangelio de San Juan, como seguimos aquí en la iglesia de San Pietro. En dicho Evangelio, Jesucristo desciende directamente de Adán, hijo de Dios. Buonarroti se rige por el Evangelio de San Mateo, donde la genealogía asciende hasta el patriarca Abraham.

Gregorio XIII y Gulli escuchaban orgullosos la conferencia teológica de Borromeo, aunque no sin preocupación. El arzobispo de Milán continuó.

—Por alguna extraña razón, el escultor y pintor utilizó figuras paganas: las sibilas o profetisas de las extintas mitologías griegas y romanas. Es cierto que los dioses paganos son un motivo artístico recurrente, sobre todo en Florencia, pero atreverse a pintar esto en el corazón de la Santa Sede es, cuanto menos, audaz y grosero al mismo tiempo.

—No solo eso, Buonarroti ha menospreciado a los profetas de las Sagradas Escrituras al alternarlos con las paganas profetisas —intervino Gulli, con ganas—. Además, no les otorga la importancia debida a cada uno de ellos. Según la Torá, Isaías, Ezequiel, Daniel y Jeremías son profetas mayores. Sin embargo, Zacarías, Joel y Jonás son profetas menores. O bien eligió siete nombres al azar o bien se movió por una razón que nuestros ojos no son capaces de ver hoy.

Gregorio XIII guardaba silencio ante la erudición de su séquito y también por los nervios que le corrían por dentro. Escuchó. Pensó.

—Partamos desde el principio —aclaró Borromeo—. Michelangelo pintó siete profetas, ni uno más ni uno menos. Siete son los días de la Creación, pero también representa el siete el número de características de cada esfera del árbol de la vida de la Cábala. Incluso el candelabro del antiguo templo de Jerusalén tenía siete brazos. Las figuras, al parecer, fueron pintadas a partir de modelos reales. Con una luz que incidiera en el cuerpo, se marcaba la sombra en la pared antes de comenzar a pintar; de ahí el absoluto realismo de las figuras. Echemos un vistazo, por ejemplo, a Jonás, cuya composición es digna de admirar: el dominio de la perspectiva es insuperable, pareciera como si fuese a caer de su trono de mármol; representaría la piedad. Daniel, el bello joven y atlético, representaría a su vez el equilibrio. Isaías encarnaría la gloria y la capacidad de mantener la fe, pues ha visto triunfar al pueblo israelita. Zacarías, el imperio y el reino. En su lugar debería estar, según los planes de Giulio II, la figura de Jesucristo nuestro Salvador, pues se trata de la entrada papal. Sin embargo, Michelangelo Buonarroti fue muy hábil, pues para el rostro del profeta tomó como modelo la cara del mismísimo Giulio II. Así el papa, ego mediante, nunca dijo nada. ¿No veis los colores de sus ropajes?

—Azul y dorado... —contestó Gregorio XIII.

—Los colores del Della Rovere... —añadió Gulli.

—Así es. Buena jugada por parte de Buonarroti. Joel —prosiguió el arzobispo— encarnaría la base y el vínculo con la espiritualidad. Ezequiel, anciano vigoroso y enérgico, nos recuerda a la victoria. Y, por último, Jeremías, perseguidor de la corrupción. La fuerza se personifica en él. Ahí tenéis las siete características de las que hablaba.

—¿Por qué debería ser la Cábala la base de la composición?

—Porque el diácono Tommaso Inghirami trabajó con él.

No hacían falta más explicaciones. Un cabalista en el séquito de Buonarroti.

—¿No encontráis, santidad, cierto parecido a Jeremías con el Buonarroti? —preguntó intrigado Gulli interrumpiendo la explicación de la Cábala.

—Ahora que lo decís... —se adelantó Borromeo.

—¡Silencio! ¡Solo faltaría que hubiera osado pintar su cara! —exclamó Gregorio XIII con el rostro desencajado. Demasiada información, demasiado de todo—. No soporto las figuras desnudas, no soporto a los *putti*...

—En cuanto a los *putti*, permitidme que le adelante que hallaremos en estos ángeles desnudos gestos obscenos...

—No quiero una clase de teología, no quiero una clase de iconografía, ¡no quiero nada de esto! —interrumpió el pontífice—. Olvidad a los malditos *putti* y centrémonos en el panel central de la bóveda. ¿Podría alguien decirme si Michelangelo Buonarroti era judío?

—Verá, santidad, no sabría decirlo con seguridad —confesó Borromeo—. Tanto el judaísmo como el cristianismo son dos religiones monoteístas abrahámicas, pero ellos no necesitan intermediarios.

Borromeo, lógicamente, se refería a su iglesia.

—Claro que lo sé. ¡No me toméis por un zote! —estalló Gregorio XIII perdiendo la paciencia—. Y sé que no aceptan el pecado original. La pregunta es ¿por qué? ¿Por qué Buonarroti pintó todo esto y por qué nadie se dio cuenta?

26

Roma, 1508, bóveda de la Capilla Sistina

La fase de las sibilas fue más fácil de lo que a priori pensó el escultor reconvertido temporalmente en pintor. Al tratarse de figuras de un tamaño mayor, decidió que usaría para ellas modelos naturales. Así pues, Francesco Granacci se encargó de la posición y la iluminación de los improvisados modelos, que no fueron otros que: Giuliano Bugiardini, Pier Francesco di Jacopo Foschi, Jacopo l'Indaco, Bastiano da Sangallo y Agnolo di Donnino. Esto no sentó demasiado bien a los artistas, que consideraban denigrante, a esas alturas de sus vidas, ejercer como simples arquetipos para una pintura al fresco. Aun así, se abordó de manera brillante y meticulosa, y en menos tiempo de lo esperado. Gracias a una fuente de luz situada frente a los artistas, se proyectaba una sombra en la pared que Buonarroti se encargaba de delimitar. Una vez perfilados los contornos, rellenaba el interior mientras los demás pasaban a la preparación de los pigmentos.

Aquella fase de la empresa había sido abordada. Llegaba el momento de encargarse de la bóveda, un lugar sobre el que, por mucho que Granacci se empeñase en alumbrar, no había manera posible de proyectar las sombras de los modelos. Los ayudantes de Buonarroti habían marcado con cuerdas sucias el perímetro de la zona que se había de pintar. Mientras tanto, Michelangelo había pasado los diseños llenos de detalles que había hecho sobre cartón a otros mucho más grandes y silueteados, que respetaban la escala del conjunto.

Para poder pintar el fresco, eran necesarios tres pasos. El primero de ellos, el *arriccio*, consistía en extender una capa de aproximadamente dos centímetros de cal mezclada con puzolana, roca volcánica desmenuzada. Sobre esta capa se extendía a continuación el *intonaco*, la segunda fase, otra capa de polvo de mármol, cal y agua. Durante el proceso de secado, y dentro de los límites marcados por las delgadas sogas, los ayudantes tenían que colocar sobre la pared, en el lugar previsto para ello, las siluetas de cartón y, acto seguido, espolvorearlas delicadamente con ayuda de tela de saco humedecida en pigmento negro, para que el maestro pudiera seguir los trazos una vez retirados los cartones. En ese mismo proceso se formaba el carbonato cálcico, que tenía la propiedad de fijar los colores. Durante la jornada de secado, el artista debía imprimir los colores, considerándose esta la tercera y última fase de la creación.

Buonarroti se enfrentaba a un reto difícil, pues la técnica del fresco no admitía correcciones a posteriori. Los colores se secarían con la cal de la mañana a la noche y él habría de repartir su trabajo en meticulosas y estructuradas jornadas cargadas de prontitud. Decidió que la mejor opción era dividir la bóveda en pequeñas áreas que se pudieran terminar en un día.

Así pues, con el andamio de Piero Roselli, se construyeron unas pequeñas poleas que servirían de elevadores para subir los pigmentos y que evitarían más de un viaje innecesario veinticuatro metros escaleras abajo. El artista decidió comenzar por el final del Génesis, eje central de la bóveda, y dividió los paneles de tal forma que el tríptico formase la historia de Noé.

«Noé se dedicó a la labranza y plantó una viña. Bebió del vino, se embriagó, y quedó desnudo en medio de su tienda. Vio Cam, padre de Canaán, la desnudez de su padre, y avisó a sus dos hermanos afuera. Entonces Sem y Jafet tomaron el manto, se lo echaron al hombro los dos, y andando hacia atrás, vueltas las caderas, cubrieron la desnudez de su padre sin verla. Cuando despertó Noé de su embriaguez y supo lo que había hecho con él su hijo menor, dijo:

—¡Maldito sea Canaán! ¡Siervo de siervos sea para sus hermanos!

Y dijo:

—¡Bendito sea Yahveh, el Dios de Sem, y sea Canaán esclavo suyo! ¡Haga Dios dilatado a Jafet; habite en las tiendas de Sem y sea Canaán esclavo suyo!».

Génesis 9, 20-27

Mientras Michelangelo se encargaba directa y personalmente de las figuras de los primeros paneles, que vendrían a reflejar la embriaguez de Noé y el extraño suceso que provocó la maldición de Canaán, sus ayudantes prepararon el segundo panel, consagrado al Diluvio universal. Buonarroti ordenó que Giuliano Bugiardini, Pier Francesco di Jacopo Foschi, Jacopo l'Indaco, Bastiano da Sangallo y Agnolo di Donnino se encargaran únicamente de las figuras más pequeñas del panel, que él mismo había diseñado a escala menor; además, lo harían bajo la supervisión de Francesco Granacci. La complejidad de la escena y la inmensa cantidad de figuras que la componían requerían la supervisión del maestro antes y después.

«El diluvio duró cuarenta días sobre la tierra. Crecieron las aguas y levantaron el arca, que se alzó encima de la tierra. Subió el nivel de las aguas y crecieron mucho sobre la tierra, mientras el arca flotaba sobre la superficie de las aguas. Subió el nivel de las aguas mucho, muchísimo, sobre la tierra, y quedaron cubiertos los montes más altos que hay debajo del cielo. Quince codos por encima subió el nivel de las aguas quedando cubiertos los montes. Pereció toda carne: lo que repta por la tierra, junto con aves, ganados, animales y todo lo que pulula sobre la tierra, y toda la humanidad. Todo cuanto respira hálito vital, todo cuanto existe en tierra firme, murió. Yahveh exterminó todo ser que había sobre la haz del suelo, desde el hombre hasta los ganados, hasta las sierpes y hasta las aves del cielo; todos fueron exterminados de la tierra, quedando solo Noé y los que con él estaban en el arca. Las aguas inundaron la tierra por espacio de cincuenta días».

Génesis 7, 17-24

La composición del panel de Buonarroti representaría el momento en el que las aguas retrocedieron para mostrar un nuevo orden mundial, una nueva tierra donde asentarse y donde multiplicarse. Sabía perfectamente qué representar, cuántos personajes pintar y qué colores utilizar. Los colores eran muy importantes, aunque esta información se la guardó para sí durante toda la obra.

El artista era observado por el chambelán del papa, quien apuntaba en su diario los avances del florentino:

«En la parte superior del edificio, el trabajo ha sido realizado con mucho polvo, y los trabajadores no pararon cuando se lo ordené. Por ellos, los cardenales se quejaron ante mí. A pesar de que reprendí en numerosas ocasiones a los trabajadores, no pararon en ningún momento. Me dirigí a su santidad, que estaba enojado conmigo, pues no les había amonestado lo suficiente y el trabajo había continuado sin permiso, a pesar incluso de que el papa mandara otros dos de sus chambelanes que les insistieron en parar. Se hizo con mucha dificultad».

Terminadas las primeras jornadas de la bóveda, Michelangelo descubrió algo que le hizo sentir que se le venía el mundo encima. Aquella mañana se había encaramado de nuevo a la estructura de Roselli, dispuesto a mover los materiales que necesitaba para encarar el tercer y último panel del Génesis dedicado a Noé: el sacrificio de Noé. Sin embargo, al ir a comprobar si los pigmentos se habían secado bien en la parte del Diluvio, observó algo que le alarmó. Al parecer, una grieta que no habían localizado en un primer momento filtraba pequeñas gotas de agua, humedeciendo aquella sección de la bóveda. Sin ir más lejos, había provocado un moho que estaba deteriorando la pintura.

El problema de la humedad llegaba en el invierno más frío que Buonarroti alcanzaba a recordar, pero el artista consideraba igualmente culpables del descuido a sus ayudantes, a los que acusó de despreocupación. Ellos empezaron el panel y eran quienes debían haber visto la grieta que echaba ahora al traste el diseño del Diluvio. Entre gritos e improperios, Buonarroti arrancó parte de la pintura y descendió del andamio en dirección a los aposentos papales.

—Se lo había dicho a vuestra santidad, la pintura no es mi arte. Todo lo que he hecho se ha estropeado. Consigan a alguien que arregle las grietas antes de contratar a nadie que pinte un edificio que se cae a pedazos.

Aquellas fueron las palabras con las que Michelangelo interrumpió la reunión del pontífice. Giulio II estaba reunido con un conocido del artista, que intentaba de nuevo adquirir una posición algo más elevada en la jerarquía vaticana: Giuliano da Sangallo. Aquella casualidad le eximió seguramente de un severo castigo. El arquitecto a cargo del descubrimiento del *Laocoonte* encontró la explicación justa para los problemas de la bóveda. Al parecer, el equipo de Buonarroti estaba utilizando una cal demasiado acuosa. Con la cal romana, menos dura que la florentina, la pintura necesitaba menos agua. Ese era el verdadero motivo por el cual el moho estaba devorando el Diluvio universal de Michelangelo.

El papa instó a Sangallo a que fuera él quien explicara al equipo de la bóveda el problema de la cal. Este accedió de buena gana. No solo por su amistad con Michelangelo, sino también porque su sobrino Bastiano estaba trabajando con él.

—¡El genio es paciencia eterna! —gritó Michelangelo cuando su amigo el arquitecto le expuso el problema de la cal—. ¡No hay daño tan grande como el del tiempo perdido!

El equipo estaba acostumbrado al mal temperamento del escultor, pero en esta ocasión Buonarroti estaba fuera de sí. No quería dedicarse a la pintura, y el equipo florentino que él mismo había elegido no parecía estar tan preparado como desearía que estuviera.

—Por vuestra culpa viviré aquí encerrado, como el corazón pastoso de una corteza de pan, pobre y solo, como un genio encerrado en una botella.

Las lindezas del escultor se prolongaron durante más tiempo del que los artistas pudieron aguantar. De uno en uno, de manera espontánea, los *garzoni* decidieron abandonar el trabajo. En medio del enojo del artista de Caprese, los pintores recogieron los pocos enseres que allí tenían y abandonaron la capilla de uno en uno, sin despedirse del único hombre sobre la faz de la tierra que tenía el valor de vociferar en aquel lugar sagrado.

Buonarroti no lamentó aquella fuga de cerebros. Lejos de ello, ascendió escaleras arriba y, una vez frente al Diluvio, empezó a acuchillar la pintura. Sabía que la presencia de Giuliano da Sangallo en aquella capilla solo podía significar una cosa: Giulio II no dejaría que saliera de allí hasta acabar la obra.

Cuando recuperó la calma, descendió de nuevo al suelo y miró a su alrededor. En la sala solo quedaban Francesco Granacci, con los ojos llorosos; Giuliano da Sangallo, con una extraña sensación de culpabilidad por haber provocado aquella situación; y, sorprendentemente, Bastiano da Sangallo, sobrino de Giuliano. El joven, en lugar de achantarse ante la imponente figura del gran Michelangelo, avanzó con sangre fría hasta su posición y se dispuso a moler los pigmentos para la jornada siguiente. Aquello estimuló a los otros dos presentes, que se miraron y, sin palabra mediante, se pusieron manos a la obra. Granacci preparó algo de pasta, pan y vino, mientras que Sangallo subió al andamio y se presentó frente al Diluvio para terminar de acuchillar la pintura y rehacerla de nuevo.

El que fuera un ogro hacía solo unos instantes se transformó en un ser manso al ver que la gente fallaba pero respondía una y otra vez. Aquello lo desconcertó tanto que, por primera vez desde hacía mucho tiempo, no supo qué hacer.

El desconcierto no duraría mucho tiempo. El destino parecía tenerle guardado otro peón en aquella difícil partida de ajedrez sin claro vencedor. Entró por la puerta con aire festivo y, aunque Michelangelo lo conocía de sobra, cortés y teatreramente se presentó:

—*Messer* Buonarroti, soy Tommaso Inghirami, vuestro cabalista.

27

Roma, 1573, Capilla Sistina

Efectivamente, nadie hasta este momento se había dado cuenta de la verdadera naturaleza de la que era la mayor obra de arte jamás creada. Y si alguien lo había descubierto, o bien era poseedor de los conocimientos necesarios para ello, o bien era cómplice de Buonarroti. La Iglesia tenía enemigos. Muchos. Y algunos estaban dentro, en silencio. Parecía que la bóveda sobreviviría a todos los avatares venideros. Ni la cal ni, de momento, la palabra y el conocimiento habían podido con ella.

—Viéndolo de esa manera, la cal se debería haber llevado por delante la capilla entera. Observad el panel de Noé: borracho y desnudo. ¡Cam, Sem y Jafet también! Buonarroti estaba obsesionado con los desnudos masculinos, ¡maldito *firenzer!*

—No solo él. La actitud de Cam es bastante obscena también.

—Disculpad, pero mis ojos no son lo que eran... —interrumpió Gregorio XIII en tono interrogativo.

—Digamos —explicó Borromeo— que tiene una actitud algo libidinosa con respecto a su hermano Jafet. En las Santas Escrituras, Noé despierta de su embriaguez y se enfada con Canaán por algo que su hijo ha hecho mientras él dormía. No sabemos lo que fue, pero Buonarroti plasmó su propia interpretación del misterio. Pero observad la pechina del margen derecho, la que representa a Judith y Holofernes. ¿Veis la similitud con el rostro de Giulio II?

—No alcanzo a verlo —dijo un esforzado Gulli.

—Ni siquiera haré el esfuerzo —anunció Gregorio XIII dándose por vencido.

La bóveda era demasiado alta. Empezaba a comprender por qué algunos detalles se habían pasado por alto. La altura impedía el perfecto visionado de la bóveda en detalle.

—Pasemos, pues, al Diluvio. Según la biografía de Ascanio Condivi, discípulo de Buonarroti, este fue el primer panel pintado por el artista.

—Buonarroti tuvo dos biografías por lo que veo.

—Así es. La primera de Giorgio Vasari y una segunda, al parecer redactada en parte por el artista, del citado Condivi.

—Ni los papas tienen dos biografías —se quejó Gregorio XIII.

—Hablamos del mayor artista de la historia, santidad. ¿Quién sabe? Si os convertís en el mayor vicario de Cristo, puede que de vuestra santidad se escriban, no dos, sino tres.

Las alabanzas gustaron al papa. Sabía que contaba con el apoyo de Felipe II, que en esos momentos terminaba de aplacar la rebelión morisca de las Alpujarras, fruto de la Pragmática Sanción del año 1567 de Nuestro Señor. Lo que no sabía Gregorio XIII es que, lamentablemente, sería recordado por sus ocho hijos ilegítimos y por la readmisión de las prostitutas en Roma bajo pago de impuestos, en lugar de por su carrera eclesiástica.

—Si vuestros ojos alcanzan a ver al menos al grueso del grupo, veréis que hay diferencia en la realización de las figuras. Muy posiblemente se deba a que, al ser de los primeros paneles, Buonarroti delegó parte del trabajo a sus ayudantes. Esto no sucede en paneles posteriores.

—La balsa…, ¿se hunde? —preguntó Gulli frunciendo el ceño en un intento de enfocar mejor.

—Así es.

—Paganos —acertó a pronunciar el papa.

—Puede ser… Hay una ligera posibilidad de que las personas que se hallan en el islote sean descendencia gnóstica de Caín.

—Cainitas… —murmuró Gulli.

—Así es. Pertenecientes a los ofitas, veneraban a Caín y a la serpiente como una figura positiva relacionada con el conocimiento, todo lo contrario a la religión cristiana.

—¿Michelangelo Buonarroti era cainita? —preguntó Gregorio XIII, dispuesto a escuchar ya todo tipo de revelaciones.

—No lo creo. Tan solo sea, quizá, un apunte histórico. ¿Quién sabe? Aunque la representación que da Buonarroti a la serpiente del Jardín es a semejanza de los textos del Midrash, con brazos y piernas, pero eso lo veremos más adelante. Hay que resaltar algo que está oculto entre las sombras. Si evitamos dejarnos llevar por los gestos de desesperación de algunos para llegar a tierra firme, encontraremos, aunque vuestros ojos no alcanzarán a verlo, santidad, dos figuras que se arrastran a cuatro patas por el islote intentando sobrevivir al Diluvio.

—Bien, Borromeo, ¿qué hay de malo en ello?

Monseñor Borromeo miró hacia arriba una vez más. No había duda alguna. Rojo y amarillo dorado.

—Van vestidos con los colores de Roma.

28

Roma, 1510, bóveda de la Capilla Sistina

A mi hermano Buonarroto en Florencia

Buonarroto:

He visto por tu última carta que todos estáis sanos y que padre Ludovico ha obtenido otro empleo. Todo me alegra y le animo a aceptar, porque, por lo que pueda suceder, él siempre podrá contar con su puesto en Florencia.

Yo sigo aquí como siempre, pero terminaré la pintura en una semana más, es decir, la parte que había comenzado, y como la tengo descubierta, creo que recibiré dinero e intentaré ingeniármelas para conseguir una licencia y dirigirme a Florencia un mes. No sé lo que ocurrirá ni lo que necesitaré, porque no me encuentro muy bien de salud. No tengo tiempo de escribir más. Os iré diciendo lo que acontece.

Michelangelo, escultor en Roma

Después de superar el contratiempo de la cal, el trabajo avanzaba según lo previsto. Mucha menos mano de obra era directamente proporcional a muchos menos problemas a la hora de cumplir objetivos. Al menos así lo veía Buonarroti, que dejaba por escrito sus avances a su familia en cuanto tenía ocasión.

Las aportaciones de Tommaso Inghirami fueron muy bien recibidas y se hicieron notar débilmente en los paneles de Noé. Ahora irían mucho más lejos. La sabiduría del cabalista funcionaba como un motor para Michelangelo. Si bien la formación en el florentino jardín de San Marco le había abierto los ojos a un mundo casi infinito de conocimientos, compartir toda aquella erudición con alguien como Fedra hacía las veces de un curso acelerado. Tommaso no estaba bien de salud después del accidente con la mula y el carro, pero, a pesar de que Schmuel Sarfati le había recomendado reposo, el actor y diácono no podía sino sentirse vivo con aquella obra de Buonarroti. Era un actor de reparto en aquella representación de Buonarroti, pero, al fin y al cabo, estaba en escena. Juntos empezaron a jugar con los paneles. El paraíso donde depositarían a Adán y Eva distaría mucho del de los textos sagrados. Allí no habría ni árboles ni vegetación ni montañas. Sería un páramo con un árbol el árbol de la fruta prohibida. La trinidad formada por Inghiramo, Sarfati y Buonarroti llegaría a buen término a la hora de tomar decisiones. Para la representación de ciertas escenas, el Midrash serviría también de guía. Había llegado el momento de liberar a la mujer de su culpabilidad.

«La serpiente era el más astuto de todos los animales del campo que Yahveh Dios había hecho. Y dijo a la mujer:

—¿Cómo es que Dios os ha dicho: "No comáis de ninguno de los árboles del jardín"?

Respondió la mujer a la serpiente:

—Podemos comer del fruto de los árboles del jardín. Mas del fruto del árbol que está en medio del jardín, ha dicho Dios: "No comáis de él, ni lo toquéis, so pena de muerte".

Replicó la serpiente:

—De ninguna manera moriréis. Es que Dios sabe muy bien que el día en que comiereis de él, se os abrirán los ojos y seréis como dioses, conocedores del bien y del mal.

Y como viese la mujer que el árbol era bueno para comer, apetecible a la vista y excelente para alcanzar la sabiduría, tomó de su fruto y comió, y dio también a su marido, que igualmente comió. Entonces se les abrieron a entrambos los ojos, y se dieron cuenta de que estaban desnudos; y cosiendo hojas de higuera se hicieron unos ceñidores. Oyeron luego el ruido de los pasos de Yahveh Dios, que se paseaba por el jardín a la hora de la brisa, y el hombre y su mujer se ocultaron de la vista de Yahveh Dios por entre los árboles del jardín. Yahveh Dios llamó al hombre y le dijo:

—¿Dónde estás?

Este contesto:

—Te oí andar por el jardín y tuve miedo, porque estoy desnudo; por eso me escondí.

Él replicó:

—¿Quién te ha hecho ver que estabas desnudo? ¿Has comido acaso del árbol que te prohibí comer?

Dijo el hombre:

—La mujer que me diste por compañera me dio del árbol y comí.

Dijo, pues, Yahveh Dios a la mujer:

—¿Por qué lo has hecho?

Y contestó la mujer:

—La serpiente me sedujo y comí».

Génesis 3, 1-13

Michelangelo no soportaba la manera en la que la mujer era tratada por la Iglesia. La ausencia total de la hembra en la jerarquía eclesiástica era algo que nunca llegó a entender. Lo más parecido a una fémina que podrían encontrar en los aposentos vaticanos era Tommaso, siempre y cuando se dispusiera a representar a su Fedra. El resto eran serviles prostitutas para satisfacer deseos libidinosos que deberían estar prohibidos.

Decidió pasar a la acción.

Los bocetos de los paneles de la Creación del hombre decidió llevarlos a cabo con tiza roja. Gracias a Schmuel Sarfati, dispuso de unos cuantos cadáveres para perfeccionar sus estudios de anatomía. A la hora de representar figuras más grandes tendría que esforzarse en los detalles. Para él, el mármol era mucho más generoso: el volumen le ayudaba a ver la figura en tres dimensiones. El pigmento era mucho más peleón. A lo alto y a lo ancho tendría que perseverar mucho más. Las noches no ayudaban, y el descanso no era suficiente; demasiado trabajo para un solo hombre. Aun así, prefería continuar él solo antes que pedir ayuda a nuevos colaboradores. Las noches las pasaría en vela. Corría el riesgo de enloquecer. Pero no se dio por vencido.

Analizó los pasajes relativos a la Creación en el Génesis.

> «Y dijo Dios: "Hagamos al ser humano a nuestra imagen y semejanza, como semejanza nuestra, y manden en los peces del mar, y en las aves de los cielos, y en las bestias y en todas las alimañas terrestres, y en todas las sierpes que serpentean por la tierra". Creó, pues, al ser humano a imagen suya, a imagen de Dios lo creó, macho y hembra los creó».

> Génesis 1, 26-27

Puso especial atención a: «Creó, pues, al ser humano a imagen suya, a imagen de Dios lo creó, macho y hembra los creó». En el texto no había distinción, no hallaba subyugación. Macho y hembra, iguales ante Dios. ¿Manipulación posterior? ¿Error de traducción? Buonarroti tenía una idea muy clara metida en la cabeza desde su florentina juventud, y, allí arriba, en el andamio de Roselli, todo comenzaba a tener sentido. Todo tenía un destino final.

> «Entonces Yahveh Dios hizo caer un profundo sueño sobre el hombre, el cual se durmió. Y le quitó una de las

costillas, rellenando el vacío con carne. De la costilla que Yahveh Dios había tomado del hombre formó una mujer y la llevó ante el hombre. Entonces este exclamó:

—Esta vez sí es hueso de mis huesos y carne de mi carne. Esta será llamada mujer, porque del varón ha sido tomada».

Génesis 1, 21-23

A pesar de que tenía una necesidad imperiosa de pigmento azul, lo fue racionando como pudo. Los paneles de la Creación del hombre necesitaban de un cielo, pero el azul era un pigmento caro, y lo reservaría para escenas, personajes o motivos importantes. Así se lo hizo saber a Bastiano da Sangallo, que seguía trabajando para Buonarroti, ajeno a los cambios de humor del maestro.

Aquella mañana, Francesco Granacci llegó con malas noticias.

—*Messer* Michelangelo, tenemos un problema con los fondos.

Ante la noticia, Bastiano dejó de moler. Se avecinaba tormenta.

—¿Qué queréis decir, Francesco? —vociferó Michelangelo desde lo alto del andamio.

—Giulio II se encuentra enfrascado en la guerra contra Francia. La liga de Cambrai se ha disuelto, y el papa, bajo traición, ha decidido unirse a Venecia. Giulio II está en guerra y ha destinado todos los fondos a sufragarla.

—¡No soy político ni guerrero, Granacci! ¡Quiero mi dinero para terminar este infierno en el que me hallo!

Granacci no tenía mucho más que decir. Giulio II, el papa guerrero, estaba haciendo lo que más le gustaba, combatir. Y todo en el nombre de Dios. Pero, sin fondos, no había pigmentos; y sin pigmentos, no habría pintura. Sin pintura no había obra; y sin obra, no había libertad.

Giuliano da Sangallo rompió el silencio entrando por la puerta. Advirtió la tensión en el ambiente, pero estaba acostumbrado. No dudó en añadir su granito de arena.

—¡*Messer* Michelangelo, porto malas noticias!

Buonarroti se asomó desde lo alto para ver a Sangallo.

—¿Se acaba el mundo? Ya nada puede ser peor.

—No, maestro. Solo traía la noticia de la muerte del maestro Botticelli. Pensé que deberíais saberlo.

Michelangelo Buonarroti había mirado siempre por encima del hombro a los artistas de su época. En especial a Botticelli, alguien que no había conseguido desquitarse de la pátina prerrenacentista. No logró la maestría en la perspectiva ni en la anatomía, pero aun así había tenido el privilegio de labrarse un nombre entre los mejores. Su excesiva religiosidad y su partidismo para con Savonarola truncaron su carrera de una manera estrepitosa. Además, fue acusado de sodomía, lo que le sumió en una intensa depresión. En el día de hoy se anunciaba su muerte, y la pérdida de talento siempre era de lamentar. Allí mismo, en aquella sala de la Capilla Sistina, el propio Botticelli había dejado, gracias a Lorenzo de' Medici, parte de su legado. Él, Michelangelo Buonarroti, lo potenciaría de una manera u otra.

Harto y enojado, bajó rápidamente las escaleras del andamio con tan mala fortuna que se trastabilló y los dos últimos metros los salvó con una caída. Se dio un fuerte golpe del que no se recuperó en el acto. Los allí presentes acudieron a socorrerle. El golpe fue estrepitoso, pero el único daño que sufrió Michelangelo fue psicológico. Sin haberse levantado todavía, allí estaba el artista, rodeado de los que aún confiaban en él.

—No puedo vivir bajo la presión de los clientes, y mucho menos pintar… —murmuró entre dientes.

Nadie dijo nada. Cualquier palabra, cualquier gesto serían seguramente malinterpretados por el artista, y sufriría mucho más que en la caída. Se puso en pie por sí solo e invitó a los demás a abandonar la sala. Los Sangallo y Granacci obedecieron y el artista quedó solo con su tormento.

Ya en pie y a solas, repasó la situación bajo la tenue luz que aportaban las velas. Estaba anocheciendo, debería estar acabando la jornada; una jornada con demasiadas malas noticias. Sandro Botticelli había pasado a mejor vida, los fondos para financiar la obra no llegaban, contaba con menos mano de obra y había sufrido una aparatosa caída. Tenía tocado el orgullo. ¿Qué más podía salir mal? Volvió a pensar en el artista florentino, aquel que la religión devoró injustamente. Sandro fue uno de los artistas que impulsó el arte en Florencia, pero nunca se preocupó de impulsarse a sí mismo. Allí, en la capilla, retazos de su obra cumplían una misión especial. Repasó rápidamente sus trabajos. Después miró hacia arriba de nuevo. Poco podía hacer ya en aquella jornada, así que debía pensar en el mañana.

Sin embargo, el golpe provocado por la caída le hizo viajar brevemente en el tiempo. Recordó su experiencia en

Carrara durante la tempestad. Aquella cueva en la que fuego, arte y osamenta se unieron en una conjunción especial. Nunca sabría exactamente si disfrutó o sufrió entonces una transformación especial, pero de lo que sí estaba seguro era de que, a partir de ese momento, no volvió a ser el mismo, pues descubrió que el arte era anterior a la religión. Ahora, allí solo en medio de la Capilla Sistina, tuvo la misma revelación: no renegaba de Dios; nunca lo haría. Sin embargo, no comulgaría con la Iglesia, esa institución que, como solía pensar, vendía la sangre de Cristo por dinero. Su misión era contar la verdad; su medio, la pintura, por ahora. No podía dejarlo, no en aquel momento. ¿Y si era el mismo Dios quien le estaba poniendo trabas para que no ejerciese su obra? ¿Y si él era el nuevo Abraham dispuesto a sacrificar a su hijo, la escultura, en pos de la misión encomendada?

Además de descubrir que debía terminar la obra, aquella caída le proporcionó una cosa más, una visión de conjunto. Los lunetos restantes los pintaría directamente. Nada de bocetos preparatorios. Tenía que ganar tiempo. Quería cumplir su misión, sí. Pero también salir de allí cuanto antes. Por otra parte, dejaría a un lado el empolvado, algo bastante dificultoso por la falta de recursos humanos, y utilizaría el grabado. Quizá así también ganase algo de tiempo. Un nuevo Michelangelo terminaría la bóveda de la Capilla Sistina. Sin lugar a dudas.

Tomada esa decisión, llegaron buenas noticias desde el otro lado de la puerta de la bóveda de la capilla. Su colega, Tommaso Inghirami, a pesar de ser objeto muy a menudo de bromas y chanzas, acababa de ser nombrado prefecto de la biblioteca laurenziana. El destino había querido que fueran dos los caballos de Troya en el seno de la Iglesia católica.

Había llegado el momento de realizar la Creación de Adán.

> «Entonces Yahveh Dios formó al hombre con polvo del suelo, e insufló en sus narices aliento de vida, y resultó el hombre un ser viviente».

Génesis 1, 7

29

Roma, 1573, Capilla Sistina

Monseñor Borromeo miró hacia arriba una vez más. No había duda alguna. Rojo y amarillo dorado.

—Van vestidos con los colores de Roma —dijo Borromeo.

—¿El cristianismo y la ciudad de Roma insultados en un mismo lugar? —preguntó Gregorio XIII encolerizado.

En efecto, los colores de Roma se podían vislumbrar en aquel panel. Ante la reducida visibilidad del papa, el cardenal Gulli continuaba escudriñando la bóveda, aunque carecía de la información que poseía monseñor Borromeo, que no dudó en seguir ejerciendo de improvisado guía e inquisidor.

—Miremos el panel del Jardín del Edén…

Gulli cortó de repente, como si quisiera acabar con aquello antes de que le acarrease un problema de salud al vicario de Cristo.

—Tal y como afirmabais, monseñor Borromeo. El Midrash sirvió en parte de guía a Buonarroti. Esa serpiente tiene poco de animal y mucho de Diablo.

—No es el único elemento desestabilizador de la pintura, cardenal. Fijaos bien en la composición. Si la serpiente tienta a Eva con el fruto prohibido, no es la mujer la que, a posteriori, ofrece el fruto prohibido a Adán. Es él mismo, el primer hombre, el que con su propia voluntad accede a tomar por su cuenta el fruto sin necesidad de que nadie intervenga. ¿Convierte eso a la mujer en alguien libre de pecado y, por lo tanto, al hombre en el origen de todos los males?

—¡Eso ni lo mentéis en esta, la casa del Señor! Pero ¿en qué diablos estaría pensando Giulio II cuando Buonarroti creó semejante chapuza?

—A partir de este panel, santidad, los mensajes son bastante más explícitos. Solo el Talmud y la tradición judía identifican el árbol del Jardín con una higuera, y es exactamente lo que pinta Buonarroti. Ni un solo rastro de la manzana. —Hizo una breve pausa—. Sí, yo también me pregunto por qué nadie antes dijo nada. ¿Falta de visibilidad a causa de la escasa iluminación? ¿Miedo ante la reacción del papa? Fuera cual fuese el motivo, nadie dijo o vio nada fuera de lo común. Sin embargo, lo tenemos ante nuestros propios ojos. El mayor atentado contra la Iglesia católica está sobre nuestras cabezas.

—Cierto es, monseñor Borromeo, cierto es. Terminemos de una vez por todas. El siguiente panel.

—Si en el panel anterior parece que Buonarroti eximió a la mujer del pecado original, en este simplemente la ensalza, poniéndola a la misma altura que el hombre.

—¿Qué queréis decir? —interrumpió Gulli.

—Hagamos un ejercicio de historia, hermanos. En el año 585 de Nuestro Señor se celebró una reunión del Consejo de Macon. A dicha reunión solo asistieron teólogos. ¿El motivo de la reunión? Una votación para determinar si las mujeres eran humanas y si, por lo tanto, tenían alma.

—El resultado, visto lo visto, fue obvio.

—Así es, cardenal. Pero no fue tan fácil como se hubiera previsto. En el Consejo de Macon se aprobó, efectivamente, la humanidad de las mujeres y en consecuencia la posesión de alma. Lo que llama la atención de dicha congregación de teólogos es que la diferencia de votos fue de uno solo. Un único voto marcaría el destino de las mujeres en la historia de la humanidad.

—Qué gran equivocación —murmuró Gregorio XIII.

—Michelangelo Buonarroti ensalza a la mujer. No diseña un boceto en el que la mujer nace de una costilla de Adán, tal y como el Génesis nos cuenta, mientras este dormía. En el dibujo de Buonarroti, nace de su costado, de su lateral. Con ello ensalza la igualdad. La mujer, para el pintor, nunca estuvo subyugada al hombre.

—Pero ¿este pintor del averno no era homosexual? ¡Debería haber ardido en la hoguera!

—En verdad —apuntó Gulli—, nunca se encontraron motivos suficientes para castigar a Buonarroti por sodomía, como sí se hizo con algunos otros artistas.

—Cierto es —añadió Borromeo—. Sabemos de dos amores platónicos de Michelangelo Buonarroti: Vittoria Colonna y Tommaso Cavalieri. Mujer y hombre, pero no hay datos de que llegase a consumar nada con ninguno de ellos. Para la Inquisición, en ese sentido estaba limpio.

—Espero que no haya sitio suficiente en el cielo para este impostor. Malditas ideas platónicas…

—Y, otra cosa, ¿estamos seguros de que la mujer representada en este panel es Eva?

—¿Perdonad? —exclamaron Gulli y Gregorio XIII impresionados por la pregunta.

—Así es. Según las mitologías mesopotámicas, hebreas o incluso bíblicas, la primera mujer de la historia se llamaría Lilith, creada a partir de la arcilla del suelo. Es decir, igual que Adán. Esto correspondería perfectamente a la representación que ahora nos atañe. Según algunos comentarios cabalísticos del Pentateuco, Lilith nunca se subyugó a Adán. Libre e independiente, decidió abandonarlo. De ahí que Eva naciera, según nuestra sagrada tradición, de la costilla de Adán.

Gregorio XIII estaba pálido. Aparte de la lección que Michelangelo Buonarroti parecía darles desde la tumba, resultaba que era un perfecto profano en temas religiosos y mitológicos, cosa que le hacía sentir un mequetrefe y algo mamerto.

—Lilith…

—Y la reivindicación de la mujer continúa en la obra de Buonarroti.

—Iluminadnos una vez más —pidió Gregorio XIII con desgana.

En el fondo, tanto el cardenal Gulli como el papa tenían suficiente. Si seguían preguntando a Borromeo era por simple curiosidad, pues ya tenían motivos suficientes como para derribar toda la bóveda.

—Tenemos también un panel especial, el favorito de Giulio II. En él se muestra, si creemos las explicaciones de Buonarroti, cómo Dios Todopoderoso avanza inexorable hasta su obra maestra: Adán. El primero de nosotros, a imagen y semejanza del Todopoderoso.

—No veo en este panel nada fuera de lo común. ¿Qué sacrilegio hay escondido en la obra?

—Es Dios quien, gracias a su omnisciencia, otorga la chispa de la vida a su primera creación. Pero si prestamos atención a la obra, no encontraremos ningún motivo que nos haga pensar que Dios avanza hacia el Hombre. Nada más lejos de la realidad, Adán está relajado, sí. Pero también recostado y apoyado sobre su brazo derecho, mientras el izquierdo parece haber recibido ya la, por decirlo de alguna manera, chispa vital.

—¿Estáis dando a entender, monseñor Borromeo, que el mensaje oculto de Buonarroti es que Dios, alabado sea su nombre, no avanza sino que retrocede? En comparación con los demás paneles, este sin duda alguna es el más beato de todos.

—Posiblemente, santidad, sea también el más grave de todos. Dios hizo al hombre a su imagen y semejanza, a excepción de la omnipotencia y la omnipresencia.

—Así es.

—Bien. Entonces, si Dios es el padre de Adán y no hay madre… ¿Por qué pintó Michelangelo Buonarroti un ombligo en el cuerpo de Adán?

Gregorio XIII empezó a toser.

30

Roma, 1511, bóveda de la Capilla Sistina

Había llegado el momento de realizar la Creación de Adán.

> «Entonces Yahveh Dios formó al hombre con polvo del suelo, e insufló en sus narices aliento de vida, y resultó el hombre un ser viviente».

Génesis 1, 7

En el último año, Michelangelo Buonarroti había decidido cambiar la composición de las figuras. Optó por un trabajo menos complejo y arriesgado. Redujo todo lo posible el número de figuras y amplió el tamaño de estas. La decisión le daría más seguridad a la hora de realizar los diseños y facilitaría la visión desde el suelo. Aunque solo la visión que él quería mostrar al público.

El problema con el que se encontró el artista fue que cuanto más desplazaba el andamio de Roselli, más se tapaban los huecos por donde entraba luz natural, gran inconveniente no solo para la finalización de la bóveda, sino también para los trabajos preparatorios de los pigmentos.

Trataba de encontrar una solución cuando, sin previo aviso, Giulio II irrumpió en la capilla. En lo alto del andamio, el pintor se afanaba por encontrar la posición correcta a una especie de sombrero fabricado para la ocasión. Aunque Giulio II no alcanzaba a ver desde abajo qué tenía en las manos Michelangelo, sí adivinaba que el artista se estaba quemando con la cera de las velas que había montado encima del extraño artilugio. Sobre una mesa improvisada había dispuesto unas velas nuevas de grasa de cabra que, según decían, goteaban menos que las que ahora abrasaban las manos del artista con su cera. Sin esperar a que Buonarroti encontrara la posición correcta, el papa gritó:

—¡Michelangelo Buonarroti! ¿¡Cuándo terminaréis!?

—¡La capilla estará terminada cuando yo quede satisfecho de sus cualidades artísticas!

Michelangelo devolvió el alarido sin soltar el sombrero, que ahora parecía encajar en su cabeza.

Giulio II se percató de que Buonarroti no le rendiría muchas más cuentas y decidió abandonar la capilla.

Michelangelo prescindió del grabado y optó por la incisión directa calcográfica mediante punzadas en la pared. Estaba demasiado dolorido y cansado del esfuerzo realizado durante los últimos meses. Seguía teniendo poca luz natural, apenas abandonaba la sala, su alimentación no era buena y su cuerpo se quejaba de las duras posiciones que le obligaban a adoptar para poder finiquitar la bóveda. Sabía que tarde o temprano le pasaría factura, pero debía terminar antes de que la bóveda o el agua de Roma, contaminada de cal, lo llevaran a la tumba.

Nada más y nada menos que dieciséis jornadas fueron necesarias para terminar la Creación de Adán, pero, una vez acabada, tuvo la certeza de que pasaría a la historia. Los volúmenes de las figuras los logró mediante pinceladas pequeñas y densas; y los rostros, con telarañas de color a través de pinceles más finos y colores más oscuros. A ojos de todos, acababa de crear una envoltura perfecta para Dios, que se retiraba de Adán una vez le había otorgado la sabiduría. Pero la sabiduría, la *sofia,* ese gran símbolo griego de la erudición, debía estar representada de una u otra manera. Gracias a sus conocimientos sobre anatomía, Buonarroti decidió envolver a Dios en un corte transversal de un cerebro humano. Al fin y al cabo, la religión no estaba en Dios, estaba en las cabezas de los hombres, en sus mentes. Y las mentes tergiversaban la religión a su antojo. Dios, probablemente, se hallaba por encima de todo aquello.

Buonarroti decidió dejar un mensaje para la historia. La figura del primer hombre en la tierra, a imagen y semejanza del Todopoderoso, evidenciaría signos de un crecimiento humano natural y anterior a la entrega de la chispa vital: Adán tenía ombligo, fruto de un parto que no había tenido lugar. Era algo que ya había hecho con Eva en paneles anteriores, pero esta figura era mucho más grande y detallada. Posiblemente, en un futuro nadie repararía en ello, pero los símbolos no terminaban allí. Adán, en el panel de su propia creación, mostraba características de un desarrollo humano. Tenía pelo, uñas, huesos…, algo que ponía en entredicho las Sagradas Escrituras. El ombligo de Adán indicaba nada más y nada menos que un posible pasado que no debería haber existido jamás; y es que Buonarroti hacía tiempo que había llegado a una conclusión. Si el arte que encontró en aquella cueva rupestre en las montañas de Carrara era anterior a la religión, el hombre también lo era. ¿Y si la calavera y la representación cromática de animales hallados en la cueva tenían más de cuatro mil años, que es la fecha que otorgaba la Biblia para la creación de todo lo conocido? El hombre, en el caso de ser eso cierto, también sería anterior. O bien el hombre había inventado la religión a su gusto o bien el hombre descubrió la religión mucho más tarde del comienzo de su existencia.

Michelangelo no estaba allí para generar debate. Estaba para sembrar la duda. Y así lo pintó.

Los tiempos de descanso, demasiado breves para su gusto, los dedicaba a mandar parte de su sueldo a su familia en Florencia, para que pudiesen adquirir una mansión llamada Macia, en los alrededores de la ciudad. El resto de su sueldo lo guardaba bajo un colchón dispuesto en el mismo andamio de la bóveda. Nunca nadie entendió cómo pudo ser tan generoso con su familia y tan tacaño consigo mismo. Nunca nadie lo entendió y nunca nadie lo entendería. Por otra parte, gustaba de mandar cartas a compañeros que se encontraban fuera del alcance de una amistosa cita y una buena velada.

Hasta ahora, todas estas misivas habían sido demasiado herméticas para dejar entrever el verdadero dolor que padecía el artista, pero llegó un momento en el que no pudo más y no se contuvo. Creyendo que mediante la escritura de sus pesares encontraría algo de alivio, Buonarroti abrió su corazón a Giovanni di Pistoia, un joven y bello literato que durante un tiempo se convertiría en uno de sus pocos e íntimos amigos. En aquella carta, Buonarroti se describió como un Eneas contra las arpías del poema de Virgilio.

Haciendo este trabajo me ha salido una papera
como la que ocasiona el agua a los gatos en
Lombardía
o en el país o región donde esto ocurra,
y mi vientre apunta hacia el mentón.

Mi barba se levanta hacia el cielo, el cráneo
se apoya en la joroba
y mi pecho ha acabado por parecerse al de
una arpía,
a pesar de que el pincel me lo ha cubierto
con un suntuoso dibujo al gotearme en la cara.

Los lomos me han entrado en la panza y, como
contrapeso,
el trasero se me ha convertido en espinazo.
Mis pasos van al azar sin ser guiados por mis ojos.

Por delante se me estira la piel
y por detrás a fuerza de estar plegada,
se me encoge y me distiendo como un arco de Sorie.

Esta es la razón de que mi raciocinio, fruto
de mi inteligencia, brote falaz y equivocado,
se tira mal desde una barbacana torcida.

En adelante, defiende mi pintura muerta
y mi honor, Giovanni, porque me encuentro
en un lugar que no me conviene y no soy pintor.

Michelangelo Buonarroti no tenía ninguna intención de escribir nada que tuviera relación con la impresionante obra que estaba ejecutando. Nada de ensalzar la composición de las figuras, de su Noé o de su Adán. Las pocas palabras que tenía que ofrecer al mundo exterior versaban sobre dinero o sobre dolor. A veces, incluso, iban unidas.

La noche cayó y Buonarroti, una vez terminada la misiva, se quedó dormido.

Un grito le despertó a la mañana siguiente.

—¡Michelangelo Buonarroti! ¿¡Cuándo terminaréis!?

La voz de Giulio II era reconocible hasta en sueños. Buonarroti, desperezándose, volvió a contestarle lo mismo que la otra vez:

—¡La capilla estará terminada cuando yo quede satisfecho de sus cualidades artísticas!

En esta ocasión el papa guerrero no quedó satisfecho con la contestación del artista y le ordenó que descendiera. A regañadientes, Michelangelo procedió a descender por la escalera no sin antes empujar disimuladamente con el pie un recipiente de pigmentos que cayó encima del papa, cubriendo el rojo y el blanco que momentos atrás dominaban su figura. Se descolgó de la escalera con cuidado. No quería volver a caerse.

El aspecto del pintor era desagradable: lucía su típica indumentaria negra aunque cubierta de pigmentos, y su falta de higiene databa probablemente de algunos meses. Aun así, Giulio II no le atacó por ese aspecto. Estaba tan enfadado por la pintura sobre sus ropajes que no reprochó al artista su aspecto de vagabundo.

—Oh, Dios mío —dijo este con un tono irónico que Giulio II no apreció—, ¿he sido yo?

—Olvidaros de esto ahora.

—Lo siento, santidad...

—Más lo siento yo —contestó el papa terminándose de sacudir—. Por la gloria de la Iglesia católica, ¿cuándo acabaréis la obra de la bóveda?

—En realidad —contestó Buonarroti, aún sin estar espabilado del todo—, parte de la culpa de que todavía no esté acabada la tenéis vos, enfrascado en mil y una batallas que preferís sufragar mientras que yo tengo que mendigar pigmentos que solo Dios sabe cuándo podré pagar.

—¡Buonarroti! ¡No os permitiré que me insultéis!

—¿Acaso debería permitir yo, santidad, que vos me insultarais a mí?

—¿De qué me acusáis si se puede saber?

—De haber permitido que Raffaello Sanzio, pintor que se ocupa de las estancias vaticanas, robe mis ideas. De haber permitido que Bramante acceda a esta bóveda sin mi permiso para que Sanzio copie mis diseños. De destinar fondos a la obra del pintor de Urbino y a mí abandonarme a mi propia suerte. Ese tal Raffaello Sanzio tendrá gracias a vos buenos motivos para envidiarme, pues lo que sabe de arte lo aprendió de mí cada vez que entró en esta capilla a mis espaldas.

Giulio II enmudeció. La acusación era grave pero cierta. Sin embargo, encontró un argumento con el que defenderse.

—Bien sabe Dios, querido Buonarroti, que la disección de cadáveres está penada con la muerte en los territorios pontificios. Si Bramante y Sanzio han accedido a esta sala ha sido solo en los momentos en los que vos os hallabais en el hospital de Santo Spirito, en Sassia, llevando a cabo vuestros estudios.

—Cierto es, santidad, cierto es. Un hospital perfectamente equipado para las tareas de disección por vuestro tío Sisto IV y que vos disfrutaréis en los cuerpos de las figuras retratadas en esta bóveda para vuestra mayor gloria.

Buonarroti era un hueso duro de roer. No por su locuacidad, sino por su tenacidad. Estaba claro que cualquier batalla dialéctica con él era una batalla perdida.

—Acabo de llegar de Bolonia y no tengo la menor intención de discutir con vos. Simplemente venía a advertiros de que en dos días celebraré una misa en esta misma capilla para bendecir nuestros triunfos en las ciudades del norte.

—¡No! ¡De ningún modo! ¡Mil veces no! ¡No he terminado mi trabajo!

—Ni lo terminaréis pronto por lo que veo. Disponed cuanto necesitéis pues, insisto, en dos días celebraremos una misa y la primera parte de la bóveda será expuesta a los peregrinos.

Desgraciadamente, Michelangelo Buonarroti no tenía poder para frenar aquella decisión, y, aunque tenaz, sabía que estaba al límite de acabar con la paciencia del papa. Giulio II no permitía a nadie que le hablara como le hablaba él, y tarde o temprano sus modales le jugarían una mala pasada con el vicario de Cristo. Muy a su pesar, se desperezó completamente, dejó los pinceles a un lado y se dispuso a prepararlo todo para que pudiera celebrarse la misa en su casa de la plaza Rusticucci.

31

Roma, 1573, Capilla Sistina

El ataque de tos de Gregorio XIII aún no había remitido. Allí, inmortal, se hallaba el Adán de Michelangelo, por encima de sus cabezas. Inalcanzable. Y, sí, efectivamente, tenía un ombligo. La única cicatriz que el primer hombre no debería tener, la que produce el corte del cordón umbilical después de un parto con dolor, castigo inducido por violar la ley del Jardín del Edén.

No hubo parto, no hubo dolor, y, sin embargo, el ombligo de Adán permanecería para siempre sobre sus cabezas, a no ser que el trío inquisitorio hiciera algo al respecto. En ello estaban.

—La pregunta que no dejo de formularme es: ¿de verdad Buonarroti representó a Dios Todopoderoso avanzando hacia Adán?

—Por supuesto, así es —sentenció Gregorio XIII.

—Sin embargo —repuso Borromeo—, tengo la ligera sensación de que Nuestro Señor se retira de la escena. Adán tiene los ojos abiertos y su posición no es inerte, pues descansa sobre su brazo derecho. Por lo tanto, Dios ya ha creado al hombre, le ha otorgado la vida y la sabiduría. Deberíamos darle una vuelta a mi proposición.

—En el fondo, me importa muy poco si avanza o retrocede Dios en esa pintura, pues no deja de ser en el fondo un grave insulto para todo aquello que intentamos defender. Continuemos con los siguientes paneles.

—La Creación de los astros también encierra un mensaje subliminal pero transparente. El Creador, según el Génesis, crea los astros con fuerza. En este panel cabe la posibilidad de que Buonarroti plasmase conocimientos adquiridos de su colega Mikołaj Kopernik, o Niccolò Copernico. Se sabe que ambos, científico y artista, coincidieron algún tiempo en Roma, nuestra ciudad.

—¿Otro hijo de Satanás?

—En verdad, santidad, nunca fue acusado formalmente, a pesar de sus ideas blasfemas. Hace treinta años se publicó su obra *Sobre las revoluciones de los orbes celestes* y fue recibida de buena manera por su santidad Paolo III. En ella, el astrónomo se apartó del concepto universal de hace dos siglos y formuló uno nuevo. En él aportó como novedad un sistema en el que el sol era el centro del universo conocido, y no nosotros. Desde santo Tomás de Aquino, quien cristianizó la visión aristotélica del mundo, se ha asumido un universo donde la literatura, la política, la astronomía o la ética estaban unidas por una coherencia casi insuperable. Copernico y su teoría atentan contra todo esto, y establecen el sol como centro universal. Asimismo, establecen los movimientos de la tierra donde vivimos sobre el eje solar y sobre nuestro propio eje.

—Todo esto ¿dónde nos lleva con respecto al Buo-narroti?

—«Dijo Dios: "Haya luceros en el firmamento ce-leste, para apartar el día de la noche, y valgan de señales para solemnidades, días y años; y valgan de luceros en el firmamento celeste para alumbrar sobre la tierra". Y así fue. Hizo Dios los dos luceros mayores; el lucero grande para el dominio del día, y el lucero pequeño para el dominio de la noche y de las estrellas». Génesis 1, 14-16. Dios Todo-poderoso podría haber aparecido señalando nuestra tierra, el lugar donde vivimos y que se ha considerado durante mucho tiempo el centro de todo el universo conocido. Sin embargo, Michelangelo eligió el sol como centro de la composición. Asimismo, representó a Nuestro Señor se-ñalando dicho orbe. De una u otra manera, le da la impor-tancia que un científico y astrónomo como Copernico le habría dado. Apoya, en el seno de la Iglesia, unas teorías revolucionarias que no están aceptadas del todo por nues-tra Santa Sede.

—Buonarroti, Copernico… ¿Nadie hizo nada al res-pecto?

—El arzobispo de Warmia, en tierras polacas, Tiede-mann Giese, intentó, antes de que se publicase la obra im-presa, que esta incluyera un pequeño tratado justificando que la teoría de su amigo Copernico no era contradic-toria a las Santas Escrituras. Tenía con ello la intención de protegerle, pero no consiguió que siguiera su recomenda-ción. La obra se publicó sin tratado anexo alguno, a pesar de las consecuencias que podía traer consigo.

—Monseñor Borromeo, disculpad la pregunta. —Gulli interrumpió la conversación con una pregunta cuyo tono no fue de admiración—. ¿Cómo es que sabéis tanto?

—Leo libros, cardenal.

La respuesta fue tan corta como dolorosa. Gulli decidió no preguntar más. El papa comprendió el puñal psicológico y continuó él con la conversación.

—Puede que algunos seamos algo retrógrados, pero lo hacemos por el bien de Dios Todopoderoso, de Nuestro Señor Jesucristo y de todos los que ampara nuestra Iglesia. Sin embargo, Michelangelo Buonarroti, con el dinero de nuestra sede y de nuestros fieles, decidió malgastar los fondos en crear una obra caprichosa, falaz y digna de Satanás. ¿Podemos ordenar que exhumen su cuerpo de donde esté enterrado y quemar sus restos para que no haya lugar en la historia donde rendirle homenaje?

—Podríamos, señor, pero sus restos están en Florencia. Ya sabéis cómo es esa ciudad. Además, como buen florentino, al ya difunto Buonarroti le importaría bien poco lo que hicierais con sus restos.

—¿Cómo podéis saber eso, monseñor Borromeo?

—Si alguien como Buonarroti fue capaz de obviar a Jesucristo y pintar el trasero de Dios en esta bóveda sin importarle castigo alguno en vida, dudo que le preocupara lo que hiciéramos con él una vez muerto.

Atragantado, Gregorio XIII alzó la vista de nuevo. Efectivamente, allí arriba junto al sol, en el segundo panel de la Creación, aparecía el culo de Dios.

32

Roma, 1512, Capilla Sistina

En espadas y yelmos los cálices convierten,
venden la sangre de Cristo a manos llenas,
cruz y espinas se vuelven escudos y lanzas;
¡hasta Cristo perdería la paciencia!

Mejor no haber venido a estas regiones
porque llega su sangre a las estrellas;
Roma vendería hasta sus huesos
porque ha cerrado a la bondad todas las puertas.

Si un día tuve anhelo de riquezas,
cuando perdí el trabajo, hoy lo disipan
los ojos de Medusa del tirano.

Mas si el cielo bendice la pobreza,
¿cómo pedir siguiendo esta bandera
acomodo seguro en la vida futura?
MICHELANGELO BUONARROTI

Todo el mundo hablaba de él. En las estancias papales estaban orgullosos de su elección como artista. Una de las obras más grandes de la historia del arte acababa de ser presentada ante los ojos de Giulio II, que no cabía en sí de gozo. No todo el mundo tenía acceso a aquellas estancias. Pocos serían los privilegiados que en algún momento se dejarían embelesar por la composición pictórica. Roma hablaba de un artista; la Ciudad Eterna ya se sentía orgullosa de una nueva obra de arte: Raffaello Sanzio y la *Escuela de Atenas.*

Los presentes ensalzaron al joven de veintinueve primaveras que acababa de hacer historia. La obra de arte no admitía dudas; el ascenso meteórico del artista, menos aún. Solo un año atrás había retratado brillantemente a Tommaso Inghirami. En un principio, al ahora director de la biblioteca laurenziana le hubiera gustado que fuera Michelangelo quien le inmortalizara, pero la empresa de la bóveda ocupaba todo su tiempo. Intimó poco a poco también con Raffaello, cuya personalidad era del gusto de todos y se dejaba querer. Con él, nunca encontraban un «no»; nunca encontraban desprecio. Al contrario que el maestro Buonarroti, Sanzio era todo sonrisa y felicidad. Quién era el mejor artista estaba por demostrar.

Inghirami elaboró, junto con el joven Sanzio, el programa de decoración de la estancia de la Segnatura. Meses atrás había engatusado ya a Giulio II, pues el retrato que le ofreció fue tan de su gusto que catapultó a Raffaello a la fama y a la vez consiguió la confianza plena del papa guerrero. Giulio II cedió su retrato a Santa Maria del Popolo para que, tras su muerte, fuera expuesto allí. Ahora, el joven pero suficientemente preparado Raffaello Sanzio acababa de dar un paso más hacia la inmortalidad. Allí estaba frente a su obra la *Escuela de Atenas,* un ejercicio magistral de perspectiva, composición y retrato. Orgulloso y tímido a la vez. Expectante. Iglesia y nobleza debatían, compartían, alababan el trabajo una y otra vez del joven de Urbino. Primero fue, en la misma estancia, *La disputa del Sacramento.* Ahora, con la *Escuela,* se había superado a sí mismo. Una vez más.

Platón, Aristóteles, Sócrates, Heráclito, Zenón de Citio, Epicuro, Federico II Gonzaga, Anaximandro, Averroes, Pitágoras, Alejandro Magno, Jenofonte, Hipatia de Alejandría, Esquines, Parménides, Diógenes de Sinope, Plotino, Arquímedes, Zoroastro, Ptolomeo, Apeles y Protógenes, allí estaban todos, reconciliando a la filosofía y a la astrología con la teología.

Sin embargo, Raffaello solo pensaba en dos personas: los maestros Leonardo da Vinci y Michelangelo Buonarroti. Desconocía el paradero del de Vinci, pero el de Caprese se encontraba a escasos metros de allí. Por uno u otro motivo había declinado la invitación a asistir a la presentación pública de la obra, y Raffaello se sentía dolido y decepcionado. Hasta entonces había creído que el arte era capaz de romper las barreras invisibles del orgullo y el prejuicio, pero se dio cuenta de que no era así. Sin embargo, no perdió la esperanza, y, mientras eruditos, filósofos y teólogos debatían con argumentos el verdadero significado de la obra olvidando durante unos momentos lo que estaba sucediendo en Rávena, Raffaello Sanzio abandonó la sala rumbo a la Capilla Sistina.

Buonarroti se hallaba perfilando el último de los paneles de la capilla, que correspondía a la Separación de la luz y las tinieblas y que le llevaría tan solo aquella jornada.

> «Dijo Dios: "Haya luz", y hubo luz. Vio Dios que la luz estaba bien y apartó Dios la luz de la oscuridad; y llamó Dios a la luz "día" y a la oscuridad "noche". Y atardeció y amaneció; día primero».

Génesis 1, 3-5

La situación para el maestro escultor no era nada fácil, pues las noticias que llegaban de Florencia no eran buenas y temía por su familia y por las posesiones que tanto les había costado financiar. Los franceses invadían Rávena, y comandantes de la Liga Santa procedentes de España, Venecia, Nápoles y Roma habían sido capturados. El cardenal y legado papal Giovanni de' Medici no daba señales de vida. El siguiente paso de los franceses era un misterio, pero si su objetivo era la Ciudad Eterna, Florencia estaba a mitad de camino. Unos cuantos galeones esperaban en el puerto privado de Civitavecchia a una más que posible huida de Giulio II, mientras un ejército de dieciocho mil soldados suizos acudían a la llamada del sumo pontífice.

Roma no significaba nada para Buonarroti, pero Florencia estaba en peligro, y él no podría partir a su amada ciudad sin antes terminar la obra.

El crujir de la puerta sobresaltó al joven Sangallo, que se hallaba recogiendo parte de los enseres que no se volverían a utilizar. Allí, en el umbral de la puerta, se encontraba la esbelta figura de Raffaello Sanzio.

—Permiso —pidió cortésmente el artista de Urbino.

Ante el silencio obtenido por respuesta, Raffaello no se amedrentó y accedió a la capilla. Sangallo no supo cómo actuar.

—¡Maestro! —gritó.

Segundos después, asomaba la cabeza de Michelangelo, embadurnada de pigmentos e intentando enfocar la vista, que poco a poco había menguado.

—¿Quién osa interrumpir la jornada? —gritó desde lo alto del andamio.

—¡Raffaello Sanzio, maestro!

La respuesta del joven Sangallo tuvo para Buonarroti el efecto de un puñal en el vientre. Se habría esperado la visita de cualquiera, menos la de Sanzio. No en el día de su gloria. Sin embargo, allí estaba el joven, valiente y decidido. No era el mejor momento ni el mejor lugar para él y, sin embargo, allí estaba, con su porte auténtico. Buonarroti descendió por la escalera con celeridad y se presentó frente a Raffaello.

—¿Qué diablos hacéis aquí, niñato? —le espetó con agresividad.

Raffaello no quedó impresionado.

—Quería saber —dijo Raffaello sin rencor y con dulzura— por qué no aceptasteis mi invitación.

—Lo sabéis de sobra. Mi arte viene de la naturaleza. Vos solo copiáis. Lo hicisteis con Da Vinci y ahora lo hacéis con mi arte. Solo sois un mero copista bello que tiene enamorados a los cardenales de este lugar. No tenéis ningún mérito.

—¿Puedo saber, maestro Buonarroti, por qué tanto rencor hacia mi persona? No he dejado nunca de alabar vuestra figura, tanto en público como en los círculos más privados.

—Ya os lo he dicho. Rompisteis un pacto no verbal entre artistas. Espiasteis mi obra cuando no estaba bajo el influjo del maldito Bramante. En vez de seguir vuestro camino, os dedicasteis a pintar lo que yo ya había hecho.

—La única figura que pinté tras observar vuestra bóveda fue la de Heráclito, y es un homenaje a vuestro arte y a vos mismo.

—Homenaje que nunca pedí. Yo visto de negro y no como ese mamarracho. Es necesario mantener la brújula en los ojos y no en las manos. Para ejecutar, las manos, pero para jueces, los ojos. Aun así, vais por buen camino, Sanzio. Llegaréis a ser arquitecto papal, no lo dudéis. Eso os pasa por estar cerca de Bramante. Pero he de advertiros una cosa: o estáis con Bramante o estáis conmigo.

—Eso no es justo, maestro.

—La justicia no tiene nada que ver con esto, jovenzuelo. Vos ya decidisteis hace mucho tiempo. Aprovechad que sois joven y tenéis tiempo por delante.

—Me tratáis como un padre enfadado, maestro Buonarroti. Pero solo tenéis ocho años más que yo.

—Tras cuatro años de torturas y más de cuatrocientas figuras de tamaño real, me siento tan viejo y extenuado como el profeta Jeremías. Tengo treinta y siete años, sí. Pero ni siquiera mis amigos reconocen al anciano en el que me he convertido.

—Pero... ¿vos tenéis amigos?

La pregunta cayó como un jarro de agua fría. Raffaello la había formulado con toda la intención del mundo. Sabía cuál era la respuesta y estaba preparado incluso para recibir un golpe del maestro de Caprese, algo que no sucedió. Michelangelo contuvo la ira y dio media vuelta.

—Largaos de aquí. Me duele todo, y tengo que terminar.

Resignado, Raffaello se dispuso a volver a la estancia de la Segnatura, pues ya le estarían echando de menos. Antes de alcanzar la puerta, la voz de Buonarroti resonó una última vez en la capilla.

—¿Recordáis, Raffaello, nuestro encuentro en Florencia años atrás?

Raffaello dio media vuelta y encaró a Buonarroti desde la lejanía. Este se hallaba a punto de ascender de nuevo al andamio.

—Por supuesto —contestó con cierta nostalgia—. ¿Cómo olvidarlo? Año 1504 de Nuestro Señor.

—¿Recordáis, pues, el consejo que os di?

—Así es: «Desde que amanece estamos obligados a pensar: hoy me encontraré con un indiscreto, un ingrato, un insolente, un envidioso y un egoísta».

—Buena memoria, Raffaello Sanzio, *buona* memoria. Hoy, con vuestra visita, ya me encontré con todos ellos.

Después de reembolsarle la puñalada al joven pintor, ascendió por las escaleras hasta llegar a lo más alto, donde cogió los pinceles y volvió al trabajo.

La tristeza se apoderó de Raffaello, que, lejos de continuar con una innecesaria guerra dialéctica, marchó sin hacer ruido. No volvería a intentarlo.

Michelangelo devolvería al arte lo que este le dio a él no mucho tiempo atrás. Como si de un código secreto entre ambos se tratara, el primer panel del Génesis y el último en pintar albergaría la figura de Dios con el mismo torso que el *Laocoonte*. Un homenaje final.

La Capilla Sistina estaba terminada. Los nueve paneles centrales estaban concluidos. Nueve, curioso número. El número nueve, para los judíos, significaba inteligencia y verdad. Allí había mucho de eso plasmado.

Había llegado el momento de retirar el andamio de Roselli, pero finalmente esto se demoró algo más de lo previsto. Una comitiva proveniente de Ferrara ardía en deseos de ver al genio y su obra maestra. Giulio II, en sus campañas bélicas, se había cuidado muy mucho de mostrar las cualidades artísticas de los hombres que trabajaban para él bajo su mecenazgo, con el fin de combatir psicológicamente con Florencia. Muy a pesar de Buonarroti y bajo mandato del propio papa, el duque de Ferrara tuvo la oportunidad de subir al andamio para ver de cerca la obra. Lo sucedido en el andamio y la reacción de su comitiva la transcribió su secretario personal:

«Su Excelencia Alfonso I d'Este ardía en deseos de ver la bóveda de la capilla grande que pinta Michelangelo, y el señor Federico, por medio de Mondovi, hizo que lo ordenara el papa. Subió el señor duque a la bóveda con otras personas, y, cuando uno tras otro y poco a poco descendieron los demás de la bóveda, el señor duque se quedó arriba con Michelangelo y no se cansaba de contemplar aquellas figuras, a las que hizo grandes alabanzas, de suerte que Su Excelencia quiso que le hiciera un cuadro y habló con él de dinero y él prometió hacérselo. El señor Federico, viendo que Su Excelencia permanecía tanto tiempo en la bóveda, llevó a sus gentilhombres a ver las estancias del papa y aquellas que pinta Raffaello Sanzio».

Messer Grosino,
secretario de Su Excelencia Alfonso I d'Este,
a 12 de julio de 1512

Sin saberlo, el duque de Ferrara acababa de convertirlo en un mito viviente; mito que se convertiría en leyenda el día 31 de octubre del mismo año, cuando Giulio II decidió ofrecer una misa *cantus firmus* en honor al Día de Todos los Santos.

Aquel día se hizo patente la grandiosidad de la obra, que residía en que todos los allí presentes, sin excepción, podían disfrutar de la bóveda sin importar el asiento elegido. La composición era tan global que los asistentes disfrutaron, efectivamente, de una obra de arte sin igual. La misa fue secundaria; las voces del coro quedaron en segundo plano ante tantas lisonjas y galanterías. Michelangelo y su ego estaban satisfechos. Mucho.

Esquivando a algunos de los asistentes que se mantenían en pie, Giulio II alcanzó a Buonarroti, que se hallaba en una esquina disfrutando del espectáculo. «Malditos ignorantes», pensaba, mientras Giulo II se acercaba a él.

—¿Cómo os encontráis, querido Buonarroti?

—Cansado, hastiado, hambriento y con ganas de cobrar el resto de la cantidad que prometisteis.

—Bien, solo soy culpable de un veinticinco por ciento de vuestro padecer. Pronto lo solucionaré. ¿Qué haréis con los cuartos?

—Antes de seguir con vuestro monumento funerario, partiré a Florencia, pues aún tengo pendiente un asunto de inversión allí, siempre y cuando los franceses no invadan la ciudad.

—No os preocupéis por ello. El problema ya está resuelto. Podéis partir tranquilo a Florencia.

—¿Ahora sí? ¿Ya no me necesitáis? Supongo que es porque habéis encontrado a ese artista de segunda, Raffaello Sanzio.

—Puede ser. Por cierto, no le he visto en la capilla.

—Ni lo haréis. No estaba invitado.

—¿Os creéis superior a Sanzio, Buonarroti?

—Por supuesto, santidad —respondió Michelangelo sin dudarlo, casi deletreando la última palabra.

—Vuestra capilla no es perfecta. Creo que debería ser retocada.

—Sería un problema construir de nuevo el andamio. Y muy costoso. ¿Lo pagaríais vos, santidad, de nuevo? ¿O quizá Bramante? Pareciera que ambos rendís culto a la Virgen del puño.

Giulio II no aplaudió la genialidad de Buonarroti, pero estuvo a punto.

—Si me lo permitís, creo que falta azul y oro en la bóveda.

—Si falta pigmento azul, se debe a su alto coste. Y vos no lo financiasteis. Si falta oro, se debe a que, después de tanto observar, llegué a la conclusión de que los hombres no llevan oro.

—Entonces —añadió con desdén Giulio II— la capilla quedará pobre.

—Por si no lo sabíais, santidad —replicó Buonarroti con su característica ironía—, los hombres ahí pintados eran pobres. Usted podrá comprar mi tiempo, pero no mi mente.

Giulio II guardó silencio. Ahora entendía por qué Sanzio no había acudido a la presentación de la capilla. La inteligencia, la sabiduría y la ironía de Buonarroti alcanzaban unos niveles difíciles de sobrepasar. Tras la bofetada intelectual, Giulio II se marchó dejando al artista solo. Es como merecía estar. Es como él quería estar.

La soledad entre la multitud le duró poco. Giuliano da Sangallo se acercó en cuanto vio que el papa se retiraba.

—Amigo Buonarroti, no quiero ni imaginar las palabras que habéis cruzado con Giulio II, pero su gesto estaba torcido.

—No os preocupéis, amigo Sangallo. Este papa ya nació torcido.

—Os daría la enhorabuena, pero me quedaría corto. Demasiado corto. El tiempo hablará por mí cuando la gente, al mirar esta bóveda, entienda lo que un solo hombre puede hacer para la humanidad.

—No me abruméis, amigo, no es necesario.

—Vengo a daros las gracias.

—El arte no es agradecido, como arquitecto, ya lo sabéis.

—No os agradezco la bóveda, Michelangelo. Agradezco la formación que desinteresadamente habéis otorgado a mi sobrino.

La misa llegaba a su fin y se empezaba a notar el movimiento de la sala.

—Sois vos, amigo Sangallo, quien tenéis que agradecer de mi parte a vuestro sobrino Bastiano la paciencia que ha demostrado frente a este ogro que tenéis ante vuestros ojos. ¡Me he convertido en un anciano gruñón!

—¿Anciano decís? Pero si apenas tenéis treinta y siete años… No me hagáis reír. Aunque siento deciros que alguna cana sí asoma entre vuestros cabellos.

—¿Veis?

—Y lo de gruñón no lo negaré. Bien sabe Dios que no lo haré.

Michelangelo sonrió frente a su amigo. Sangallo era un buen hombre.

—También vengo a despedirme.

—¿Partís?

—Así es. Marcho a Florencia. No quería perderme el día más importante de vuestra vida. Ahora ya soy feliz. Puedo decir que he visto la Capilla Sistina de Michelangelo Buonarroti.

—Puede que nos veamos en Florencia, amigo mío. Gracias por vuestra paciencia también. Sois de gran valor para mí. Amigo Sangallo, las promesas de este mundo son, en su mayor parte, fantasmas vanos. Confiar en uno mismo se convierte en algo de valor, y el valor es el mejor camino. También el más seguro. Allá donde vayáis, confiad en vos. Siempre.

Tras estas últimas palabras de Buonarroti, se fundieron en un sincero abrazo.

Sangallo partía, y una nueva figura llegaba apenas a la ciudad. Sin saberlo, Michelangelo Buonarroti perdía un amigo en Roma y ganaba un enemigo más. Leonardo da Vinci estaba en camino desde Milán.

33

Roma, 1513

Sucedió pocos meses después de la inauguración de la Capilla Sistina. Leonardo y sus discípulos y ayudantes se hospedaron en la villa Belvedere, un palacio veraniego rodeado de jardines dentro del Vaticano. A priori, la ciudad se antojaba pequeña con respecto a Milán. Si bien es verdad que siglos atrás había gozado de tener el honor de ser el centro del mundo, solo los vestigios pétreos esparcidos por la ciudad recordaban vagamente tales honores. Alrededor de cincuenta mil habitantes protegía la ciudad de Roma, una cantidad bastante inferior comparada con los ochenta mil ciudadanos de los que se enorgullecía Milán. El sistema político estaba lleno de contradicciones. Las autoridades vaticanas concedían permisos de licencia para nuevas aperturas de burdeles y en el gremio había un catálogo excepcional de casi siete mil prostitutas en la ciudad. Los romanos, incluso, llegaban a bromear sobre aquella exagerada situación, y a enfermedades como la sífilis la conocían como «la enfermedad de los clérigos».

También había sitio para el odio y el rencor. En la propia Santa Sede, algunos valientes se atrevían a gritar en la plaza vaticana que la única Iglesia que iluminaba era la que ardía pasto de las llamas. Por supuesto, ninguno era lo suficientemente estúpido como para quedarse allí disfrutando del eco de la blasfemia.

En la ciudad, Leonardo se reencontraría con viejos conocidos. Donato Bramante trabajaba allí desde principios de siglo; su primer encargo había sido la iglesia de Santa Maria della Pace. Actualmente rondaba los setenta años y tenía casi abandonado por completo su proyecto de reconstrucción de San Pietro. Él mismo había diseñado la tribuna, el tambor y la cúpula de Santa Maria delle Grazie de Milán, en cuyo refectorio reposaba la gran cena de Leonardo.

El mismo año que Leonardo llegó a la Ciudad Eterna, un amigo suyo también fue reclamado. El ilustre matemático Luca Pacioli, que ejercería de maestro catedrático de matemáticas en la Universidad de La Sapienza a pesar de su ya delicada salud.

Los paseos a orillas del río Tíber permitían a un Leonardo recién llegado a la ciudad componer un plano mental de la ciudad. Evitaba a toda costa pasear cerca de los restos del Colosseo romano, el expolio que sufría la inmensa obra de arte le entristecía profundamente. Al parecer, el anfiteatro había estado recubierto de travertino o toba calcárea, pero un terremoto tiempo atrás lo había hecho pedazos en su fachada, y poco a poco la construcción megalítica mostraba sus entrañas. No menos dañina fue la expropiación, por parte de la Iglesia, para convertirlo en la nueva Carrara de Roma: una cantera de donde extraer el mármol que necesitaban sus construcciones religiosas.

Comenzaba por Santa Maria in Cosmedin, anteriormente un dispensador de comida conocido como Statio Annonae, que proveía de víveres al Foro Boario y demás foros comerciales. Aún no mostraba con orgullo la máscara de mármol conocida como la *Bocca della verità,* que un siglo después llamaría la atención incluso de los menos curiosos, pero sí era digno de admiración su pavimento cosmatesco. Frente a Cosmedin, el templo de Vesta, que había sido convertido al cristianismo y bautizado como Santa Maria del Sole.

Un poco más al norte, pasando delante de la casa de los Crescenzi, la isla Tiberina se aparecía con la silueta del palacio Pierleoni Caetani, recientemente convertido en convento franciscano. La torre, de aspecto medieval, había ejercido como elemento defensivo durante la Edad Media contra cualquier enemigo que se hubiera atrevido a cruzar el puente Frabricio. El puente, anteriormente construido en madera, gozaba gracias a Lucio Fabricio de buena salud alimentado con toba y peperita. La iglesia de San Bartolomeo, en el extremo de la isla, ignoraba su futuro más cercano. Una crecida del Tíber la destruiría parcialmente.

Justo enfrente de la isla se encontraba la vía Catalana, donde el papa Alessandro IV había decidido acoger a los judíos españoles conversos, ahora apodados «marranos».

A pocos metros se llegaba a Santa Maria in Monserrato degli spagnoli, algo que a Leonardo le causaba una leve sonrisa. Al parecer, la catalana Jacoba Ferrandes había construido en el año 1354 de Nuestro Señor un hospicio para pobres y enfermos de la Corona de Aragón. Su nombre era un claro homenaje a la Virgen de Montserrat, algo que seguía removiendo al florentino por dentro. Justo en su interior descansaban los restos del papa Borgia Alessandro VI. El pórtico de Octavia daba paso a la iglesia de Sant'Angelo in Pescheria, en pleno proceso de restauración.

Un leve giro a la derecha de su camino, lento y a veces dubitativo, le encaminaba inexorablemente al puente Sant'Angelo, antes conocido como puente Aelius. Los florentinos tenían la necesidad de tener una iglesia que les representara paralelamente a la de los romanos, y el nuevo papa Leone X, conocido como Giovanni di Lorenzo de' Medici, no se negaría. En los próximos años anunciaría un concurso para comenzar la construcción de lo que se convertiría en San Giovanni dei Fiorentini. Al otro lado de la calle, la antigua construcción del siglo vi Santa Maria in Vallicella tenía los días contados, pues el nuevo plan de urbanismo pasaba por derribarla y construir una iglesia nueva conservando solo la nomenclatura.

El final del trayecto sobre el Tíber desembocaba en un enorme basamento paralelepípedo protegiendo el tambor cilíndrico que ya no lucía los mármoles que en épocas doradas habían servido como homenaje a los que habían recibido entierro en el inmenso sepulcro. A su izquierda, el trayecto llegaba a su fin. La basílica de San Pietro, en reciente reconstrucción, albergaba a su nuevo mecenas, el vicario de Cristo, el papa Leone X.

Esa era la Roma que se encontró Leonardo da Vinci al llegar. Una ciudad que tenía nombres propios: Donato Bramante, Michelangelo Buonarroti y Raffaello Sanzio.

Un Donato Bramante en sus últimos días, lejos de los tiempos de gloria que le llevaron a ser arquitecto pontificio y encargarse de la nueva basílica de San Pietro in Vaticano. También atrás quedaban las batallas con Michelangelo Buonarroti y sus mimos y halagos a Raffaello. Disfrutaría de todo cuanto poseía, pues su situación económica era bastante boyante, y dejaría este mundo en unos meses. El mundo de la arquitectura, y del arte en general, lloraría su pérdida. Se llegaría a escribir en su epitafio:

«Alejandro Magno, al fundar la gran ciudad
de la ribera del Nilo, contó con Dinócrates.
Pero si la tierra de los Antiguos hubiera
conocido a Bramante,
mucho más agradecido se hubiera quedado
el rey de los macedonios».

Un Michelangelo con dolores de espalda y vista cansada después del esfuerzo titánico de la Capilla Sistina, ya conocida en los cuatro puntos cardinales. Ahora su residencia se había fijado en el barrio de Macello dei Corvi, cerca del Foro, en las laderas del Quirinal, gracias a los ducados que los Della Rovere le pagaron para terminar la tumba de Giulio II, que había fallecido pocas semanas atrás. La suma ascendía a dieciséis mil quinientos ducados. La vivienda era sencilla pero amplia, contaba con techos altos, un jardín y una gran escalera. Acababa de ampliar la plantilla de su taller contratando a Antonio da Pontassieve, escultor florentino, y a los maestros Bernardo y Rinieri, junto con otros artistas de nombre Cecho y Bernardino para terminar la tumba. Ellos se encargaban de la parte arquitectónica, cimacios y arquitrabes, mientras Buonarroti se dedicaba a las figuras, que por contrato se contaban por decenas. Un total de cuarenta estatuas, que le aseguraban un porvenir muy bien pagado y un tiempo alejado, por fin, de la pintura.

Las malas lenguas decían que Michelangelo almacenaba tanto dinero bajo la cama de su hogar que podría comprarse en Florencia el palacio Pitti entero para él solo. Todos querían trabajar con él y no dudaban en intentar agasajarle de cualquier manera. Algunos, incluso, le ofrecían mercancía en carnes: jóvenes para llevárselos a la cama. Pero nunca nadie acusó al escultor de haber aceptado tales ofertas. Ahora, su sueldo alcanzaba los doscientos escudos al mes, pero no había cambiado su forma de vivir, algo miserable, ni tampoco su higiene.

Aún andaba enfrascado en la tumba de Giulio II cuando se redactó un nuevo contrato. En esta ocasión, cambiaban los términos del emplazamiento del monumento funerario. Los herederos de Giuliano della Rovere querían que el conjunto arquitectónico y escultórico descansara sobre una pared. Antonio da Pontassieve ayudaba al escultor, y San Pietro in Vincoli ganaba enteros frente a San Pietro in Vaticano.

El joven Raffaello Sanzio, por su parte, se había convertido en un maestro treintañero bajo la protección de Bramante y de la Santa Sede. Con su ya archifamosa *Escuela de Atenas* no solo había cumplido las expectativas, sino que las había superado. Tenía un taller en Roma con tanta buena fama como su nombre, y, al parecer, las relaciones personales y las dotes a la hora de resolver conflictos habían hecho de Raffaello y su taller una empresa con la que todo el mundo quería trabajar. Las solicitudes de aprendices eran interminables y nunca faltaban encargos.

En la ciudad de Florencia, la noticia tenía nombre y apellido: Niccolò Machiavelli. El fiel secretario del *gonfaloniere* vitalicio Piero Soderini acababa de ser arrestado como sospechoso de formar parte de una conjura contra la familia Medici.

La vida de Giulio II se extinguió meses después de la culminación de la bóveda de la Sistina y la consagración definitiva de su Raffaello. Rodeado de sus cardenales, solo tuvo pensamientos de arrepentimiento:

—He sido el más grande de los pecadores. No he regido la Iglesia como hubiera debido.

Con esas últimas palabras acabó el reinado del papa guerrero. Sobre él escribirían:

«Al papa Giulio II, quien después de la ampliación de los límites del estado papal y de liberar a Italia, en el interés de la gloria imperial, adornó la ciudad de Roma, que anteriormente había sido como una ciudad bajo la ocupación militar en lugar de una urbe bien organizada, con calles finas que midió y amplió».

En marzo de ese mismo año, Giovanni de' Medici, hijo de Lorenzo el Magnífico y Clarice de Orsini, aprovechó la oportunidad que se le presentó al fallecer el papa guerrero y antiguo abad comanditario de Montserrat. Con cierta habilidad política, destronó a quien parecía tenía todas las posibilidades de suceder al pontífice, Tomás Bakócz.

Giovanni, ahora Leone X, enmendó el error que cometiera su padre en el pasado, una espina clavada en la vida de Leonardo, el de Vinci: el comité que partió en el año 1481 de Nuestro Señor recomendado por Lorenzo para el papa Sisto IV no incluyó el nombre de Leonardo, y ahora era su hijo el que reclamaba la presencia del artista para que engrandeciera aún más la ciudad de Roma.

Al mismo tiempo, los parientes del nuevo papa, la familia Medici, habían recuperado el poder en Florencia gracias a la ayuda de los españoles. Piero Soderini había sido conducido al exilio.

Aunque pareciera mentira, el Medici no había comprado ni un solo voto, aplicando las medidas de Giulio II contra las simonías. Bajo el nombre de Leone X, dejó patente en su proclamación cuál sería su línea al ascender al trono de San Pietro:

—Los Medici hemos pasado del exilio a dominar los Estados Italianos. A disfrutar del papado, que Dios nos lo ha otorgado.

34

Desde el año 1501 de Nuestro Señor, la estatua del Pasquino se hallaba en la plaza del mismo nombre, cerca de la plaza Navona. Otrora había ocupado un lugar nada merecido en la oscuridad de una callejuela medieval, pero ahora se había convertido en un lugar de congregación para todos aquellos que, mediante notas, quisieran criticar o ensalzar un hecho o un personaje. El nuevo papa Leone X era una diana perfecta, ya que los rumores en las calles de Roma se cebaban en sus preferencias sexuales: jóvenes y alcohol.

De vuelta estoy en el reinado de Leo,
pero solía ser un exiliado,
quemar la medianoche, chicos bohemios,
y prestad atención a lo que voy a contar;

que nadie deje a mi Leo
sin un bello conquistado
los trovadores cantarán los premios,
y en vano no será el cantar.

Al norte, en Florencia, un servidor de los Medici colocado por el mismo Leone X en la *signoria* de Florencia lo describía sin tapujos:

—El nuevo papa Leone X tiene un excesivo apego por la carne, en especial por los sumos placeres que por delicadeza no se pueden mencionar aquí.

De nombre Francesco Guicciardini, alcanzaría la abogacía consistorial y el gobierno de Módena en 1516. Era un fiel servidor de los Medici, sí. Pero también tenía la lengua muy larga. Ni siquiera el primo del papa Giulio de' Medici, arzobispo ahora de Florencia, era capaz de contener su lengua viperina.

El nepotismo del nuevo papa no acababa ahí. Lorenzo II de' Medici, nieto del Magnífico, se autoproclamaba capitán de la República de Florencia.

De vuelta a Roma, bien por serle grata la compañía de jóvenes bellos, bien por su talento, Leone X convirtió a Raffaello Sanzio en arquitecto papal tras la muerte de Donato Bramante. Un problema menos para Buonarroti, pero que en realidad le traería un problema mucho mayor. Sanzio era joven, bello y talentoso. Michelangelo solo podía competir con la última cualidad. Bramante había dejado inconclusa la edificación de la nueva basílica de San Pietro, y Raffaello accedió gustoso a coger el testigo de su maestro.

En una más que hábil negociación sentimental, el joven pintor se había prometido con Maria Bibbiena unos meses atrás. Sobrina de Bernardo Dovizi Bibbiena, tesorero general, protonotario apostólico y cardenal diácono de Santa

Maria in Portico Octaviae, la unión con ella le aseguraba no solo un buen puesto en el Vaticano; también lo mantenía a salvo de cualquier acercamiento de tipo sexual por parte de Leone X. Sin embargo, lo único que faltaba en aquel convenio era el amor, pues Raffaello idolatraba a la hija del panadero Francesco Luti da Siena, Margherita Luti. Su amigo el embajador Baltasar Castiglione y el consultor arqueológico Angelo Colocci le ayudaban en los momentos de crisis y le hacían centrarse en la nueva empresa: la construcción de la basílica de San Pietro. El primo lejano de Bramante, fra Giocondo da Verona, haría las veces de ayudante.

La basílica no sería el único encargo importante que recibiera Raffaello Sanzio. Leone X quería pasar a la historia por otro motivo distinto del de sus tendencias sexuales. Mientras planeaba construir una pequeña *città medicea* cerca de la plaza Navona, ordenó delinear la antigua Roma Imperial en papel. Raffaello aceptó.

Son muchos, padre beatísimo, los que, midiendo con su débil juicio las grandiosísimas cosas que se escriben acerca de los romanos, por las armas, y de la ciudad de Roma, por el admirable artificio, riquezas, ornamentos y grandeza de los edificios, más bien las consideran fantásticas que verdaderas. Pero a mí, en cambio, me suele ocurrir y ocurre lo contrario; porque, considerando por las reliquias que aún se aprecian en las ruinas de Roma la divinidad de aquellos espíritus antiguos, no estimo fuera de razón creer que muchas cosas de las que

*a nosotros se nos antojan imposibles, a ellos les parece-
rían sumamente fáciles. Por lo tanto, habiendo sido yo
muy estudioso de tales antigüedades y habiendo puesto no poca aplicación en buscarlas minuciosamente y en
medirlas con cuidado, y leyendo continuamente buenos
autores y comparando las obras con sus escritos, pienso
haber conseguido alguna información sobre aquella antigua arquitectura.*

*Lo cual me da, a la vez, un placer enorme por el cono-
cimiento de algo tan excelente, y un enorme dolor, viendo
casi el cadáver de esta feraz y noble patria que fue reina
del mundo, tan míseramente descuartizado. Por ello, si
a todos es debida la piedad hacia los padres y la patria, yo
me siento obligado a exponer todas mis débiles fuerzas a
fin de que lo más que se pueda quede viva un poco de
imagen y como una sombra de ella, que es en verdad
patria universal de todos los cristianos, y por un tiempo
fue tan noble y poderosa que ya los hombres empezaban
a creer que solo ella bajo el cielo estaba por encima del
destino y, en contra del curso natural, excluida de la muerte para permanecer a perpetuidad.*

*Y así pareció que el tiempo, como envidioso de la
gloria de los mortales, y no confiando del todo en sus
solas fuerzas, se confabulase con el destino y con los
profanos y malvados bárbaros, los cuales, a la voraz li-
ma y venenosa mordedura de aquel, añadieron el impío
furor del hierro y del fuego; por lo que aquellas famosas
obras, que en la actualidad más que nunca serían flo-
recientes y hermosas, fueron por la malvada rabia y el*

ímpetu cruel de hombres perversos, mejor dicho fieras, incendiadas y destruidas. Aunque no hasta el punto de que no quedara de ellas casi toda la estructura, pero sin la ornamentación y, por así decirlo, los huesos del cuerpo sin la carne.

Pero ¿por qué vamos nosotros a lamentarnos de los godos, de los vándalos y de otros pérfidos enemigos del nombre latino si aquellos que, como padres y tutores, tenían que proteger estas pobres reliquias de Roma, esos mismos, se han dedicado con toda aplicación durante mucho tiempo a demolerlas y apagarlas? ¿Cuántos pontífices, padre santo, que tenían la misma función que Vuestra Santidad, aunque no la misma sabiduría ni el mismo valor y grandeza de ánimo, cuántos, digo, pontífices han permitido las ruinas y destrucciones de los templos antiguos, de las estatuas, de los arcos y otros edificios, gloria de sus fundadores? ¿Cuántos han consentido que, solo para coger tierra puzolana, se hayan excavado los cimientos, por lo que después en poco tiempo los edificios se han venido abajo? ¿Cuánta cal se ha llegado a hacer de estatuas y de otras ornamentaciones antiguas? Que yo osaría decir que esta nueva Roma actual, todo lo grande que es, todo lo hermosa, todo lo adornada de palacios, está edificada con la cal de mármoles antiguos.

No sin mucha aflicción puedo acordarme de que, desde que estoy en Roma, hace menos de doce años, han sido destruidas muchas cosas hermosas, como la meta que estaba en la vía Alessandrina, el arco que estaba en la entrada de las termas dioclecianas y el templo de Ceres en la vía Sacra, una parte del Foro Transitorio, que hace pocos días fue incendiada y convertida en escombros, y los mármoles en cal, destruida la mayor parte de la basílica del Foro... además de esto, tantas columnas machacadas y quebradas por la mitad, tantos arquitrabes, tantos frisos hermosos triturados, que ha sido realmente una infamia de estos tiempos haberlo tolerado, y que se podría decir de verdad que a Aníbal, por no hablar de otros, volvería piadoso.

No debe, pues, padre santo, estar entre los últimos pensamientos de Vuestra Santidad el tener vigilancia de aquel poco que queda de esta antigua madre de la gloria y del nombre italiano: para testimonio de aquellos espíritus divinos que a veces solo con su recuerdo estimulan e incitan a las virtudes de los espíritus que hoy se hallan entre nosotros, y para que no sea extirpado del todo y aniquilado por los malignos e ignorantes, ya que, desgraciadamente, hasta hoy se ha injuriado a aquellos espíritus que con su sangre dieron a luz tanta gloria para el mundo, para esta patria y para nosotros. Más bien debería procurar Vuestra Santidad, dejando vivo el parangón de los antiguos, igualarles y superarles, como bien hace con magnos edificios, nutriendo y favoreciendo las virtudes y desvelando los ingenios, recompensando los esfuerzos meritorios, esparciendo la santísima semilla de la paz entre los príncipes cristianos. Porque, así como de la calamidad de la guerra nace la destrucción, ruina de todas las disciplinas y artes, así de la paz y la concordia nace la felicidad de los pueblos y el ocio loable, con el cual se pueden emprender las artes y se nos hace alcanzar la cúspide de la excelencia. Como de veras, por el divino consejo y autoridad de Vuestra Santidad, esperamos todos que esté por llegar a nuestro siglo; y en esto consiste ser realmente pastor clementísimo, mejor dicho padre óptimo del mundo entero.

Pero, para volver a aquello a que poco antes me refería, digo que, habiéndome Vuestra Santidad encomendado que pusiera en dibujo la antigua Roma, en lo que se pudiera deducir por lo que hoy se ve, con los edificios que se manifiestan en tales reliquias y que en base a datos ciertos se pueden con toda seguridad restablecer a su estado propio y originario (integrando aquellos miembros que están totalmente arrasados y no se ven para nada a tenor de su correspondencia con los que quedan en pie y se ven), he aplicado en ello todo el esmero que me ha sido posible, a fin de que el ánimo de Vuestra Santidad y de todos los demás que se deleitarán con esta fatiga nuestra no queden decepcionados, sino plenamente satisfechos. Y aunque haya sacado de muchos autores latinos lo que intento mostrar, de los restantes me he atenido principalmente a Publio Victore, puesto que, siendo de los más recientes, puede dar más especial noticia de las últimas cosas, aun sin olvidar las antiguas, y, por otra parte, al describir las «regiones», concuerda con algunos mármoles antiguos en los cuales están descritas del mismo modo.

Raffaello Sanzio

Durante su mandato, el papa Giovanni di Lorenzo de' Medici duplicaría las venias emitidas por Giulio II. Si durante el papado de Giuliano della Rovere se emitieron casi mil venias, Leone X no solo dobló la cifra, sino que se embolsó alrededor de dos millones y medio de ducados de oro, más unas rentas de trescientos mil ducados anuales para los oficiantes. Francesco Guicciardini también tenía palabras para ellos.

—Los cardenales de la Iglesia romana están demasiado acostumbrados a ser honrados y prácticamente adorados.

Estos, a través de los llamados «consistorios secretos», hacían la mayor parte del trabajo administrativo. Pero también tenían tiempo para una rapiña que se venía dando desde la Edad Media, un lucrativo negocio que muy pocos rechazaban: el arte de proponer empleados para los obispados o abadías que debía conferir el papa bajo previa propina.

Si Giulio II había pasado a la historia como un papa guerrero y edificador, Leone X no alcanzaría semejantes honores. Más preocupado por vertebrar los palacios de su propia familia, su único logro urbanístico se redujo a la apertura de la vía Leonina, arteria de gran importancia que conectaba el barrio comercial y el mercado de Sant'Eustachio con las áreas de la puerta del Popolo y el Campo Marzio. También decoraría la plaza del Pantheon, relegando el mercado a un lado e instalando un pórfido sarcófago flanqueado por dos leones egipcios que fueron alzados en dos pedestales marmóreos con inscripciones realizadas para la ocasión.

Sin embargo, tal era la decadencia en las estancias vaticanas que el poeta Ludovico Ariosto, que pasaría a la historia por el poema épico *Orlando furioso*, a sabiendas de que las arcas del Vaticano estaban bajo mínimos, les dedicó unos versos desde la ciudad de Ferrara, bajo el amparo de la Casa de Este.

Su clérigo tiene un gorro negro y verde convertido en gay,
ha dejado sus oficinas bien ordenadas y encontró
más preocupaciones, más gastos, ¡y menos efectivo!

Tiene un rebaño de gente que alimentar
y ni una moneda para gastar,
los primeros frutos ya se han comprometido.

La vieja deuda debe ser pagada,
tiene una deuda retrasada:
pensó en los términos «no pagado» que no ha cumplido.

Hasta la basílica de San Pietro en apuro
debería ir pero no puede,
su mayordomo y su verga no están allí
para correr tras él en fila aunque quisiere.

Michelangelo Buonarroti, casi ajeno a todo este despliegue de despilfarro y avaricia al mismo tiempo, aprovechaba para seguir invirtiendo en el patrimonio Buonarro-

Tumba de Michelangelo Buonarroti de Giorgio Vasari en la basílica de Santa Croce, Florencia (Foto: Album / akg-images / Andrea Jemolo).

Pietà de Michelangelo (1498-1499) (Foto: Album / De Agostini / G. Cigolini).

David de Michelangelo (1501-1504) (Foto: Album / akg-images / Rabatti - Domingie).

La batalla de Cascina (boceto) Michelangelo Buonarroti (copia de Bastiano da Sangallo) (Foto: Album / De Agostini Picture Library).

La batalla de Anghiari (boceto) Leonardo da Vinci (copia de Rubens) (Foto: Erich Lessing / Album).

Laocoonte y sus hijos de Agesandro, Polidoro y Atenorodo de Rodas
(Foto: Album / E. Viader / Prisma).

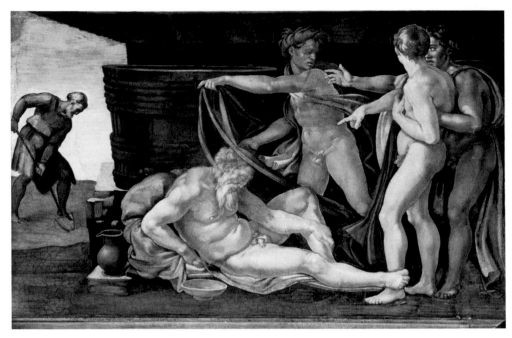

Embriaguez de Noé (Foto: Erich Lessing / Album).

El Diluvio Universal (Foto: Erich Lessing / Album).

Creación de Eva (Foto: Erich Lessing / Album).

Caída del hombre y el Pecado Original (Foto: Erich Lessing / Album).

Creación de Adán (Foto: Erich Lessing / Album).

Creación del sol (Foto: Erich Lessing / Album).

La escuela de Atenas de Raffaello Sanzio (1510-1512) (Foto: Album / Universal Images Group).

Moisés de Michelangelo (1513-1515) (Foto: Album / akg-images / Andrea Jemolo).

Cristo de Sopra Minerva de Michelangelo (1521) (Foto: Album / Universal Images Group).

Juicio Final de Michelangelo (1537-1541) (Foto Lbum / Mondadori Portfolio).

ti y seguir forjando su leyenda a golpe de cincel. Acababa de ampliar una finca familiar en Settignano, cerca de Florencia, adquiriendo la alquería de Scopeto por unos quinientos setenta y cinco florines de oro. Por otro lado, y gracias a la confianza que le profería el banquero Francesco Borgherini, transfirió todos sus ahorros al banco de Roma, con el fin de controlar todas sus cuentas y evitar algún posible expolio por parte de sus hermanos. El miedo a una inminente invasión francesa seguía en el ambiente y cualquiera era capaz de hacer cualquier cosa.

Durante los últimos dos años, el escultor había trabajado para satisfacer el contrato de la tumba de Giulio II. La figura de Moisés, uno de los ejes centrales de la arquitectónica obra, estaba terminada. Poco a poco cumplía el encargo, aunque de alguna manera sabía que no llegaría a esculpir las cerca de trescientas figuras que la familia Della Rovere había exigido. En un principio, el monumento funerario debería exaltar una de las paredes de la nueva basílica de San Pietro, pero la velocidad de ejecución de los arquitectos responsables del nuevo centro universal del cristianismo no era aceptable para unos impacientes Della Rovere. Como mecenas de la iglesia San Pietro in Vincoli, decidieron que el monumento se instalara allí, provocando la ira del propio escultor.

—Las proporciones de esta iglesia no son las adecuadas. No brillarán los mármoles como deberían.

—El *Moisés* es una obra maestra, Buonarroti. No debéis preocuparos por la ubicación —contestó el duque de Urbino Francesco Maria della Rovere, ajeno a lo que le venía por delante: la pérdida de su ducado y de sus privilegios por intervención papal.

—No hay ninguna idea que no pueda expresarse en mármol. En cuanto a la ubicación, discrepo de vos. Moisés está diseñado para ser observado desde abajo, por lo tanto, debería colocarse en altura, y no frente al observador.

—¿Por qué os obcecáis con esa idea?

—La idea inicial era situar al líder espiritual frente a una ventana. El diseño de su cabeza servía para que, al atravesar la luz del sol el umbral del tragaluz, los rayos se difuminarían con las protuberancias de su testera.

—¿Os referís a los cuernos del *Moisés*?

—¡No son cuernos!

—Disculpad, por un momento pensé que os habíais basado en la errónea traducción bíblica de san Jerónimo del hebreo al latín en la Vulgata latina.

—¡No es así! También conozco esos textos y no sirven, para nada, de inspiración. Cada bloque de piedra tiene una escultura en su interior y es tarea del escultor descubrirla. Después, adornarla. Moisés, a mi juicio, bajó resplandeciente, no cornudo. Maldito fallo de traducción. *Karan* en hebreo significa ambas cosas. San Jerónimo hizo flaco favor al cristianismo. Ese resplandor es al que me refiero cuando sostengo que el *Moisés* debe ir emplazado frente a la ventana. Es una obra maestra. No hay solo un Moisés en esa figura; hay varios.

—¿Varios Moisés? —preguntó incrédulo Francesco Maria della Rovere.

—Así es. El Moisés furioso frente a su pueblo, adorando a falsos dioses. Las tablas lisas, antes de su encuentro con Dios. Lo que vos consideráis cuernos no es más que un artilugio de mármol aplicado para mostrar al Moisés resplandeciente, después de recibir la escritura de Dios.

Francesco Maria della Rovere no daba crédito. Había querido presentarse como un erudito frente al escultor, pero ahora saldría de San Pietro in Vincoli como un auténtico profano. Ante tanta vergüenza se despidió sin demasiada palabra o cortesía y dejó a Buonarroti frente al gigante *Moisés.* El escultor sacó de su faltriquera el martillo con el que golpeaba su cincel y se aproximó a la figura. Definitivamente, era su creación más realista. Más perfecta. Había superado al *David* de Florencia. Lo miró fijamente durante un rato. Esperó, mas nada ocurrió. Empezó a preocuparse. Tenía que pasar. Era un pensamiento utópico, pero era tan perfecto el pedazo de mármol que, si Dios existía, tenía que mostrarlo con aquella escultura.

Como por un impulso infantil, Michelangelo golpeó la rodilla derecha de la escultura con el martillo, con la intención de provocarle a Moisés un acto reflejo.

—¿Por qué no me habláis? —le preguntó, mirándole directamente a los ojos.

En las estancias vaticanas, la preocupación principal no era Michelangelo Buonarroti ni su *Moisés.* El problema tenía nombre propio: Leonardo da Vinci.

El alemán Georg, o Giorzio, que así lo llamaba Leonardo da Vinci, el forjador y Johann, Giovanni degli Specchi, según Da Vinci, serían los delatores. Se asentaron en los talleres de Leonardo causando más entorpecimiento que producción artística. Efectivamente, Leonardo da Vinci se hallaba estudiando anatomía. Más grave aún, en su taller yacían dos cuerpos inertes de mujeres encinta, ya que el objeto de su investigación abarcaba en esos momentos la gestación humana. Tener cadáveres de mujeres desnudas en el sótano del taller podía ser tergiversado de una manera sutil y confusa, y poner en peligro al maestro y a su compañía.

La información, a cambio de una importante suma de dinero, llegó a oídos poco transigentes: «Leonardo da Vinci practica nigromancia».

Definitivamente, el mensaje estaba manipulado. En el Vaticano debían tomar una decisión. Dejar que Leonardo da Vinci se dedicara al libre albedrío y ensuciara las almas de jóvenes como Raffaello o deshacerse de una vez por todas del molesto anciano. Leone X dudó. Él, al fin y al cabo, había sobrevivido gracias a la rauda actuación de un joven Leonardo durante la conjura de los Pazzi. ¿Debía morir Leonardo da Vinci? ¿De verdad atentaba contra la vida y contra Dios?

«*Messer* Leonardo da Vinci tiene un concepto tan herético que no se atiene a ninguna religión y estima más ser filósofo que cristiano. Por lo tanto, la resolución es firme y clara: debemos matar a Leonardo da Vinci».

Volvió a darse, precisamente, la misma orden que había salido de las mismas estancias treinta y cuatro años atrás. La primera vez, firmada por el líder de la Iglesia. Esta vez, en contra de las palabras del sumo pontífice.

Leone X se había negado a atentar contra la vida de Leonardo da Vinci bajo sugerencia del Colegio cardenalicio. Si bien es cierto que poco a poco su padre le había dado la espalda al pintor, le debían mucho. El papa decidió que Leonardo da Vinci fuera expulsado de Roma, castigo más que suficiente para un anciano a punto de cumplir sesenta y cuatro años y afectado por una parálisis galopante.

En secreto, y yendo en contra de la Iglesia, Leone X hizo lo posible por encontrarse con Buonarroti. El escultor, que quería marcharse a Florencia tras la entrega del *Moisés,* accedió de mala gana. La reunión se realizó en el apartamento privado del papa, y a ella acudió su músico de cámara Juan del Encina, para evitar sospechas.

—¿Santidad?

—Buonarroti, no hay tiempo que perder.

—¿Qué hace ese hombre aquí? —le interrumpió el escultor señalando al músico.

Juan del Encina, español de Fermoselle, se había formado en la catedral de Salamanca. Su talento no había pasado inadvertido y había deleitado con sus glosas y villancicos a Alessandro VI el Borgia, Giulio II della Rovere y el propio Leone X de' Medici. Sin embargo, allí, en aquel momento, no era más que un instrumento de disuasión para los espías del Vaticano.

—No os preocupéis por él. Os ruego que aviséis al maestro Leonardo da Vinci. Debe abandonar la ciudad.

Leone X se tomó su tiempo y explicó al escultor la grave situación que se cernía sobre el pintor florentino.

—¿Disculpad? ¿Me hacéis saber que yo, Buonarroti, debo alertar a un bufón que se ríe de su propia sombra? ¿Me tenéis por imbécil? Yo, Buonarroti, que compartí con vos mesa en la casa de vuestro honorable padre Lorenzo de' Medici *el Magnífico.* Yo, Buonarroti, que me formé en el jardín de San Marco que tan brillantemente vuestro padre hizo florecer. ¿Ahora me tratáis como a un simple recadero?

Juan del Encina se sorprendió. El artista era capaz de hablar como le viniera en gana al mismísimo sucesor de san Pietro.

—Os tengo por un excelente artista. Y, sí, no soporto vuestro carácter engreído. Pero creo que bajo la dura capa de mármol que es vuestra piel, hay un corazón que late con justicia. Id, pues en estos momentos no puedo confiar en nadie más.

—No deberíais confiar en mí. ¿Por qué no confiar en Raffaello Sanzio? ¿No es él acaso el artista más digno de vuestra confianza?

Leone X dudó. Buonarroti le había asestado un buen golpe. El papa lo supo encajar. A su manera, salió del paso:

—Raffaello admira a Leonardo como el que más. Esa admiración puede provocar un error, una imprudencia. Estoy convencido de que vos, que tanto odio le proferís, sois la persona adecuada para llevar a cabo esta tarea. Sí, os estoy pidiendo que salvéis a la persona que más detestáis en vuestra vida. ¿Lo haréis?

Buonarroti vaciló. Tenía en sus manos la vida de Leonardo da Vinci. Nada más placentero. Nada más desagradable. Vivir o morir. Todo era cuestión de una decisión. *Su* decisión, pues mientras Leone X se dedicara a pasear por el patio del Belvedere a su elefante blanco de nombre *Hanno*, regalo del rey Manuel I de Portugal, él tendría que decidir posiblemente la sentencia más difícil de su vida.

—No lo haré por vos, santidad. Tampoco por el de Vinci. Lo haré por mí.

Con esas últimas palabras, Buonarroti desapareció.

Mientras, el de Vinci, ajeno a todo cuanto ocurría paralelamente, decidió verse con Raffaello Sanzio y disfrutar juntos de las estancias que había preparado en los aposentos vaticanos. La admiración de los genios era mutua, y Leonardo se deleitó con las pinturas que albergaban las salas de la Segnatura, antigua biblioteca de Giulio II donde se reunía el Tribunal de la Segnatura, y del Heliodoro, destinada a audiencias privadas. Una tercera sala acababa de ser iniciada, la del Incendio del Borgo, pero Raffaello se sonrojó frente al maestro Leonardo y prefirió no mostrar los bocetos primarios. Leonardo aceptó. Él, maestro de todo lo secreto, supo entender.

Tras una gran charla sobre arte y ocultismo, Leonardo le guiñó un ojo como símbolo de complicidad y se retiró a su villa Belvedere. Leonardo no sabía en esos momentos que sería la última vez que vería al joven maestro de Urbino. La amistad que había surgido entre ambos artistas parecía des-

tinada a convertirse en una relación sólida, pero, desgraciadamente, Raffaello moriría antes de cumplir la cuarentena.

Antes de desaparecer, el joven maestro supo diferen-
ciar muy bien las actitudes y aptitudes de los dos antiguos
rivales. Para él, Michelangelo encarnaba el claro ejemplo
de una inteligencia concentrada. Todos los trabajos que
realizaba, tanto en escultura como en pintura, tendían al
mismo fin: la exaltación de la potencia. Tanto en el *David*
como en las figuras representadas en la bóveda de la Capilla Sistina, se reflejaban músculos por doquier. Incluso
las figuras femeninas presentaban torsos y brazos fornidos.
Una oda a la potencia, a la fuerza. «¡Más fuerte!», parecía
gritar la obra de Michelangelo.

Leonardo, sin embargo, era sinónimo para Raffaello
de todo lo contrario: una inteligencia sobre todo expansi-
va. El de Vinci no solo era multidisciplinar, sino que además era capaz de sincronizar diferentes ramas del saber
para mejorarlas recíprocamente. Leonardo estudiaba anatomía para poder pintar mejor sus figuras. Estudiaba el movimiento de las aguas para poder representar mejor las
ondas del cabello. En definitiva, Leonardo buscaba la perfección de todo mediante el conocimiento. «¡Más lejos!»,
parecía gritar el trabajo de Leonardo. A pesar de todo, no
significaba que uno fuera mejor que otro, simplemente
representaban maneras distintas de trabajar.

La jornada siguiente, Leonardo da Vinci recibiría la visita menos esperada de su vida. Una visita con funestas consecuencias.

35

Roma, 1515, taller de Leonardo da Vinci

Leonardo da Vinci seguía preocupado por la enfermedad que le acosaba. Poco a poco y de vez en cuando, un hormigueo en la parte derecha del cuerpo que le remitía en la sensibilidad seguía amenazándole. Los ataques, tan pronto como venían, desaparecían. Los doctores lo denominaban «perlesía», una disminución de las funciones de algunas partes del cuerpo causada por una debilidad muscular propia de la edad u otros motivos, como determinadas enfermedades o golpes fuertes en la cabeza. Leonardo no sabía cuál era el motivo exacto.

La posibilidad de sufrir una hemiplejía, síntomas que al parecer comenzaba a experimentar, aterraba al maestro. Demasiadas cosas por hacer. Demasiados tratados por escribir. Demasiados cuerpos que explorar. Demasiado de todo. El cuerpo desnudo de un hombre le sacó de sus preocupaciones. En la planta de abajo yacía un cadáver recién adquirido con el tórax abierto de par en par. Lejos de parecer una escena macabra, la imagen del artista cada vez que se concentraba en un cadáver era la de un científico estudiando una nueva lección, apuntando cuidadosamente cualquier detalle por insignificante que pudiera parecer.

Los ayudantes estaban ausentes. Francesco Melzi dormía desde hacía bastante tiempo. Caprotti el Salai había salido como cada noche a la caza de hembras con los bolsillos llenos, no fuera que tuviera que pagar por los servicios de alguna fulana.

Frente al maestro, dos Bautistas. Ambos óleos sobre tablas parecían mirarle desafiantes, enigmáticos. Leonardo reflejaba en su obra sus propios polos opuestos. Un san Juan envuelto en tinieblas y otro metamorfoseado en el dios Baco. Un debate interno entre el mundo clásico y el mundo actual, mucho más católico.

Cogió el candil y se dispuso a bajar las escaleras que desembocaban en su estudio. Allí, después de alimentar las velas con el fuego que portaba, depositó la lámpara de aceite sobre la mesa y contempló el dantesco espectáculo.

Sobre la mesa yacía el cadáver reciente que había comprado a un buen precio con fines medicinales. Leonardo lo llamaba «el número 33». Tales habían sido los cuerpos diseccionados por el artista. El ostracismo al que había sido sometido por parte de las estancias vaticanas le desvió hacia su curiosidad anatómica. Años de experiencia le acompañaban, por lo que buscaba perfeccionar sus conocimientos y, de nuevo, intentar encontrar el lugar exacto donde reposaba el alma. El instrumento cortante fue solo el principio. El tórax había quedado al descubierto en cuestión de segundos con gran precisión, con cuidado, sin manchar ninguna de las hojas destinadas a sus anotaciones y dibujos.

Se perdió en sus pensamientos durante un gran periodo de tiempo. Ríos de sangre y tinte se mezclaban con sus reflexiones. Apenas le daba importancia al hedor. Una mano sujetaba y la otra dibujaba. Y así, durante un interminable momento. De repente, una voz lo sacó de su entramado mental.

—Aquí os encontráis… —dijo Michelangelo en un tono nada amigable.

El recién llegado recorrió con la mirada la estancia inferior. Leonardo terminaba de limpiar un instrumento cortante lo suficientemente afilado como para rajar piel y músculo. La sala mostraba signos evidentes de haber sido testigo de una nueva disección por parte del de Vinci. El cadáver sobre la tabla de madera aún chorreaba algo de sangre y algún órgano se encontraba bajo estudio. A pesar de parecer una carnicería, Leonardo cuidaba mucho no solo de su aspecto sino de la higiene en general. Trabajaba con restos humanos y, aun así, sus apuntes parecían perfectamente impolutos. Leonardo depositó el instrumento afilado sobre la mesa, exento de sangre, y se dirigió a tender la mano a su inesperada visita.

—*Buonasera!* —Sonrió Leonardo, algo sorprendido por la espontánea aparición.

Miguel Ángel rechazó la mano de Leonardo, pero este no dejó de sonreír.

—No tan buena, *signore* —cortó tajantemente el escultor—. No son positivas las noticias que porto. Noticias, por otro lado, solo para vuestros oídos.

—¿De qué se trata, mi querido rival?

La ironía se respiraba en el ambiente, pero, en realidad, era mucho mayor la admiración que sentían el uno por el otro que los celos profesionales que se profesaban, aunque nunca, de ninguna manera, lo admitirían.

—Tenéis que partir de inmediato de Roma.

—¿Se trata de una estrategia para no competir con artistas de vuestra categoría? —se regodeó Leonardo.

—Más bien de una estrategia para evitar que os maten.

Leonardo, el dicharachero, se quedó sin palabras. No esperaba esta sentencia de Buonarroti. «Otra vez no», pensó. De nuevo una amenaza real asomando a su futuro cercano. ¿Por qué era siempre el foco de toda ira? ¿Qué tenía la humanidad contra él? Y una última duda que le asaltaba súbitamente: ¿por qué su rival, su contrincante, era la única persona que quería salvar su vida?

—Pero… ¿por qué? —acertó a pronunciar el señalado.

—Os habéis convertido en una persona incómoda para la Iglesia. La información de Giovanni y George, espías del papa, ha caído como un jarro de agua fría. No aprueban tus métodos científicos. Lo de disecar cadáveres no va con la fe cristiana. Habéis pasado de oler a agua de rosas a oler como un carnicero.

—Pero… ¡es Giovanni di Lorenzo de' Medici! ¡El papa es hijo de Lorenzo el Magnífico! ¡Le salvé la vida!

—Entonces fuisteis vos —sentenció Buonarroti pensativo.

—¿Qué queréis decir con eso?

—Da igual. Al papa ya no se le conoce como Giovanni de' Medici. Ahora es Leone X. Olvida todo lo que fue. Teme lo que puede llegar a ser. Incluso yo viví bajo su mismo techo cuando estudiaba en Florencia. Pero la orden de muerte no es una orden directa del papa. Él me envía para salvar vuestra vida. Teme que el Colegio cardenalicio actúe en su contra.

Leone X estaba preocupado por otros asuntos, ahogado por las deudas, había empezado a recurrir a la venta de indulgencias. La indulgencia de Leonardo se había pagado hacía unas tres décadas. En el Vaticano necesitaban una reflotación de la economía y días después emitió una bula. Instaba a los fieles a donar todo cuanto pudieran para financiar la obra de la basílica. Así pues, ordenó que fuera el propio Michelangelo el que le pusiera sobre aviso.

—Pero el papa es un Medici. ¡Adora el arte! Donato Bramante, que en paz descanse, fue un protegido suyo. Raffaello, gracias a su amistad con el cardenal Bibbiena, sigue gozando de ciertos privilegios en las estancias vaticanas. Incluso el gran Michelangelo Buonarroti goza de su protección aunque os falte algo de respeto para la tradición eclesiástica. Toda mi investigación científica está ligada al arte. Ciego aquel que no lo vea. Muchos han comerciado con ilusiones y falsos milagros, engañando a la estúpida multitud. Yo solo busco la verdad. Él puede convencer al Colegio cardenalicio de que estoy haciendo lo correcto.

Michelangelo sabía muy bien a qué se refería su compatriota. Parte de él trabajaba para la Iglesia. Parte de él, como Leonardo, también era un hereje.

—Buscadla lejos de aquí. Nada os retiene, Leonardo. No tenéis que demostrar nada a nadie. Y sin embargo, algo más valioso que vuestro arte y vuestro talento tenéis en juego.

—*Messer* Buonarroti, sois tan hereje como yo. Habéis arriesgado vuestra carrera y vuestra vida. Y, sin embargo, no sufrís las persecuciones que he soportado.

—¿De qué habláis? Intento salvar vuestra vida. ¿Cómo osáis entrometerme en este asunto? —Michelangelo se enojó.

—Vamos, amigo mío. Sois un excelente escultor. Bastante mejor escultor que pintor en mi opinión. Pero no sois un intérprete. Sois un neoplatónico. Y escondéis mensajes ocultos en la capilla. Hay detalles de la tradición judía y gestos obscenos. Cortejasteis años atrás a Giuliano della Rovere, conocido como Giulio II, y le convencisteis de representar aquello que solo vos queríais mostrar. Agasajarle fue fácil, fue la primera cara que pintasteis. Mas, decidme, ¿cómo sabéis representar el corte transversal de un cerebro? ¿Acaso no ejercisteis, como yo, el arte de la medicina? Dios el Todopoderoso envuelto en un cerebro gigante mientras otorga el primer halo de vida a Adán. ¿Intentando racionalizar la religión? ¿Por qué no aparece ningún personaje del Nuevo Testamento? Aún queda la pared del altar mayor. Quizá podríais en un futuro enmendar vuestro «error». Pero, por favor, no pintéis sacos de nueces en vez de cuerpos humanos.

Michelangelo calló. Leonardo, ante él, se había descubierto como un verdadero genio. Poseía información privilegiada. Memoria fotográfica. Nunca dijo nada. Nunca aprovechó sus conocimientos para pasar por encima de su competencia sin miramientos. Leonardo no utilizaba las debilidades de los demás. Solo aprovechaba sus propias virtudes. Ahora, un hombre acorralado como él se desahogaba. Michelangelo no percibió ira ni rencor en las palabras del florentino. Simplemente buscaba una explicación a su hostigada existencia.

—¿Por qué, Buonarroti? ¿Por qué? —preguntó apesadumbrado.

—No tengo respuesta.

Michelangelo era sincero.

—No me refiero al papa ni a sus secuaces, Michelangelo. Ni siquiera a tu herejía. Creemos en algo, pero no creemos en quien quieren que creamos. Me refiero a vos, ¿por qué me alertáis del peligro? ¿Por qué no dejarme a la suerte de los sicarios?

Michelangelo Buonarroti dudó. Sabía que tenía al alcance de la mano trabajar para el Vaticano. Donato Bramante, el gran arquitecto encargado de la obra más importante de la cristiandad, había muerto un año antes. Tan solo el joven Raffaello, que había sobrevivido laboralmente a la muerte del papa Giulio II, se alzaba sobre la figura del escultor de Caprese. Un paso en falso, y todo su empeño se perdería. Ni siquiera la magnífica obra de la Capilla Sistina le había ganado la total confianza del vicario de Cristo. Pero sabía que en su interior estaba haciendo lo correcto. No permitiría que se cometiese tal atrocidad.

—Os necesito vivo.

—¿Me necesitáis vivo? —La sorpresa de Leonardo era aún mayor.

—Para llegar a ser el más grande, necesito que me comparen con los más grandes, y vos, Leonardo, sois uno de ellos. No puedo permitir que desaparezca aquel a quien quiero superar. No podéis morir. No ahora, no así.

Leonardo se quedó sin palabras. Acababa de escuchar las palabras de un genio. Palabras sinceras, cargadas de verdad. Pocas veces un hombre se había enfrentado a él con tanta franqueza. Leonardo esta vez le dio más importancia al cómo que al qué. El de Vinci no ignoraba la competencia que existía entre ellos desde tiempo atrás. Lo que nunca había imaginado era que esa misma competencia le fuera a salvar la vida. Daba igual si Michelangelo lo hacía en beneficio propio. El fin era salvar la vida. Su propia vida. Daba igual el motivo.

—*Grazie mille* —se sinceró Leonardo—. Podéis marchar en paz. Tan pronto como recoja mis enseres partiré a Florencia y de allí, de nuevo, a Milán, lejos del alcance de los Estados Pontificios. Necesito la protección de los franceses.

Michelangelo no dijo nada más, como era propio de su carácter. Se dio media vuelta y, sin despedirse, se encaminó a las escaleras que le llevarían al piso superior y a la salida.

—Una cosa más…

Michelangelo se detuvo. Ni siquiera giró la cabeza. Solo esperó aquello que Leonardo tuviera que decir.

—No necesitáis comparar vuestro talento con nadie. Ya sois un genio. Comparad vuestro arte con vos mismo. Solo así os superareis una vez más.

—Si supierais cuántas veces fracasé en mis obras y cuántas veces lo volví a intentar, no me llamaríais genio.

Leonardo no vio cómo su rival cerraba los ojos y fruncía el ceño. Su orgullo no le permitía agradecer las palabras del barbudo florentino, pero, en el fondo de su ser, guardó aquellas palabras para siempre. Emprendió su camino.

—Y decidle a Salai que no tiene por qué visitar vuestro taller en secreto. El amor entre hombres es tan puro como cualquier otro —dijo Leonardo.

El ceño de Michelangelo se relajó y su rostro dibujó una leve sonrisa, sonrisa que Leonardo nunca llegó a ver. Al recobrar su semblante serio, Michelangelo volteó la cabeza.

—¿Alguna vez amasteis, Leonardo? —preguntó el escultor.

—Por supuesto —replicó el pintor.

—¿Hombre o mujer? —acotó Michelangelo.

—¿Qué más da? Solo os diré que su cadera medía treinta y dos besos.

La poesía resbalaba por cada palabra del vinciano.

Michelangelo comprendió al momento. Hombre o mujer. Dama o caballero. Lo importante era amar y ser amado. La correspondencia en el amor por encima de cualquier duda ética o moral.

La atracción de la riqueza corresponde al interés.

La atracción del físico corresponde al deseo.

La atracción de la inteligencia corresponde a la admiración.

La atracción sin un determinado porqué corresponde al amor.

Amor.

Al parecer, los dos genios tan dispares coincidían en algo. Algo intangible e inexplicable. Algo que ningún método científico o artístico podría explicar nunca.

El escultor salió de la estancia sin despedirse. No hacía falta decir más. Cualquier palabra extra hubiera empañado la belleza de aquel silencio.

Leonardo se quedó solo. Miró alrededor. Una frase de Niccolò Machiavelli le vino a la cabeza: «La clave del éxito: querer ganar, saber perder», le había dicho mientras disfrutaban de las vistas de los campos de Arezzo. Varios dibujos se dispersaban en las mesas de madera. Los ordenaría y recogería. Un cadáver esperaba una nueva inspección que nunca llegaría. Lo dejaría descansar en paz. Francesco Melzi dormía ya en las estancias superiores. Pronto sería desvelado. Salai seguía de caza en la noche. Esperarían su regreso. Leonardo, abatido, apoyó las manos sobre la mesa. Cabizbajo, perdió la vista en el infinito.

—Los Medici me han creado… Los Medici me han destruido.

De nuevo, el hormigueo le recorrió el brazo derecho. De nuevo empezó a perder parte de la sensibilidad. Aunque fuera arrastrándose, debía salir de Roma. Aunque fuera contra su destino, debía salir de Italia.

Michelangelo, con la conciencia tranquila, partió a su hogar en dirección al puente Sisto a través de la vía della Lungara, atravesando el barrio del Trastevere. Su aspecto desaliñado y su negra indumentaria le protegían de cualquier asalto en mitad de la noche. Pero de repente se encontró con una figura semidesnuda corriendo en su dirección con la mirada vuelta hacia atrás. Parecía huir de alguien. Buonarroti se apartó de la calzada y, tan pronto como el hombre alcanzó su posición, el escultor tiró de él con violencia y le introdujo en una recóndita y oscura hornacina que habría pertenecido a cualquier estatua. Le abrazó fuertemente y le tapó la boca. El hombre, presa de la locura, se intentó zafar, pero no lo consiguió. Efectivamente, un grupo de cuatro perseguidores pasó de largo en busca del joven ligero de ropa. Michelangelo esperó un tiempo prudencial y soltó a su presa, que había recuperado el aliento y se encontraba algo más calmado.

El joven se desplomó y apoyó las manos sobre las rodillas, con la espalda pesada, curvada.

—Decidme —inquirió Buonarroti—: ¿con quién fornicabais?

El hombre respiró, alzó la cabeza y miró al escultor a la cara. Tendría alrededor de treinta y cinco años.

—¿Cómo sabéis que vengo de fornicar?

—Es fácil. Fornido, hermoso, sin ropa. No os ha dado tiempo a vestiros, por lo que supongo que os han sorprendido en plena faena. Cuatro personas detrás de vos significa que elegís bien a las presas. Algún o alguna noble. No me miréis así. Soy florentino, tampoco tendría escrúpulos.

—Estáis en lo cierto, señor. Gracias por salvar mi vida. Es muy incómodo correr con la verga suelta.

Michelangelo se deshizo del jubón y se lo tendió. De buena gana, el hombre recogió el presente y se lo enrolló a la cintura.

—*Grazie, messer...*

—Me llamo Michelangelo Buonarroti, Salai. Nos conocimos hace diez años en el palacio de la Signoria. Reíais las gracias de vuestro bufón Leonardo da Vinci. Ahora veo que no os reís de nada.

Gian Giacomo Caprotti da Oreno se quedó estupefacto. Efectivamente conocía a ese hombre de mucho tiempo atrás. El tiempo no le había tratado bien. Su fama era extremadamente conocida gracias a los trabajos de la Capilla Sistina, pero no pensó que volvería a verle. La reputación de su genio y malhumor era tan grande como la de su talento, y sin embargo, allí estaba él, recién salvado por el ogro de Florencia.

—*Messer* Buonarroti, yo...

Salai estaba ruborizado. La providencia, de algún modo u otro, le había perdonado. Si en un tiempo atrás sus risas habían humillado al escultor, ahora necesitaba demostrar su gratitud. Michelangelo zanjó la conversación.

—Corred, ya sabéis dónde está el taller del maestro. Necesitará ayuda. Y vos también.

—Pero...

—¡Corred! Ya he salvado dos vidas esta noche. ¡Estoy empezando a cansarme!

Salai, precipitadamente, inició de nuevo una carrera en dirección al taller de Leonardo da Vinci. Buonarroti dio media vuelta y prosiguió su camino.

—¡Ay, bendito Leonardo, que crees saberlo todo! Ese pánfilo no entraría en mi taller ni por todo el mármol del mundo. Espero que cuando llegue el momento, no sea de él de quien dependa vuestra vida.

Meses después del último encuentro entre Leonardo da Vinci y Michelangelo Buonarroti, la pequeña población italiana de Melegnano, al sur de Milán, viviría una de sus semanas más nefastas. La Confederación Suiza, propietaria del Milanesado, recibiría la carga de los ejércitos aliados de Francisco I de Francia, incluyendo a los venecianos. Algunos comparaban al joven rey francés con Aníbal, cruzando los Alpes con su ejército y sus sesenta cañones. El ejército suizo gozaba de gran popularidad en Europa. Era una milicia casi invencible, pero al parecer sus días de gloria llegaban a su fin. Los mercenarios suizos se veían sobrepasados por las huestes de Francisco I, que había conseguido reunir a más de treinta mil hombres días atrás en la ciudad de Lyon.

En un principio, la estrategia ofensiva de los confederados dio su fruto, a pesar de encontrarse con una evidente inferioridad numérica. El ejército de Francisco I aguantaba cuanto podía la posición, y se replegaba poco a poco cuando era necesario.

Los sesenta cañones de bronce hicieron su cometido. Galiot de Genouillac abría grandes huecos entre el grueso del ejército enemigo, y cientos de mercenarios caían sobre la munición de su artillería. El sonido era similar a una tormenta, pero, esta vez, la lluvia era de plomo sobre sus cabezas. Aun así, faltaba el golpe de efecto. A la voz de «¡*San Marco!*», el ejército confederado se vio sorprendido en su retaguardia. El ejército veneciano reventó en una última ofensiva toda esperanza de los suizos, que, aún con la sorpresa mezclada con carne y sangre, se retiraron de la batalla. La combinación de artillería pesada y caballería resultó demoledora. Las ofensivas de las columnas de piqueros nada pudieron hacer.

Massimiliano Sforza fue derrotado. Francisco I se alzó victorioso. La primera gran victoria de su aún joven reinado. Una victoria con un alto coste, por otra parte. Más de quince mil cuerpos yacían en tierra. Un número demasiado elevado para solo dos jornadas de combate, fueran quienes fuesen los que yacían sobre sangre, lodo y lágrimas.

Esta épica victoria sería recordada en los años venideros gracias a la composición poética de Clément Janequin, un compositor muy del agrado del joven Francisco I.

Tardaría una década en publicarla, pero sus versos recorrerían miles de oídos orgullosos de tales hazañas, bajo el nombre de «La guerre» o «La Bataille de Marignan».

Escoutez, tous gentilz Galloys,	Escuchad todos, amables muchachos,
la victoire du noble roy Françoys.	la victoria del noble rey Francisco.
Et orrez, si bien escoutez,	Y oiréis, si escucháis bien,
des coups ruez de tous costez.	los golpes que llegan de todos lados.

Phiffres, soufflez, frappez.	Pífanos, soplidos, golpes.
Tambours toujours!	¡Tambores sin parar!
Avanturiers, bons compagnons,	Soldados, buenos compañeros,
ensemble croisez vos bastons,	juntos levantad vuestros bastones,
bendez soudain, gentilz Gascons.	uníos rápidamente, gentiles gascones.
Nobles, sautez dens les arçons.	Nobles, saltad en las sillas,
La lance au poing, hardiz et promptz,	la lanza empuñad, intrépida y pronta,
comme lyons!	¡como leones!
Haquebutiers, faictes voz sons!	Arcabuceros, ¡lanzad vuestro sonido!
Armes bouclez, frisques mignons,	Preparad vuestras armas, pequeños.
Donnez dedans !Frappez dedans!	¡Pegadles! ¡Golpeadles!
Alarme, alarme!	¡A las armas, a las armas!
Soyez hardiz, en joye mis.	Sed intrépidos, alegres.
Chascun s'asaisonne.	Cada cual se engalane.
La fleur de lys,	La flor de lis,
fleur de hault pris,	flor de alto precio,
y est en personne.	está aquí en persona.
Suivez Françoys,	Seguid, franceses,
le roy Françoys.	al rey Francisco.
Suivez la couronne!	¡Seguid a la corona!
Sonnez trompetes et clarons,	Que suenen trompetas y clarines,
pour resjouyr les compagnons,	para alegrar a los compañeros,
les cons, les cons, les compagnons.	a los com, com, compañeros.

Fan frere le le fan,
fan fan feyne,
fa ri ra ri ra.
A l'estandart,
tost avan,
Boutez selle,
gens d'armes à cheval,
Frere le le lan.

Bruyez, tonnez,
bombardes et canons.
Tonnez gros courtaux et faul-
                    [cons,
pour secourir les compaignons.

Von pa ti pa toc,
ta ri ra ri ra ri ra reyne,
pon, pon, pon, pon,
courage, courage, donnez des
                    [horions.

Chipe, chope, torche, lorgne,
pa ti pa toc,
tricque, trac zin zin.
Tue! àmort ; serre.
Courage, prenez,
frapez, tuez.

Fan frere le le fan,
fan fan feyne,
fa ri ra ri ra,
tras el estandarte,
todos adelante.
Saltad a la montura,
gentes de armas [guerreros] a caballo,
frere le le lan.

Gritad, tronad,
bombardas y cañones.
Lanzad fuertemente cañones
                    [grandes y pequeños,
para socorrer a los compañeros.

Von pa ti pa toc,
ta ri ra ri ra ri ra reyne,
pon, pon, pon, pon,
valor, valor, dadles en la
                    [cabeza.

Presiona, coge, golpea, destrózalos,
pa ti pa toc,
tricque, trac zin zin.
¡Mátalos! ¡Muerte, presión!
Sacad el coraje,
golpead, matad.

Gentilz gallans, soyez vaillans,	Buenos compañeros, sed valientes,
frapez dessus, ruez dessus.	abalanzaos y golpead fuerte.
Fers émoluz, chiques dessus.	Hierros candentes, luchad sin tregua.
Alarme, alarme !	¡A las armas, a las armas!
Ils sont confuz, its sont perduz,	Ellos están confusos, están perdidos,
els monstrent les talons.	muestran los talones.
Escampe toute frelore,	Huyen, completamente débiles,
la tintelore.	haciendo sonar las armaduras.
Ilz sont deffaictz.	Están derrotados.
Victoire au noble roy Françoys,	Victoria al noble rey Francisco.
escampe toute frelore bigot.	Huyen. ¡Todo se ha perdido!

Una vez se disipó el olor a batalla, procedieron a la recuperación de los territorios que, según Francisco I, pertenecían a su esposa Claudia de Orleans. El rey francés solo pidió una cosa. Años atrás, el anterior rey de Francia, Luis XII, se había empeñado en tener a su servicio a Leonardo da Vinci. A punto había estado de conseguirlo en el año 1507 de Nuestro Señor, pero la invasión de Milán por parte del ejército suizo hizo que sus sueños se disiparan y tuviera que regresar a tierras francesas. Luis XII de Francia sabía que Leonardo da Vinci era alguien especial, y Francisco I también tenía este conocimiento, aconsejado como estaba por sus más cercanos consejeros Gianfrancesco Conti, Christophe Longueuil y François Desmoulins. Y por eso lo único que pidió el rey fue que el maestro florentino pasara a formar parte de su séquito real.

La oferta fue presentada formal y personalmente meses después, durante la jornada del 17 de diciembre de ese mismo año. El artista aprovechó la información facilitada por amigos milaneses y por el propio Michelangelo, y se presentó en la conferencia que tuvo lugar en la ciudad de Bolonia entre Francisco I, con solo veintiún años, y el papa Leone X. La sorpresa de este último fue mayúscula, pues no esperaba encontrarse a nadie inesperado en aquella reunión, y mucho menos a Leonardo da Vinci. El papa no era ajeno a los crímenes que se cometían en nombre de Dios, pero se alegró de ver al anciano aún con vida.

Michelangelo Buonarroti había cumplido su cometido.

36

El Concejo, justicia, regidores, caballeros de la noble villa
de Valladolid, vuestros leales vasallos y servidores, besa-
mos las reales manos de Vuestra Alteza, a los cuales ha
quedado gran tristeza y sentimiento de la muerte de vues-
tro abuelo, por ser esta villa el quicio en que se rodea la
justicia de estos Reinos. Rogamos venga Vuestra Alteza lo
más presto que se pueda, pues con vuestra real persona
haréis a España señora de muchas tierras, y ella, a Vues-
tra Alteza, señora del mundo.

Reguría de la Villa de Valladolid

Atrás quedaba la Regencia del cardenal Cisneros en Castilla tras la muerte de Fernando II de Aragón, *el Católico.*
El joven príncipe Carlos venía desde Flandes para acceder
al trono. La insurrección en Valladolid hizo desistir al
cardenal de formar un ejército de treinta mil hombres
para dotar a Castilla de una independencia militar. Asi-

mismo, el arzobispo Alonso de Aragón dejaba sitio al nuevo príncipe.

Valladolid, para muchos la ciudad más honorable de toda España, pues era sede de los serenísimos e ilustres hombres del rey y, por ello, estaba adornada de magníficos edificios más espléndidamente construidos que en otras ciudades de España, había servido tanto a nobles como al culto divino. Ciudad de iglesias, conventos, palacios privados y monasterios divididos para hombres y mujeres. Casi cuatrocientas casas señoriales de piedra y edificios ilustres, adornados con los escudos de armas de las principales familias nobiliarias. Los marqueses de Astorga, Villafranca, Denia, Viana, Villasantes, Poza y Villaverde disfrutaban de sus enormes patios. Tenía también Valladolid abundancia de trabajadores y comerciantes, y, por el producto del suelo y además por el caudaloso Pisuerga donde en época estival solían celebrarse multitudinarias fiestas, recibía beneficios nada despreciables. Su imprenta rivalizaba con las de las ciudades de Toledo, Sevilla y Salamanca y su universidad, fundada en el año 1346 de Nuestro Señor, se había liberado de la regiduría eclesiástica y ahora eran los humanistas los que impartían las cátedras.

Pero eran tiempos complicados para una estabilidad pacífica en cualquier lugar del mundo; tiempos en los que tres potencias se repartían el Mediterráneo y Europa. La España de Carlos, la Francia de Francisco y la Turquía de Solimán el Magnífico, hijo del sultán otomano Selim I, que se hallaba en sus últimos meses de vida debido a una infección de piel.

Los arsenales crecían por doquier. Francisco I tenía el arsenal principal en Le Creusot. Carlos, sin embargo, había optado por la confianza germánica, situando sus depósitos en Alemania, Flandes y Medina del Campo. Por último, Solimán se había hecho fuerte en Constantinopla, Alepo y Alejandría.

Las noticias que llegaban a tierras españolas sobre el hombre que estaba a punto de convertirse en nuevo rey volaban de boca en boca. Al parecer, era un hombre que comía por las mañanas al despertarse una escudilla de caldo de gallina enriquecida con leche, azúcar y especias. Tras ese desayuno, volvía a dormir. Al mediodía, tras despertarse de nuevo, solía comer gran variedad de platos. Tomaba la merienda algo después de la hora de las vísperas y a la una de la madrugada cenaba. Gustaba de todo tipo de frutas y muchas confituras después de las comidas. Solo bebía tres veces al día, pero mucho cada vez. La descripción casi enfermiza de comilón se expandió por las tierras de España. Nadie lo atestiguaría. Comía siempre solo. Esa era la imagen que tenían los españoles de Carlos I, hijo de Juana I y Felipe I de Castilla.

Sin embargo, no sería recibido como un extranjero. Fernando II de Aragón, mediante testamento, le nombraba gobernador y administrador de los reinos de Castilla y León y gobernador general de la Corona de Aragón. El mismo Carlos portaba bajo el brazo la bula papal *Pacificus et aeternum* otorgada por Leone X, quien, de una manera u otra, le legitimaba como rey de España.

Gaspar Contarini, diplomático de la República de Venecia y de los Estados Pontificios, lo describía así:

«Es de estatura mediana, mas no muy grande, ni pequeño, blanco, de color más bien pálido que rubicundo; de cuerpo, bien proporcionado, bellísima pierna, buen brazo, la nariz un poco aguileña, pero poco; los ojos ávidos, el aspecto grave, pero ni cruel ni severo; ni en él otra parte del cuerpo se puede inculpar, excepto el mentón y también toda su faz interior, la cual es tan ancha y tan larga, que no parece natural de aquel cuerpo; pero parece postiza, donde ocurre que no puede, cerrando la boca, unir los dientes inferiores con los superiores; pero los separa un espacio del grosor de un diente, donde, en el hablar, máxime en el acabar de la cláusula, balbucea alguna palabra, la cual no se entiende muy bien».

Tras una breve visita a su madre en Tordesillas, donde se hallaba recluida por presunta enfermedad mental, Carlos partió a Valladolid. Antes de dejar Tordesillas, su madre firmó el acta donde reconocía a su hijo como nuevo gobernador, evitando problemas mayores en las tierras de Castilla. Fue una brillante gestión de su chambelán, el cardenal y obispo de Cambray Guillaume Jacques de Croy. Desgraciadamente, el cardenal Francisco Jiménez de Cisneros nunca llegaría a recibir al nuevo rey. Fallecería meses antes de la llegada del nuevo monarca, a la edad de ochenta y un años.

Las Cortes de Valladolid sirvieron para dos cosas. La primera de ellas, recordar al joven nuevo rey que Juana I de Castilla seguía siendo la reina, con privilegios y poderes mayores que los suyos a pesar de su reclusión. En segundo lugar, hacer peticiones formales a un Carlos I de pelo áspero y ralo, y signos evidentes de prognatismo. Entre ellas:

- Debía aprender a hablar castellano en tierras de Castilla, pues dominaba el flamenco y el francés. Debía saber comunicarse con sus vasallos y el nuevo monarca solo llevaba estudiando la lengua un año.

- Debían cesar los nombramientos a personas provenientes del extranjero. Los castellanos tendrían que ser prioridad.

- Había que prohibir de manera inmediata la salida de metales preciosos y animales de carga de las tierras de Castilla.

- Habría de tener un trato más respetuoso para con su madre. Ella era la reina.

Se celebraron fiestas, banquetes y torneos con la proclamación del nuevo rey y, pocos meses después, las Cortes de Aragón también aceptaron su regencia. Acto seguido, Carlos comenzó a violar las condiciones de Castilla. El nombramiento del sobrino de su mentor, director y chambelán, el cardenal y obispo de Cambray Guillaume Jacques de

Croy, como arzobispo de Toledo encendió a la opinión pública, en especial la de grandes de Castilla como el almirante hereditario de Castilla Fadrique Enríquez de Cabrera o el condestable de Castilla Íñigo Fernández de Velasco. Estos, con sus grandes y pesadas cadenas de oro y sus prendas de colores poco discretos, típicos de los tiempos que corrían en Valladolid, pusieron el grito en el cielo. No contento con ello, el nuevo rey nombró a su médico Marliano obispo de Tuy, y a Adriano, su expreceptor, obispo de Tortosa. Acalló unas cuantas voces renovando el Palacio de los Vivero, lugar donde sus abuelos se casaron y unieron las coronas de Castilla y Aragón, y la iglesia conventual de San Pablo, ambos en Valladolid. Carlos I era larguirucho, algo desgarbado. Pero implacable. Tras su partida hacia tierras catalanas, el descontento seguía vigente.

De una u otra manera, Carlos I debía ocupar el puesto dejado por el gran cardenal Pedro González de Mendoza, mecenas y precursor de las corrientes renacentistas en España. El gran arquitecto Juan Guas había fallecido, y se necesitaban artistas que levantaran la gloria artística de las tierras españolas. Francesco Florentino, afincado en Murcia, tenía todas las papeletas.

La primera orden que dio Carlos I como rey fue prohibir que se le llamara «alteza». Ese era un término anclado en la Edad Media. Habrían de dirigirse a él como «majestad».

Leone X concedió la bula papal *Pacificus et aeternum* a su majestad el rey Carlos I. En aquellos momentos no podía pensar que había creado un monstruo contra la Santa Sede, ni siquiera pensar que, al menos, había contribuido a ello. Y, en realidad, nunca llegaría a verlo. En cambio, sí sería testigo del cisma provocado por el teólogo y fraile católico agustino Martín Lutero. En un intento de volver a las antiguas enseñanzas de los textos sagrados, Lutero criticó públicamente la nueva forma de financiación de la Santa Sede: la venta de indulgencias. Con el fin de sufragar los gastos de la construcción de la nueva basílica de San Pietro y otros tantos gastos de la curia afincada en Roma, la representación de Cristo en la tierra se afanaba por vender absoluciones en papel por un precio, prostituyendo el verdadero mensaje del hijo de Dios y mercantilizando el evangelio.

Lutero se erigió como adalid de la reforma que debía llevarse a cabo en el seno de la Iglesia, volviendo a instaurar la necesidad del verdadero y el sincero arrepentimiento de pecador, condenando la compra de la limpieza de espíritu por un puñado de monedas.

Apenas unos meses antes había clavado su carta *Cuestionamiento al poder y eficacia de las indulgencias*, que más tarde sería conocida en toda Europa como las *95 tesis*, en las puertas de la iglesia del Palacio. Cualquiera que se situara frente a ellas podría leer el pensamiento del fraile.

Asimismo envió una copia al arzobispo de Maguncia y al mismo papa, cuya única respuesta fue: «Martín Lutero, quien escribió las tesis, es un borracho alemán que cambiará de parecer cuando esté sobrio».

Sin embargo el alemán, lejos de estar en un estado de embriaguez se mantuvo firme en sus ideales y no cesó en sus actividades. Leone X no tuvo elección y debido a la gravedad del asunto envió a Silvestre Mazzolini a investigar la influencia del teólogo.

Ajeno al conflicto religioso que se estaba produciendo en Europa, un artista bipolar que se debatía entre la creencia y el ateísmo pronunciaba sus últimas palabras. Leonardo da Vinci se moría.

37

Amboise y Roma, 1519

Mansión de Clos-Lucé, Amboise

El aire que se respiraba en aquella habitación tenía un olor a despedida y un sabor amargo. François Desmoulins, la personificación del protocolo en la corte real, hacía un titánico esfuerzo por mantener la compostura. No había sido del círculo de confianza del casi extinto maestro florentino, pero le profesaba un cariño solo por cómo se trataban su alumno y a la vez señor de Francia y él. A los pocos meses de instalarse en los dominios franceses de Francisco, se podía leer en la cara del avezado artista italiano la expresión más sincera de agradecimiento por un mecenazgo que nunca había tenido parangón en su tierra natal.

—No soy yo quién para dar consejos a un rey, eso es trabajo de otros, que muy posiblemente lo hagan mejor que yo —dijo Leonardo señalando con su única mano útil a la figura de François, que en ese momento salía de sus pensamientos—. Pero déjeme decirle, majestad, qué tenéis que hacer para adquirir en esta, su juventud, lo que disminuirá el daño de su vejez. Vos, amante de las letras y las artes, y que creéis que la vejez tiene por alimento la sabiduría, haced lo que fuera posible e imposible en vuestra juventud de tal modo que a vuestra vejez, majestad, no le falte tal sustento.

—Así haré, *maître* Leonardo...

El nudo en la garganta le impedía hablar. Ni siquiera el utilizar sesenta cañones de bronce contra veinte mil soldados pertenecientes a los ejércitos de los tres contingentes de los confederados en la batalla por Milán le había dejado sin palabras.

—Kekko, amigo mío —se dirigió entonces a Melzi—, dispón de todo tal y como hemos decidido. Ahora tú eres el protector.

Las pausas entre palabra y palabra cada vez eran más agudas.

—Así se hará, maestro —asintió de manera más sentimental que profesional Francesco—. Todo está preparado. Podéis descansar en paz.

Leonardo se giró a su vetusta sirvienta. Antes de abrir la boca, la abrazó con una enorme sonrisa. Mathurina se secaba las lágrimas con un paño, el mismo que, días después, le sería entregado de una manera especial.

—Mathurina, manda mis cumplidos a Bautista de Villanis, que cuide de Milán y de Salai. Y a vos, constante compañera, gracias por cada palabra de alianza que me habéis dedicado.

Ni siquiera la tos del maestro ensuciaba la atmósfera de cariño.

—A veces, al igual que las palabras tienen doble sentido, las telas están modeladas con doble forro.

Nadie entendió nada, ni siquiera Mathurina. Tampoco los allí presentes hicieron un esfuerzo para entender el enigma de sus palabras. Tarde o temprano, alguien se llevaría una sorpresa, o el maestro se llevaría el resultado del acertijo a la tumba.

—Leonardo, he dado la orden de iniciar vuestro proyecto. El castillo de Chambord se empezará a construir tan pronto como dispongamos de lo necesario. Domenico está ansioso por visualizar su trabajo arquitectónico fusionado con vuestra escalera de doble hélice. Francia e Italia todo en uno. A pesar de la dificultad que suponía crear algo partiendo de la nada, os aseguro que será un éxito, *mon ami*.

Francisco I le regaló estas bellas palabras. Sabía de sobra que Leonardo nunca llegaría a ver la obra terminada. Ni siquiera llegaría a ver el ocaso del sol. Aun así, daba por hecho que una buena noticia alegraría los oídos receptivos de su sabio amigo. Sin embargo, el rey no estaba preparado para escuchar las palabras que serían pronunciadas a continuación:

—Majestad, no he perdido contra la dificultad de los retos. Solo he perdido contra el tiempo... —dijo Leonardo restando importancia a las noticias de Chambord.

—*Maître*, prefiero que me llaméis Francesco.

Aquel fue un acto de humildad que Leonardo supo gratificar con la más cálida de sus miradas.

—Así sea, querido Francesco, así sea —y, cerrando los ojos, continuó—: Kekko..., acercaos...

Su ayudante se acercó raudo. En ese breve espacio de tiempo, Francesco Melzi obvió la existencia del rey de Francia, y el mismo Francisco I ignoró cualquier ausencia de formalidad.

—Decidme, maestro..., ¿qué necesitáis? —preguntó como si el tiempo se parara solo para complacer a su instructor.

—Solo un abrazo, amigo mío. Solo un abrazo —respondió Leonardo con un delicado tono de voz.

Cuando Melzi se inclinó apaciblemente sobre el cuerpo de su mentor, se creó tal fusión que cualquier pareja de amantes hubiera recelado. Pero lejos de cualquier libido, allí se respiraba cariño, respeto, admiración y dolor, mucho dolor.

—Kekko, amigo mío. No estéis tan triste. —Leonardo intentó apaciguar a su joven incondicional con bellas palabras—. Viviré cada vez que habléis de mí. Recordadme. —Y le guiñó un ojo cargado de complicidad.

Leonardo inhaló de tal manera que los camaradas allí presentes supieron al instante que no vería un nuevo amanecer; que se le escapaba la vida. Después de tanto sufrimiento y tanta persecución. Después de tanto mensaje cifrado y tanta pincelada para la historia. Leonardo da Vinci llegaba a su fin.

—Francesco..., amigos... Ha llegado la hora —venerable y vulnerable a la vez, Leonardo estaba preparado para partir—... de que andéis el camino sin mí.

—¡Maestro! —gritó Melzi sin reprimir sollozo alguno.

—*Maître... mon père...*

Las siguientes palabras del rey se ahogaron no solo en su propio mar de lágrimas, sino en el océano que se fusionaba con las lágrimas de los demás.

—Ha llegado la hora... de volar...

Y voló. Más alto y más lejos que nunca. Un vuelo solo de ida. Un vuelo que, tarde o temprano, todos tomaremos. Un silencio sepulcral invadió la sala. A veces, Dios llama a sus ángeles demasiado pronto.

François Desmoulins, como si de un fantasma se tratara, dio media vuelta y, sigilosamente, atravesó la puerta que acto seguido cerró con extrema precaución. No quiso usurpar ninguna intimidad. Mathurina empapó de lágrimas el paño, que ya no enjuagaba líquido alguno. Francisco I guardó silencio. Un silencio cortés y admirable. Un silencio que lo decía todo. Francesco Melzi, *Kekko*, se derrumbó en el suelo al pie de la cama con el guiño cómplice revoloteando por su memoria. Leonardo da Vinci conquistó el cielo anclado al suelo.

La noticia no tardó en llegar a suelo romano.

Roma

Agostino Chigi se había labrado un presente envidiable por muchos. Gracias a su padre, Mariano, mercader, aprendió el oficio de la contabilidad, y pronto probó fortuna como aprendiz del gran banquero romano Ambrogio

Spannocchi. Trabajó inspirado por el sacrificio y la perseverancia hasta superar a su maestro y se codeó con los Borgia, llegando a financiar las campañas bélicas de Cesare. Este hecho le situó en la élite, pues las arcas vaticanas necesitaban a alguien arriesgado y sin escrúpulos. Ese hombre era Chigi. En el año 1502 de Nuestro Señor fundó su propio banco y ejerció como maestro de ceremonias en las fiestas más desenfrenadas de las estancias de San Pietro. Unió su talento bancario y diplomático con el mecenazgo, que le procuró una buena amistad con Raffaello Sanzio. Giulio II le convirtió en ministro de Finanzas, y el propio Leone X ofició su boda con la prostituta que le desposó, Francesca Ordeaschi. Leone X no se podía negar. Gracias a las donaciones de Chigi, el papa había convertido la ciudad de Roma en un banquete de orgías.

Toda la información que pasaba por Roma llegaba primero a oídos de Chigi, quien tenía posición ventajosa si de finanzas se trataba. En esta ocasión no fue así, pues no sacaría tajada de la noticia de la muerte del de Vinci. Fue él mismo quien se encargó de avisar a su amigo Raffaello, pues sabía de su admiración por el maestro florentino. Fue un duro golpe para el joven Sanzio, pues de él había aprendido no solo arte pictórico, sino también el arte de embelesar en una conversación. Aún afligido, no se dio por vencido. Siete años habían transcurrido desde la última vez que cruzó palabra con Buonarroti. En el centro de la Capilla Sistina, las últimas palabras del escultor de Caprese aún resonaban en su memoria:

«—¿Recordáis, Raffaello, nuestro encuentro en Florencia años atrás?

»—Por supuesto. ¿Cómo olvidarlo? Año 1504 de Nuestro Señor.

»—¿Recordáis, pues, el consejo que os di?

»—Así es: "Desde que amanece estamos obligados a pensar: hoy me encontraré con un indiscreto, un ingrato, un insolente, un envidioso y un egoísta".

»—Buena memoria, Raffaello Sanzio, *buona* memoria. Hoy, con vuestra visita, ya me encontré con todos ellos».

Nunca más cruzaron palabra. Nunca más volvieron a encontrarse. No importaba de cuál de los dos venía la iniciativa cada vez, pero siempre se habían evitado. Buonarroti lo tenía más fácil, pues sus viajes a Florencia eran constantes, mientras que Raffaello se había asentado definitivamente en Roma, en una muy cómoda posición.

Esta vez, Raffaello decidió que pondría fin a aquella situación. Creía, estaba absolutamente convencido, que era él quien debía hacer llegar la noticia al maestro Buonarroti. Por alguna razón que el joven Raffaello no alcanzaba a comprender, los Estados Italianos ensalzaban a la Trinidad del Arte: Buonarroti, Da Vinci y Sanzio. El joven aún no entendía qué hacía entre dos titanes que pasarían a la historia, pero Buonarroti debía conocer la mala nueva de su boca. Sin pensárselo dos veces, agradeció la filtración de Agostino Chigi y partió rumbo al taller de Buonarroti.

—*Messer* Buonarroti, *buonasera*.

—Maldita sea —dijo refunfuñando un Michelangelo que ya contaba con cuarenta y cuatro años—. Os habéis convertido en todo un hombre.

Pareciera como si el maestro Buonarroti, cerca de la chimenea, jugase con las ascuas. No hacía demasiado frío, por lo que Raffaello no entendió la actitud de escultor. Encima de la mesa, había un enorme legajo de cartones a los que no prestó demasiada atención.

—Gracias, maestro.

—No era un cumplido, Sanzio. No me refería a la edad, ni siquiera al aspecto. Hoy os habéis convertido en un hombre por tener los santos cojones de plantaros aquí, en mi taller, y hablarme a la cara. ¿Cuánto hace ya? Me refiero a nuestra última conversación en la capilla…

—Siete años, maestro.

En ningún momento tenía pensado Raffaello faltar el respeto a Buonarroti.

Michelangelo no se dignó a levantarse de su silla, cercana a la lumbre, ni siquiera para estrechar la mano o mantener la mirada al joven artista.

—Siete años ya… Habéis aprovechado bien el tiempo. ¿Lamiendo culos?

—Pintando.

La actitud de Sanzio era inquebrantable.

—Ah, sí, el noble arte de pintar. Cierto. ¿Qué os trae ante mí? ¿Queréis que os ayude con algún encargo que no sois capaces de hacer si no es mediante los ayudantes de vuestro taller?

—No lo conseguiréis, maestro.

Ahora Buonarroti sí le dirigió la mirada, aunque sin levantarse.

—¿No conseguiré qué?

—Enojarme. No aquí, no ante vos. Sois el más grande, pero para vivir, para crear, necesitáis estar atormentando a todo el mundo. Yo, humildemente, para crear y vivir solo necesito armonía y gente que me dé cariño. No lo conseguiréis.

—¡Maldita vuestra perfección, Raffaello! Todo el mundo habla bien de vos y, sin embargo, no saben lo que hay debajo de esa piel. El hombre es como el mármol. Antes de embarcarse en algo o alguien, hay que conocerlo bien y saber todo lo que hay dentro. De tal modo que si hay burbujas de aire, es que estoy perdiendo mi tiempo. ¿Hay alguna burbuja en vuestro interior, *messer* Sanzio?

—No.

—¿De verdad? Tenéis fama de ser uno de los grandes artistas que ha visto nuestra tierra italiana, tenéis fama de ser un caballero que nunca falta a la palabra dada, pero también tenéis fama de ser un ávido fornicador. ¡Cuidado! La pasión también mata. El amor mata. El sexo mata.

Raffaello Sanzio sabía que Michelangelo no estaba equivocado del todo. Sin embargo, intentó no alargar la conversación. Buonarroti, con el fin de no mostrar sus puntos débiles, había pasado al ataque, y mantenía una conversación manipuladora.

—Maestro Buonarroti, Leonardo da Vinci ha muerto.

Los ojos de Buonarroti se abrieron como platos. Esperaba cualquier cosa menos a Raffaello portando tan estremecedora noticia.

—¿Disculpad?

—Como oís. El maestro florentino ha fallecido en Amboise, tierras francesas.

—Pero… ¿cómo…?

—Muerte natural al parecer.

Buonarroti respiró aliviado. Por un momento, su cabeza se imaginó lo peor. Pensó en Leone X y en la tarea que le encomendó con el fin de que el Colegio cardenalicio no cometiera homicidio. Había tenido éxito. Con la parca no se podía competir.

La noticia le afectó. Raffaello pudo verlo, y se alegró. El monstruo de piedra que había conseguido pintar por sí solo toda la bóveda de la Capilla Sistina era de carne y hueso. Sufría. Y Raffaello se alegraba de ello. No por el acto de sufrir sin más, sino porque aquello le confirmaba que admiraba a un hombre y no a un demonio. No esperaba mucha más conversación y se dispuso a marcharse sin añadir nada más. Antes de alcanzar la puerta, la voz de Buonarroti resonó una última vez en su taller. Sanzio se acordó de la misma escena siete años atrás y se esperó lo peor. Pero se equivocó.

—*Grazie mille*, Raffaello.

La flecha de gratitud atravesó el corazón del joven pintor. Recuperó la esperanza. La muerte de Leonardo da Vinci, sin saberlo el propio maestro florentino, había derribado un muro inquebrantable. La rocosa piel de Buonarroti había sido atravesada y sintió un pellizco en el corazón. Definitivamente, Buonarroti era un ser humano. Casi divino, pero humano al fin y al cabo. Esa era su grandeza.

Raffaello se marchó y se cruzó por el camino con un joven Benvenuto Cellini, que se dirigía con paso ligero al mismo taller de Buonarroti. El casi veinteañero entró con discreción en el taller del maestro. Rara era la vez que no se encontraba por allí con Sebastiano Luciani o Leonardo Sellaio, ambos discípulos más que amigos del maestro Michelagenlo. Se encontró al escultor pasándose un trozo de tela por los ojos.

—Maestro, ¿estáis bien?

—Sí —contestó Buonarroti mientras se acercaba a la chimenea—. Las ascuas me han humedecido los ojos. Sabéis que mi vista no es la misma desde la maldita condena de la capilla.

—¿Necesitáis algo?

—Nada de lo que no pueda ocuparme yo mismo. Sentaos y servíos lo que queráis.

—¿Qué hacéis, si no es mucha indiscreción, frente a la chimenea? ¿Qué es todo ese legajo de papeles?

—Nada que sea de interés.

Indiferente, siguió tirando pequeños legajos de papel al fuego.

En un rápido e insubordinado movimiento, Cellini alcanzó uno de los pequeños cartones que se revolvían en el puñado a punto de arder.

—Maestro Buonarroti… Esto es… inadmisible.

Buonarroti, de un tirón, arrancó el papel de las manos del joven Cellini. Sus ojos minutos atrás enjugados de lágrimas mostraban ahora una ira cuyas llamas casi competían con las ascuas de las chimeneas.

—No volváis a hacer eso nunca, o no volveréis a este taller en vuestra vida.

—Pero, maestro…, son los cartones preparatorios de la bóveda de la Capilla Sistina. Deberían pasar a la posteridad.

—No tengo ninguna intención de eso. No quiero que copien mi trabajo. No quiero que nadie me diga cómo hice o cómo dejé de hacer tal cosa. Es mi trabajo y soy el único que puede decidir su destino: el fuego. Y ahora hablad y decidme qué diablos hacéis aquí si no queréis acabar como esos cartones.

Cellini se colocó correctamente en la silla, a una distancia prudente de los cartones que aún esperaban su paso por la pira.

—¿Cómo os fue en Florencia?

—Bien, todo bien. Terminé el *Cristo de la Minerva*, cobré el encargo y vine aquí de nuevo. ¿Eso es todo lo que os trae por aquí?

—En realidad no, maestro. Veréis, Pietro Torrigiano contactó conmigo.

No podía ser verdad. En una misma tarde tenía la desdicha de recibir noticias de sus dos enemigos públicos principales. Por desgracia, uno había muerto. Por desgracia, el otro seguía con vida. Pietro Torrigiano…, ¿cuándo era la última vez que se había cruzado con aquel hijo de mil rameras? Posiblemente hacía ya veinte años de aquello, cuando presentó su *Pietà* en la capilla de Santa Petronilla en presencia de Alessandro VI. Veinte años, tres papas y trescientas figuras en una bóveda separaban aquel momento del presente.

—¿Qué..., qué quería?

—Aunque parezca mentira, alguien le habló de mí como escultor.

—¿Escultor? No me hagáis reír. Sois orfebre. La palabra escultor aún os queda grande.

—Sea como fuera, maestro, me pidió que fuera con él a tierras inglesas para terminar el monumento funerario de Enrique VIII, en la capilla de San Jorge del castillo de Windsor.

—¿Qué le habéis contestado?

—¿Qué creéis? Por supuesto que le he dicho que no. Tiene un carácter demasiado violento.

—Yo también —contestó Buonarroti sin apartar la mirada ni avergonzarse de aquel comentario.

—Vos solo podéis infligir daño con la lengua. Mientras no soltéis vuestro puño, sois la mejor opción que un hombre como yo puede tener.

Michelangelo no pudo reprimir una breve sonrisa. Sin duda, era una tarde con un torbellino de emociones.

—¿Dijo algo más Torrigiano?

—Poco más. Tras cumplir su encargo en Inglaterra, partirá hacia España. Al parecer hay bastante trabajo allí.

—Sí, y mucha Inquisición. No caerá esa breva.

El escultor tenía memoria. También rencor.

—Nada más por el momento, maestro —dijo abandonando de un salto su asiento, y se dispuso a marchar—. Pensé que deberíais saberlo.

—*Grazie*, Cellini. Sois un aprendiz fiel.

Benvenuto Cellini hizo una breve pausa en su despedida.

—¿Estáis enfermo, maestro?

—¿Por qué lo decís?

Cellini sonrió antes de pronunciar palabra.

—¿He oído la palabra *grazie*?

Buonarroti tomó un último legajo de cartones y lo lanzó violentamente hacia Cellini, quien, de manera ágil, lo esquivó y devolvió una mueca divertida a su maestro. Tras el gesto, abandonó la estancia y dejó a Buonarroti solo en el taller.

Mirando arder los últimos retazos de lo que había sido el prólogo de la obra de la Capilla Sistina, Michelangelo se perdió en sus pensamientos.

—Señor —pidió—, haz que siempre pueda desear más de lo que puedo lograr.

Con ese rezo se fue a dormir. Sin embargo, su corazón le advertía de que las malas noticias aún no habían acabado. Se acercaba el fin de una época, y él sería uno de los protagonistas.

38

Mientras el papa Leone X libraba una batalla contra Martín Lutero y publicaba la bula *Exsurge Domine* en respuesta a las tesis del teólogo alemán, François de Valois et d'Angoulême, conocido en Europa como Francisco I, recibió una noticia que tuvo el mismo efecto que si le hubieran asestado una puñalada mortal: Carlos I iba a ser coronado rey de romanos y emperador, título al que también aspiraba el regente de Francia.

Fueron ingentes las cantidades de dinero que se tuvieron que movilizar con el fin de asegurar el voto al joven rey de España. Jakob Fugger *el Rico*, originario de Augsburgo, el banquero más rico de Europa, fue el encargado de crear un ambiente más que favorable para el nieto por vía paterna de Maximiliano I de Habsburgo y María de Borgoña. Los príncipes electores se embolsarían la nada envidiable suma de ochocientos cincuenta mil florines renanos, equivalentes a dos toneladas de plata de ley. Fugger sabía que tarde o temprano la cantidad que él había prestado, unos 543.585 florines, se multiplicaría por dos, y esta vez en sus arcas. Del resto se encargaron los banqueros italianos Fornari y Vivaldi, ambos de Génova; Filippo Gualtierotti, de Florencia; y Bartolomé Welser, compatriota de Fugger.

La votación tuvo lugar medio año antes en el coro de la iglesia de San Bartolomé en Fráncfort. Los príncipes electores, bajo la supervisión del arzobispo de Maguncia, convirtieron a Carlos I de España en Carlos V, emperador del Sacro Imperio romano germánico.

Nunca haría pública la ingente cantidad de dinero utilizada para su coronación, sino que la atribuiría a Dios, en línea con su propia y profunda religiosidad.

—Hoy nos ha llegado por gracia de Dios Nuestro Señor la siguiente noticia: he sido elegido rey de romanos y emperador de Alemania en conformidad plena de los príncipes electores.

Ni siquiera las noticias de un posible brote de peste en la ciudad de Aquisgrán iban a impedir que Carlos fuera coronado en el lugar donde descansaban los restos de Carlomagno, rey de los francos y de los lombardos y coronado emperador de Occidente por el papa Leone III en el año 800 de Nuestro Señor.

Príncipes electores, grandes señores de Alemania, algunos grandes de España, el margrave de Brandeburgo con su séquito, tres mil infantes entre arcabuceros, alabarderos y piqueros, todos esperaban al nuevo emperador, que llegó cabalgando junto con los arzobispos de Colonia y Maguncia y los cardenales de Salzburgo, Sión y Toledo.

A su lado iba Francisco de los Cobos y Molina, asesor y futuro secretario del Consejo de Estado del rey de España; cerrando el séquito, la guardia regia. Tras un obligado cambio de cabalgadura, pues la propia ciudad le ofrecía un bello corcel para no ingresar en sus puertas como un extraño, Carlos I avanzó hacia su destino.

Tras firmar las capitulaciones y asegurar y confirmar los privilegios de todos y cada uno de los príncipes electores, se procedió a su coronación. El arzobispo de Colonia, encargado de conducir la ceremonia, ofreció una misa en primer lugar. Acto seguido, Carlos I se sometió a las preguntas del arzobispo para asegurar sus deberes ante su pueblo y ante Dios Todopoderoso.

—¿Defenderéis como tal emperador a la Iglesia?

—*Ego volo* —contestó el rey en latín demostrando su voluntad.

—¿Defenderéis como tal emperador a la justicia?

—*Ego volo.*

—¿Seréis el protector de los humildes, de los oprimidos, de las pobres viudas y los míseros huérfanos?

—*Ego volo.*

—De ahora en adelante seréis la espada que defenderá a la Iglesia contra sus enemigos. De ahora en adelante seréis el juez de vuestros pueblos y os alzaréis como el amparador de los pobres y oprimidos contra los poderosos.

Con su mano diestra posada en la Biblia, Carlos V prestó juramento. Entonces llegó el momento crucial para el nuevo emperador: la aceptación del pueblo. El arzobispo alzó la voz para ellos:

—Miembros de la asamblea. Todos los aquí presentes, grandes y menudos. Príncipes del Imperio, caballeros, mercaderes, artesanos, todo el pueblo. ¿Aceptáis a Carlos como nuevo emperador del Sacro Imperio romano germánico?

—*¡Fíat!* —gritaron al unísono.

—¿Aceptáis a Carlos como nuevo emperador del Sacro Imperio romano germánico? —insistió el arzobispo de Colonia.

—*¡Fíat!* —gritaron una segunda vez.

—Repito una última vez: ¿aceptáis a Carlos como nuevo emperador del Sacro Imperio romano germánico?

—*¡Fíat!*

Ya no había duda. Había llegado la hora de consagrar a Carlos V. Con la ayuda del arzobispo de Tréveris, el arzobispo de Colonia ungió las manos, el pecho y la cabeza del emperador con el óleo santo.

—*Ungo te regem oleo sanctificato. In nomine Patris et Filii et Spiritus Sancti.*

Una vez terminada la ceremonia, el pueblo allí presente volvió a unir su voz.

—*Vivat! Vivat rex in aeternum!*

Con tan solo veinte años, aquel joven de Gante recibía la espada de Carlomagno, el anillo imperial, el cetro, la corona y el mundo entero.

39

Florencia, 1573, basílica de la Santa Croce

La conversación seguía sin pausa. Tampoco había prisa. Giorgio Vasari tenía la necesidad imperiosa de seguir hablando, e Innocenzo, el deseo de saber más. La salvación tenía un precio. Él era el intermediario. Vasari acababa de desvelar el secreto mayor guardado de la capilla: qué era en realidad lo que había pintado el maestro Buonarroti. Nada de homenajes, nada de gloria, solo un mensaje encriptado para aquellos que se atrevieran a observar la obra del florentino con otros ojos. Todo el sudor que le había provocado la confesión de Vasari empezaba a secarse en el cuerpo del cardenal, que ahora notaba un descenso de su temperatura. Había retenido cuanta información pudo, y estaba haciendo repaso cuando el cronista le sacó de sus pensamientos.

—Imagínese, padre, con solo veinte años, Carlos fue coronado como el jefe de la cristiandad.

Innocenzo tardó unos segundos en reaccionar y reincorporarse al diálogo.

—Cuidad vuestras palabras, amigo. ¿Acaso debo recordaros lo que ese monstruo hizo a Roma y a su santidad Clemente VII?

Innocenzo no comulgaba con nada que estuviera en contra de la Iglesia que él defendía. Una sola palabra bastaba para herir su espíritu al servicio de Dios.

—Insisto, tan solo soy un cronista, padre —repitió Vasari, sin cansarse de estar a la defensiva—. Así fue llamado, entre otras muchas cosas, Carlos V, el emperador del Sacro Imperio germánico.

—Blasfemias. Volvamos a los pintores. ¿Qué había de cierto en los rumores sobre el hereje Da Vinci?

—Los rumores eran ciertos. Leonardo da Vinci dejó este mundo, cuentan, en brazos de un rey: el rey Francisco I de Francia, que lo acogió no solo como mecenas, sino como amigo también. Por desgracia, Michelangelo se quedó pronto sin nadie con quien competir. Y solo un año después sería Raffaello quien injustamente dejara esta vida.

De repente, el interés de Innocenzo cambió de dirección. No le importaba lo más mínimo la política, pues consideraba que eran asuntos que solo competían al ser humano, imperfecto por encima de todas las cosas, y que por tanto no podían ofender a Dios. Sin embargo, el arte correspondía a los hombres, pero estaba intrínsecamente ligado al Todopoderoso, y no se podía tomar a la ligera. El arte era un conductor de mensajes muy potente. Tenían que estar alerta. Sin embargo, la herejía de Leonardo da Vinci había dejado de interesarle.

También tenía claro que Michelangelo merecía el infierno, si es que no estaba ya allí. Su interés se depositó de repente en la figura de Raffaello. Quién sabe si en las estancias vaticanas tendrían que empezar alguna remodelación de nuevo.

—Contadme algo más sobre Raffaello —inquirió—. Posiblemente sea el artista de cuya vida tenga menos datos relevantes.

—Veréis, padre. Bastará recordar algunas de las palabras que le dediqué. Raffaello de Urbino tenía por bandera la modestia y la bondad. Sabía ser dulce y agradable con toda clase de personas y en cualquier situación. Si Michelangelo venció a la naturaleza a través de su arte, Raffaello hizo lo propio, pero además venció a la naturaleza a través de las buenas costumbres. Fue la misma batalla pictórica en Florencia la que le llamó.

—¿La batalla entre el Buonarroti y el de Vinci?

—Así es, padre. Raffaello no quería perder la oportunidad de aprender de los dos mayores maestros que habían dado los Estados Italianos. El propio Taddeo Taddei, humanista y mecenas, lo acogió en su casa. Tiempo después, al llegar a Roma, fue agasajado por Giulio II y comenzó a realizar la cámara de la Segnatura. Si habéis estado en las estancias vaticanas, sabréis, padre, de qué hablo. Aparte de la originalidad de los detalles, que son, por cierto, bastantes, la composición de todo el fresco está realizada con tanto orden y tanta mesura que Raffaello mostró sin duda sus aspiraciones en esta, su obra de ensayo. Giulio II hizo borrar todas las composiciones de los demás maestros, antiguos y modernos, para dejar sitio a Sanzio, que continuó forjando su Destino. Creció el aprecio de su talento de tal manera que siguió pintando, por encargo del papa, la cámara segunda hacia la sala grande. En esa época, Raffaello aprovechó las ausencias de Michelangelo para admirar la obra del maestro en la Capilla Sistina antes de que estuviese terminada. La relación de Buonarroti con Bramante no era ni mucho menos afable, y este, que poseía las llaves de la capilla, permitió al de Urbino ver las pinturas de Michelangelo para que pudiera comprender cómo trabajaba. Gracias a ello, Raffaello mejoró su estilo, convirtiéndolo en majestuoso. Al darse cuenta Michelangelo, se distanció mucho más del arquitecto papal y se enemistó profundamente con el joven de Urbino.

El padre Innocenzo pidió una pausa. Puso en orden sus pensamientos y llegó a una conclusión:

—Entonces, podemos afirmar que Raffaello no era un hereje y un pecador como Michelangelo, ¿verdad?

Giorgio Vasari no deseaba contestar a esa pregunta. Habría sido como condenar o salvar a uno de los dos artistas y él no era un juez; solo un historiador con un fuerte sentido del arrepentimiento.

—Michelangelo tenía su propia interpretación de lo reflejado en los textos. Raffaello retrataba, o al menos lo intentó siempre, los textos tal y como eran descritos. Eso sí, siempre con elegancia y excelencia. Al fin y al cabo, la obra de ambos aún resiste el paso del tiempo en la Santa Sede.

—Lo tomaré como un sí. Giulio II murió, si la memoria no me falla, antes que Raffaello de Urbino. ¿Cómo vivió el artista la transición?

—La llegada de Leone X no hizo sino fortalecer el talento de Raffaello a través de agasajos infinitos.

—¿Tan buenas eran las obras del maestro Raffaello?

Innocenzo nunca se había planteado ejercer los quehaceres de la Inquisición, pero era un gran indagador, sobre todo en lo relativo a las cuestiones de fe.

—Las obras de Raffaello no son pinturas. Son cosas vivientes, porque se estremece la carne, se ve el espíritu, vibran los sentidos en sus figuras y viven de veras —respondió Vasari sin poder reprimir su admiración para con el pintor de Urbino—. Raffaello Sanzio no solo representaba los rostros en sus retratos. También perfilaba las almas.

—La perfección existe, sí. Pero más allá de los cielos. Contadme algo que no fuese digno de admirar del maestro Raffaello.

—El único problema del maestro fue su pasión por las mujeres. Al principio, fue un hombre que gustaba de viajar de flor en flor. Tiempo después, al alcanzar su madurez, una dama le robó el corazón, y su obra tardó en...

—Libidinoso, impúdico, obsceno... —Innocenzo interrumpió el discurso del artista.

Giorgio prosiguió sin reprochar la interrupción.

—No solo maduró en el amor. También en su arte. En su infancia imitó a su maestro Pietro Perugino, pero al conocer las obras de Leonardo da Vinci quedó estupefacto por la incomparable gracia con que pintaba cabezas de hombres y de mujeres, por la gracia y el movimiento que le daba a sus figuras, en lo cual superó a todos los pintores. Se puso a estudiar su obra con gran empeño y comenzó a imitar lo mejor que pudo la manera del pintor florentino. Ningún otro pintor se ha acercado tanto a Leonardo como Raffaello, sobre todo en la calidad del colorido. También estudió a Michelangelo, sobre todo en la composición de los desnudos. Supo unificar lo mejor de los dos maestros y conseguir un estilo propio.

—Dos pecados capitales, lujuria y envidia. ¿Un imitador? ¿Falsificador?

—No, padre, esos términos son exagerados. Raffaello aprendía la forma, mas no tomaba nunca el contenido como suyo. ¿Cómo explicarlo? Un maestro y un alumno a partes iguales. Al fin y al cabo, todos partimos de algo ya inventado para mejorarlo.

—Todos menos el Eterno. Al principio no había nada.

—Sabéis, amigo mío, que me refiero a los mortales. Mientras Leonardo se sentía orgulloso de tener un «alumno» tan brillante como Raffaello, Michelangelo se sentía ofendido y plagiado. Y así transcurrió su vida. Arte y pasión. Medio obligado por su buen amigo el cardenal Bernardo Dovizi, se prometió a una sobrina de este, pero postergó indefinidamente la decisión de casarse con ella. Raffaello, en Roma, se entregaba sin medida a los placeres de forma oculta, lo que al final terminó llevándole a la tumba. Una fiebre intensa y un sangrado erróneo por parte de los médicos acabaron con la vida del joven maestro, que no llegó a cumplir los treinta y ocho años. Su talento embelleció el mundo, su alma habrá adornado el cielo, sin duda. El mismísimo papa lloró amargamente. No hubo artista que no lo acompañara a su tumba.

—¿Todos los artistas? ¿También asistió Buonarroti?

Giorgio Vasari asintió, pero el cardenal no alcanzó a verlo.

40

Roma, 1520,
Santa Maria Rotonda, antiguo Pantheon

A Michelangelo en Florencia:

Compadre mío queridísimo, he estado muchos días en palacio para hablar con la Santidad de Nuestro Señor y no he podido conseguir la audiencia que deseaba. Finalmente, le he hablado, y Su Santidad me ha prestado grata acogida, de suerte que mandó fuera a todos los que estaban en la sala y me quedé solamente con Nuestro Señor y un camarero de quien me puedo fiar, así le dije todo mi asunto y me escuchó con placer, porque ofrecí a Su Santidad, junto a vos, cualquier servicio que él gustase, y le pedí los temas y las medidas de todo.

Más cerca, Nuestro Señor me dijo: «Bastiano, por mi conciencia, a mí no me gusta lo que están haciendo, ni gusta a nadie que haya visto la obra. Yo, de aquí a cuatro o cinco días, quiero ver esta obra, y si no la continúan mejor de como la empezaron, ordenaré tirar abajo todo lo que han hecho y os daré toda esta sala a vos, porque deseo ordenar algo bello, o, si no, la haré recubrir de damasquinados». Yo le dije que, con vuestra ayuda, a mí me bastaría el ánimo para hacer milagros. Y él me respondió: «No dudo esto, porque todos vosotros habéis aprendido de él», y, por el amor que hay entre nosotros, Su Santidad me dijo también: «Observa las obras de Raffaello, quien, cuando vio las obras de Michelangelo, rápidamente abandonó el estilo de Perugino y se acercó lo más posible al de Michelangelo. Pero Buonarroti es terrible, como tú sabes, no se puede ni hablar con él». Yo respondí a Su Santidad que vuestra terribilità *no dañaba a nadie, y que vos parecéis terrible por la importancia de las grandes obras que habéis hecho y otros razonamientos que no vale la pena escribir.*

Cristo os conserve sano.

Vuestro fiel compadre, Bastiano del Piombo,
pintor en Roma, scripsit

Bastiano del Piombo había llegado a Roma en el año 1511 de Nuestro Señor gracias al mecenazgo del banquero Agostino Chigi, que le contrató para decorar alguna sala del palacio que el banquero tenía en el Trastevere. Admirador del trabajo de Raffaello y de Buonarroti, Michelangelo le ofreció ayuda y adiestramiento, lo que le enfrentó al artista de Urbino.

Ahora que su mentor y amigo se encontraba en Florencia afanado en la talla de un Cristo redentor, que terminaría decorando uno de los lados del altar mayor de la iglesia de Santa Maria sopra Minerva de Roma, la misiva de Del Piombo era algo más que necesaria. Buonarroti no necesitó mucho más. Leone X instaba a los artistas a admirar las obras del joven Sanzio e ignoraba la suya, cuando él solo había obrado el milagro de decorar toda una bóveda. Así rezaba la carta de Bastiano y no hizo falta más. Michelangelo se plantaría en Roma, se enfrentaría a Leone X y dejaría a cargo de Pietro Urbino el traslado del Cristo. No soportaba el ninguneo de nadie, y mucho menos de aquel papa insolente que había conocido años atrás y que ahora se comportaba como si no se hubieran visto en la vida.

Sin embargo, la situación que se encontró el escultor más famoso de los Estados Italianos en Roma fue muy distinta de la que se imaginaba. En un abrir y cerrar de ojos, por culpa de unas fiebres mal tratadas mediante erróneos sangrados, Michelangelo Buonarroti se había convertido en el único gran artista sobre la faz de la tierra. Nada más salir de su casa en Macello dei Corvi, tropezó con la única noticia que se hacía eco en una Roma vestida de luto; una losa de piedra y una pérdida irremplazable para la historia del arte; un pedazo de la crónica de Roma que se partía y no podría recomponerse jamás:

«Ha muerto Raffaello Sanzio de Urbino».

Si una vez todos los caminos llevaron a Roma, en aquella trágica jornada del Viernes Santo del año 1520 de

Nuestro Señor todos los caminos de Roma llevaban a un determinado lugar: el Pantheon de Roma, conocido como Santa Maria Rotonda desde que Bonifacio IV lo transformara en iglesia cristiana en el año 608 de Nuestro Señor.

El conjunto arquitectónico, que incluía la Academia de los Virtuosos de Roma, había sido un templo dedicado a todos los dioses bajo el mandato del emperador Publio Elio Adriano, entre los años 118 y 125 d. C. Flavio Biondo, primer anticuario y arqueólogo de Roma, definió de la siguiente manera el Pantheon en su *Romae instauratae*, obra póstuma publicada en el año 1482 de Nuestro Señor:

«Gracias a la intervención de Su Santidad Eugenio IV, y por su propia cuenta, la estupenda bóveda del Pantheon, desgarrada en la Antigüedad por los terremotos y amenazada de ruina, fue restaurada. La curia se alegró de verlo cubierto con láminas de plomo donde antes le faltaban. Esa iglesia espléndida, claramente superior a todas las demás, ha tenido que aguantar durante muchos siglos que las altas columnas que la soportan quedasen ocultas tras los pequeños y miserables puestos de mercado que la rodeaban. Estos han sido completamente erradicados, y las basas y capiteles de la iglesia puestos al descubierto, para revelar mejor la belleza de este maravilloso edificio».

Sin embargo, el mercado había vuelto a resurgir enfrente del pórtico del Pantheon, aunque aquella jornada se había prohibido la venta ambulante a causa de las honras fúnebres de Raffaello Sanzio.

Que estas últimas se celebraran allí había sido, por encima de todas las cosas, el último deseo de Sanzio, tan admirador del arte antiguo. Leone X, conocedor de su pasión, no pudo sino aceptar la última voluntad de su artista predilecto. El artista había acabado convirtiéndose en la máxima autoridad en lo que a la antigua Roma se refería y el Sumo Pontífice le había nombrado conservador de monumentos artísticos de la ciudad. En el último momento de su vida había terminado de realizar el primer dibujo de catorce sobre las regiones antiguas de la Ciudad Eterna.

Marcantonio Michiel, veneciano afincado en Roma y especialista en arte contemporáneo, portó los diseños al mismo papa, pues era miembro de la familia del cardenal Pisani. Sanzio lo había dejado todo preparado para su partida. Elegido el tabernáculo apropiado, lo dotó de sillares nuevos y pagó lo suficiente para construir un altar con la estatua de una Virgen María para que adornase el lugar del reposo eterno en el interior de la megalítica construcción de granito gris y rosado, mármol y bronce.

Todas las autoridades eclesiásticas, y por supuesto el papa Leone X, acudieron al entierro. Los amigos y camaradas del artista, de todos sus círculos conocidos, también estuvieron presentes. No hubo nadie que no se apenara, de una u otra manera, de la muerte del genio Raffaello Sanzio de Urbino. El banquero Agostino Chigi, los cardenales Bernardo Dovizi Bibbiena, Pietro Bembo y Giulio Sadoleto; el impresor Baviero de'Carocci dea Parma, los aprendices

Giovanni da Udine, Giulio Romano, Giovanni Francesco Penni, Piero Bonaccorsi del Vaga, Polidoro da Caravaggio, Maturino da Firenze, Raffaellino di Michelangelo di Luca, Andrea Sabatini, Bartolomeo Ramenghi, Pellegrino Aretusi, Vincenzo Tamagni, Battista Dossi, Tommaso Vincidor, Timoteo Viti y Lorenzo Lotti *Lorenzetto*. Todos, alumnos y maestros cada uno en su oficio, asistieron a la última despedida del artista.

Michelangelo Buonarroti, ataviado con su negro habitual y con una capucha que le ocultaba el rostro, vislumbró a lo lejos el homenaje.

—Definitivamente, Santa Maria Rotonda tiene un diseño angelical y no humano —dijo frente al Pantheon.

No sabía muy bien qué diablos hacía allí, pero una extraña y poderosa fuerza lo había empujado fuera de su casa y acompañado hasta el templo. Allí pudo contemplar en primera persona lo que un ser humano es capaz de conseguir. Estaban enterrando al artista, sí, pero también estaban despidiendo a la persona. Posiblemente toda la ciudad estaba allí reunida en el último adiós a Raffaello Sanzio. Acceder a la plaza de la Rotonda era harto complicado desde cualquier punto. Los accesos desde la iglesia de Sant'Eustachio, Santa Maria sopra Minerva, el palacio Doria Pamphili, el palacio Venezia y la basílica de San Marco estaban casi impracticables. Sin embargo, Michelangelo no tenía demasiado claro si los allí presentes entendían el porqué de la decisión de Raffaello. Por qué enterrarlo allí y no en Urbino, en Florencia o en cualquier otro lugar. El séquito que portaba el féretro de Raffaello ingresó en

Santa Maria Rotonda con lentitud, pero sin parar en ningún momento. Tampoco pensaban, solo ejecutaban.

Tan solo unos pocos privilegiados tuvieron permiso para acceder al interior del Pantheon, y cuando Buonarroti se acercó al pórtico principal, le denegaron la entrada. Bernardo Dovizi Bibbiena pasaba a su lado en ese momento y Buonarroti le asió el brazo fuertemente. Bibbiena trató de zafarse de un tirón, pero fue en vano. Michelangelo le sujetaba con firmeza y apenas tenía maniobrabilidad debido al número ingente de personas allí reunidas. Con la mano libre, el artista se bajó un poco la capucha y dejó ver su rostro al cardenal, que enseguida entendió todo. Con un gesto, advirtió a los que guardaban la entrada que dejaran pasar a Buonarroti. Ambos accedieron al interior y, una vez dentro, cada uno partió en dirección distinta sin cruzar palabra. Cuando los asistentes hubieron ocupado sus asientos, dio comienzo la breve liturgia.

Baldassarre Castiglione, amigo del fallecido y recientemente enviudado de Ippolita Torelli, sufría su segunda pérdida en un año. Compañero de infatigables charlas sobre antigüedades romanas y técnicas de restauración, se despidió de Raffaello de puño y letra y, en aquel lugar, de viva voz.

«Por haber sanado con su arte médica el cuerpo herido de Hipólito y por haberlo sacado de las aguas estigias, el mismo Epidauro fue hundido en las aguas estigias. Así el precio de la vida supuso la muerte del artífice. Tú también, Raffaello, mientras recomponías con admirable talento una Roma mutilada en todo su cuerpo y el cadáver de la ciudad desgarrado por el hierro, el fuego y los años, y mientras devolvías a la vida su antigua dignidad, moviste la envidia de los de arriba y la Muerte se indignó de que pudieras devolver el alma a lo ya extinguido y de que tú, despreciando su ley de nuevo, reparases lo que el lento paso del tiempo había hecho desaparecer. Así, infeliz, rota tu primera juventud, ay, caíste recordándonos que todos nosotros y lo nuestro ha de morir».

BALDASSARRE CASTIGLIONE

Por su parte, el cardenal Pietro Biembo, amigo personal del artista y secretario de cartas latinas de Leone X además de miembro de la Orden de los Hospitalarios, fue el encargado de leer en voz alta el epitafio del gran artista mientras Leone X derramaba la primera lágrima.

D[ATVR] O[MNIVUS] M[ORI]

RAPHAELI SANCTIO IOAN[NIS] F[ILIO] VRBINAT[I] PICTORI EMINENTISS[IMO] VETERVMQVE EMVLO CVIVS SPIRANTEIS PROPE IMAGINEIS SI CONTEMPLERE NATVRAE ATQVE ARTIS FOEDVS FACILE INSPEXERIS. IVLII II ET LEONIS C PONT[IFICUM] MAX [IMORUM] PICTVRAE ET ARCHITECT[VRAE] OPERIBVS GLORIAM AUXIT. V[IXIT] A[NNOS] XXXVII INTEGER INTEGROS. QVO DIE NATUS EST, EO ESSE DESIIT VIII ID [VS] APRIL[ES] MDXX

ILLE HIC EST RAPHAEL,
TIMVIT QVO SOSPITE VINCI
RERVM MAGNA PARENS,
ET MORIENTE MORI

«Todos hemos de morir. En memoria de Raffaello, hijo de Giovanni Santi de Urbino, eminentísimo pintor y émulo de los antiguos; cuando contemplas sus imágenes casi vivas, te parece fácilmente que la naturaleza ha pactado con el arte. Con sus trabajos pictóricos y arquitectónicos aumentó la grandeza de los pontífices Giulio II y Leone X. Vivió plenamente 37 años. En el mismo día que nació, dejó de existir, el 6 de abril de 1520. Aquí yace Raffaello; la madre de todas las cosas temió quedar vencida por él cuando vivía y morir si él moría».

Michelangelo Buonarroti salió el primero. Nadie lo reconoció, nadie dijo nada. Avanzó unos pasos hacia la plaza, ese 6 de abril exenta de mercancías, tratantes y comerciantes, y miró de nuevo la imponente figura del antiguo Pantheon. Leyó la inscripción:

Marcus Agrippa, Lucii filius, consul tertium, fecit.

Dedicó un último pensamiento a Raffaello Sanzio de Urbino. Sin lugar a dudas, era un buen hombre. Demasiado pronto para partir. Otro de los grandes se iba, como Domenico Ghirlandaio, como Sandro Botticelli, como Leonardo da Vinci. Sin embargo, Raffaello se iba a lo grande. Se imaginó al séquito y a la comitiva en el interior de la rotonda. No lo sabían. Ignoraban todo. Su embelesamiento con respecto a Sanzio no les dejaba ver en absoluto el verdadero motivo de su entierro en ese lugar. Raffaello era un enamorado del arte ancestral y un defensor de la restauración del legado de los antiguos romanos. Porque, a diferencia de él, Raffaello amaba Roma. Amaba su arte y su historia. Su presente prometedor y su glorioso pasado.

Santa Maria Rotonda era el edificio de la Antigüedad mejor conservado en toda la ciudad de Roma. Raffaello, al pedir que se le enterrase allí, le evitaba no solo el expolio sino también la decadencia. No ocurriría lo mismo que había sucedido con el Colosseo o con el mausoleo de Augusto. Con el pintor enterrado allí, la ciudad de Roma no tardaría en invertir cuantiosas cantidades para asegurar la conservación de aquel lugar durante el resto de la eternidad. La Roma actual había enterrado a un artista. La antigua Roma había conseguido un paladín.

Sencillamente, incluso muerto ya, Raffaello Sanzio era un genio. Y Michelangelo Buonarroti lloró aquella pérdida.

41

Roma, 1573, Capilla Sistina

El culo de Dios era lo último que Gregorio XIII había podido soportar. En un acto reflejo decidió retirarse momentáneamente a las estancias de Raffaello, con el fin de apartar las imágenes diabólicas de la capilla de su mente. Allí, en la segunda planta del palacio apostólico Vaticano, habían llegado al punto de partida horas atrás, a la cámara de la Segnatura. Por la mañana no habían prestado atención a la obra de Raffaello Sanzio. La restauración de la nueva biblioteca en aquella sala cuadrada había sido el tema central de la conversación. El archivo pasó a segundo plano y Sanzio adquirió un protagonismo absoluto.

La estancia representaba las virtudes de la justicia, la teología y la filosofía. La filosofía la tenía frente a sus ojos, pues era imposible apartarlos ante la fascinante atracción de la *Escuela de Atenas* de Sanzio. Allí, en la bóveda dividida en cuatro secciones, estaban representadas las cuatro habilidades del alma: la filosofía, la teología, la poesía y la justicia. Sin embargo, la teología había sido prostituida en la bóveda por Buonarroti. La jurisprudencia simbolizaba la justicia, y era precisamente eso mismo lo que deseaba Gregorio XIII: justicia frente a la inmoralidad y desafuero que se había consumado en su bóveda.

El pavor se había apoderado de Gregorio XIII, quien, apoyado en el cardenal Gulli, escudriñaba la obra de Raffaello rastreando cualquier traza de posibles mensajes ocultos. La sala, que en tiempos de Leone X había servido de estudio privado y sala de música, estaba compuesta por el *Parnaso* en el muro norte, las *Virtudes cardinales y teologales y la ley* en el muro sur, la *Disputa del Santísimo Sacramento* en el muro este y la *Escuela de Atenas* en el muro oeste.

¿Había algo allí? ¿Había profanado Raffaello Sanzio la confianza papal depositada en él? ¿Podría el joven de Urbino haber atentado contra la casa que le dio de comer, que le proporcionó trabajo, que ensalzó su nombre, que lo elevó a categoría de estrella?

Carlo Borromeo inició el discurso.

—No debéis preocuparos en demasía, santidad. Raffaello era fiel a la ciudad de Roma y, por ende, al trono de san Pietro.

—¿Queréis decir con eso, monseñor, que no hay ningún mensaje oculto de Raffaello Sanzio en esta estancia?

La pregunta la formuló el cardenal Gulli.

—Cardenal, hablamos del Renacimiento, como ya apuntó el cronista Vasari. Todo en aquella época estaba lleno de mensajes secretos. Algunos pagados por los que encargaban las obras; otros, en contra de los mecenas. Pero hay simbología por doquier. Sin embargo, el caso de Raffaello es distinto.

—¿Qué tiene Raffaello de distinto? —inquirió el papa.

—Lo único que he podido advertir en su obra han sido ciertos parecidos de algunos de los personajes que se han retratado en la *Escuela de Atenas* con personalidades de la época. Poco más.

—¿A quién podemos encontrar ahí? ¿Atenta contra la Iglesia católica?

—Depende del punto de vista, su santidad. Tenéis representado al maestro Leonardo da Vinci como Platón. Recordad que nuestra fe ha defendido a lo largo de los tiempos la idea aristotélica del mundo. El hecho de identificar a Leonardo da Vinci con Plantón puede tener mucho que ocultar... o no. Insisto, santidad, todo depende del punto de vista.

—¿Era ese tal Leonardo da Vinci un hombre de fe?

A Gregorio XIII solo le preocupaba si los hombres eran cristianos o no.

—Depende de lo que vuestra santidad considere fe. Si hablamos en términos cristianos, definiríamos a *messer* Da Vinci como un hombre inestable.

—¿Hereje?

—No me atrevería a decir algo así, pero sí fue perseguido por el Colegio cardenalicio por las prácticas prohibidas de disección de cadáveres en el Santo Spirito.

—Hereje —sentenció Gulli.

—También podemos ubicar al propio Raffaello Sanzio en la figura del pintor de la Antigüedad Apeles.

—¿Se retrató el artista?

—Así es, pero tampoco supone una herejía, en términos de espíritu. Es una rúbrica sin más, a simple vista.

—¿Dónde se encuentra? —preguntó el vicario recorriendo la *Escuela* de arriba abajo.

—Abajo, a la derecha. Mira directamente al espectador, busca aprobación. Siempre la tuvo. Fue en su momento una gran pérdida para la ciudad de Roma.

Allí estaba él. Eterno. Inmortal. Raffaello Sanzio.

—También estaba su mayor enemigo, aunque consta que Sanzio nunca lo consideró como tal. En el centro de la composición está Michelangelo Buonarroti retratado como Heráclito.

—Ni siquiera en las estancias del santo Raffaello nos libramos del hereje. Creo, monseñor, que estamos perdiendo el tiempo en estas estancias. Bajo permiso papal, el pintor Sanzio fue enterrado en Santa Maria Rotonda, el gran Pantheon. No creo que de haber mensajes ocultos en la obra de Raffaello, atentasen contra el mensaje de Cristo y la Iglesia. Volvamos a la bóveda. Tenemos que decidir qué hacer.

Tras las últimas palabras de Gregorio XIII, el pequeño séquito abandonó el legado de Sanzio para la historia del arte y volvieron a la Capilla Sistina. Un lugar que no tenía asegurado su perpetuidad en el tiempo.

Una vez de nuevo en su interior, monseñor Borromeo no alargó la situación más de lo debido, pues ni el santo padre ni el cardenal tenían estómago para prolongar mucho más aquella coyuntura. Fue directamente a la cuestión:

—Santidad, hay algo más…

42

Sevilla, 1522

Sevilla, centro económico del Imperio español y puerta al Nuevo Mundo. A través del Guadalquivir, mediante el Puerto de Indias, regentado por la Casa de Contratación inaugurada por los reyes católicos, se controlaba todo lo que salía y todo lo que entraba. Casi todo. Las mercancías se almacenaban en el astillero de las Atarazanas, en el barrio del Arenal, y, cerca de allí, la Casa de la Moneda ejercía el monopolio de todos los metales preciosos provenientes de América. Los galeones españoles se habían convertido en el transporte de carga por excelencia, aunando en ellos la capacidad de la carraca, antiguo navío italiano, y la maniobrabilidad de las carabelas portuguesas y españolas. Como resultado, el galeón era un navío rápido, ágil y con capacidad de carga. En muy poco tiempo se convirtieron en símbolos del nuevo Imperio español.

La catedral de Santa María de la Sede se erigía como símbolo del nuevo orden renacentista. Si bien su origen se remontaba a principios del siglo xv, sobre la antigua ubicación de la mezquita Aljama, con un aspecto gótico, poco a poco se proyectaban nuevas dependencias, sacristías y capillas, que no tardarían en convertirse en realidad.

El arquitecto Juan Gil de Hontañón, maestro constructor encargado de las reparaciones de la catedral y de las capillas de los alabastros, no tuvo el permiso para renovar el estilo del nuevo cimborrio que sustituiría al derrumbado en el año 1511 de Nuestro Señor. Sin embargo, se respiraba un aire nuevo en el panorama artístico sevillano. La puerta del Perdón se benefició de estos nuevos aires, y tanto el arquitecto Bartolomé López como el escultor Miguel Perrín experimentaron con las nuevas tendencias. Así lo hicieron del mismo modo Diego de Riaño y Nicolás de León. Una coraza gótica para un interior renacentista.

Sevilla, en definitiva, era una de las ciudades más prósperas de toda Europa, y no eran pocos los artistas que querían desembarcar allí, ya que, a pesar de conservar la ciudad un aspecto musulmán, los católicos iban ganando terreno en el arte y la arquitectura y pretendían dar un lavado de imagen a la ciudad. Los moriscos, antiguos mudéjares convertidos al cristianismo, asistían pasivos a esta nueva era.

En ese periodo de bonanza económica y expansión demográfica llegó a la ciudad Pietro Torrigiano, antiguo alumno del jardín de San Marco de Lorenzo de' Medici y enemigo público en los Estados Italianos de Michelangelo Buonarroti. El acto violento que protagonizó en su juventud le había obligado a dejar Florencia y deambular por Roma, donde consiguió algún trabajo importante bajo el mandato de Alessandro VI, pero la sombra de los grandes artistas como Buonarroti y Sanzio había terminado llevándolo a compaginar el arte con la guerra. Como mercenario en las guerras italianas, se sacó un sobresueldo mientras esculpía en ciudades como Siena o Amberes. En Inglaterra vio recompensadas sus capacidades trabajando para la nobleza, e incluso el mismo Enrique VIII le encargó su monumento funerario. Al no arribar a buen puerto semejante empresa, en el año 1521 de Nuestro Señor llegó a Granada, en España, para terminar afincándose en Sevilla, tierra de oportunidades.

Pronto consiguió el amparo del monasterio y hospedería situado en el camino real San Jerónimo de Buenavista, pues tanto agradó su talento que trabajo como escultor no le faltó. Desde su fundación en el año 1414 de Nuestro Señor, el monasterio había servido de residencia temporal a los personajes ilustres que visitaban la ciudad, incluyendo los reyes católicos, y ahora Torrigiano había encontrado un lugar donde comer, dormir y trabajar. Fraguó una intensa amistad con el padre prior, amante de su arte y de su devoción a Dios.

El artista estaba feliz, aunque, como no podía ser de otra manera, añoraba su patria; una patria dividida por las guerras y la religión, sí, pero al fin y al cabo su patria. Solo la escultura le apartaba del deseo de regresar.

Al mismo tiempo, la leyenda de Michelangelo no hacía más que crecer, y no solo escultura mediante. Bien era sabido por todos los confines conocidos que la Capilla Sistina era la mayor obra de arte jamás creada. Y no era mármol. Buonarroti, al parecer, dominaba el pigmento también. Si Torrigiano quería convertirse a su vez en leyenda, solo podía aspirar a ello en su nueva ciudad, Sevilla.

A forjar su leyenda se dedicó, mientras forjaba a la vez su carácter. Recién terminado su *San Jerónimo penitente* en barro cocido policromado para el monasterio, obra que le valió una gran estima, tuvo su primer enfrentamiento. Rodrigo Ponce de León y Ponce de León, duque de Arcos, que le había encargado la talla de una virgen, sufrió su volátil temperamento. Al no recibir la remuneración que él esperaba por el trabajo, Torrigiano redujo la figura a escombros frente a su pagador. Ese era Pietro Torrigiano. En Florencia o en Sevilla.

Una noche, mientras el italiano paseaba por la Puerta de Jerez, rumbo a la capilla de Santa María de Jesús en el barrio de la Santa Cruz, se detuvo frente al Retablo Mayor, lugar de descanso del fundador Maese Rodrigo Fernández de Santaella, donde pudo leer:

«Aquí yace Don Rodrigo Fernández de Santaella, Presbítero, Maestro en Artes y Santa Teología, Protonotario de la Sede Apostólica, Canónigo y Arcediano de Reina de la Santa Iglesia de Sevilla; vivió sesenta y cuatro años; falleció el día 20 del mes de enero, año de 1509. Aprended, mortales, a buscar las cosas del cielo».

La capilla acogía desde hacía ocho años una universidad improvisada, donde se impartían las cátedras de

Teología, Filosofía, Derecho y Medicina. Como a aquellas horas se hallaba cerrada, se dijo que, finalmente, era el lugar perfecto para el encuentro. Con paciencia esperó. Aunque no estaba muy avanzada la tarde, el sol se había ocultado casi por completo. De repente, la iluminación fluctuante de una procesión con antorchas dio vida a la fachada de la capilla. El desfile estaba formado por varios hombres portadores de antorchas que servían de marco a una estampa grotesca. En el interior del círculo imaginario se encontraban tres figuras montando pollinos. La primera era un hombre con las manos atadas, aunque pocos reparaban en ellas; todas las miradas se dirigían a la enorme cornamenta de vástagos adornados con cascabeles para que nadie se perdiera la procesión. Le seguía una mujer con el rostro tapado por la vergüenza con cabellos y parte de una toca. Por un extraño motivo, fustigaba al hombre cornudo. En tercer lugar, un hombre, trompeta en mano, manifestaba a grito pelado el delito cometido. Cerraban el espectáculo dantesco un alguacil a caballo, vara en mano, y dos alguaciles de la administración.

Aunque Torrigiano sabía de la existencia de estos espectáculos, era la primera vez que observaba uno. Lo llamaban el castigo del cornudo paciente. Tanto alboroto no era ni mucho menos bueno para la alianza que estaba a punto de forjar, así que rezó para que la marcha abandonara la zona y todo volviera a su quietud.

Pasaron pocos minutos y el lugar recuperó la normalidad. Acto seguido, una figura emergió de una zona umbría próxima. Parecía que, al igual que el propio Torrigiano acababa de hacer, el desconocido hubiera estado esperando a su vez a que toda aquella farsa acabase. Ataviado con justillo y jubón de amplio escote de mangas acuchilladas pero sin ropón alguno, se acercó a Torrigiano.

—Señor Torrigiano —pronunció la voz del hombre sin identidad.

—Soy yo —respondió este en el torpe español que poco a poco iba perfeccionando.

—¿Traéis lo acordado? —preguntó impaciente el anónimo, que no dejaba de mirar a un lado y a otro.

—Así es —respondió Torrigiano echando mano de su faltriquera—. Podéis contarlo. Está todo.

—¿Todo? No lo creo —rectificó el hombre pasándose la lengua por los labios—. De todos es conocido el doblón de oro que usáis como amuleto…

—En absoluto —sentenció Torrigiano llevándose la mano al bolsillo para protegerlo—. Ese doblón es mío. Por nada del mundo lo haría entregar.

—¿Por nada? —replicó el desconocido con ánimo de negociar.

—No tentéis a vuestra suerte. Sois solo un soldado. Yo seré artista, pero también tengo contactos. Cerremos el pacto tal y como lo habíamos procurado. ¿Queréis contar los dineros?

—No hace falta. Hay que ser muy torpe para no saber que el gran artista Torrigiano de Sevilla vive en el monasterio de San Jerónimo de Buenavista.

Alto y claro. El artista estaba vigilado.

—Hacéis bien vuestro trabajo, ¿no es así?

—Si no lo hiciera bien, no me pagaríais por ello. —No le faltaba ninguna razón.

—¿Cuándo?

—En una semana parte el ejército imperial español hacia Bicocca, comandado por Prospero Colonna. Una vez en territorio italiano todo será más fácil.

—Perfecto.

—Hecho pues. Id con Dios.

El soldado imperial dio media vuelta y marchó calle abajo.

Torrigiano se aseguró de que ningún ojo curioso merodeara por la zona. Nada que temer. Posiblemente todos estarían pendientes de la procesión del cornudo. Al final se había convertido en una improvisada pero buena distracción.

A los pocos metros, el soldado se dio la vuelta y encaró con la mirada a Torrigiano una última vez.

—Solo para asegurarme. El nombre de la víctima era...

—Miguel Ángel en castellano. Michelangelo Buonarroti en italiano. Escultor y pintor. Florencia o Roma.

—Sea pues.

El soldado desapareció para siempre. Torrigiano esperó unos minutos y después encaró la calle de Génova en dirección a la plaza de San Francisco, desde la cual pensaba tomar el camino de regreso al monasterio para descansar. Sin embargo, nunca llegaría a descansar aquella noche en su catre. Cuando hubo alcanzado la plaza de San Francisco, lugar donde se celebraban los autos de la Santa Inquisición, que, desde el año 1482 de Nuestro Señor tenía tribunal permanente en Sevilla, un pequeño ejército de hombres le impidió el paso.

A la cabeza de ellos iba un alguacil flanqueado por un procurador fiscal a un lado y un calificador al otro. Tras ellos seguían un par de funcionarios ocasionales, conocidos como comisarios, y un grupúsculo de colaboradores laicos del Santo Oficio, conocidos como los «familiares». En efecto, era la Santa Inquisición.

—Señor Pietro Torrigiano, por orden del recién nombrado inquisidor general Alonso Manrique, queda usted detenido por cometer delito contra la fe cristiana.

El alguacil se dispuso a apresar al artista, que no opuso resistencia alguna.

—¿Yo? ¿Delito contra la fe cristiana? Vivo en un monasterio, trabajo para el padre prior de San Jerónimo de Buenavista y solo tallo figuras religiosas. ¿Qué tipo de broma es esta?

—No hay ningún tipo de mofa en la acusación —contestó el procurador fiscal—. Después de investigar la acusación de don Rodrigo Ponce de León y Ponce de León, duque de Arcos, y de interrogar a los posibles testigos, le hallamos culpable de todo cuanto se le acusa.

Entonces comprendió: el hijo de mil rameras lo había acusado frente a un tribunal inquisitorio con la excusa de que había destrozado aquella talla de la Virgen.

Años atrás, un puñetazo le costó la carrera en Florencia y ahora un arrebato le podría costar la vida en Sevilla. El Destino, sin ninguna duda, jugaba con él. Cuando el alguacil hubo terminado con Torrigiano y el notario dio por finalizado su registro del secuestro sobre el modo de proceder del detenido, el procurador fiscal dio la última orden:

—Enciérrenlo en el castillo de San Jorge.

No hubo tiempo para más. Ninguna esperanza. Tan solo un pensamiento: el soldado de Santa María de Jesús debía acabar con la vida de Michelangelo Buonarroti. Su propia vida ya no dependía de él.

43

Bicocca, Milán, 1522

«Gran vergüenza y afrenta nuestra es que un solo fraile [Martín Lutero], contra Dios, errado en su opinión contra toda la Cristiandad, así del tiempo pasado de mil años ha, y más como del presente, nos quiera pervertir y hacer conocer, según su opinión, que toda la dicha Cristiandad sería y habría estado todas horas en error. Por lo cual, yo estoy determinado de emplear mis Reinos y señoríos, mis amigos, mi cuerpo, mi sangre, mi vida y mi alma. No lo oiré nunca más; aunque se tenga su salvoconducto; pero de ahora en adelante lo consideraré como un herético notorio, y espero que vosotros, como buenos cristianos, haréis lo mismo».

Carlos V había pronunciado ese discurso un año atrás, como respuesta a la actuación de Lutero frente a la asamblea de príncipes alemanes en Worms. Ya excomulgado por Leone X mediante la bula *Decet Romanum Pontificem*, la vida de Martín Lutero corría peligro. En dicha asamblea, delante de sus escritos, fue obligado a pronunciarse a favor o en contra de lo que se consideraba herejía.

Johann Eck, máximo defensor del catolicismo y asistente del arzobispo de Tréveris, fue el encargado de interrogar al reformador teológico.

—*Herr Luther*, ¿rechazáis vuestros libros y los errores que en ellos se engloban?

—*Solange ich nicht durch die Heilige Schrift oder klare Vernunft widerlegt werde, kann und will ich nichts widerrufen, da gegen das Gewissen zu handeln beschwerlich und gefährlich ist. Gott helefe mir! Amén**.

Días después, de regreso a Wittenberg, desapareció tras ser declarado notorio hereje. Pasaría diez meses oculto en el castillo de Wartburg traduciendo el Nuevo Testamento. Un problema menos para el nuevo emperador, que depositaba sus vistas en la inminente guerra de los Cuatro Años: Francia y Francisco I, recién forjada la alianza con la República de Venecia, habían invadido Navarra en un intento de devolver su reino a Enrique II de Navarra.

Carlos V, ofendido, decidió pasar a la acción. Aliado como era de Leone X debido a la causa del hereje Lutero, solo hubieron de añadir a este concordato a Enrique VIII, que veía cómo la influencia británica menguaba en Europa.

Sin embargo, Leone X no duraría mucho más. Carlos V necesitaba a un verdadero aliado al frente de la Santa

---

* A menos que no esté convencido mediante el testimonio de las Escrituras o por razones evidentes, me mantengo firme en las Escrituras que he adoptado como mi guía. No puedo ni quiero revocar nada reconociendo que no es seguro o correcto actuar contra la conciencia. ¡Que Dios me ayude! Amén.

Sede. La noticia, que llegó desde el otro lado del Mediterráneo, cogió por sorpresa a Adrian Florisz Boeyens en el año 1522 de Nuestro Señor. Regente de Castilla desde hacía dos años, elegido por el propio Carlos V antes de partir a Aquisgrán, había sobrevivido a la insurrección de las Comunidades, cuyos instigadores no admitían un rey ausente y con poco amor patrio.

Florisz Boeyens se encontraba en Vitoria, ciudad por excelencia del comercio de la lana que se exportaba a los telares flamencos. Se había hospedado cerca de la iglesia de San Vicente Mártir, en el palacio del Cordón, situado en el barrio Cochellería, futura calle Cuchillería, titulado por Alfonso el Sabio, rey de Castilla. Adrian Florisz Boeyens volvía de pasear por la iglesia de San Miguel Arcángel, bordeando el palacio de Villasuso hasta llegar al palacio del Cordón. Allí recibió la primicia: se acababa de convertir en papa electo y Carlos V había tenido bastante que ver. El nuevo vicario de Cristo tardaría poco más de un mes en abandonar Álava y sentarse en el trono de Pedro.

Demasiado conservador, su primer objetivo fue derribar los frescos de Michelangelo Buonarroti de la bóveda de la Capilla Sistina. Los calificaba de «baño público lleno de desnudos», con la consiguiente carga sexual. Giorgio Vasari, en el futuro, dejaría constancia de la aversión de este papa por el arte.

«Bajo el pontificado de Adriano VI las artes y todo el espíritu cultural fueron tan machacados que, si el gobierno de la Santa Sede hubiera estado más tiempo en sus manos, le hubiera ocurrido a Roma lo que le pasó en otro tiempo, cuando todas las estatuas que habían escapado al desastre de los godos, culpables o inocentes, fueron condenadas a la hoguera. Adriano ya había comenzado a pensar que se podía tirar abajo la capilla del divino Michelangelo, declarando que era una sala de baños llena de desnudos, con desprecio absoluto por todas las buenas pinturas y las estatuas, que calificaba de cosas lascivas, vergonzosas y abominables».

El arte temblaba con el nuevo papa y el mundo temblaba con el nuevo emperador. Ambos iban de la mano.

Carlos V tuvo que estar a la altura de las circunstancias, pues el año 1522 se presentó políticamente crispado. Cedió a su hermano Fernando I las posesiones austriacas; nació su hija ilegítima Margarita de Parma, fruto de su relación pasajera con Johanna Maria van der Gheynst; y entregó la isla de Malta a los Caballeros Hospitalarios de Jerusalén y Rodas, tras el asalto de Rodas por parte de los doscientos mil soldados a las órdenes de Solimán el Magnífico.

Adriano VI, a cambio de la recuperación por parte de los Estados Pontificios de los territorios de Parma y Piacenza, otorgaría a su amigo Carlos V la corona imperial, el reino de Nápoles y devolvería el Milanesado a los Sforza. Francisco I de Francia se sintió humillado en Europa y no soportó el desprecio. Su ejército se encaminó al norte de los Estados Italianos sin saber que estaba firmando su propia derrota. Bicocca, un caserío propiedad de la familia Bergamaschi cerca del camino que unía las ciudades de Monza y Milán, fue el lugar del enfrentamiento.

Los encargados de repeler la ofensiva francesa fueron Fernando Francesco d'Avalos, napolitano general en jefe de los ejércitos del emperador Carlos V, y Prospero Colonna, *condotiero* y comandante, primo del suegro de Fernando Francesco. Su matrimonio con Vittoria Colonna, hija de Fabrizio I Colonna, otro *condotiero* fallecido dos años atrás, había sido alabado por el mismísimo Fernando el Católico.

Odet de Cominges, vizconde de Lautrec y vizconde de Vilamur, hasta entonces gobernador del Milanesado y segundo al mando de las tropas de Francisco I de Francia al frente de cuatrocientos gendarmes galos, emprendió la huida. Un año atrás había contenido la ofensiva de los ejércitos imperiales, pero ahora, ante el miedo de que los mercenarios abandonaran el campo de batalla por falta de financiación adecuada, lanzó una disparatada ofensiva. Los ocho mil soldados y seiscientos arcabuceros de Jacques II de Chabannes de La Palice, mariscal de Francia, no supieron qué hacer. Las tropas, bajo el mando del condestable Anne de Montmorency, no hicieron sino perecer. Francesco Maria della Rovere y su infantería veneciana de trescientos cincuenta hombres solo tuvieron que mirar, postrados a lo lejos junto a sus nueve cañones. Aquella batalla estaba perdida de antemano. Solo Montmorency sobrevivió a la masacre a pesar de recibir dos arcabuzazos.

Mientras el militar español Antonio de Leyva se ocupaba con su caballería de los cuatrocientos jinetes del *seigneur* de Pontdormy y los hermanos lansquenetes Rothans y Steffan Krom defendían el puente de piedra que daba paso a Milán, Colonna se encargó de un ejército compuesto de veintiocho cañones; D'Avalos dirigió las cuatro líneas de arcabuces y Georg von Frundsberg llevó el mando de la infantería de lansquenetes alemanes, todos ellos protegidos por el muro de lanceros suizos o *Kronenfresser*.

Uno de los líderes mercenarios, Arnold Winkelried, había sido formado bajo la tutela de Georg von Frundsberg, y ambos se enfrascaron en un enfrentamiento cara a cara. Al grito de *viel Feind', viel Ehr'*, Frundsberg esperó a su enemigo. «Mucho enemigo, mucho honor», rezaba su lema. Winkelried atacó sin miramientos a su viejo camarada hasta herirlo, pero Von Frundsberg acabó con su vida con su corta espada destripagatos, la *Katzbalger*.

La estrategia de las tropas imperiales provocó más de cuatro mil bajas entre los franceses. De ellas, catorce jefes, veinticuatro alféreces y ciento noventa y dos gendarmes. Las pérdidas de los ejércitos del emperador fueron mínimas. La era de los caballeros había llegado a su fin. La

guerra tal y como había sido conocida hasta entonces terminaba para siempre.

A pesar de la gran victoria en Bicocca, Carlos V, el
todopoderoso emperador del Sacro Imperio romano germánico, perdió una batalla sin librarla. La contienda por
el trono de san Pietro.

44

Florencia y Roma, 1523

El 26 de abril del año 1478 de Nuestro Señor, en plena rebelión de los Pazzi contra los Medici, el *duomo* de Santa Maria del Fiore llegaría a parecerse a una de las carnicerías del puente Vecchio después de una matanza. La orden había sido decapitar únicamente la cabeza del eje de los Medici, Giuliano y Lorenzo, pero los mercenarios contratados a sueldo para ello disfrutaban mucho de su trabajo. Entre las voces de confusión y los gritos de las damiselas en apuros, se oyó una voz por encima de todas. Era la voz de Francesco de' Pazzi. Una voz que declaraba la guerra.

—¡Soy Francesco de' Pazzi! ¡Ha llegado la hora de acabar con la tiranía de los Medici!

A los presentes no les dio tiempo a mucho más. Tras estas palabras, tres hombres saltaron sobre Giuliano, pasando por encima de la congregación de creyentes allí reunidos, mientras otros tantos intentaban alcanzar a Lorenzo. Giuliano no tuvo tiempo de reaccionar. La enfermedad que cargaba desde semanas atrás le había dejado bastante débil y, por desgracia, fue una presa fácil para sus asesinos, Bernardo Bandini, Jacopo de' Pazzi y el secretario de este, Stefano, que le asestaron diecinueve puñaladas en un breve espacio de tiempo. Una muerte brutal, aunque rápida. Una de las primeras estocadas, la que le costó la vida, prácticamente le destrozó el pecho.

No tendría ocasión de conocer a su hijo Giulio, pues este nació un mes después del atentado. Su amante, Fioretta Gorini, madre del niño, se encargaría de sus cuidados. Cuarenta y cinco años después del trágico suceso de la conjura de los Pazzi, aquel niño se iba a convertir en el papa número doscientos diecinueve de la Iglesia católica gracias a los setenta y dos mil ducados desembolsados en sobornos.

Para sorpresa de todos y alegría de algunos, Adriano VI había muerto prematuramente. La Capilla Sistina de Buonarroti estaba a salvo. Al menos de momento.

El nuevo papa Medici, Clemente VII, era primo del anterior pontífice, Leone X. De complexión atlética y anchas espaldas, tenía cabellos y ojos oscuros, era alto y bien parecido. Daba la impresión de no importarle lo más mínimo los incidentes de Bicocca en el Milanesado, sucedidos tan solo un año atrás. A su cargo tenía a una esclava mulata, esposa de un arriero de mulas. Este no fue impedimento para que tuviera un hijo, a priori ilegítimo, de nombre Alessandro de' Medici, *el Moro*. El nombre de la esclava

era Simonetta da Collevecchio, y en el Vaticano se pudo
ocultar todo. Casi todo.

Pietro Aretino, dramaturgo, hijo de cortesana con alma de
rey, no guardó pluma y cargó contra el papado.

> *Vil Roma, adiós.*
> *Yo te vi, pero tú no me verás*
> *hasta que yo decida ser*
> *tratante de blancas o malhacer*
> *libidinoso o bebedor.*

Siendo el Colegio cardenalicio consciente de la
poderosa influencia que tenía el Aretino con sus palabras, que en vez de escritor pareciera el mejor de los
arqueros cargado de veneno y que incluso había tilda-
do al anterior pontífice de «tiña alemana», dispusieron
lo necesario para comprar su silencio. Al preguntar al
Aretino por qué cargaba contra todo el mundo, él respondió:

—No cargo contra todo el mundo. No cargo contra Dios.

Al preguntarle de nuevo cuál era el motivo de cargar contra todo el mundo menos contra Dios, él señaló:

—No lo conozco.

El mismo papa le regaló un corcel para tenerle contento. Lejos de eso, provocó alguna que otra mofa más,
pues Pietro era capaz de reírse de sí mismo:

—Me dicen que soy hijo de cortesana, y esto no me vuelve malo; sin embargo, tengo el espíritu de un rey. Vivo libre, me divierto y por tanto puedo llamarme feliz. Algunos vasos de cristal se llaman vasos aretinos. Una raza de caballos ha tomado mi nombre porque el papa Clemente me regaló uno de ellos. El arroyo que baña parte de mi casa se llama el Aretino. Mis mujeres quieren que las llamen aretinas. Finalmente, se dice «estilo aretino». Los pedantes pueden morir de rabia antes de alcanzar tanto honor.

Pietro Aretino no sería el único escritor que cargaría contra el actual papado. Asimismo, Francesco Berni, escritor y secretario del futuro obispo de Verona Gian Matteo Giberti, dedicó este soneto al papa:

Un papato composto di rispetti,	Un papado compuesto de aspectos,
di considerazioni e di discorsi,	consideraciones y discursos;
di pur, di poi, di ma, di se, di forsi,	más, incluso, que a continuación, pero
de pur assai parole senza effetti;	no obstante, son las mismas palabras sin efectos;
di pensier, di consigli, di concetti,	de pensamientos, consejos, conceptos;
di conietture magre per apporsi,	conjetura magra para entretener,
d'intrattenerti, pur che non si sborsi,	pero eso no da respuesta a los desembolsos,
con audïenze, risposte e bei detti;	entre el público, y dicho bien;
di pie' di piombo e di neutralità,	con pies de plomo y neutralidad,
di pazïenza, di dimostrazione	la paciencia, la demostración
di fede, di speranza e carità;	de la fe, la esperanza y la caridad;

d'innoncenzia, di buona intenzïone,	la inocencia, la buena intención,
ch'è quasi come dir semplicità,	es casi tan fácil de decir,
per non li dar altra interpretazione.	que no cabe darles otra interpretación.
Sia con sopportazione,	Aunque con paciencia,
lo dirò pur, vedrete che pian piano	tengo que decir, verás que poco a poco
farà canonizzar papa Adriano.	canonizar al papa Adriano.

El tiempo avanzaba y no solo los papas abandonaban esta vida. Pietro Perugino, uno de los decoradores de los muros de la Capilla Sistina y maestro de Raffaello Sanzio, dejó también en 1523 este mundo y un legado artístico de gran valor.

Por su parte, ajeno a las disputas literarias y a las pérdidas artísticas, Buonarroti se encontraba en Florencia zanjando un asunto familiar. Su padre, Ludovico Buonarroti, quería la propiedad de la finca de Settignano, pero fue el propio Michelangelo quien se convirtió en el propietario legal del lugar, valorado en 3.313 florines, aunque permitió a su padre el disfrute de este. Él terminaría en una casa de alquiler detrás de San Lorenzo, en la vía dell'Ariento, un lugar idóneo para comenzar a trabajar en las tumbas de los Medici tan pronto como llegara el mármol de Carrara.

A Domenico di Giovanni da Settignano en Carrara:

Mi querido maestro Domenico, el portador de esta carta será Bernardino di Pier Basso, que va allá a por ciertos pe-

dazos de mármol que necesita. Os ruego que vos le indiquéis dónde pueda ser servido bien y rápido, yo os lo solicito fervientemente. Nada más en cuanto a este asunto.

Ya sabréis cómo el Medici ha sido hecho papa, de lo que me parece que se haya alegrado todo el mundo y por lo que estimo que aquí, en relación al arte, se harán muchas cosas. Así, servid bien y con fe para conservar el honor.

A 25 de noviembre.

Vuestro Michelangelo, escultor en Florencia

Nada haría pensar al mejor artista de la historia que en dos años el mundo cambiaría, una vez más, para siempre. Bicocca no había sido nada comparada con la inminente batalla de Pavía.

Pavía, el principio del fin.

45

Pavía, 1525

Pavía, sur de Milán, a unos cuarenta kilómetros de Bicocca. Conocida en toda Europa por ser una de las paradas en
la peregrinación a Roma de la vía Francigena. Famosa por
su *certosa* y su universidad, sus diez mil habitantes estaban
a punto de ser partícipes de la batalla que cambiaría la
historia de Europa en aquel mes de febrero del año 1525
de Nuestro Señor.

Carlos III de Borbón, condestable y comandante en
jefe de los ejércitos de Francisco I, abandonó Francia harto del trato del regente francés y se enroló en las fuerzas
armadas de Carlos V. Aquello fue una humillación más para el monarca de la casa Valois, que perseveraba en su idea
de conquistar territorio italiano y apoderarse de su única obsesión, el Milanesado.

Antonio de Leyva, gobernador de Pavía y fiel al emperador, se encargaba de la defensa de la ciudad, y había
reforzado las defensas y construido otras nuevas. Con unos
efectivos de cinco mil lansquenetes, cuatrocientos jine-

tes y doscientos hombres de armas, tenía que ganar tiempo para que las tropas imperiales alcanzaran la ciudad antes de que fuera demasiado tarde.

Francisco I, desde la abadía de San Lanfranco, ordenó el bombardeo de la ciudad. En la retaguardia, las *compagnies d'ordonnance,* o gendarmerías lanceras francesas, esperaban a mil doscientos caballeros cabalgando con sus corazas. Las insignias nobiliarias adornaban los ropajes de las caballerías mientras que sus lanzas de casi cinco metros hacían las veces de estiletes ofensivos. A su lado, dos mil caballos ligeros procedentes de Francia y de los Estados Italianos, dos mil arcabuceros italianos, cuatro mil infantes franceses, cinco mil lansquenetes, siete mil infantes suizos y cincuenta y tres cañones arrastrados por bueyes. Un ejército superior a las tropas de Carlos V.

Ya no estaba el *condotiero* y héroe de la batalla de Bicocca Prospero Colonna. Sería Antonio de Leyva quien aguantaría al frente de Pavía los asedios, los bombardeos y un enemigo aún mayor: el hambre y la sed. El marqués de Pescara, Fernando Francesco d'Avalos, palió la inanición con un emotivo discurso:

—¡Hijos míos, todo el poder del emperador no os puede facilitar en el día de hoy pan para llevaros a vuestro estómago! Nadie puede traeros ese necesario pan. Pero en el día de hoy, precisamente hoy, ¡os puedo decir que si queréis comer, el alimento se encuentra en el campo francés!

Todo cambió al arribar a Pavía los ejércitos de Carlos V. Gran parte de los mil quinientos jinetes ligeros imperiales iban protegidos mediante morriones, cotas de malla, coletos de cuero reforzados con placas metálicas, quijotes, rodilleras y escudos de madera y cuero. Por otro lado, la caballería pesada de Carlos de Lannoy, formada por ochocientos hombres de armas, portaba armaduras maximilianas estriadas o acaneladas, de un peso aproximado de veinticuatro kilos; y los *Doppelsölder*, encargados de grabar las picas enemigas, se protegían con petos, coseletes o armaduras completas. Los imperiales contaban con tres mil arcabuceros italianos, cinco mil infantes españoles, doce mil lansquenetes y dieciséis cañones. Sin embargo, la motivación empezaba a menguar, pues los hombres habían dejado de recibir sus soldadas.

Aun así, el suelo retumbaría bajo sus pies y bajo los cascos de los caballos; el sonar de las lanzas, las espadas y las armas de fuego, junto con el de los vítores y gritos de dolor se quedarían grabados en la retina de muchos. De vencedores y derrotados.

La batalla comenzó alrededor de las siete de la mañana de aquel 24 de febrero. El ejército imperial, con visible inferioridad respecto a las tropas de Francisco I, empezó sufriendo bajas ante la caballería pesada y los cincuenta y tres cañones galos. Sin embargo, un gran número de gendarmes franceses cometieron un error. Su posición en la línea de tiro de sus cañones menguó la potencia del fuego de los mismos, lo que decantó la balanza a favor del ejército imperial. No había dinero, pero sí orgullo y pundonor.

Los arcabuceros aprovecharon la situación y fulminaron tanto a jinetes como a animales. No hubo piedad. Este fue un duro golpe para Francisco, que viendo cómo había pasado de estar a punto de ganar la batalla a casi perderla, se llevaba las manos a la cabeza. Los brazos caían, las espadas atravesaban las viseras de los yelmos, las juntas de las armaduras ofrecían carne gratuita y los cañones partían en pedazos a los desafortunados. El parque Visconteo se tiñó de sangre.

El *condotiero* Cesare Hercolani de Forli, aprovechando una falta de concentración del rey de Francia durante el fragor de la batalla, asestó un golpe mortal a su montura con un arcabuz y le hizo caer de bruces contra el suelo, alejado de los suyos.

La batalla había terminado a pesar de que varios soldados de ambas facciones todavía se esforzaban por acabar lo que habían empezado. Un soldado vasco de nombre Juan de Urbieta Berástegui y Lezo, acompañado por el granadino Diego Dávila y el gallego Alonso Pita da Veiga, fue el primero en llegar a la altura del rey galo y, mediante espada, le obligó a rendirse. A pesar de ello, sería Hercolani el que recibiría el sobrenombre de Vencedor de Pavía. El monarca francés se convirtió en prisionero de guerra de Carlos V. Los franceses y los suizos que aún corrían huyendo de la batalla cayeron bajo plomo español.

No hubo misericordia para los cobardes. Enrique II de Navarra, compañero de Francisco, también cayó prisionero. Peor suerte corrieron François de Lorena, líder de los lansquenetes renegados al servicio ahora de Francia; Richard de la Pole, último miembro de la casa de York y aspirante a la corona inglesa y Louis II de la Trémoille, general del ejército galo, que perdieron la vida en Pavía.

La batalla terminó alrededor de las nueve de la mañana de aquel 24 de febrero.

Francia se desmoronaba.

La reforma luterana también se desmoronaba. Al norte de Europa, Martín Lutero, que se acababa de ocupar de la liberación de unas monjas prisioneras en el convento de Nimbschen, tomó como esposa a una de ellas, Catalina de Bora, monja católica a favor de la reforma. Esto provocó un cisma en el ambiente reformador. Amigos suyos como Philipp Melanchthon no vieron este enlace con buenos ojos, pues para ellos significaba el fin de la reforma, y lo calificaron de «acto infeliz». Otros, sin embargo, como el artista Lucas Cranach, *el Viejo,* lo vieron con buenos ojos, como un símbolo de la renovación eclesiástica, y le apoyaron públicamente.

Erasmo de Róterdam, uno de los grandes críticos con la Iglesia y precursor de la necesidad de un gran cambio en el seno de la Santa Sede, aprovechó la situación y fue duro con Lutero. La doctrina, para él, carecía de importancia; para Lutero no había verdad sin la doctrina de la fe. La vía elegida por Lutero era, para Erasmo, demasiado radical, pues le exigía posicionarse de una vez por todas en uno de los bandos de la batalla religiosa. Terminó rechazando unirse intelectualmente a cualquiera de los dos.

Mientras el mapa político europeo cambiaba con la detención de Francisco I y el mapa religioso con las nupcias de Lutero, el papa Clemente VII terminaba de leer tranquilamente su misal en el jardín del Belvedere y se disponía a escribir a Michelangelo Buonarroti.

Querido Michelangelo:

Sabéis que los papas no viven mucho, y no podríamos desear más de lo que deseamos ver, o al menos saber que la capilla con las tumbas de nuestra familia y también la biblioteca están terminadas. Por tanto, os encomendamos una y otra a vos; mientras tanto, procuraremos, como una vez dijisteis, hacer acopio de decente paciencia, rogándole a Dios que os dé valor de sacarlo todo adelante. Nunca dudéis de que os vayan a faltar ni trabajo ni recompensas mientras vivamos.

Vuestra Santidad Clemente VII

Buonarroti, ajeno al ocaso de Europa, estaba a punto de volver a coincidir con una persona que, en esta ocasión, cambiaría su vida para siempre: Niccolò Machiavelli.

46

Florencia, 1526, taberna de la Puerta San Gallo

Mi querido Sebastiano:

Anoche, vuestro amigo el capitán Cuio Dini, con algunos otros caballeros, me invitó a cenar, cosa que me resultó bastante agradable por hacerme salir de mi melancolía y delirio. La cena fue placentera a la vez que maravillosa, y las conversaciones que se mantuvieron, aún más. Fue un placer escuchar de la propia boca del capitán Cuio mencionar vuestro nombre y sus pensamientos para con vos. También me alegré de conversar sobre arte y sobre vos; el capitán os considera único no solo en Roma sino en todo el mundo. Eso quiere decir que mi propia opinión de vos no era errónea. Os pido, pues, que no me neguéis más el hecho de ser único cuando os lo escribo, pues ya son varios los testimonios.

Michelangelo, escultor

Con esta misiva agasajó Buonarroti a su amigo Sebastiano del Piombo. La ciudad de Roma había estado artísticamente dividida en dos facciones: los defensores de Raffaello Sanzio y los que alababan a Michelangelo Buonarroti. El escultor florentino se había ganado a Del Piombo antes de la muerte del pintor de Urbino, y ahora mantenían una relación demasiado estrecha para Michelangelo y demasiado dilatada para Sebastiano. Aun así, no dejaban de lisonjearse a la mínima oportunidad.

El artista veneciano tenía la facilidad de granjearse amistades importantes. En el año 1519 de Nuestro Señor había tenido la oportunidad de retratar al navegante Cristoforo Colombo, y en este año acababa de representar al escritor Pietro Aretino. Era de un valor incalculable a la hora de hacer relaciones públicas. Todo lo contrario a Michelangelo.

Fue el propio Sebastiano quien orquestó la reunión entre el escultor y el político. Aprovechó que Buonarroti se hallaba en Florencia ensalzando la gloria de los Medici con las tumbas de Lorenzo y Giuliano en la basílica de San Lorenzo, bajo petición expresa de Clemente VII. Niccolò Machiavelli acababa de terminar una conferencia en el palacio Rucellai y se dirigía a la basílica de San Lorenzo, donde Buonarroti trabajaba en las tumbas mediceas. Durante el paseo, Machiavelli no dejaba de pensar en el jardín del palacio. Eran no pocos los que querían levantar en Florencia un nuevo jardín de San Marco. Un lugar donde el arte, la política y la cultura se mantuvieran alejados de la religión y que potenciara el talento de los que en él participaran. Un lugar que fabricaría artistas como Michelangelo Buonarroti.

Michelangelo Buonarroti, un cincuenta por ciento de genialidad y otro cincuenta por ciento de hermetismo. Como si fuera alguien que siempre hubiera querido estar en otro sitio y que, de una manera u otra, lo hubiera conseguido. El político sabía perfectamente que si Sebastiano no hubiera ejercido de cicerone, su encuentro con él nunca habría sido posible. Intentaría aprovechar el poco tiempo que le otorgase el artista. Este estaba esperando frente a la puerta principal de la basílica de San Lorenzo, construida por el maestro Filippo Brunelleschi.

—*Messer* Buonarroti, soy Niccolò Machiavelli. Un placer.

Extendió la mano y el escultor la apretó brevemente.

—Sé quién sois. Si no recuerdo mal, algo tuvisteis que ver en el encargo del palacio de la Signoria junto a Leonardo da Vinci. ¿Qué necesitáis?

—Cierto. Buena memoria, Buonarroti. Si no es molestia, podríamos cenar juntos.

—¿A *Chiassolino?* Está cerca —propuso el artista.

—*Per favore, signore.* Es un prostíbulo. Tengo un sitio mejor, acompañadme.

Ambos caminaron a paso ligero hacia el norte. Machiavelli, expectante; Buonarroti, de mala gana. No era carne de cañón para las posadas donde se pagaba por sexo, pero de buena gana preferiría un antro antes que algún lugar de seudoeruditos intentando hacer el amor con la mente. Sin embargo, nada más lejos de la realidad. Al llegar a la taberna de la Porta San Gallo, Buonarroti se encontró con que el lugar propuesto por Machiavelli tenía más de burdel que de sitio refinado. Machiavelli, sin embargo, no esperaba encontrarse tal grado de degeneración en el local, y no pudo evitar que el gesto torcido de su rostro le delatara. Como Buonarroti no tenía tiempo de estar de un lado para otro buscando un lugar donde comer, se adelantó y tomó asiento. El político fue tras él algo resignado.

—¿Qué tomarán? —les preguntó el dueño de la posada.

—Paloma hervida y una copa de vino de Vernaccia —contestó el político, que conocía la carta del antro.

—Agua y pan —pidió el escultor.

El posadero, con un crónico gesto de desprecio, se encaminó a la cocina esquivando restos de intoxicaciones etílicas.

—Permitidme en primer lugar que os indique en qué he estado ocupado estos últimos tiempos. Acabo de terminar las *Historias florentinas*. Después de la misión en Lucca, pensé que los Medici me otorgarían un puesto más acorde con mis talentos. Sin embargo, me relegaron a cronista de la ciudad de Florencia. ¿Cómo escribir la historia de esta ciudad sin criticar a los Medici? Si uno pretende ser objetivo, tiene que contar absolutamente todo.

—¿Lo hicisteis?

—Por supuesto... que no. Hay momentos en los que un hombre tiene que esconder ciertos hechos con palabras.

—Vos fuisteis acusado de conspirar contra los Medici, ¿no es así?

—Veo que, para vivir en Roma, no estáis despegado de Florencia. Las noticias vuelan. No es del todo cierto. Para demostrar mi inocencia, pienso publicar en breve una obra de nombre *El príncipe*. Aunque hay ciertas influencias de mi etapa con Cesare Borgia, el texto estará dedicado al difunto duque de Urbino, Lorenzo II de' Medici, nieto del Magnífico.

—Cesare Borgia…, todo un modelo a seguir…

— Leonardo da Vinci y servidor nos dimos cuenta demasiado tarde.

—Da Vinci, otro modelo a seguir.

Machiavelli, en aquel momento, no entendió ni la ironía ni el rencor. El camarero sirvió la frugal comida.

—Insisto. No soy un traidor para la ciudad de Florencia. Hay hombres ingratos, frívolos, mentirosos, cobardes y codiciosos; mientras el regente los trate bien, lo apoyan, pero cuando aquellos están en peligro se vuelven contra el regente. No soy de esa clase de hombres.

—El regente, el príncipe, o como diablos queráis llamarle, ¿cuál es la principal cualidad que debe tener?

—Eso es obvio, el príncipe debe hacer uso del hombre y de la bestia: ha de ser astuto como un zorro para evadir las trampas y fuerte como león para espantar a los lobos.

—Hay mucha verdad en ello. ¿Cuál es el motivo de mi convocatoria?

—Veréis, cabe la posibilidad de que la política no sea sino un algo donde pueda refugiarme de vez en cuando. Nos ha tocado vivir una época que avanza a una velocidad a la que no estamos acostumbrados. Puede que mi futuro tenga que ver más con las crónicas de la ciudad y sus personajes ilustres que con la República florentina de los Medici. No es demasiado estable. Mi trabajo y mi vida dependen de algo más que derroques y ascensos de poder. Vos sois uno de los ciudadanos más ilustres.

—Por favor, político. ¿Me convocáis para hacerme preguntas con la finalidad de publicar un libro? ¿Me estáis tomando el pelo?

—Para nada, escultor. El pueblo tiene derecho a saber. Arte, historia, política, sexo…, todo es digno de ser contado.

—¿Todo? No creo que «todo» tenga que ser de dominio público. ¿Arte? Quizá. ¿Historia? La cuentan lamentablemente los ganadores. ¿Política? Tenemos una capacidad obsesiva y enfermiza de polarizar los pensamientos políticos de todos cuantos nos rodean. ¿Sexo? Florencia ya no es la que era. No desde el caso Savonarola. La gente tiene miedo a amar.

—Cierto es, *messer* Buonarroti, que la homosexualidad está mal vista en los tiempos que corren.

—Así es, político, así es. Pero la culpa de todo la tiene la Iglesia. Desde el trono de san Pietro predican contra la sodomía como si en los aposentos vaticanos no se divirtieran con fiestas lujuriosas. Hablaba de amor entre las personas, sin importar el sexo.

—Recurriendo a ideas platónicas, si me lo permitís. Quizá haya alguna referencia en las Sagradas Escrituras que incite a la persecución de los homosexuales.

—El único pecado de la Biblia es haber sido traducida bajo la contextualización de las sociedades en las que se tradujo. Demasiada tergiversación.

—Si no recuerdo mal, en mi época de estudiante lidié con la introducción a la teología. Lógicamente, mi pasión era esta nuestra ciudad, Florencia, que, como sabéis, fue, digamos, la cuna de la homosexualidad. No pude sino informarme, tras el escándalo de Savonarola, de la relación entre la sexología y la doctrina. Hallé algunos textos en los que, al parecer, se persigue la llamada sodomía.

—Iluminadme…

—Según el Levítico, el que dos hombres se acostasen se consideraba un acto infame. No solo eso, sino que se les podía condenar a muerte a los dos. Por poneros otro ejemplo: un escultor, Paolo di Tarso, escribió en la epístola a los romanos que hombres con hombres cometen actos vergonzosos y perversos. Según su epístola a los corintios, los homosexuales, entre otros, no heredarán el reino de Dios. Podríamos pasar por encima del evento Sodoma y Gomorra, pero creo que no será…

—Niccolò, ¿sois un hombre de fe?

—Por supuesto. Creo en la política y en Florencia.

—¿Y Dios tiene que ver en ello?

Se hizo un silencio durante el cual Niccolò Machiavelli no se atrevió a responder. Era demasiado hermético como para contestar preguntas que no hubiera formulado él mismo.

—Dejadme que ahora sea yo el que os dé una clase de teología. Bien es cierto que habéis hecho alusiones a pasajes que condenan el amor entre dos hombres o dos mujeres. Esos textos, fragmentos de un libro llamado Biblia, apuntan a que la homosexualidad no es natural. Pero se trata de un libro en el que las serpientes hablan; en el que a Adán se le advierte de su muerte el mismo día que comiera el fruto prohibido pero que a continuación relata cómo vivió novecientos treinta años, según el Génesis. Es este un libro que juega al despiste, en el que no queda claro quién mató al gigante Goliat, ¿David o Elhanán? Un libro en el que los mares se separan, las zarzas hablan, los hombres habitan durante días en una ballena y caminan sobre las aguas o regresan de entre los muertos y las vírgenes tienen críos. Un libro en el cual la Iglesia se basa para pedirnos que no robemos mientras en el Éxodo se nos exhorta a despojar de todo a los egipcios. Un libro en el que los propios mensajeros de Jesús de Nazaret se contradicen: Juan describe a Jesús como un hombre de paz y Mateo como un impartidor de justicia; el mismo Mateo indica que Judas se acercó a besar a Jesús en el momento de la traición pero Juan lo desmiente; Juan dice que el Cristo portó la cruz y Mateo lo niega. Niccolò, cada evangelio indica un texto diferente en la cruz del nazareno. Estamos ante una pésima crónica de lo que sucedió realmente.

—Me dejáis sin palabras, *messer* Buonarroti. ¿Quién os instruyó en teología?

—Tuve la oportunidad de estudiar en el jardín de San Marco, en la Academia Medici. ¿Mis maestros? Los libros, Marsilio Ficino y Pico della Mirandola.

—No me cabe duda de que ejercieron muy bien su trabajo. ¿Torá? ¿Midrash? ¿Cábala?

Buonarroti asintió con la cabeza.

—Sabían lo que hacían. Sin embargo, independientemente de la condición sexual de cada uno, no me negaréis que los hombres ofenden antes al que aman que al que temen.

—No os lo negaré en absoluto —contestó Buonarroti.

—Lástima que el mal se haga todo junto y el bien se administre de a poco.

—No sé qué es preferible: el mal que hace el bien o el bien que hace mal.

Machiavelli sonrió. ¿Irónico? Sí. ¿Irascible? Sin ninguna duda. ¿Torpe o tonto? En absoluto.

—Tengo una duda, *messer* Buonarroti. Mi intelecto no llega a desengranar si vuestra ruda personalidad es parte de un juego que vos mismo habéis creado para mantener alejados a los cortos de intelecto o si, por el contrario, por algún extraño motivo, sois así desde siempre. —Michelangelo jugó al despiste y calló. Machiavelli insistió—. Todos ven lo que tú aparentas; pocos advierten lo que eres. ¿No es así?

Buonarroti sabía que el político no era estúpido. Gracias a la apertura de las bibliotecas públicas por parte de los Medici en Florencia, el acceso a los libros se había convertido casi en asignatura pendiente para los artistas. Platón había llegado, muy a pesar de la doctrina cristiana, a un sinfín de mentes receptivas. También Sócrates, y Buonarroti empezaba a intuir que Machiavelli había hecho uso de todos aquellos archivos. Tanta pregunta le hizo recordar la mayéutica del filósofo griego. ¿Intentaba llegar a lo más profundo de su mente? Decidió evitar el diálogo con el político. Al fin y al cabo, no dejaba de ser eso, un político.

Niccolò Machiavelli comprendió enseguida que el escultor no le seguiría el juego. Terminó de degustar el plato de paloma hervida mientras su compañero de mesa jugaba con el vaso de agua y las migas sobrantes de un mendrugo de pan.

—Yo no digo nunca lo que creo, ni creo nunca lo que digo. Si se me escapa alguna verdad de vez en cuando, la escondo entre tantas mentiras que es difícil reconocerla. No os preocupéis conmigo. Soy de fiar.

En el fondo, a Buonarroti le hizo gracia semejante definición de sí mismo, pero siguió callado.

—Mirad, escultor, aquel tipo de allí. El obeso.

Michelangelo volteó la cabeza y dirigió la mirada adonde Machiavelli señalaba. Un hombre demasiado opulento recibía una bolsa de dinero.

—Si os preguntara por su profesión, ¿qué me diríais?

Tras un par de minutos observando la escena que tenía lugar en medio de la taberna, el artista volvió la mirada al político y se rindió.

—No lo sé.

—¡Ay, amigo Buonarroti! ¿En qué mundo vivís? ¿Sabéis qué son las relaciones públicas? Estáis tan obsesionado con el mármol y el pigmento que sois incapaz de descender al mundano y cotidiano mundo en el que habitáis. Solo tres personas en esta ciudad piden dinero por sus servicios. Estoy convencido de que en la Ciudad Eterna también es así.

—Esas tres personas son…

—Jueces, médicos y curas.

Machiavelli apuró su copa de vino de Vernaccia y depositó el vaso en la mesa. Se dirigió a su compañero una última vez. Había comprendido que aquella entrevista para una posible y futura crónica no iba a dar fruto.

—*Messer* Buonarroti, si me disculpáis, he de recogerme. Mañana tengo una importante reunión con Francesco Guicciardini. Una última apreciación: el hombre olvida antes la pérdida de su padre que la pérdida de su patrimonio. Espero no olvidéis que no estáis solo. Tarde o temprano, incluso un hombre como vos deberá confiar en alguien. Aquí tenéis un apoyo si fuera necesario. Buscad otro en Roma cuando vengan tiempos peores. En tiempos de paz hay que pensar en la guerra. *Arrivederci.*

Dejó caer unas monedas de poco valor sobre la mesa y partió en dirección a la salida. Por unos momentos, Buonarroti pensó en las palabras de su nuevo colega. Ensimismado, divagó una y otra vez. ¿Tiempos peores? Su vida era todo tormento y ningún éxtasis. De repente, como si de un sueño despertase, comprendió que estaba perdiendo el tiempo. No podía dejarse engatusar por alguien a quien acababa de conocer. Se puso en pie, añadió un par de monedas más y dio un último trago al agua antes de partir.

—Políticos…

47

Madrid, 1525, torre de los Lujanes,
plaza de la Villa y Real Alcázar

Política. La ciudad, regentada por el corregidor Juan Manrique de Lara, ardía en murmullos. Poco quedaba ya del antiguo asentamiento defensivo musulmán del siglo IX conocido como Mayrit. No tardó ni dos siglos en ser cristianizada por los ejércitos de Alfonso VI.

Desde que, poco a poco, la realeza se había ido hospedando en la muy noble y muy leal villa. Durante algunas semanas, Madrid se había convertido en otro tipo de núcleo militar. El comercio se desarrollaba rápidamente, los talleres empezaban a establecerse extramuros y la gente adinerada depositaba su confianza en el futuro de la ciudad, ya que desde el año 1491 de Nuestro Señor se había acordado empedrar las calles y transformar el ambiente rural en uno más urbano, prohibiendo incluso que los cerdos caminasen a sus anchas por las calles. Algunas estructuras, como el arco y la torre de la Almudena, tuvieron que ser demolidas por su avanzado estado de deterioro. La plaza del Arrabal se convertía, poco a poco, en el centro neurálgico de la urbe, y solo dos años atrás se había autorizado la celebración, cada miércoles, del mercado Franco de Alcabala, que impulsaba el turismo y las ventas al menos una jornada por semana.

Don Carlos, por la divina clemencia Emperador Semper Augustus, rey de Alemania, Doña Juana, su madre, y el mismo Don Carlos, por la gracia de Dios, reyes de Castilla, etcétera. Por hazer bien y merçed a vos, al Concejo, justiçia, regidores, cavalleros, escuderos, ofiçiales y omes buenos de la noble villa de Madrid e porque nos lo suplicaron e pidieron por merçed Diego de Herrera regidor y Don Juan de Castilla, vezinos de la dicha Villa e procuradores de Cortes de ella, en estas cortes que se celebraron en la villa de Valladolid este presente año de la data desta nuestra carta, acatando los muchos e buenos e leales serviçios que la dicha Villa e veçinos e moradores della nos an fecho y hazen de cada dia y esperamos que nos haran de aqui adelante y en alguna enmienda e remuneraçion dellos e porque la dicha Villa sea mas poblada y ennobleçida, nuestra merçed y voluntad es que desde primero dia de henero del año venidero de mill y quinientos y vente y çinco años que sale el ecabeçamiento que agora esta fecho de las rentas de las alcavalas de la dicha Villa, en adelante, en cada año, por siempre jamas, se haga en la dicha Villa un mercado el dia miercoles de cada semana el qual sea Franco de Alcavala de todas las mercadurias y mantenimientos y otras cosas que en el dicho mercado se vendieren e conpraren e contrataren.

Dada en la çibdad de Burgòs a diez dias del mes de setienbre año del nasçimiento de nuestro salvador Jhesuchristo de mill y quinientos y veynte y tres años. Va escripto sobrerraydo en dos partes o diz Villa.

Yo, el rey, yo, Antonio de Villegas,
secretario de su çesarea y catholicas Magestades,
la fize escrevir por su mandado

La vida religiosa era mucho más vertiginosa. La capilla del Obispo de la parroquia de San Andrés, en la plaza de la Paja, se convertía en realidad. Los cinco monasterios que dibujaban la ciudad, San Martín, San Francisco, Santo Domingo, Santa Clara y San Jerónimo, se quedaban cortos, y pronto se anexionarían algunos más que se encontraban fuera de las murallas: el de Rejas, en la villa de Barajas, o el de Nuestra Señora de la Piedad Bernarda, en la aldea de Vallecas. Se acababa de fundar el monasterio de Santa María del Paso y el santuario de Nuestra Señora de Atocha y, muy cerca, Antón Martín inauguraría el hospital dedicado a la trata de enfermedades contagiosas. Se sumaba al conjunto de centros hospitalarios como el hospital del Buen Suceso, el de San Lázaro, el de la Caridad, el de la Paz, el de San Ginés y el de los Peregrinos. Incluso ese mismo año, 1525 de Nuestro Señor, se celebraba en el mencionado monasterio de San Francisco la Junta anual de Teólogos.

Pero no todo era religión. El triángulo que formaban la carrera de San Jerónimo, la calle de Atocha y el Prado Viejo servía de nido de aspirantes a faranduleros dedicados a cultivar las letras y el teatro, y, desde el año 1510, los herreros y caldereros se trasladaban junto a la plaza de Puerta Cerrada. La propia reina Juana I hizo construir tiendas en la misma plaza, con comodidades y seguridades para los compradores, y la mejor carne se instaló en la plazuela de San Ginés.

Algo más de veinte mil almas respiraban una imaginada preferencia por Carlos I, de trasladarse la regencia a aquellas tierras. El rey y emperador conocía bien el lugar. Durante el curso del año anterior, unas fiebres le habían obligado a hospedarse en un palacio regentado por el tesorero imperial, Alonso Gutiérrez de Madrid, que más tarde se convertiría en el monasterio de religiosas franciscanas Clarisas de la Madre de Dios de la Consolación o, como vulgarmente lo llamarían, monasterio de las Descalzas Reales de Madrid. Gracias al doctor Luis Lobera de Ávila, la estancia fue más placentera de lo que cabía esperar.

La estancia de Francisco I de Francia en Madrid, sin embargo, no tuvo nada de placentera.

Aquellos que pensaban que se trataba de una guerra entre España y Francia se equivocaban. En realidad, se trataba de una contienda entre el emperador del Sacro

Imperio romano germánico y el rey de Francia. Eran hombres y no territorios los que contendían: puro ego.

Trasladado desde el castillo de Pizzighettone, cerca de Milán, para mayor seguridad, su nuevo hogar durante unos días sería la torre de los Lujanes de Madrid, mientras Carlos I seguía atendiendo asuntos de imperio en el Real Alcázar, antigua fortaleza musulmana, preocupado por los focos protestantes de Valladolid y Sevilla. Allí mismo consideró los daños colaterales de la guerra, y recibió la noticia de la gran pérdida del jefe de sus tropas imperiales, Fernando Francesco d'Avalos Aquino y Cardona. Ni todo el ejército de Francisco I había podido acabar con él y, sin embargo, las bacterias del tifus se lo llevaron a la tumba. El monarca español decidió enviar una misiva expresando sus condolencias a la viuda de D'Avalos, Vittoria Colonna, marquesa de Pescara, que se encontraba en la isla de Isquia, frente a Nápoles.

Colonna, al recibir la nefasta epístola, escribiría:

> *Qui fece il mio bel Sole a noi ritorno*
> *di Regie spoglie carco, e ricche prede:*
> *ahi con quanto dolor l'occhio rivede*
> *quei lochi, ov'ei mi fea già chiaro il giorno!*
>
> *Di mille glorie allor cinto d'intorno,*
> *e d'onor vero a la più altera sede,*
> *facean de l'opre udite intera fede*
> *l'ardito volto, il parlar saggio adorno.*

Vinto da' prieghi miei poi ne[mi] mostrava
le belle cicatrici, e 'l tempo, e 'l modo
delle vittorie sue tante e sì chiare.

Quanta pena or mi dà, gioia mi dava!
E in questo, e in quel pensier piangendo godo
tra poche dolci, e assai lagrime amare.

Hoy regresa mi bello Sol, cargado
de ricas presas y despojos regios.
¡Cuánto dolor me da ver los lugares
en que él lograba iluminar mis días!

Ceñido y coronado de mil glorias,
rico de honor en el más alto trono,
daban fiel testimonio de sus obras
el rostro airoso y las palabras sabias.

Vencido de mis ruegos me mostraba
las bellas cicatrices y ocasiones
de sus muchas y célebres victorias.

Lo que ayer me alegraba hoy me da pena,
y en estos pensamientos lloro y gozo
envuelta en dulces lágrimas amargas*.

---

* Traducción del soneto: José María Micó.

Por su parte, el regente de Francia hacía lo propio con la correspondencia, pero su escrito iba dirigido a su madre, Louise de Savoie.

«Todo está perdido para mí, excepto el honor y la vida».

La torre de los Lujanes estaba en pleno centro de Madrid. Situada en la plaza de San Salvador, que en un futuro cambiaría su nombre por el de plaza de la Villa, su portada de estilo gótico y mudéjar invitaba a pasear por la calle del Codo. Pero no sería Francisco I el que disfrutase de paseos por la villa de Madrid. La única excursión con la que pudo deleitarse fue la de su traslado al próximo Real Alcázar de Madrid, donde pasaría a estar cerca del rey de España. Sin embargo, el monarca no dio facilidades a su homólogo galo. Constantemente evitaba reunirse con Francisco I, aunque dos motivos acabaron haciendo que el emperador se tomase la molestia de visitar al noble preso.

El primero de ellos fue un intento de fuga. El portador de leña del Alcázar, negro de piel, recibió una buena suma de dinero para dejar carbón en las estancias de Francisco. Este, tiznándose la cara, intentó suplantar al carbonero sin éxito.

El segundo y último motivo fue una leve enfermedad que contrajo el monarca. El emperador, para no parecer un líder desalmado, acudió a visitarlo a sus aposentos.

Ambos, tarde o temprano, estaban obligados a entenderse. Carlos I, rey de España y V emperador del Sacro Imperio romano germánico ejerció su superioridad y la plasmó en un convenio.

El tratado que obligaba a Francisco I a firmar constaba de cincuenta cláusulas. Entre ellas, una que establecía que Francisco I estaba obligado a apoyar la cruzada de Carlos V contra los turcos mediante ejército naval. También quedaba obligado a liberar y entregar al general Hugo de Moncada, apresado por Andrea Doria, almirante genovés a las órdenes del rey de Francia. Asimismo, el regente debería renunciar a los Estados Italianos y entregar el Ducado de Borgoña, que perteneció a Felipe el Hermoso, al propio Carlos. Por último, se prepararía un matrimonio que debería ser ventajoso para ambas partes. Francisco I, viudo de Claude I de Francia, tomaría como esposa a la bella Leonor de Austria, viuda de Manuel I de Portugal y hermana de Carlos V. Además, los hijos de Francisco I, Enrique II de Francia y Francisco III de Bretaña, se instalarían en Madrid en calidad de rehenes con el fin de asegurar el cumplimiento del tratado por parte de su progenitor.

Todo ello debía jurarlo ante las Sagradas Escrituras.

Horas antes de la firma del contrato entre ambos monarcas, Francisco I tomó una decisión. La decisión, posiblemente, de su vida. Ante el embajador francés y obispo de Embrun y el condestable Anne de Montmorency, redactó un documento en el que confesaba que iba a desobedecer todo lo firmado en el Tratado de Madrid por hallarse bajo coacción y por concertarse de manera abusiva, desmesurada e ilegal a su juicio. Ejerciendo su propio séquito de testigos y notarios al mismo tiempo, dieron validez al escrito y eximieron de toda culpa a su rey antes de firmar el tratado. Por su parte, Carlos V se acompañó para firmar el documento de Jean Lallemand, secretario de Estado del emperador y embajador plenipotenciario en el Tratado de Madrid, así como del virrey de Nápoles, Carlos de Lannoy, señor de Sanzeilles, Erquelines y Maingoval, y del propio Hugo de Moncada, de quien exigía su libertad.

El tratado se firmó en Madrid y fue seguido de una última humillación para el monarca galo: su espada no sería restituida. Su nuevo dueño, como premio al valor derrochado en Pavía, sería Carlos de Lannoy, que se apoderó de ella en ese mismo momento. En sus gavilanes se podía leer el versículo cincuenta y uno del *Magníficat*, oración católica del Evangelio de Lucas:

Fecit potentiam in brachio suo.

«Él hizo proezas con su brazo».

Francisco I, impotente ante la injusticia del tratado que acababa de firmar, no hizo sino exclamar:

«El sol luce para mí como para otros.
Querría ver la cláusula
del testamento de Adán que me excluye
del reparto del mundo».

Pero en el fondo, Francisco I de Francia, François de Valois et d'Angoulême, no pensaba ni por asomo respetar el infortunado Tratado de Madrid. El obispo de Embrun y Anne de Montmorency habían sido testigos.

48

Cognac, Francia, 1526

El emperador estaba de enhorabuena. Junto con Garcilaso de la Vega, caballero de la Orden de Santiago y hombre de armas, se dirigió a la ciudad de Sevilla, donde le esperaba en los Reales Alcázares de la ciudad una joven de veintidós años de nombre Isabel de Portugal. Carlos, de tan solo veintiséis años, era rey, emperador y todo un hombre casado.

Francia, Roma, Venecia, Florencia y Francesco Sforza sellaron un acuerdo antiimperial en la ciudad francesa de Cognac, ciudad que vio nacer al rey Francisco. Un convenio inviable años atrás por las tensas relaciones entre el papado y Francia. Pero ahora tenían otra misión. Pagar un rescate por los hijos del rey de Francia, frenar la expansión de un único poder en toda Europa, devolver la paz al cristianismo, recuperar el Ducado de Milán para los Sforza, eliminar la presencia española en los territorios italianos y que fuera la ciudad de Roma la que decidiera cómo, cuándo, dónde y con quién sería la inevitable aceptación de Carlos V como emperador. Enrique VIII de Inglaterra pasaría a formar parte de esta Santa Liga siempre y cuando obligaran a Carlos V a pagar todas las deudas a su país.

Era tal la ceguera de la Santa Liga con respecto al resto del universo que, con los ojos apuntando a España, no se percataron de que Solimán el Magnífico encontraría una vía despejada para atacar Europa. Y así fue. Sin pensarlo dos veces, atacó desde Constantinopla. Ya había conquistado uno de los grandes baluartes de la cristiandad años atrás, Belgrado. Rodas había sido su siguiente objetivo. Ahora, los ojos del sultán del Imperio otomano se habían depositado en Budapest. La batalla de Mohács sirvió para proclamar a Solimán vencedor. El cadáver del rey Luis II de Hungría todavía cabalgaba inerte en su montura como un reflejo oscuro del Cid Campeador.

La Santa Liga, ajena a este desastre, seguía poniendo en entredicho la creciente hegemonía de su enemigo en común: Carlos V. Sin embargo, llegaron malas noticias para la Liga de Cognac. La viuda de Luis II de Hungría era nada más y nada menos que María de Habsburgo de Hungría, reina consorte de Hungría y Bohemia y gobernadora de los Países Bajos españoles. Pero sobre todo era la hermana del emperador Carlos V.

La noticias llegaron al emperador, que no tardó en tomar una decisión. Diez mil soldados partirían de las costas españolas rumbo a Nápoles, donde contaba con el apoyo de la familia Colonna y del virrey Carlos de Lannoy y su lugarteniente Andrea Carafa. Cinco mil españoles serían comandados por el *condotiero* Alfonso d'Avalos d'Aquino, y tres mil soldados de infantería italiana, regidos por Ferrante I Gonzaga. La caballería ligera estaría liderada por Filiberto de Chalôns, príncipe de Orange. Ante la caída de Luis II de Hungría, el nuevo rey Fernando I de Habsburgo, a pesar de hallarse en contienda contra Juan I de Hungría en sus propios territorios, acudió a la llamada de su hermano Carlos y le envió un ejército de diez mil lansquenetes junto con su líder, Georg von Frundsberg. Este se uniría al condestable Borbón, Carlos III, en Piacenza y juntos partirían hacia su objetivo: el rival más débil de la Santa Liga, Roma.

Tras las victorias en el norte de Milán del ejército imperial, empezaron los problemas de financiación. El equipo de armamento no era suficiente y las dietas no llegaban. Los soldados, hartos de esperar, se impacientaron con sus líderes, que pedían calma y paciencia, algo que los soldados españoles y alemanes no tenían. El silencio administrativo por parte de la cabeza del imperio provocó que ni el condestable Carlos III ni Georg von Frundsberg pudieran apaciguar ni un momento más la frágil situación que se vivía entre las tropas. Bien por motivos bélicos, bien por problemas de liquidez de la hacienda real o bien por descuido, Carlos V no atendió a las peticiones financieras que reclamaban sus ejércitos.

Para estos, la posibilidad de volver a sus países de origen se antojaba remota. Miles de kilómetros separaban a los guerreros de sus hogares y sabían qué tipo de vida les esperaba allí. Habían dado todo por el imperio, algunos incluso su vida, y ahora reclamaban un premio.

Una idea se iba sembrando entre los lansquenetes alemanes, ahora convertidos al luteranismo. Sin saberlo, Martín Lutero también sería partícipe del asalto a Roma. Cegados por una visión del papa y la Santa Sede casi demoniaca, la idea de asaltar la ciudad papal fue tomando cuerpo poco a poco. Los soldados, desesperados ante la situación, comenzaron a culpar al papa de todas las desgracias bélicas, y se motivaron pensando en las riquezas que sin duda acumularía en el palacio apostólico. Los ojos de los militares recuperaron el brillo. Recorrer los Estados Italianos no parecía una utopía, y el desplazamiento al sur siempre era más placentero. Serían largas jornadas hasta el destino final, pero merecería la pena. Carlos III y Georg von Frundsberg acompañaron a las huestes hacia la Ciudad Eterna con la esperanza de que en algún momento Carlos V firmara un tratado de paz con la Santa Liga y terminaran las hostilidades.

A pesar de los deseos de los líderes del ejército imperial, el tratado de paz nunca llegaría. En mayo del año 1527 de Nuestro Señor, las tropas imperiales alcanzaron las murallas aurelianas de la ciudad de Roma. Tras meses de movilización, sin dinero, sin comida, sin sexo y sin respuestas, los soldados españoles, italianos, alemanes y flamencos, llenos de ira y frustración, se encararon con el cercado pétreo de la Ciudad Eterna.

No venían en son de paz.

49

Roma, 1527, Santa Maria in Trastevere
y murallas aurelianas

Al muy magnífico y honorado mío, Francesco Vettori, en
Florencia.

Magnífico etcétera:

Monseñor de la Motta ha estado hoy en el campamento
de los imperiales, con la conclusión del acuerdo hecho allí;
si el Borbón está de acuerdo, debe parar su ejército, y, si se
mueve, será signo de que no está de acuerdo; de manera
que mañana el día se convierte en juez de nuestras cosas.
Por consiguiente, aquí se ha decidido que si mañana mo-
viliza su ejército, hay que pensar en la guerra definiti-
vamente, sin más resquicios para pensar en la paz; si no lo
mueve, pensar en la paz, y abandonar todas las ideas sobre
la guerra. Conviene que vosotros tengáis también en cuen-
ta este viento de tramontana para vuestra navegación, y,
si se resuelve a la guerra, que canceléis todas las conversa-

ciones de paz, y de manera que se exhiban los aliados sin
ningún miramiento, porque aquí ya es necesario no claudi-
car y actuar del todo impetuosamente: y a menudo la de-
sesperación halla remedios que la deliberación no ha
sabido encontrar. Estos llegan aquí sin artillería, a un país
difícil; de manera que si nosotros, con el poco brío que nos
queda, nos sumamos a las fuerzas de la Liga que están a
disposición, o ellos se marcharán de esta provincia con ver-
güenza, o se avendrán a tratar en términos razonables. Yo
amo al señor Francesco Guicciardini; amo a mi patria más
que a mi alma. Y os digo que, por la experiencia que me
han proporcionado mis sesenta años, no creo que se pasa-
se nunca por momentos tan difíciles como estos, donde la
paz es necesaria, y la guerra no se puede descartar, estan-
do a manos de Clemente VII que difícilmente puede atender
exclusivamente a la paz o a la guerra. Me encomiendo a
vos. A día 16 de abril de 1527.

Niccolò Machiavelli

6 de mayo de 1527. Sebastiano, su hijo Luciano y el
recién llegado Michelangelo habían alcanzado el barrio
del Trastevere tras un paseo por la isla Tiberina y el puente
Cestio. Ante las amenazas del ejército imperial, acampado
en Ferrara, que sufría la ciudad de Florencia, el escultor
decidió volver a Roma, pues la consideraba más segura.
Acompañando el curso del Tíber, vislumbraron la torre de
los Anguillara y giraron a la izquierda. Al encararse con la
basílica medieval de San Crisogono, del siglo IV, viraron el

rumbo a la derecha, en dirección a la plaza de Santa Maria in Trastevere. A medida que avanzaban por aquellas calles, pobladas de judíos, la tranquilidad se imponía al característico bullicio del centro de Roma, donde comerciantes y vendedores ambulantes pugnaban voz en alto a ver quién vendía qué y mejor. Sisto IV sabía que al otro lado del Tíber todo se veía más calmado, y había sistematizado los ejes viarios a lo largo del río. Caminaron a través de la vía de la Lungaretta, que debía su nombre a la remodelación de la ciudad de Giulio II y que aún no gozaba de la futura reestructuración del adoquinado *sampietrino,* y llegaron a su destino final, Santa Maria in Trastevere.

A Luciano, de siete años, le encantaban los paseos con su padre y su padrino. Eran escasos, y, por eso, cuando ocurrían, los exprimía al máximo. De sus conversaciones aprendía muchísimo y luego se regocijaba de sus conocimientos en las charlas con sus pequeños amigos. Sebastiano empezó a explicarle al zagal que frente a ellos se encontraba la iglesia más antigua de Roma. Aquella estructura se mantenía con materiales que habían sido traídos de las termas de Caracalla durante el mandato de Innocenzo II, en el siglo XII, y dentro contenía valiosas obras de arte

Ajeno a la conversación paternofilial, Buonarroti observaba el ir y venir de las gentes aquel mediodía. De repente, el escultor vería algo que le cambiaría la vida para siempre. Desde el sur, en dirección a la iglesia y el monasterio de San Cosimato, en su propia dirección, caminaban dos mujeres en torno a un hombre. Se trataba de Lilio Gregorio Giraldi, humanista y erudito en letras griegas, que se encontraba en Roma como instructor del cardenal Ercole Rangoni, a las órdenes de Clemente VII. A un lado de Giraldi caminaba una panadera que no encontraba un sentido a la vida desde la muerte de la persona que más había amado en su vida. No era otra que Margherita Luti, hija de Francesco Luti da Siena. Para muchos en Roma, la viuda de Raffaello Sanzio. En el lado opuesto caminaba la hija de Fabrizio I Colonna y viuda de Fernando Francesco d'Avalos, Vittoria Colonna.

Los ojos y la mente de Buonarroti apartaron las incógnitas de la ecuación y su foco se centró en Colonna. Su tez pálida, su largo cuello, vestida de negro..., sintió algo por dentro. No alcanzó en ese momento a definir si era bueno o malo, si era placentero o desagradable. Su boca tomó el mando.

—Dime, oh, Dios, si mis ojos realmente la fiel verdad y la belleza miran, o si es que la belleza está en mi mente, y mis ojos la ven doquier que giran.

Sebastiano interrumpió la lección y miró a su amigo, que parecía ensimismado. Siguó su mirada y encontró a Colonna.

—*Oh Dio!* ¡Es Vittoria! —dijo alegremente.

Michelangelo miró a Sebastiano con los ojos como platos.

—¿Quién es Vittoria, Bastiano? ¿La mujer que no sonríe o la que tiene el rostro iluminado por una gracia divina?

—¡Esa misma, Buonarroti! La retraté hace unos siete años. Tiene que contar con treinta y siete primaveras ahora mismo.

—Es... hermosa.

—Lo es. Lástima que acabara viuda en la flor de la vida. Su marido, militar de renombre, murió de tifus hace año y medio mientras cercaba a los Sforza en Milán. *Salve* Vittoria!

El saludo de Sebastiano puso nervioso a Buonarroti. La dama y su compañía repararon en ellos.

—*Oh, salve* Bastiano! —respondió cortésmente Colonna.

El grupo se acercó a los turistas improvisados. Colonna les presentó a Lilio Gregorio Giraldi y a Margherita Luti. Sebastiano hizo lo propio con su hijo y Buonarroti.

—Sois el maestro Michelangelo... —dijo Luti.

—Así es —respondió tímido Buonarroti—. Vos sois la viuda de Sanzio, ¿verdad?

—Estáis en lo cierto. Raffaello hablaba mucho de vos. Y de un tal Da Vinci. Os admiraba de corazón a pesar de las rencillas.

—Vuestro Raffaello siguió siendo genio aun después de muerto.

—Como vos —intervino Colonna.

Michelangelo no articuló palabra. Vittoria Colonna se dirigía a él. Tembló. Por primera vez en mucho tiempo, y a pesar de su medio siglo de vida, no tenía las riendas de la conversación.

—¿Perdón? —balbuceó sin más.

—Sois una leyenda viviente. Sois el artista más grande de la historia. Es un honor estar ante vos, *signore* —dijo cortésmente la bella dama.

—Yo...

Michelangelo no encontraba las palabras. Si encontraba alguna, no hallaba el valor para pronunciarlas. Sebastiano se percató de la situación y salvó a su amigo de la incómoda situación.

—¿Qué hacéis en esta parte del Tíber, querida Colonna?

—Aceptamos una invitación de *messer* Lilio Gregorio Giraldi. Es un placer escuchar su opinión como es un placer observar el talento de Buonarroti.

Dardo lanzado. Buena puntería. Colonna se sentía fascinada por la figura del escultor. Demasiado rudo, demasiado varonil. Cien por cien indefenso en ese momento.

—*Per favore, messer* Lilio, Sebastiano y compañía son de total confianza, iluminadnos junto a ellos sobre el tema relativo a la censura.

—Como os venía diciendo, desde el año 1515 de Nuestro Señor, una nueva censura se cierne sobre nosotros, amantes de las letras. Solo los obispos de las diócesis pertinentes permiten y autorizan cualquier publicación que se halle en imprenta relativa a la cristiandad. El libre pensamiento, si me lo permitís, es una farsa.

Todas las cuestiones en materia de teología eran interesantes para los artistas. En especial para Sebastiano y Michelangelo. El pequeño Luciano, aburrido, se puso a perseguir palomas en la plaza bajo la mirada de su padre, que, sin embargo, no quería perder el hilo de la conversación. Buonarroti, por el contrario, solo tenía ojos para Colonna. Esta le devolvía la mirada y la mantenía, como si de una justa se tratase. El escultor nada tenía que hacer contra ella.

—Estamos en tiempos de una necesaria reforma de la cristiandad —prosiguió el humanista—, una reforma pacífica y católica desde dentro del seno de la Iglesia.

—Estamos estudiando la nueva Orden de los Hermanos Menores Capuchinos, fundada hace dos años por Matteo da Boschi y Francesco di Cartoceto, que defienden una vida contemplativa y proponen una reforma franciscana —explicó Vittoria, quien se alzaba como una de las líderes en aquella nueva embajada teológica—. Quizá se conviertan en un ejemplo a seguir, como vos.

Colonna disparó de nuevo su flecha. Acertó en plena diana. Buonarroti estaba a sus pies. Después de tanto tiempo, había encontrado a una persona con la que hacer el amor mentalmente. El sexo físico era otra cosa. Ahora se trataba de enriquecerse el uno al otro.

El disparo del arcabuz de Benvenuto Cellini cambió la historia para siempre. Carlos III, el condestable de Borbón, el hombre que aún mantenía al ejército sediento de sangre con algo de orden, murió bajo el plomo de Cellini cuando trataba de asaltar en primera línea, mediante la escala, la muralla aureliana. El escultor se llevó la gloria. Sin el comandante en jefe del ejército, el líder lansquenete, Georg von Frundsberg, no pudo hacer nada frente a dieciocho mil soldados dispuestos a cobrarse sus remuneraciones con carácter retroactivo. Si el emperador no pagaba, se lo cobrarían al papa. Anarquía total.

El barrio de Trastevere, junto con la Santa Sede, fue de los primeros en caer. Las puertas Septimania y Aurelia, en el Janículo, fueron invadidas en cuestión de minutos gracias a un resquicio que encontraron los imperiales en los jardines de la casa del cardenal Emellino. La sangre empezó a correr por las calles. Los civiles romanos no lo vieron llegar y, de repente, hojas de acero, picas y arcabuces sesgaron la vida de cientos. No había tiempo para elegir objetivos. No se hicieron distinciones especiales. Hombres, mujeres y niños vieron su vida pasar en cuestión de segundos, ensartados frente a las tropas desenfrenadas. Algunos, sorprendidos por la espalda, ni siquiera llegaron a ver qué les venía encima, solo una espada atravesando sus pulmones ya encharcados de sangre. Las casas eran ocupadas, las mujeres mancilladas, los hombres mutilados, los gritos de auxilio inundaron las calles. La vía de la Lungara, que unía la basílica de San Pietro con el Trastevere, se colapsó. La gente, despavorida, empezó a atestar la plaza de Santa Maria. Incluso los animales de granja y las bestias de carga corrían presas del pánico sin saber muy bien qué sucedía. Los alemanes, luteranos conversos, pedían la cabeza del sumo pontífice, a quien bautizaron como el Anticristo. Los españoles, inventores de la picaresca, gritaban en el campo de batalla: «¡Dinero, dinero!». El caos se apoderó de la ciudad.

Buonarroti y su grupo se alarmaron. Lo que menos podían esperar en aquella jornada que se levantó apaciguada era aquel torrente de gente vociferando, tratando de salvar la vida. Algunos incluso el alma.

El artista atrapó contra su voluntad a un joven que pasó junto a ellos huyendo.

—¿Qué diablos sucede?

—¡Tropas imperiales! ¡Nos atacan!

El joven se zafó violentamente y emprendió de nuevo la huida.

Buonarroti, aún no satisfecho, agarró a un hombre de avanzada edad con evidentes dificultades para correr. A pesar de que la fatiga le dificultaba la respiración, se explicó como pudo.

—¡Tropas alemanas! ¡Tropas españolas! ¡Han atravesado las murallas! ¡San Pietro ha caído!

Tras las palabras del anciano sonaron las armas de fuego.

Buonarroti lo soltó. Su último deseo era provocarle una parada cardíaca al hombre. «¿San Pietro ha caído?». ¿Era una exageración o una realidad? El escultor miró a su amigo, que no daba crédito y abrazaba a su hijo, asustado por las palabras de aquel hombre. Miró a la panadera, a la poetisa y al humanista. Estaban atemorizados. Él también.

—Michelangelo…, ¿creéis que es verdad? ¿San Pietro?

—No lo sé, amigo —respondió a Sebastiano—. San Pietro está protegida por la guardia suiza. Cerca tienen la fortaleza de Sant'Angelo. Se supone que el mismo Dios protege ese lugar…

Estas palabras fueron pronunciadas sin fuerza. Sin convicción. Dios no tenía nada que ver con aquello. La culpa siempre era del ser humano.

—¡El cardenal Rangoni! —gritó Lilio Gregorio Giraldi—. ¡Debe de estar en San Pietro!

—No hay tiempo que perder —exclamó Sebastiano agarrando a su hijo por el brazo—, debemos alcanzar la basílica. ¡Buonarroti!

Michelangelo miró a su amigo. No hizo falta decir más. Decisión tomada. Buonarroti se encargaría de las mujeres.

—Maestro, nos volveremos a ver pronto.

—Así sea, Sebastiano. Cuidad de mi ahijado —dijo el escultor mirando cálidamente al pequeño y temeroso Luciano.

—Seguro. Si todo sale bien partiré para Orvieto y de allí a Venecia. Estaremos en contacto, amigo.

Las personas que ahora llegaban a la plaza lo hacían teñidas de rojo sangre. Con fortuna, habían escapado de la primera carga de los intrusos, pero muchos de ellos no verían la luz del día siguiente. Mujeres con niños en sus brazos, cadáveres, sí, pero al fin y al cabo niños; heridas de plomo en piernas y brazos; alguno incluso portaba un miembro seccionado mientras se desangraba vivo. Humanista, padre e hijo no soportaron la visión y partieron entre lágrimas hacia la Santa Sede mientras que Buonarroti y las damas permanecieron en la plaza.

—No tenéis por qué hacerlo —dijo Colonna.

—Sea este mi último destino si así quiere Dios.

—No tiene que quererlo Dios.

—Lo quiero con toda la fuerza de mi ser —se declaró Buonarroti.

Margherita Luti observaba con asombro la escena. Roma estaba siendo invadida y su compañía jugaba a hacer el amor con las palabras.

—¿Por qué hacéis esto, *messer* Buonarroti?

—Porque, si las personas enamoradas de Dios no envejecen nunca, las personas enamoradas de vos no morirán jamás.

Colonna se sonrojó. Luti se impacientó. Tenían que abandonar la plaza de Santa Maria in Trastevere de inmediato. Los arcabuces tronaban a lo lejos y los gritos empezaban a llegar a sus oídos. Los soldados alcanzarían la plaza en breves momentos. No había tiempo para el muérdago.

—¿Tenéis dónde ir? —preguntó el escultor.

—Sí, el convento de San Silvestro in Capite, en el barrio de Trevi —contestó la poetisa Colonna.

—Demasiado peligroso. No conocemos el alcance de este ataque. ¿Fuera de Roma?

No dudó. Allí siempre estuvo segura.

—Isquia, Nápoles. Allí estaré a salvo.

Isla, agua, mar. Michelangelo tuvo una idea: la isla Tiberina. Sin mirar atrás, deshizo el camino de la vía de la Lungaretta junto a las damas hasta llegar al puente Cestio, frente a la isla. Tiempo atrás, aquel había sido un lugar maldito para los romanos. Ahora albergaba el palacio Pierleoni-Caetani y muchos marineros se reunían a sus pies para trapichear. Algunos de los pescadores que allí se encontraban en aquel momento no parecían haberse dado cuenta del estado de alarma en el que se hallaba la ciudad y aprovechaban que la niebla les impedía navegar para descansar junto a sus barcas. Michelangelo requirió los servicios del que parecía a primera vista el más espabilado. A pesar de un primer contacto con el hombre algo desalentador, Buonarroti compró la barca y a su propio dueño a base de monedas. Objetivo: navegar más allá de la puerta Portese y la pirámide de Caio Cestio, y después alcanzar la vía Appia, antigua calzada romana, hasta Capua. Una vez allí, se desviarían hasta el puerto de Nápoles y alcanzarían Isquia. Su faltriquera, con el resto del dinero que le quedaba en ella, fue a parar a manos de Colonna, que agradeció el gesto tímidamente. El pescador miró el saquillo. Allí había mucho dinero.

—Vos —le advirtió Buonarroti—, si no vuelvo a ver a estas damas en un mes con mi faltriquera intacta, juro que no habrá sitio en todos los Estados Italianos donde os podáis esconder de la ira de Michelangelo Buonarroti.

No hizo falta más. La irascible fama del escultor era de sobra conocida en toda la ciudad. El pescador se esperaba, sin embargo, a alguien con un rostro más hermoso, y no una cara salpicada por una nariz torcida. Sin embargo, la violencia de sus palabras le hizo olvidar cualquier intento de saqueo.

—Si me permitís… —suplicó Luti.

—¿Sí?

—Sé que no puedo pediros esto pero… juradme que velaréis por mi Raffaello. —La vergüenza roía por dentro las entrañas de la panadera.

—Raffaello está enterrado en el sitio más seguro de toda Roma —contestó extrañado Michelangelo.

—Si sois un caballero, juradme que al menos os aseguraréis de que descanse en paz.

Un breve silencio acompañó la situación. Su duración se vio truncada por una nueva descarga de los arcabuces. El barquero esperaba, ahora con prisa. Vittoria Colonna acariciaba la faltriquera mientras se enamoraba platónicamente de aquel hombre cuya fama no le hacía justicia. El maestro no era un ogro; era un héroe. Su héroe. Sabía de sobra su respuesta.

—Así sea. Lo juro ante vos y ante Dios.

Luti respiró aliviada y descargó toda la tensión que había ido acumulando por medio del llanto. Colonna abrazó a la *Fornarina* y miró a los ojos a Buonarroti. Esa última mirada. Un último ruego. Era su héroe, sí, pero quería a ese héroe a su lado. No en el Pantheon de Roma en medio de una invasión.

—¿Por qué no nos acompañáis? Puede que Roma caiga en esta jornada.

—Puede, pero he hecho una promesa.

Sea como fuere, Colonna sabía que la promesa solo era uno de los motivos por los cuales Buonarroti se quedaba en Roma. Poco podía imaginar que el maestro Michelangelo quería salvar, no solo a Raffaello, sino también su obra. Ahora fue él quien la miró a los ojos. No articuló palabra. Esperó el turno de la dama. Se paró el tiempo alrededor de ellos.

—¿Nos volveremos a ver?

—Os encontré una vez. Os volveré a encontrar.

Colonna derramó una lagrima cuyo trayecto recorrió Buonarroti con la mirada. Cuando reposó en la comisura de sus labios, sintió un enorme deseo de saltar a la barca y besarla, ajeno al mundo, ajeno a los desesperados que, sobre sus cabezas, cruzaban heridos de muerte el puente Cestio, ajenos a la destrucción, ajenos al inminente saqueo de Roma. Ajenos al Juicio Final.

«La muerte y el amor son las dos alas
que llevan al buen hombre al cielo».

Sin embargo, se contuvo. Ellas debían salvar sus vidas. Él debía salvar el legado de su vida. Empujó la barca con la pierna y el pescador se dispuso a avanzar Tíber abajo a través de la niebla. Con la mano en alto, ambos se despidieron con la amarga sensación de que sería para siempre.

Los arcabuces retumbaron cercanos.

Había llegado el momento de abandonar el barrio de Trastevere.

50

Roma, 1527, Vaticano y castillo de Sant'Angelo

*El papa ha hablado con los romanos, los cuales dice que
han respondido que se querían defender y no ser saquea-
dos si podían, y que había pedido Su Santidad, hecho con-
faloniero de la Iglesia a Renzo da Ceri, que hacía gente
pero los más creen que no podrán defender. El papa se ha
retraído al castillo de Sant'Angelo.*

*Alonso Sánchez, embajador en Venecia,
al Emperador Carlos V*

El último censo de Clemente VII otorgaba a Roma la cifra de
casi cincuenta y cuatro mil almas dentro de sus murallas organizadas en algo más de nueve mil doscientas casas. Siete mil
quinientas personas estaban asociadas de una u otra manera
a la Iglesia, y el Sumo Pontífice tenía a su cargo nada más y
nada menos que a setecientas bocas trabajando para y con él.

Tres mil seiscientas casas estaban organizadas por cristianos. Dos mil doscientas veinte mujeres regentaban esas

casas y solo setecientas cuarenta y siete eran originarias de Roma. Las demás eran conocidas como «ultramontanos».

El mismo censo arrojaba un total de trescientas dieciocho casas de judíos, en las cuales se repartían unas mil quinientas quince almas. El gueto que construyeron alrededor de la sinagoga, en las ruinas del pórtico de Ottavio, había terminado de asentar definitivamente a la comunidad, que, junto con algunos judíos dispersos, sumaba un total de mil setecientas treinta y ocho bocas que alimentar. Muchos de ellos eran pobres o simples artesanos; algunos, miembros notables de la sociedad de Roma, como los Lattes de Montpellier. También destacaban en número los ultramontanos provenientes de los reinos de España, repartidos entre los barrios de Ponte, Regola, Parione, Campo Marzio y Sant'Angelo.

El registro otorgaba una taberna por cada doscientos ochenta y ocho habitantes. Una relación bastante importante comparada con su rival más directa, la ciudad de Florencia, que contaba con una tasca por cada mil cuatrocientos ochenta y ocho residentes. Según los romanos, las mejores en los alrededores del Pantheon eran El Oso, El Sol, El Barco, La Corona, El Camello y El Ángel. A esto había que sumar las doscientas treinta y seis posadas o casas de huéspedes.

El censo sería válido hasta la jornada del 6 de mayo del año 1527 de Nuestro Señor. El ejército imperial menguaría estas cifras de forma catastrófica.

El Jueves Santo de ese mismo año, un extraño ermitaño había aparecido en la ciudad de Roma. Conocido en las calles como el Loco de Cristo, Brandano da Petroio se presentaría ante una misa papal vociferando contra Clemente VII:

—¡Bastardo sodomita! ¡Por tus pecados, Roma será destruida! ¡Confiesa y conviértete, porque dentro de catorce días la ira de Dios se abatirá sobre ti y sobre tu ciudad!

El ermitaño fue encarcelado y arrojado al Tíber encadenado dentro de un saco. Milagrosamente sobrevivió. Pero nadie prestó atención a sus palabras.

Ante las noticias que traían los mensajeros, el panorama desde la cúpula de Brunelleschi no era alarmante. Era terrorífico. En efecto, no era la ira de Dios, sino la del ejército imperial, la que se abalanzaba contra la ciudad de Roma de manera caótica, desenfrenada, vengativa.

La campana del palacio Senatorio sobre la colina Capitolina tocó a rebato.

San Pietro estaba rodeada, y las puertas Pertosa, Belvedere y del Santo Spirito pronto se vieron colapsadas por las huestes de Carlos V y su hermano Fernando I de Habsburgo. Como en toda guerra, los inocentes serían los primeros en caer. Los *paternostari*, vendedores de objetos religiosos en la plaza de San Pietro, fueron exterminados en unos minutos. Sin ánimo de abandonar sus mercancías y encomendándose a la protección del Todopoderoso, se persignaron frente a la basílica como único intento de salvación. Frente al trono del apóstol, todo aquel que hubiera hecho el símbolo de la cruz perdió el brazo. Después, la vida. No hubo piedad ni compasión. Los forasteros pretendían llegar hasta el final.

El asalto a la basílica fue más fácil de lo que a priori parecía. Clemente VII, en un intento de responder mediante espada, nombró al *condotiero* Renzo da Ceri capitán y *gonfaloniere* de la Iglesia en defensa de Roma. Al mando de tres mil hombres, este se dirigió al centro de Roma para defender los barrios de Pigna, Colonna y Sant'Eustachio, dejando en el de Borgo cerca de cuatro mil milicianos y la guardia suiza. No fueron suficientes.

Tan pronto como llegaron las fuerzas imperiales a la plaza de San Pietro y aniquilaron a los vendedores ambulantes, los milicianos se parapetaron frente a la basílica para evitar su expolio sin conseguirlo. No fueron lo suficientemente bravos para los imperiales. A pesar de su anárquica disposición para el saqueo, no pecaban de ser descuidados. Españoles y alemanes sabían muy bien lo que hacían. Armas de fuego delante, infantería en la retaguardia. Descargas de arcabuces en primer lugar, remate con lanzas para finalizar la tanda ofensiva. Recarga y vuelta a empezar. Filiberto de Chalôns, príncipe de Orange, había ascendido en el cargo tras la muerte del condestable de Borbón. Los milicianos del papa cayeron y fueron reemplazados por la guardia suiza. Los hombres de esta última no tenían absolutamente nada que ganar y, a pesar de ello, resistieron. Tan pronto como cayeran, Clemente VII abandonaría la Santa Sede a través del corredor secreto conocido como *passetto di Borgo* con su séquito, encabezado por el humanista e historiador Paolo Jovio, el político e historiador Francesco Guicciardini y el cardenal, protonotario apostólico y canónigo de la catedral de Ferrara, Ercole Rangoni, más un puñado de guardias que defenderían la vida de estos hombres hasta alcanzar la fortaleza del castillo de Sant'Angelo. Cuarenta y ocho soldados se quedaron con el papa. Ciento cuarenta y uno defendían, como último bastión de la cristiandad, la Santa Sede, el Santo Sepulcro del apóstol san Pietro. El centro del cristianismo.

—¡España, España! ¡Mata, mata! ¡Borbón, Borbón! —gritaron las fuerzas imperiales.

Los guardias suizos habían caído como moscas. No hubo oportunidad para la honra en combate mediante acero. El plomo hizo su trabajo y los piqueros remataron la faena. El papa habría huido, sí, pero los invasores tenían ante ellos la colección de riquezas más grande de toda Europa.

Algunos animales de carga se mantenían en pie junto a sus dueños mutilados en la plaza de San Pietro. Uno de los lansquenetes agarró un asno y se dirigió al interior de la basílica. Le siguieron a cientos. Al llegar al altar buscaron a algún cardenal. De seguro no habían tenido tiempo suficiente para desalojar el lugar por completo. En efecto, un grupo de tudescos sacaron de una pequeña capilla a un religioso que intentaba ocultarse torpemente y lo postraron en el altar. Mientras los españoles buscaban riquezas y reliquias en aquel santo lugar, los germanos pretendían que el cardenal oficiara el sacramento de la comunión al jumento.

La situación era ridícula. Pero la guerra también lo era. Y, por supuesto, la jefatura de la Iglesia. Y ante tanta ridiculez, un eclesiástico y una bestia se miraban cara a cara. El asno no entendía nada, y ante la situación, lo único que hizo fue defecar en la basílica. El religioso se negaba por completo a ejercer el santo oficio y se hizo de rogar. No cedió ante la presión de los bárbaros y se persignó. Craso error. Tal y como padecieron los *paternostari* en el exterior, una *Katzbalger* le arrancó de cuajo el brazo con el que había ejecutado el santo gesto. El grito de dolor retumbó en toda la inacabada basílica. El brazo izquierdo, que sujetaba la tremenda hemorragia de su otro miembro, fue cercenado con la misma limpieza. El hermano estaba padeciendo su martirio particular. Uno de aquellos hombres, conocido como *el Obsceno* entre los lansquenetes, agarró un pedazo de excremento del asno y, a la fuerza, entre gritos, lo introdujo en la boca del religioso. Las lágrimas caían por su rostro y los gritos inhumanos entrecortados por las heces provocaron la misericordia de uno de los soldados que se mantenía al margen. Alcanzó la primera fila y, de un golpe seco, hizo rodar la cabeza de aquel fervoroso ante las quejas de sus compañeros. La diversión había terminado.

El asno fue perdonado y vagó lentamente por la basílica, mientras que los alemanes y los españoles rapiñaban cuanto podían. Fuera, en la plaza, un grupo de soldados se divertía jugando al *calcio*. Como pelota improvisada tenían bajo sus pies una calavera, que la hacían rodar por toda la plaza. Al preguntarles quién era el dueño de aquella calavera, uno de los soldados españoles contestó no muy convencido:

—Lo hemos encontrado en la cripta de la basílica. En su relicario de mármol estaba escrito «Santo Apóstol San Andrés», aunque no estamos muy convencidos de que sea él.

En el año 1453 de Nuestro Señor, el gobernador de Morea, Tomás Paleólogo, huyendo de los turcos, había portado las santas reliquias de la ciudad de Patras hasta Roma y se las había entregado a Pio II. Entre ellas, parte de la cruz, un dedo y la cabeza de san Andrés apóstol.

El dueño de la calavera pateada era, en efecto, uno de los doce de Jesús de Nazaret.

—¡Es un atentado contra el cristianismo y la humanidad!

Las palabras del papa se habrían oído en todo el Borgo de no ser por los arcabuces y el griterío de la gente. Muchos, si hubieran podido oír las palabras del vicario de Cristo, le habrían gritado a él lo mismo. Al alcanzar el castillo de piedra travertina, después de recorrer ochocientos metros, el séquito papal puso rumbo al baluarte de San Matteo, lugar idóneo desde el que divisar todo lo que ocurría en San Pietro y en el puente de Sant'Angelo. Fue en aquel baluarte donde se dieron cuenta de que pasarían mucho tiempo bajo el amparo del castillo. Las tropas imperiales, segmentadas sin orden, alcanzaron lo que en otro tiempo fue el mausoleo de Adriano y lo rodearon. Las tropas de las que disponía Clemente VII en la fortaleza aguardaban en el patio de Alessandro VI. Los arcabuces tronaron en dirección al baluarte.

—¡Guicciardini! —gritó el sumo pontífice—. ¡Encargaos de dirigir las tropas!

—Pero ¡santidad! ¡No soy militar! —contestó Francesco nervioso y sorprendido.

—¡Ha llegado el momento de serlo, por la gracia de Dios!

Papa y séquito se retiraron a la sala Paolina para, desde allí, subir al punto más alto del castillo, la terraza del Angelo.

Guicciardini, desbordado por la situación, ordenó a todos los soldados proteger los bastiones. Espadas, lanzas y arcos preparados, se dispusieron a proteger el colosal edificio. Los arcabuces brillaban por su ausencia, pues casi no se guardaban en el castillo. Las aspilleras de las almenas, construidas en diagonal, facilitaban la puntería de los arqueros del castillo a la vez que aumentaban su defensa, aunque les dejaban poca maniobrabilidad. Las nuevas aspilleras en forma de cruz habrían sido muy útiles de haber contado con armas de fuego suficientes. Las flechas caían con facilidad y los arcabuces no atinaban desde las alturas.

Las tropas imperiales respondían con algunas cargas de armas de fuego para amedrentar a los defensores de la ciudad. Desde donde estaban no tenían ninguna posibilidad de alcanzar a las fuerzas papales, pero tampoco tenían ninguna urgencia. Esperarían hasta tener rodeada la fortaleza con los cañones. Tarde o temprano habrían de sucumbir, bien bajo el plomo y el acero imperial, bien por hambruna. Todo era cuestión de tiempo.

Desde la terraza del Angelo, Clemente VII veía a Roma desmoronarse. Las murallas aurelianas impotentes, la basílica de San Pietro violada, el puente Sant'Angelo invadido y los primeros focos de fuego en los barrios de Trastevere y Pigna, muy posiblemente, cerca de Santa Maria sopra Minerva y el Pantheon. Excomulgaría a todo el ejército imperial. Roma caía. Clemente VII se puso a rezar.

Florencia caía. El cardenal Passerini se puso a rezar. El cardenal, regente de la ciudad debido a la ausencia del duque Alessandro di Lorenzo de' Medici, *el Moro,* y de Ippolito di Giuliano de' Medici, sufrió la ira de los florentinos. Ante la incertidumbre y el miedo a las tropas imperiales, los insurgentes aprovecharon el descontrol de la ciudad para volver a instaurar la República en la urbe bajo las órdenes de Niccolò Capponi, al grito de «¡Pueblo y libertad!».

Usurpado el palacio de la Signoria, donde los doscientos arcabuceros allí postrados poco pudieron hacer, los expoliadores intentaron mantener a los que estaban a favor de los Medici lejos de las puertas del palacio, en la plaza de la Signoria. Lanzaron por las ventanas de la fachada principal todo aquello que pudiera aplastar al final de su recorrido: muebles, obras de arte, piedras...

Un banco no alcanzó el blanco deseado, pero se llevó por delante el brazo izquierdo del coloso de Florencia, el *David* de Michelangelo Buonarroti.

El golpe a los Medici duró menos de lo que los insurgentes imaginaron y el fin de la República de Florencia se produjo con la nueva restauración de los Medici. El *condotiero* Baccio Valori, el guardia de la ciudad Ottaviano de' Medici y el conde Pietro Nofri acabaron con la revuelta.

Sin embargo, nadie pensó en el simbólico centinela de la ciudad floreciente. Nadie excepto dos adolescentes: Giorgio Vasari, de dieciséis años, y Francesco Salviati, de diecisiete. Ambos repararon en el destrozo del *David* y decidieron salvar los pedazos, que serían repuestos dieciséis años después.

A pesar de aquel pequeño acto heroico, algo le dijo al joven Vasari que aquella señal no auguraba nada bueno. Algo le advirtió de que, de una u otra manera, debía preservar la vida de los grandes artistas de la ciudad.

51

Roma, 1527, Santa Maria sopra Minerva

Aquella mujer anhelaba morir. Una hora antes no hubiera deseado tan cruel desenlace, pero en aquel momento nada le hubiera dado más placer que su propia muerte. Con los ojos inyectados en sangre, ya no le quedaban lágrimas que derramar. Frente a ella, dos soldados arcabuceros españoles habían abusado sexualmente de un joven monaguillo hasta partirle los dientes y desgarrarle el ano. El mozo, ya sin sentido, yacía sobre el suelo de Santa Maria sopra Minerva con un hilo fino de sangre recorriendo sus pantorrillas. Aquella mujer había sido obligada a mirar la obscena situación hasta su clímax, y tenía claro que ella era la siguiente.

Santa Maria sopra Minerva era la única iglesia en la ciudad de Roma que aún conservaba la estructura gótica original. En el lateral derecho de la basílica se hallaba la capilla Carafa, construida por el cardenal dominico Oliveiro Carafa y decorada por Filippino Lippi bajo las órdenes de Lorenzo de' Medici. Curiosamente, la bóveda estaba decorada con sibilas. En sus muros, una Anunciación y la Aceptación de la Virgen.

—No sé si seréis virgen o no, pero, desde luego, hoy dejaréis de serlo.

La muchacha no entendió ni una palabra de lo que acababan de decirle, pero la saliva derramada en su oreja no necesitó traductor ninguno. Correría el mismo destino que el zagal. Los dos hispanos que se habían beneficiado al monaguillo recogieron sus arcabuces y echaron un vistazo en las capillas, por si cabía la posibilidad de rapiñar algo más que no fuera carne tierna.

Los otros dos lansquenetes alemanes se relamían frente a la moza. Uno de ellos la agarró por el cuello y la hizo ponerse de rodillas. El otro se deshizo rápidamente de su coquilla, protectora de la zona pélvica, y el calzón, dejando su miembro viril erecto y cubierto de vello al descubierto. Parecían no tener prisa, ya que, antes de penetrarla, querían disfrutar de sexo oral en mitad de la invasión. Fuera, a lo lejos, se oían descargas de arcabuces. Muy posiblemente al otro lado del Pantheon, en la plaza de la Rotonda. Aquello no disminuyó un ápice la libido de los alemanes. Mientras uno forzaba la mandíbula de la muchacha hasta convertirla en una generosa receptora, el otro acercó su lanza carnosa hacía sus labios. La muchacha, presa de miedo, ira y pánico tomó una desagradable decisión.

Como si de una hoz se tratara, los dientes de la mujer cortaron el pene del soldado, que cayó al suelo gritando mientras tapaba con sus manos la zona donde había sido recién seccionada su verga. Sus alaridos alertaron a los com-

pañeros, que seguían saqueando las capillas, y se acerca-
ron rápidamente. Aquella situación fue divertida incluso
para ellos. El compañero que sujetaba la cabeza de la
moza no había podido evitar semejante bocado. Boquiabierto, no supo reaccionar. La joven escupió el glande
con repulsión y la sangre empezó a derramarse de su
boca. El lansquenete y los arcabuceros sintieron dolor en
su propio cuerpo. Uno de ellos, sin miramientos, se apoderó de la *Katzbalger* del soldado caído y ordenó mediante gestos que dejaran a la muchacha sola, aún de rodillas.
Una nueva carga de arcabuces procedente del exterior resonó en Santa Maria sopra Minerva.

La *Katzbalger* se levantó en el aire. La muchacha,
aceptando el destino, no apartó la mirada. Moriría virgen.
Iría con Dios. Sin embargo, en el último momento, el diablo apareció en su sonrisa. Sonrió mientras la *Katzbalger*
descendía y, antes de que la cabeza se separara para siempre de su cuerpo, relamió la sangre que manaba de su boca.

La testa fue a parar entre las piernas del joven recién
mancillado. Macabro destino. Los dos arcabuceros salieron
al exterior para rapiñar las casas colindantes. El indemne
lansquenete se quedó cuidando de su mutilado compañero, que no dejaba de gritar y no había contemplado el final
de su agresora. Nadie reparó en los restos sagrados de
Santa Catalina de Siena, sepultada a escasos metros de ellos.

Buonarroti había abandonado el barrio de Trastevere y
había cruzado el Tíber por el puente Fabricio. Allí había

tomado la vía del Pettinari, donde los romanos asentaban los negocios de la ropa, *arte della lana,* y donde, más adelante, en el Campo dei Fiori, se disponían los *ricamatori,* vendedores de libros. Todos ellos había dejado sus comercios tal y como estaban cuando la voz de alarma saltó en la ciudad. Buonarroti se cruzaba constantemente con gente que huía en todas direcciones, algunos incluso en dirección al fatídico Trastevere. Los cuerpos mutilados provocaban que la gente, en sus disparatadas carreras, tropezara con ellos y se estampara en el suelo, lesionándose y magullándose. Algunos mercenarios habrían cruzado por el puente Sisto. Michelangelo no quería parar, no quería mirar. Siguió corriendo con la intención de alcanzar la vía Papale y dirigirse a la plaza del Macello dei Corvi para encerrarse en su hogar.

Al llegar al Largo di Torre Argentina, cambió de opinión. Cerca, muy cerca de allí, se encontraba Santa Maria sopra Minerva. No tenía ninguna posibilidad de alcanzar la Capilla Sistina para ver si sobrevivía al apocalipsis romano, y San Pietro in Vincoli le quedaba demasiado lejos de momento, así que decidió comprobar si una de sus últimas piezas seguía viva. Además, tenía una promesa que cumplir. El rastro de cadáveres conducía a la plaza de la Rotonda, casi anexa a la basílica que trataba de alcanzar el artista. Al fondo, el humo empezaba a invadir el cielo de Roma. Habían comenzado los incendios en la zona del mausoleo de Augusto y la plaza del Popolo. Al llegar a Santa Maria sopra Minerva, la fachada de tres portadas renacentistas le recibió con las puertas abiertas. No había tenido tiempo de defenderse o nadie quedaba dentro para proteger aquel santuario.

El sonido de los arcabuces al otro lado del Pantheon instó a Buonarroti a refugiarse dentro de la iglesia y a preguntarse si podría cumplir su promesa. Su vida estaba en juego y su único objetivo era alcanzar el pilar izquierdo del presbiterio, donde reposaba su *Cristo* de mármol. Sin embargo, tuvo que detenerse. En el lateral derecho de la basílica, un hombre gemía fuertemente de dolor. Junto a él, un soldado del ejército invasor intentaba calmarle sin éxito.

Olor a incienso. No alcanzaba a ver el estado de la escultura, pues la iluminación brillaba por su ausencia. Las velas, consumidas ya, tardarían mucho tiempo en volverse a encender. Sin embargo, esto le facilitaba las cosas. Desplazándose muy despacio por el lateral izquierdo y ocultándose tras las columnas no debería serle demasiado difícil alcanzar a Cristo, en el sentido más literal.

Superaba la cincuentena, y en su vida no se había caracterizado por ser una persona aventurera, pero aquel momento le retrotrajo a 1499, cuando se introdujo en la capilla Santa Petronilla del Vaticano una segunda vez para firmar la *Pietà*. Entonces era un joven fuerte de veinticuatro años, pero ahora había pasado demasiado tiempo. No era tan ágil ni tan valiente, aunque sí mucho más tozudo.

Avanzó hasta una segunda columna y observó el lado opuesto, justo en la capilla Carafa. Allí seguía el hombre gritando de dolor y el soldado sobre él. Cerca de ellos, al parecer, un joven boca abajo con algo entre las piernas que no alcanzaba a vislumbrar. Parecían signos de violencia. Nada que hacer. Tercera columna. Tropezó. Un candelabro le hizo perder el equilibrio pero se apoyó en la columna. El ruido del bronce al caer al suelo fue encubierto por otra carga de los arcabuces. Respiró nervioso y se volvió a asomar. El soldado seguía sin prestar atención al mundo que le rodeaba. Una columna más. El tiempo se le hizo eterno. Solo las armas de fuego y los gritos de los romanos le traían de vuelta a la cruda realidad que se cernía sobre Roma. Volvió a echar un vistazo, y esta vez un nudo se presentó en su garganta. El hombre que gritaba de dolor, al parecer un soldado también, seguía en el suelo retorciéndose. Sin embargo, su ayudante no estaba junto a él.

Tenía que tomar una decisión. Podía quedarse inmóvil y esperar que el soldado apareciera de nuevo junto a su compañero antes de seguir avanzando, o avanzar sin saber dónde estaba su potencial enemigo. Su terquedad le empujó en dirección al *Cristo*.

Una columna más y tuvo ante sí al *Cristo de la Minerva*. No lo había acabado él mismo por culpa de una veta en el mármol que cruzaba la cara del nazareno. Pietro Urbano y Federico Frizzi terminaron el resto, pero su padre era indiscutiblemente el escultor de Caprese. Satisfecho de comprobar que seguía en buen estado, decidió volver por el mismo camino y salir de Santa Maria sopra Minerva en dirección a la plaza de Macello dei Corvi.

No tenía salida. El soldado alemán con su *Katzbalger* en mano le estaba esperando. Tras unas palabras que Buonarroti no alcanzó a entender, el soldado se acercó y le propinó una bofetada. Cuando Michelangelo recuperó la compostura, la única idea que tuvo fue la de salir corriendo. Con la confusión podría alcanzar la salida y perderse entre la multitud. Pero lo descartó enseguida. Era demasiado mayor para ganar al soldado en plena carrera. No sabía absolutamente nada del arte de la guerra y su contrincante parecía estar demasiado enojado. El alemán le empujó de nuevo, pero Buonarroti no se movió demasiado. No entendía nada de lo que este le decía, lo que exasperó aún más al tudesco. Su compañero, en la distancia, subió el volumen de los alaridos. Fuera de Santa Maria sopra Minerva, los arcabuces descargaban su cólera una vez más. No era lo que el germano había soñado a las afueras de Roma. Quería ira y destrucción; tesoros que compensaran la falta de remuneración. Estaba harto. Pasó a la acción. Se encolerizó, juró en alemán, empujó a Buonarroti hacia atrás y levantó su *Katzbalger*.

A punto de asestar su golpe mortal, el alemán cayó al suelo atravesado por una espada. Buonarroti, que no había podido apartar la mirada, descubrió la faz de su salvador tan pronto como su enemigo cayó muerto.

—¡Niccolò Machiavelli!

—*Salve* Buonarroti!

El escultor no daba crédito. Allí estaba el político, vestido de camisa carmesí acordonada, lo cual le daba un toque distinguido de poder, y terciopelo negro, que pretendía mostrar piedad y humildad. Si alguien le hubiera preguntado el porqué de su vestimenta, Niccolò habría contestado con las tres enes: *nuovo, neto e nero*. Frente al coleto negro de cuero que vestía Michelangelo, que era práctico y resistente, se alzaba la figura del diplomático con una espada ropera, *Spada da lato,* en mano.

—¿Qué, en el nombre del Todopoderoso, hacéis en Roma?

—¿Además de salvaros la vida, queréis decir? Trabajo para Clemente VII.

Buonarroti no salía de su asombro. El político trabajaba para el Medici.

—¿Desde cuándo?

—Desde hace cinco años. Escribo para él. Es Medici. Terminé la obra y me presenté en Roma para entregar el manuscrito de la historia de Florencia, tal y como me encargó. Menudo momento para entregar un libro, ¿verdad?

—¿Osáis blandir vuestro humor en una situación como esta? ¿Estáis acaso loco?

Incrédulo, se asomó en dirección a la puerta principal. No había nadie más.

—¡Ay, querido Buonarroti! Si hubierais vivido lo que yo, esto os parecería un asalto más. Solo hay que mantenerse con vida. Partamos.

—Esperad… No hace ni un año hablábamos en Florencia. Sabíais de mi llegada a Roma. ¿Por qué no fuisteis sincero conmigo?

—Fui sincero. No os mentí. Simplemente obvié parte de la verdad. Soy político, amigo mío, y vos, escultor. No lo entenderíais.

—Mentisteis —Buonarroti titubeaba. No confiaba demasiado en él.

Sin embargo, había salvado su vida.

—Os lo advertí en Florencia... Buscad un hombre de confianza en Roma cuando vengan tiempos peores. En tiempos de paz hay que pensar en la guerra. Veo que no seguisteis mis consejos.

—Sabéis demasiado.

—Soy funcionario, diplomático, político y escritor, ¿qué esperabais?

—¿Sabéis qué noticias llegan de Florencia?

—Al parecer está a salvo. Las tropas de la Liga de Cognac llegaron a tiempo.

Buonarroti respiró tranquilo y dirigió su mirada al soldado atravesado. Muerto. Debían abandonar aquel lugar. Machiavelli leyó sus pensamientos y los pronunció en voz alta.

—No hay tiempo que perder, salgamos de aquí.

Avanzaron hasta las puertas de Santa Maria sopra Minerva. Un nuevo alarido del herido hizo volver la mirada a Buonarroti.

—Esperad.

Con curiosidad, se acercó al soldado yacente. Sus manos sobre los genitales empapadas en sangre le hizo comprender un poco más la situación. A su lado yacía el cuerpo inerte de una mujer sin cabeza; una víctima de algún acto vandálico. Lo que parecía un glande mutilado reposaba a escasos centímetros de la muchacha. Dentro de la capilla, un joven que al parecer seguía con vida yacía en el suelo con la cabeza sesgada de la mujer entre sus piernas. Buonarroti, sin llegar a comprender del todo qué había pasado en aquel lugar santo, vomitó. Machiavelli se acercó y contempló la situación. Repasó a todos con la mirada y se aproximó al soldado, que no les prestó la mayor atención. Su pene era lo único que tenía en mente. Ya no tenía otro lugar donde albergarlo. El político, lentamente, atravesó el corazón del soldado, que murió en el acto.

—¿Por qué? —preguntó un todavía no recuperado Buonarroti.

—Haced a los otros lo que ellos os harían a vos, pero hacedlo antes. Vayámonos.

—¿El fin justifica los medios?

—Yo nunca dije eso.

—Machiavelli…, ¿en verdad el mundo se acaba?

—Lo desconozco, amigo Buonarroti. Lo único que sé es que un buen gobernador no debe tener piedad. Así está actuando el rey de España y emperador del Sacro Imperio romano germánico.

—¿Es él, solo un hombre, el culpable de toda esta masacre?

—En realidad creo que solo es culpable de no pararla. El resto de la culpabilidad se reparte entre la condición humana y los pecados capitales. Pero en estos momentos, ¿qué mas da? Salvemos nuestras vidas.

Ambos emprendieron la huida por las puertas de Santa Maria sopra Minerva. Fuera, el caos crecía por momentos. Los romanos, sin saber qué dirección escoger, corrían despavoridos desde la plaza de la Rotonda.

—¿Qué diablos sucede en el Pantheon? —preguntó el escultor.

—¿Qué más da? Salgamos de aquí antes de que caigamos bajo el fuego español.

—Lo siento, político, tengo que acercarme. Allí está enterrado Raffaello Sanzio.

Con estas palabras y con la imagen de Margherita Luti en la cabeza emprendió la carrera.

—Pero ¡si le odiasteis en vida!

Las últimas palabras de Niccolò se perdieron bajo una nueva carga de arcabuces. Machiavelli lo observó alejarse frente a Santa Maria sopra Minerva con la espada ensangrentada en la mano. Cuando escribió *Dell'arte della guerra* no pensó jamás en aquel momento. El sonido tronador de las armas de fuego provenientes del Pantheon no amedrentó a Buonarroti. Salvado su *Cristo,* tenía el deber artístico y moral de socorrer algo más. Raffaello Sanzio, con su entierro, había salvado el Pantheon. Era hora de auxiliar a Raffaello Sanzio.

52

Roma, 1527, Pantheon

Giulio Romano, excelente alumno de Raffaello, se había ocupado tras la muerte de este en acabar las estancias de su maestro, pues en el Vaticano lo tenían en muy alta estima.

Cuando sucedió el asalto a la ciudad, Romano se encontraba en plena conversación con Paolo Valdambrini, uno de los secretarios del papa, junto con otros artistas.

Conocido como *Parmigianino*, Girolamo Francesco Maria Mazzola estaba afincado en Roma con el fin de estudiar de cerca la obra de Raffaello Sanzio y Michelangelo Buonarroti, y junto a Romano tenía la mejor de las escuelas. Giovanni Battista di Jacopo, llamado *Rosso Fiorentino*, y Piero Bonaccorsi, conocido como *Perin del Vaga*, completaban la cuadrilla. Ubicada en el barrio de Pigna, la casa de Valdambrini gozaba de una situación privilegiada, pues quedaba cerca no solo de la basílica de Sant'Eustachio in Campo Marzio, sino también del Pantheon. Una zona muy revalorizada.

Un estruendo les alarmó. Sin duda no era un ruido normal. Sonaba a armas de fuego. La gente gritaba en las calles. Los cuatro se miraron con desconcierto. ¿Qué sucedía allí?

Al salir a la calle, una mujer con vestimentas de cortesana chocó de bruces con Mazzola. La mujer, herida, corría despavorida no sabía dónde, y Mazzola se vio teñido por la sangre de aquella mujer que tenía los minutos contados. Eso significaba que había problemas en el Convertite della Maddalena, refugio sanitario para rameras. De repente, se les echó encima una marabunta de gente que corría anárquicamente por las calles, intentando huir de una nueva carga de lo que parecían armas de fuego. Ante el estruendo, Valdambrini se separó del grupo y se dirigió a Sant'Eustachio in Campo Marzio sin avisar a su cuadrilla. Romano, Mazzola, Rosso Fiorentino y Del Vaga alcanzaron a duras penas la plaza de la Rotonda. El espectáculo no podía ser peor. Un ejército de lansquenetes dirigidos por un *Hauptmann*. Cada *Doppelsöldner* piquero esperaba su turno preparando la batalla con su *Tross* o ayudante, mientras que los arcabuceros minaban las tropas de Renzo da Ceri, que se erigía como capitán improvisado y *gonfaloniere* de la Iglesia en defensa de Roma.

Los militares alemanes, reconocibles a la legua por su indumentaria de calzas multicolor y jubones abiertos y acuchillados, esperaban pacientes a que la batalla que se libraba en la distancia les inclinara la balanza a su favor. La plaza de la Rotonda, donde antes se alojaban puestos y mercaderes para abastecer la ciudad de alimentos, ahora era un macabro camposanto. Da Ceri portaba una armadura con placas articuladas sobre una malla interior, y desde la retaguardia enviaba hombres armados con espadas para alcanzar a sus objetivos, que se atrincheraban en la calle frente a la puerta de la iglesia de la Orden de San Camillo de Lellis. Su misión era ganar tiempo para que cerraran las puertas del Pantheon, atascadas con restos de cadáveres. Llegaban pocos sin recibir balazos, y las pérdidas alemanas eran menores, pues los italianos asestaban un par de espadazos hasta que los piqueros remataban la faena mientras los arcabuceros volvían a recargar. Renzo da Ceri sabía que no podía ganar esa batalla, pero al menos aseguraba algo de tiempo a los civiles que pretendían huir del barrio de Pigna.

Perin del Vaga solo pensaba en recoger a su mujer y a su hija recién nacida y salir de la ciudad, y se separó del grupo en dirección a su hogar mientras rezaba por su gente. La calle por donde alcanzaron la Rotonda se llenó de soldados invasores y Rosso Florentino fue apresado, desnudado y maltratado. Romano y Mazzola corrieron como poseídos, poco podían hacer ya por Rosso.

Cerca de la humillación que sufría el artista, en el interior de Sant'Eustachio, los lansquenetes acorralaban a Paolo Valdambrini, que se había ocultado como un cerdo bajo los bancos de la iglesia. Le despojaron de las joyas y del atuendo, pues parecía de tela cara. En su mano portaba un anillo por valor de trescientos ducados, demasiado goloso para los vándalos. En un intento de salvar su vida, procuró sacar el anillo y saciar la avaricia de sus secuestradores. Faltos de paciencia, agarraron el brazo de Valdambrini y le seccionaron el anular con un cuchillo. El secretario del papa perdió la ropa, las joyas, su dedo, su sangre y su fe.

En mitad de la plaza, Renzo da Ceri gritaba a los romanos.

—¡Sálvense los que puedan y retírense a los sitios más fuertes!

El miedo volvía a la gente torpe y estúpida. Otra sonora descarga de los arcabuces paralizó de nuevo a las gentes de Roma. Renzo gritaba una vez más, mientras sus soldados intentaban formar una improvisada empalizada con los restos de los carros de la plaza para evitar que les alcanzasen las imprecisas pero letales armas de fuego de avancarga.

Machiavelli y Buonarroti llegaron a la plaza sin problemas y se posicionaron tras Renzo, que no dejaba de dar órdenes. A pesar de la caótica situación, el pequeño ejército romano aguantaba la embestida de frente, así como por el flanco izquierdo. Renzo reparó en la presencia del artista.

—¡Michelangelo Buonarroti! ¿Qué diablos hacéis aquí?

—¡Defender la tumba de Raffaello!

—¿¡Estáis mal de la cabeza!? ¡Maldita sea, solo sois dos estúpidos con una espada!

Niccolò miró su empuñadura ensangrentada. Aquella espada ropera era inútil contra las armas de fuego. Una nueva carga los amedrentó y se agacharon. Las cargas de los arcabuceros eran incesables y no paraban de provocar daños. Los lansquenetes seguían rematando.

—¡Salid de aquí ya!

—¡Hay soldados enemigos en Santa Maria sopra Minerva! —gritó Buonarroti.

El tiempo se paró para Renzo da Ceri. Eso solo podía significar una cosa: los invasores se habían hecho fuertes en San Pietro y Sant'Angelo y habían ocupado todo el Trastevere. Miró a su alrededor como si todo fuera a detenerse ante su vista. ¿Había salida? ¿Cuánto faltaba para que se viesen rodeados y perecieran? Si San Pietro había caído, Dios les había abandonado para siempre. Recordó las palabras de Savonarola.

«¡Oh Roma, prepárate, pues tu castigo será duro! Tú, Roma, serás atacada de una mortal enfermedad. Has perdido tu salud y has olvidado a tu Señor. Para purificarte, olvida los banquetes, el orgullo y la ambición. ¡Roma! El hedor de la lujuria de tus sacerdotes ha llegado hasta los Cielos. ¡Roma! Soy un instrumento en manos del Señor, estoy dispuesto a llegar hasta el final».

Las profecías del monje de Ferrara se hacían realidad. Roma estaba siendo atacada por una enfermedad mortal. La mísera humanidad abordada por algunos pecados capitales. La lujuria, la ira, la envidia, la avaricia y el orgullo habían conquistado Roma.

Una voz a sus espaldas hizo temer lo peor.

—¡España, España! ¡Mata, mata! ¡Borbón, Borbón!

Michelangelo dio media vuelta y un hombre disparó contra él su arma corta de fuego. A esa distancia era mortal. La explosión de un arcabuz a menos de diez metros hizo olvidar a Savonarola. El flanco no defendido fue asaltado por un par de soldados españoles provenientes de Santa Maria sopra Minerva. Acababan de violar a un joven monaguillo y se habían entretenido en las casas colindantes buscando tesoros mientras sus dos compañeros alemanes habían muerto, uno de ellos además había sufrido una dolorosa amputación.

Buonarroti miró hacia su ombligo. No sentía absolutamente nada. No entendía qué había pasado y alzó la cabeza de nuevo para mirar al español. Los dos españoles fueron reducidos en segundos y atravesados salvajemente con las lanzas de las fuerzas del papa. Niccolò seguía mirando su espada ropera y comprendió que solo estaba preparado para las batallas orales. Cuando uno de los piqueros volvió a su posición, Machiavelli se la entregó rápidamente. El soldado agarró el arma sin mirar y se puso detrás de las barricadas, cada vez más dañadas.

Buonarroti seguía sin entender nada hasta que dirigió la mirada al suelo. Frente a él, un cadáver. Alguien se había puesto delante y cambiado el curso de su destino. Alguien había dado la vida por él. Con sumo cuidado, giró el cuerpo decúbito prono y descubrió la identidad del ángel de la guarda. Los gritos no cesaban, las cargas de los imperiales eran más numerosas y menos espaciadas, más tudescos arribaban a la plaza de la Rotonda por la vía Recta; Renzo se quedaba sin voz y alguien había sido lo suficientemente generoso como para regalar su vida al artista. Una vida por una promesa. Buonarroti creyó volverse loco. Herida mortal en el pecho, disparo a bocajarro, plomo incrustado, muerte en el acto. Allí estaba, tendido frente al asedio del Pantheon, el capitán Cuio Dini, con quien mantuvo tan buenos encuentros en Florencia gracias a Sebastiano del Piombo, que ahora se dirigía a la Santa Sede.

Anoche, vuestro amigo el capitán Cuio Dini, con algunos otros caballeros, me invitó a cenar, cosa que me resultó bastante agradable por hacerme salir de mi melancolía y delirio. La cena fue placentera a la vez que maravillosa, y las conversaciones que se mantuvieron, aún más. Fue un placer escuchar de la propia boca del capitán Cuio mencionar vuestro nombre y sus pensamientos para con vos. También me alegré de conversar sobre arte y sobre vos; el capitán os considera único no solo en Roma sino en todo el mundo.

El capitán vivió para la guerra, murió por las personas. Para el artista era la segunda vez que salvaban su vida aquella jornada. Primero, el político; después, el capitán. «A la de tres va la vencida», pensó alarmado.

Renzo se acercó entre el tumulto alborotado por las numerosas pérdidas que estaban sufriendo, mientras algunos soldados volvían a retirar los cadáveres de las puertas del Pantheon y los colocaban frente al cercado para amortiguar las cargas de las armas de fuego.

—¿A qué demonios estáis esperando? ¡Marchaos de aquí!

—¡No hay salida! ¡Estamos condenados! —gritó fuera de sí Buonarroti.

—¡Estáis vivo y eso es lo que importa! —replicó enfadado Renzo.

Otra descarga de los lansquenetes se fusionó con la conversación. Instintivamente se agacharon.

—¡Honrad su muerte! —Renzo señaló el cadáver de Dini—. ¡Aprovechad hasta vuestro último aliento!

Las puertas de Santa Maria Rotonda, el Pantheon, comenzaron a ceder. No quedaban cadáveres que apartar de la trayectoria de las enormes hojas batientes de bronce. Da Ceri, atento a todo, dio una orden.

—¡Que un grupo de soldados permanezca en su interior! ¡Que nadie profane esta iglesia!

Dicho y hecho, algunos soldados se introdujeron en su interior como último baluarte defensivo del templo. Esta última orden fue bien recibida por Buonarroti, que dirigió la mirada hacia el interior del Pantheon. Entre el tumulto, le pareció ver una figura conocida. Un hombre que había visto antes, en otro lugar. Se acercó corriendo a él mientras varios romanos clausuraban las puertas.

—¡Sois vos! —le gritó Buonarroti.

—Efectivamente —respondió el hombre esbozando media sonrisa a pesar de la gravedad de la situación.

Dentro, protegiendo el santo lugar, se encontraba el humanista y cardenal Egidio da Viterbo. Las tropas imperiales acababan de incendiar su maravillosa biblioteca en el convento di Sant'Agostino. Tiempo atrás, recordó Buonarroti, frente a la Santa Croce de Florencia, había cruzado unas palabras con él.

—¿Puede un artista cambiar el mundo? —preguntó el prior.

—¡Puede! —gritó Buonarroti.

—¡Ya lo hicisteis! ¡Yo velaré por Raffaello! ¡Salvad vuestra vida!

Mientras una sonrisa más profunda se dibujaba en su rostro, las puertas se cerraron definitivamente. El Pantheon no caería. Presa de una terrible culpabilidad para con Sanzio y su sepulcro, se dirigió una vez más a Da Ceri.

—Si se pudiese morir de vergüenza o dolor, yo no estaría vivo.

—Pero lo estáis. Vos —se dirigió a Machiavelli— sois el político, ¿verdad?

—Niccolò Machiavelli, para servirle, *signore*.

—Me importa muy poco vuestro nombre en este momento —dijo sin contemplaciones Da Ceri—, coged a vuestro amigo y escapad de Roma ahora mismo. Ya lo dijo Giulio Cesare: «Prefiero ser el primero en una aldea que el segundo en Roma».

—También dijo: *Alea iacta est*[*] —se insubordinó Buonarroti.

—Esa cita es del griego Menandro —corrigió Machiavelli.

Michelangelo lanzó una breve mirada de odio al político. El trío de hombres se convenció de que era inútil

---

[*] La suerte está echada.

combatir con la palabra mientras la ciudad de Roma ardía y se desmoronaba ante ellos. Buonarroti echó un último vistazo a las puertas del Pantheon, se aseguró de su clausura y, pensando en Raffaello Sanzio y en la panadera, echó a correr con Machiavelli en dirección a su casa, en la plaza de Macello dei Corvi. A lo lejos se oía gritar a Renzo da Ceri:

—¡Romanos! ¡Seamos la voz, no un eco!

Lo último que escucharon el político y el escultor fue la tormenta de arcabuces sobre las fuerzas romanas.

53

Roma, 1527, plaza de Macello dei Corvi y Colosseo

Vincenzo Tamagni da San Gimignano, antiguo estudiante de la escuela de Raffaello, acababa de volver de la Villa Lante, en Bagnaia, tras acabar sus grutescos. Cerca de Viterbo todo era paz, pero al llegar a Roma, la vida de Tamagni cambió para siempre. Lo que antes eran jardines y juegos de agua se habían convertido en piedra y regueros de sangre. Los vándalos no habían respetado nada en absoluto. Los cadáveres se amontonaban en las calles sin distinción de sexo o edad. Aquello superó a Tamagni. Desde el hospital de la Consolazione del Campidoglio, cuyos casi cien ingresados habían perecido indefensos bajo acero alemán y español, corrió hasta quedar bloqueado en la plaza de Macello dei Corvi, donde vio a la gente gritar despavorida. Numerosos caballos galopaban sin jinetes, seguramente escapando del establo de Girolamo Muti, cerca de San Marcello al Corso. Había llegado el Juicio Final.

Con un puñal en la mano, nervioso, escudriñó el horizonte. No sería presa fácil para las tropas españolas y alemanas. Nunca había sido muy ducho en el arte de la guerra, pero si alguien intentaba quitarle la vida, no le regalaría tal honor. Apuntando a su estómago, el puñal estaba listo para segar una vida. No era momento de pensar si Dios Todopoderoso perdonaría el suicidio.

Empezó a sudar. No tenía muy claro cuántos segundos de vida le quedaban. Quizá algunos minutos. ¿Quién sabía? Igual los mercenarios se cansaban y volvían a sus países. Perdió la noción del tiempo. De pronto ya no supo si llevaba allí postrado unos minutos o unas horas. No volvería a ver su pueblo, San Gimignano, donde había dejado firmada una nueva obra, los *Esponsales místicos de Santa Catalina*. San Gimignano, de origen etrusco, posiblemente uno de los pueblos más bellos de los Estados Italianos. ¿Habría caído bajo el yugo invasor? ¿Habrían caído sus imponentes torres que recortaban con su belleza el panorama toscano?

De repente, algo le sacó de sus pensamientos. Gente corriendo se acercaba desde el barrio de Pigna. Presionó el puñal un poco más contra su jubón. Quizá fuera el momento.

—¡Eh! ¡Tamagni!

Vincenzo cerró los ojos y contrajo todos los músculos de la cara. Empezó a rezar algo que ni él mismo supo definir. Separó violentamente el puñal de su estómago para disponerse a clavarlo con fuerza en su pecho. Sintió un dolor inmenso y cayó al suelo. El puñal rodó con él a escasos centímetros de su cara. Había sangre.

Sin embargo, el puñal estaba limpio. La sangre no provenía de su hoja, sino de su nariz, demasiado cerca de la cortante hoja. Tamagni se reincorporó como pudo y se tocó le vientre. No había herida, no había dolor en aquella parte del cuerpo. Solo le dolía la cara y, muy especialmente, la nariz. Había recibido un puñetazo que no había visto venir presa del pánico. Buscó a su agresor con miedo, temblando. Frente a él había dos hombres. Distinguió los colores de cada uno. Negro roído uno. Negro y rojo elegante el otro. El puñetazo se lo había dado el hombre de negro, más cercano a él. Enfocó la mirada.

—¡Michelangelo Buonarroti!

—¿Estáis loco, Tamagni? ¿Qué creíais que hacíais?

—Yo…

Las palabras no salían de su boca. Estaba demasiado nervioso. Había visto su final demasiado cercano. Demasiado pronto. Buonarroti le arreó una bofetada.

—¡Espabilad!

—Pe…, pe…, pero…

—Erais alumno de Sanzio. Os vi en Santa Maria Rotonda. Salvad su arte y su legado.

—Pe…, pero… maestro Buonarroti… No sé luchar.

Michelangelo lo obligó a ponerse en pie. Le agarró de los hombros para darle ánimos.

—¿Sabéis correr?

—Sí… Creo que sí…

—¡Pues arread!

Con un fuerte empujón, Michelangelo instó a Tamagni a que corriera por su vida, y este desapareció por la vía del Foro imperial. Buonarroti miró al otro lado de la plaza. Allí estaban su taller, al que Sebastiano del Piombo llamaba «socavón» por su techo semiderrumbado, y su casa. Machiavelli adivinó sus pensamientos.

—*Messer* Buonarroti. No hay tiempo. ¿Hay algo en esa casa más valioso que vuestra propia vida?

—Parte de mi patrimonio monetario. Jamás he sido pintor o escultor de esos que tienen tienda abierta.

—Lo dicho. No hay nada más valioso que vuestra vida. Tenemos que salir corriendo.

Muy a su pesar, Buonarroti sabía que el político tenía razón. Debían partir cuanto antes. La única salida posible era la que acababa de mostrarles Tamagni con su carrera. El barrio de Campitelli, la vía del Foro imperial y el Colosseo al fondo. No se vislumbraban llamas en aquella dirección. Posiblemente, el ejército imperial no había invadido aún aquella parte de Roma.

Michelangelo se acordó de *Kabbalah,* su yegua. Una anemia infecciosa equina había acabado con su vida en tan solo treinta días un año atrás. Habían recorrido muchos kilómetros juntos. Lástima no cabalgar juntos una vez más.

Sin pensarlo dos veces avanzaron tan rápido como pudieron. A la izquierda dejaron Santa Maria di Loreto, la Colonna Traiana, la basílica Ulpia, los mercados de Trajano y el foro de Augusto. A la derecha, el foro de Giulio Cesare; la Curia, destinada en otro tiempo a las sesiones del Senado; San Lorenzo in Miranda, anterior templo de Antonino y Faustina, cuya reestructuración se había paralizado por completo, y la necrópolis arcaica esperaban su bárbara sentencia ante los agrestes expoliadores. «Al menos —pensó el escultor— la piedra no arde».

Tampoco tenían tiempo para las pérdidas materiales. Roma caía. No importaba cómo ni cuánto. Hicieron un alto en el camino en la plaza del Colosseo. Tenían que decidir qué camino tomar: el de la basílica de San Giovanni in Laterano o el de las termas de Caracalla. En aquellos momentos de duda fueron asaltados por un grupo de soldados imperiales, dos arcabuceros y cuatro piqueros coseletes. Los primeros iban armados con dos medias corazas y arcabuces de corta distancia pero letales. Los segundos, ataviados con petos y espaldares, gorjales, cascos y musleras. Apuntándolos con las armas de fuego, uno de ellos gritó en español:

—¡Busco a Miguel Ángel Buonarroti!

El artista no entendió nada. Sin embargo, supo reconocer la fonación de su apellido. Miró a Machiavelli, que parecía entender un poco más la lengua castellana.

—Creo que os buscan —le susurró al escultor.

Buonarroti dio un paso al frente. No iba a permitir que Machiavelli hiciera las veces de Dini. El político tampoco tenía esa intención.

—Sois vos. Vamos bien.

—¿Qué querer? —pronunció de mala manera Machiavelli tras Buonarroti.

Buonarroti le miró extrañado. Niccolò se dirigió a él:

—Política. Nos tienen que entender en todas partes —dijo en italiano.

—Buscamos al artista —respondió el líder mercenario señalando a Buonarroti.

Avanzó unos pasos y agarró la cara de Buonarroti con una mano. El escultor sintió la necesidad de zafarse, pero cualquier acto de rebeldía podía causarle una muerte prematura. De momento no sabían qué querían los mercenarios. Con el fin de destensar la situación, Machiavelli intervino.

—¿Por qué?

—Nos manda Pietro Torrigiano de Sevilla. Vuestra cabeza tiene precio.

Michelangelo sintió un repugnante salivazo en su cara. Su ira no conocía límites y estaba a punto de explotar. Una vez más, solo logró entender el nombre del artista que años atrás le había partido la nariz de un puñetazo. ¿Qué tenía que ver Torrigiano en todo esto?

—¿Cómo saber dónde Buonarroti estar?

Machiavelli hacía lo posible por hacerse entender y no tenía muy claro si lo estaba consiguiendo.

—Un tal Tamagni da San Gimign…, no sé qué —contestó de nuevo el líder.

—Maldito bastardo… —murmuró Machiavelli. Y, dirigiéndose una vez más a su amigo en italiano—: os ha traicionado vuestro amigo, el del puñal. Al parecer se los ha encontrado y ha vendido vuestra alma. Nuestra alma, mejor dicho.

—¿Vive? —preguntó Buonarroti no sin falta de rencor.

—¿Está vivo? —preguntó en castellano el político al arcabucero.

Esta vez fue Niccolò quien sufrió la ira del soldado. Al parecer, el español disfrutaba con esos últimos momentos de los reos y cualquier motivo era suficiente para demostrar su superioridad. Agarró al diplomático por el cuello y le susurró:

—La palabra de un mercenario es la palabra de un mercenario. Descansará en ese pueblo innombrable.

La nariz de Machiavelli sufrió un brusco impacto. Cerró los ojos de dolor y sintió un débil hilo de sangre bajando por su boca. El soldado había sentido el deseo irrefrenable de propinarle un cabezazo. Se llevó las manos a la nariz y corroboró la hemorragia.

La conversación terminó bruscamente. Sin dejar de apuntarles, les condujeron a un lugar más lúgubre. En el fondo, los militares españoles estaban en una misión paralela. El saqueo al que se estaba sometiendo a la ciudad de Roma había sido improvisado. La casualidad había hecho coincidir la depredación de la ciudad con la búsqueda de Buonarroti. Todo había sido un caos pero, al final, habían cumplido con su objetivo. Ahora tenían a dos hombres postrados contra uno de tantos arcos que servían de puerta de acceso al complejo sistema de pasillos conocidos como *vomitorium*. Era la cara norte del Colosseo, frente al Foro romano, en el Campo Vaccino. Los cuatro coseletes les cortaron cualquier vía de escape, situándose dos a cada lado, en paralelo a las columnas. Frente a ellos quedaron los dos arcabuceros: uno apuntaba a los dos presos. El otro, con la voz cantante, se acercó a la posición de los reos.

—Bien, bien, bien. Torrigiano solo me pagó por un cadáver. Nunca me dijo que el artista tendría un perrito faldero.

Machiavelli sintió la indirecta sin saber castellano. De todas formas era consciente de que, en aquel momento, ninguna lengua del mundo les salvaría. Machiavelli intercedió para ganar tiempo. No sabía para qué lo necesitaba, pero tenía alma de negociador. Dio un par de pasos y se situó delante de Michelangelo.

—Disculpad, *messer*…

No pudo decir mucho más. El soldado imperial se había cansado del juego y de la conversación. La luz de la luna llena iluminaba la escena tímidamente, pero pronto toda la ciudad caería presa de las llamas y del pillaje, y no querían estar allí para verlo. España esperaba al otro lado del Mediterráneo. Las tropas de Carlos V habían ganado. No hacía falta más.

La hoja salió suavemente del costado de Machiavelli empapada en sangre. Había sido una puñalada limpia y rápida. Niccolò solo pudo abrir los ojos casi desorbitados y esgrimir un breve quejido. Sintió cómo el cuerpo le ardía por dentro. La daga no era larga pero el soldado sabía hacer su trabajo. Movido por su ímpetu, había asestado la cuchillada sin apuntar, pero Niccolò sentía que la vida se le escapaba. Se llevó ambas manos a la herida y cayó al suelo como si las piernas le hubieran fallado de repente. Buonarroti gritó e intentó alcanzar a Machiavelli, pero cuatro picas amenazaron su garganta. No pudo avanzar más. No pudo sino observar cómo Niccolò se retorcía en el suelo y la sangre volvía a manchar sus manos.

—Sería una faena dispararle y luego tener que recargar el arma para mataros a vos, Miguel Ángel.

—*Figlio di puttana*…

Los ojos de Buonarroti casi salían de sus cuencas.

—¡Oh! El italiano se ha enfadado. Disculpad, *messer* Buonarroti, si no entiendo una mísera mierda de lo que escupís por esa boca. Roma cae y vos caeréis con ella. No sé qué diablos le hicisteis a ese engreído Torrigiano, pero pagó como si hubierais fornicado con sus hijas, su madre y su abuela. Supongo que tampoco entendéis una mierda de lo que os digo, así que no alarguemos más la situación.

El soldado empuñó el arcabuz. Ahora eran dos las armas de fuego que apuntaban a Buonarroti. El artista, rendido, cayó sobre sus rodillas y se persignó.

—¡Vaya! ¡Si Miguel Ángel es un hombre de fe! —dijo el español mofándose del artista una vez más—. Por favor, ¿hay alguien aquí presente que quiera rezar por Miguel Ángel?

Hizo una breve pausa.

—¿Nadie? —levantó la voz aún más—. ¿¡No hay nadie en Roma que quiera rezar por Miguel Ángel?!

Buonarroti no pudo reprimir su mal temperamento. Ni siquiera en ese momento, a punto de perder la vida. Se puso en pie y miró fijamente al soldado imperial. Este dejó de vociferar y apuntó de nuevo al artista. No comprendía el castellano, pero por asimilación fonética entendió que lo estaba nombrando. Con los ojos en llamas, como si de la última locución en vida se tratase, exclamó en italiano:

—*Il mio nome è Michelangelo!*

Los arcabuceros se miraron entre ellos y el líder asintió. Volvieron la vista a Buonarroti y se dispusieron a fusilarlo. Su orgullo no le permitió cerrar los ojos. Pero estaba a punto de morir, y su orgullo no valió para nada. Su última palabra fue un nombre de mujer.

—Vittoria…

54

Roma, 1527, Colosseo

Llovió mármol.

Los arcabuceros fueron aplastados por sendas losas de mármol que provenían de un piso superior del Colosseo. Frente a las cabezas de sus compañeros aplastadas contra el suelo, los coseletes se quedaron estupefactos. No sabían qué había pasado y no sabían qué hacer. Cuando dirigieron la mirada hacia arriba, fue demasiado tarde. Otros tantos pedazos de mármol cayeron sobre ellos abatiéndolos en el acto.

Buonarroti, en silencio, no daba crédito a lo que acababa de ver. Seis hombres a punto de matarle yacían reventados frente a él. Uno de ellos, el charlatán, aún respiraba a pesar de tener medio cráneo bajo la losa. Eran pedazos de mármol resquebrajados del Colosseo. Aquello no era una casualidad. De repente, una figura salió del interior del Colosseo sorteando la maleza que el tiempo había hecho crecer en respuesta al abandono. El desconocido cogió de nuevo la losa, la alzó y golpeó al arcabucero hasta que dejó de respirar. La losa teñida de carmesí se hizo a un lado y el ángel de la muerte se dio la vuelta y miró a Buonarroti.

—¡Maestro Buonarroti!

Aquella voz le era familiar. No sabía quién, cómo, cuándo o dónde, pero le resultaba familiar. La conmoción que sufría por haber estado a punto de morir no le ayudaba a ordenar los pensamientos. A su derecha, otros dos hombres reincorporaban a Niccolò, que aún respiraba.

—¡Soy yo, Danielle Magro!

—¿Danielle Magro?

Buonarroti seguía sin recordar nada. Solo tenía espacio en su cabeza para las imágenes de los trozos de mármol cayendo desde la parte alta del Colosseo.

—¡El *Laocoonte!*

Entonces entendió. Sangallo. Domus Aurea de Nerón. Felice de Fredis. *Laocoonte.* Aquel hombre era el campesino que cayó y descubrió aquella maravilla de la Antigüedad. Portaba barba espesa y el cabello moreno desaliñado, pero era él... más de veinte años después.

—El campesino…

—¡Así es! —afirmó el hombre desbordante de alegría.

—Pero... ¿qué diablos...?

—Vagabundo, maestro. Vivo aquí, en las ruinas del Colosseo. Descubrir aquella estatua fue mi perdición. Felice de Fredis me expulsó de sus tierras y se atribuyó el descubrimiento. No he vuelto a trabajar desde entonces.

Demasiada información para Buonarroti, que, de repente, cayó en la cuenta: Niccolò Machiavelli. Allí estaba el político, sentado con las manos en la herida, atendido por otros dos vagabundos de las gradas del Colosseo. La puñalada no era mortal, pero corría el riesgo de infectarse.

—Niccolò... —dijo suavemente Buonarroti.

—Tranquilo, artista. Estoy bien. Más o menos. —Empezó a toser—. Duele mucho, no lo negaré. Pero creo que saldré de esta.

Buonarroti creía estar soñando. Había pasado de una muerte segura a un rescate milagroso en nada menos que tres ocasiones. Casi como san Pedro antes del cantar del gallo.

—Creí que estabais...

—Muerto, lo sé. Fingí ante ellos. Os lo dije en la taberna de la Puerta San Gallo en Florencia. Los hombres ofenden antes al que aman que al que temen. No quiero decir que os ame, pero entenderéis que sí temía a los soldados. Tras la puñalada, solo pensé en sobrevivir. Si pasaba por cadáver igual salvaba mi vida...

—Después de mi ejecución, supongo —dijo encrespado Buonarroti.

—Bueno, sí. Cierto —el político, hábil, cambió la conversación—. *Messer* vagabundo. ¿Cómo habéis procedido al rescate?

—Era fácil. Vivimos ahí arriba. Oímos el altercado y no quisimos inmiscuirnos. Sin embargo, escuchamos a Buonarroti gritando su nombre. El maestro fue generoso conmigo en una ocasión. Y con los vagabundos que habitan por aquí también. En varias ocasiones.

Buonarroti recordó:

«Michelangelo se volteó para ver al campesino tirar de la escalera con la cual habían salido de aquel magnífico zulo. Echó mano de su faltriquera y se aproximó al agricultor. Sin decirle nada, depositó diez escudos en su mano, en señal de gratitud. Volvió con los Sangallo y dispusieron su partida.

»—¿Por qué? —gritó el campesino sorprendido.

»—Porque vos sois el verdadero descubridor de este hallazgo».

Uno de los vagabundos que escoltaba a Machiavelli corroboró las palabras de Magro.

—Cierto es —dijo con una boca a la que le faltaban la mitad de los dientes—. Solía pasear por aquí y donaba cantidades generosas de dinero. A mí personalmente me entregó unas monedas en mano mientras charlaba con un astrónomo en el arco de Constantino.

Buonarroti alucinó con la memoria de aquel hombre. Y volvió a recordar.

«El Colosseo les observaba inmóvil, eterno. En su interior dormían cientos de vagabundos ajenos al exterior. Copernico y Buonarroti continuaron la marcha que marcaba el científico, no sin antes admirar la belleza del arco de Constantino. Solo la mitad era visible, pues la suciedad y los escombros de los hogares y negocios colindantes lo habían convertido en un vertedero. Copernico leyó la inscripción con dificultad.

»Buonarroti se había ausentado unos momentos sin que Niccolò notase su alejamiento. Este le vio volver del Colosseo andando rápidamente.

»—¿Algún problema? —preguntó preocupado.

» La zona era peligrosa y no convenía andar solo por los alrededores del Coliseo.

»—Ninguno. Continuemos.

»Michelangelo prosiguió la marcha como si nada tras su enigmática actitud y Copernico, conocedor de los alrededores, se dejó llevar».

Quién le iba a decir a Michelangelo Buonarroti que le iba a salvar su generosidad veintisiete años después.

—El astrónomo… Tenéis buena memoria —le dijo al vagabundo—. Y ojos en todas partes, por lo que veo.

—Todos los tenemos en esta zona, maestro Buonarroti. En cuanto a la buena memoria es fácil. No son muchos los generosos en esta ciudad de pecado. Basta con recordar ocho o nueve caras.

—Bien hecho, Buonarroti —interrumpió Machiavelli—, es más sensato quedarse con la fama de tacaño, que genera una mala fama sin odio, que buscar la fama de liberal y ganarse la de ladrón, que genera mala fama y odio a la vez.

—Después de estar a punto de morir unas cuantas veces hoy, ¿aun herido tenéis ganas de dar sermones?

—Siempre, querido amigo. Puede que vos seáis un maestro del fingimiento y la fama de huraño y tacaño no sea tal. Sin embargo, tenéis una visita pendiente en San Gimignano si salimos de esta —y, dirigiéndose a Magro, añadió—: en verdad, querido salvador, no hay otro medio más seguro de posesión que la ruina. Y veo que vivís en ella.

Danielle Magro se perdió ante tanta palabrería de aquel tipo espigado. La herida de su costado sangraba abundantemente, pero la lengua de Machiavelli no perdía fluidez.

—Para salir de la ciudad, nada mejor que la vía Appia Antica, ¿verdad, Magro? —preguntó el escultor.

—Así es, maestro —contestó el agricultor.

—Perdonad —interrumpió el político—. Las fuerzas enemigas han invadido la ciudad desde la colina del Gianicolo en el Trastevere y desde el monte Vaticano. ¿Quién nos asegura que no hay tropas invasoras más allá de la colina del Celio, en la puerta Ardeatina o en la misma puerta Latina?

—Machiavelli tiene razón.

Danielle Magro sabía que nada ni nadie podía asegurar el salvoconducto de los dos fugitivos a nivel de calle. Y no había ninguna seguridad salvo la muerte, en caso de esperar allí en el Palatino. Las murallas aurelianas poco podían hacer ya. El político tenía una lengua tenaz, pero también tenía sentido común.

—Solo se me ocurre una cosa, amigos —les anunció mientras el rostro se le iluminaba por momentos—. Quizá no podáis huir por la vía Appia Antica. Pero sí bajo ella.

—¿Disculpad? —preguntó Niccolò mientras se miraba la mano cubierta de sangre.

—¿Estáis bien?

—Sí, Buonarroti, solo es un rasguño. Magro, *per favore*, continuad.

—Las catacumbas bajo Pagus Tropius, antiguos terrenos de Herodes Ático: el primer cementerio subterráneo de los cristianos para evitar persecuciones en el primer siglo de nuestra era. Algo pagano, sí, pero útil sin duda. Las familias patricias podían tener sus tumbas en la superficie. Los primeros cristianos tuvieron que cavar un poco.

—¿Cómo sabéis todo eso? —preguntó Machiavelli.

—Danielle Magro es único encontrando cosas. Y sabe leer. Solo hay dos maneras de acceder —prosiguió el ahora vagabundo—: por la basílica de San Giovanni in Laterano o por las termas antoninas de Caracalla.

—La basílica puede ser un objetivo de las tropas —dijo Niccolò sin parar de intentar taparse la herida del costado—. Creo que el verdadero modo de conocer el camino al paraíso es conocer el que lleva al infierno, para poder evitarlo. En estos momentos, Roma es un infierno, y San Giovanni no está a salvo. Opto por las termas.

—Así sea —contestó Buonarroti, preocupado por su colega.

—Dejadme que os advierta. Las catacumbas son peligrosas. Muchísimo. Desde el siglo IX nadie las ha recorrido. Una vez los papas terminaron de trasladar las reliquias, se clausuraron. Allí solo quedan inmundicia y alimañas, un mundo de oscuridad, pues los derrumbamientos taponaron algunas entradas.

—*Grazie mille*, amigo Magro. Mirad atrás —suplicó Buonarroti.

La ciudad de Roma ardía en llamas. A lo lejos, los gritos ahogados de los que estaban a punto de morir se fundían con el fragor de la batalla. Cerca, las cabezas de seis soldados yacían aplastadas bajo el mármol. Roma caía.

Y ellos estaban a punto de compartir destino. Danielle Magro asintió.

Machiavelli necesitaba un médico y se presionaba la herida con un trozo de tela recién arrancado.

—Nos jugaremos la vida en las catacumbas.

—Entendido. Dejadme acompañaros para indicaros el camino.

Danielle Magro asió una de las antorchas con las que alumbraban el pequeño campamento improvisado en las cornisas del Colosseo y partieron rumbo a las termas de Caracalla. Mientras sus colegas se deshacían de los cadáveres, Magro, Machiavelli y Buonarroti superaron con prontitud las iglesias de San Gregorio Magno al Celio y Santi Nereo e Achilleo. Al parecer, no había presencia enemiga en la zona y alcanzaron sin problemas las termas. Machiavelli era un lastre pesado, pues la herida no parecía mortal pero tampoco lo suficientemente leve como para facilitar la marcha. Buonarroti contaba con cincuenta y dos años y el político con cincuenta y ocho recién cumplidos. Más una puñalada. Recorrer la distancia entre el coloso Anfiteatro Flavio y las termas a paso ligero fue toda una hazaña.

Los restos de las termas de Caracalla se sostenían contra el tiempo. Lo que antes había sido un conjunto hermoso de salas para baños de todo tipo de temperaturas, salas de gimnasia, amplias bibliotecas, hermosos jardines y una armonía de alabastro, granito, basalto y mármol, ahora era un conglomerado de ruinas resultado de un terremoto ocurrido hacía seiscientos ochenta años. Raffaello Sanzio no tuvo la oportunidad de restaurar el conjunto arquitectónico, y este, al hallarse algo retirado del centro neurálgico de la ciudad, se ahogaba en su abandono. Portando la antorcha, Magro servía de guía en busca de la entrada a las catacumbas. Sus más de veinte kilómetros de longitud en varios niveles se ramificaban hasta los alrededores de las termas.

Bajo unos matorrales y un par de piedras de no mucho peso, descubrieron una entrada. Magro ya la conocía, pues, aunque no lo había contado, de vez en cuando se dejaba caer por allí como cazatesoros improvisado. Lamentablemente, las termas y las catacumbas habían sido expoliadas mucho tiempo atrás.

—Aquí nos separamos.

—Gracias por todo, Danielle. ¿Seguro que no queréis acompañarnos? —preguntó Buonarroti algo disgustado.

—Seguro que no, maestro. Son veinte años ya viviendo como un mendigo. Mi familia está allí, en las ruinas del Colosseo.

—No tenéis suficiente mármol… —dijo el escultor con su humor característico.

—Si Roma ha de caer, caeremos con ella, como una desamparada hermandad. Si Roma ha de resurgir, nos levantaremos con ella. Siempre ha sido así. Siempre será así. Nosotros, los vagabundos, siempre somos actores secundarios. Los actores secundarios nunca pasan a la historia. Solo ocupan un rincón de alguna frase en los pasquines, pero no de la memoria.

—No sois ningún actor secundario, amigo mío. Hoy sois el gran protagonista. Gracias por vuestra fidelidad.

Las manos de Buonarroti se posaron sobre sus hombros.

—Gracias por vuestra generosidad.

Las manos de Magro hicieron lo mismo en los hombros del artista.

—*Grazie, messer* Magro —añadió Machiavelli.

—Vamos allá.

Los dos fugitivos retiraron sendas piedras. Danielle tendió la antorcha a Buonarroti.

—Estáis demasiado locos si pensáis que sobreviviréis sin una antorcha ahí abajo.

—¿Una antorcha? —Buonarroti la empuñó fuertemente—. ¿Cómo mantendré el fuego ahí abajo?

—Ese es el problema, querido amigo. Hay corrientes de aire, sí. El sistema de ventilación fue una de las principales preocupaciones de los primeros arquitectos de las criptas subterráneas. Demasiados cuerpos en descomposición. He contado tres niveles de diferentes alturas pero puede que haya un cuarto. Cuanto más descendáis, menos aire encontraréis. Escuchadme bien, maestro. Sin esa maldita antorcha, estáis muertos. Manteneros en el nivel superior tanto tiempo como os sea posible. No hay mapas ni modo alguno de saber dónde estará la próxima salida. Si encontráis una ráfaga de aire, seguidla sin dudar. Conducirá a una salida de la gruta. *Capito?*

Político y escultor se miraron. No había marcha atrás. O morían bajo espadas y cañonazos o se arriesgaban a morir sepultados en la más inmensa oscuridad.

—Al fin y al cabo, si morimos, no tendremos que pagar por nuestro entierro. Unos en el Pantheon y otros con San Calixto.

Tras las palabras de Buonarroti, una risa nerviosa invadió a los allí presentes. Danielle y Niccolò aplaudieron el humor negro de Michelangelo. No eran momentos para bromas, pero había que tener valor para reírse en la cara del Ángel de la muerte.

—Un poco de grasa animal. Con algo de tela os aguantará unos minutos más.

—Gracias, amigo —respondió por última vez Buonarroti—. ¿Sabríais encontrar mi taller en la plaza de Macello dei Corvi?

—No sería difícil.

—Si llegáis a tiempo, antes de que Roma caiga por completo, buscad mi jergón. Abridlo en canal con una daga. Repartid con sabiduría su contenido. No volveréis a pasar frío en el Colosseo en la vida.

—Gracias, maestro, sois un mensajero de la paz.

Michelangelo se regaló unos segundos más. Desde las termas de Caracalla miró en dirección a Roma. A pesar de que se sentía florentino de corazón y de convicción, un pedazo de su vida se quedaba allí para siempre bajo los restos de lo que antes había sido el centro del mundo conocido y ahora se debatía entre la supervivencia y la erradicación. Pensó en la *Pietà,* y en lo que sufrió por cincelar su firma bajo peligro de muerte. Recordó a Mikołaj Kopernik y aquel momento tan dulce, tumbados en los restos del Circo Massimo. Un eclipse sobre Roma y una tremenda revelación: los seres humanos no eran el centro del universo. Desconfió del futuro del *Laocoonte,* nada estaba a salvo de los bárbaros. Evocó su huida a Florencia sobre *Kabbalah,* bella yegua; el andamio de Roselli, el moho y Giuliano da Sangallo; Tommaso Inghirami y la biblioteca laurenziana; las exigencias de Giulio II; el error en la colocación del *Moisés;* la conspiración contra Leonardo; el desnudo de Salai; las bromas de Cellini; la muerte de Raffaello; el providencial encuentro con Vittoria Colonna; la llegada de Niccolò; el sacrificio de Dini; el mármol del Colosseo… Creció con el mármol y el mármol había salvado su vida. Todos aquellos recuerdos se quemaban a la par que Roma. No podía imaginar cómo acabarían todos aquellos que había conocido, que había respetado o despreciado. La humillación, la violación o el asesinato eran desenlaces que no se merecían ninguno de ellos. Pensó de nuevo en Colonna. Llegaría a la isla de Isquia, frente a Nápoles. Tenía que hacerlo. Por ella. Por él. Se volverían a encontrar. Ya se habían encontrado una vez.

Machiavelli y Magro respetaron el silencio que infundió al ambiente y cedieron a Buonarroti su espacio. Al volverse, los ojos del artista estaban bañados en lágrimas.

—¿Las llamas? —preguntó hábilmente Niccolò para pasar por encima de la íntima situación.

Sin embargo, Michelangelo estaba roto por dentro. No había ningún motivo para continuar haciéndose el invencible.

—Los recuerdos. Cicatrices en el alma —contestó sin más.

Así pues, Machiavelli y Buonarroti se adentraron en lo más recóndito de Roma. El artista portaba la antorcha en la mano; el político, su propia sangre. Al final del camino les esperaba el salvoconducto a Florencia. El tramo subterráneo de la vía Appia Antica se iba a convertir en breve en su propio viacrucis.

55

Roma, 1527, catacumbas de San Calixto

Oscuridad.

Fuego crepitando.

Débil ráfaga de aire.

Ratas buscando presas.

Chapoteo del agua a cada paso.

Varios kilómetros de laberinto por delante.

La necrópolis subterránea se presentaba ante ellos sin complejos, con ganas de fagocitar a cualquier intruso que se atreviese a perturbar su milenaria calma. Los dos hombres avanzaban a tientas, pues la luz de la antorcha no proporcionaba una gran visibilidad. Intentaban no dejarse intimidar por aquella absoluta oscuridad. Los chillidos de las alimañas les frenaban a veces, pero no les quedaba otra opción que continuar.

Los túneles tenían más de veinte kilómetros de longitud y se disponían en varios niveles, pero si las cuentas no les fallaban, solo eran cuatro kilómetros los que separaban las termas de San Sebastiano *fuori le mura*, donde, con un poco de suerte, encontrarían un establo con caballos con los que partir inmediatamente a Florencia. Lo más importante era no perderse y, mucho menos, descender de nivel. Si cambiaban de nivel, tenían más posibilidades de quedarse sin oxígeno.

Buonarroti, que ejercía de *fossor*, caminaba delante guiándose por las débiles corrientes de aire. Un cada vez más débil Machiavelli le seguía los pasos como podía. Afortunadamente la humedad y algunos charcos bajo sus pies evitaban ir a una mayor velocidad. Así esquivaban cualquier posible tropiezo en la oscuridad.

El escultor, que no dejaba en ningún momento de acariciar la pared, se encontró con numerosos nichos que habían perdido el mármol o, en el caso de los más humildes, el barro cocido. «Toba calcárea», pensaba, aunque no estaba muy seguro. El objetivo principal era alcanzar el primer lucernario, por donde entraría débilmente la luz de la luna.

Algo llamó de repente la atención del artista. A pesar de la mínima visibilidad, unos pequeños pigmentos sedujeron a Buonarroti. Los observó un momento e invitó a su compañero.

—Mirad, Niccolò…

Michelangelo alumbró el símbolo que se asomaba tímido en la piedra. Había perdido color, pero conservaba la fuerza de su mensaje. Allí estaba el primer símbolo cristiano de la historia. El pez, cargado de fe y simbolismo. Buonarroti recordó las palabras que una vez le dijera Lorenzo de' Medici: «En griego, IXTHUS contiene *Iesous Xhristos Theou Hyios Soter*».

—¿Se refiere a Jesús el Cristo? —preguntó Machiavelli.

—Así es. Uno de los primeros mensajes de nuestra religión, cuando aún no se había pervertido... Algún día alguien sacará a la luz este primer archivo cristiano de la historia.

A pocos centímetros de ellos se dibujaba una pequeña figura de un pastor con un cordero sobre sus hombros. Era Cristo, salvando un alma. Pasó desapercibido. Tras unos segundos de respeto reanudaron el camino. No era el momento adecuado para el arte y, sin embargo, Buonarroti no pudo evitar acordarse de la pequeña caverna de Carrara. El arte, sin duda, era anterior a la religión tal y como la conocían en ese momento. Sin lujos ni elitismos. Ahora, sin embargo, el arte estaba al servicio propagandístico del dogma. Y en ese preciso instante, arte y credo estaban bajo los soldados españoles y alemanes.

—Esperad...

Niccolò interrumpió sus pensamientos con una voz apagada. Michelangelo acercó la lumbre al rostro de su acompañante. Estaba más pálido que de costumbre. Apoyado sobre la pared con la mano izquierda, con la mano derecha intentaba hacer presión sobre la herida.

—Dadme unos minutos... Enseguida estaré...

Tras esas palabras, Machiavello cayó de rodillas. Flaqueaba demasiado como para seguir el camino; un trayecto que, además, no invitaba a demasiadas esperanzas. Buonarroti quiso uparle rápidamente, pero no pudo. A pesar de la oscuridad y de la sensación de humedad que invadía su cuerpo, Niccolò se sentó sin sentir el frío que desprendía la pared mojada sobre su espalda. Su camisa carmesí acordonada y el terciopelo negro de su indumentaria nada tenían ya que ver con lo que en un principio sugerían al comienzo de la jornada, en Santa Maria sopra Minerva. Agujeros, rotos y descosidos por doquier, presentaban un corte demasiado feo a la altura del costado. Buonarroti insistió en echar una ojeada. Niccolò apartó el pedazo de tela y la herida vio la luz que desprendía la antorcha.

—No os mentiré... No tiene buena pinta...

—Dejadme aquí, Buonarroti, avanzad. No durará mucho la luz de la antorcha, y yo tampoco.

Por un momento se vio tentado, pero si ahora estaba allí, vivo y portando una antorcha, era gracias a la aparición del político en Santa Maria. Le debía la vida y no estaba dispuesto a dejar una deuda pendiente. Le retiró cuidadosamente la tela de la mano empapada en sangre y arrancó un nuevo pedazo. Tampoco estaba demasiado limpio, pero al menos absorbería algo mejor. Niccolò tenía los ojos cerrados.

—Niccolò...

El político los abrió de nuevo.

—Estoy aquí, aún estoy aquí.

—Perdonadme —dijo Buonarroti.

—No os preocupéis, yo haría lo mismo. Recordad que los hombres ofenden antes al que aman que al que temen...

—No pienso abandonaros —contestó irritado el artista.

—Entonces, ¿por qué debería perdonaros?

—Por lo que estoy a punto de hacer.

Acto seguido, Michelangelo acercó la antorcha a la lesión hasta que hubo contacto. El objetivo era cauterizar la herida para detener la hemorragia y combatir la incipiente debilidad de su amigo. El grito de Niccolò Machiavelli sonó en toda la galería subterránea y el eco prolongó aún más su quejido. Sin embargo, la idea de Buonarroti tuvo éxito. A pesar del olor a carne quemada, la herida dejó de sangrar.

Aquel contratiempo menguó la llama de la antorcha, que se consumía lenta pero implacablemente. Sacó la grasa que le había proporcionado Magro y la untó en el trozo de tela ensangrentado de Niccolò. Después, envolvió con la tela la madera que servía de antorcha y esta prendió de nuevo un fuego vivo. Habían gastado un cartucho quizá demasiado pronto, pero no tenían otra opción. No había un plan B.

Agarró del brazo a su herido amigo y le instó a continuar. Niccolò, aún sorprendido por el gesto de Michelangelo, se dejó llevar.

El camino giró a la derecha, y aquello eran malas noticias, pues la línea recta que habían podido seguir hasta ese momento era un signo inequívoco del buen camino. Habían virado y Buonarroti no estaba demasiado satisfecho. Niccolò ni siquiera sintió el cambio de dirección. Unos pasos más adelante, sin embargo, se toparon con un lucernario que servía de ventana al exterior y de tramo de ventilación, y esto les insufló esperanzas.

—Aguantad un poco más, amigo, la luna nos saluda.

Fue suficiente para que Niccolò alzara la cabeza y esbozara una breve sonrisa.

—¿Veis como en algún momento sois capaz de callar?

La broma era intencionada. Buonarroti quería que su compañero siguiera atento, que no cayera presa de la pasividad.

Machiavelli sonrió una vez más; aquel ogro tenía sentido del humor. Negro, pero, al fin y al cabo, humor. Y no había parado desde el Colosseo. Agradeció enormemente ese gesto en su interior.

Los minutos pasaron y Buonarroti perdió el sentido del tiempo. No habían descendido en ningún momento, lo que era plausible, pero habían girado una y otra vez a la izquierda y a la derecha. Solo necesitaban, si sus cálculos no fallaban, un giro a la derecha para encarar la línea recta que unía Caracalla con San Sebastiano. El mutismo de Machiavelli y algunos textos en latín eran lo único que servían de compañía al escultor.

… II.D IIII DEI SERVS ICHTHYS …, ET PRECIBVS. TOTIS.

PATREM. NATVMQUE ROGATIS …, … VIXIT ANNVS XXVIII

QVI FECIT

El giro llegó y, con él, la llama perdió de nuevo vitalidad.

¿Cuánto tiempo había pasado? ¿Tanto como para estar a punto de perder el fuego? Sea como fuere, se encontraban con un nuevo problema. No tenían más grasa, y la alimentación del fuego se antojaba imposible. Con cuidado, depositó a Niccolò en el suelo. Sorprendido por la parada, este levantó la cara interrogando con su rostro al escultor.

—Una parada de descanso, sin más —mintió.

A Machiavelli le valió la explicación. En el fondo, le hubiera valido cualquiera. Michelangelo no quería alarmar a su colega y decidió buscar una solución él mismo. Oteó los pocos metros de visibilidad que les otorgaba su cohibido fuego. Nada. Pared, nichos expoliados, ratas, leve brisa, humedad.

Sintió frío. Hasta ese momento no se había dado cuenta de las bajas temperaturas que oscilaban en aquel complejo funerario. No sabía cómo diablos Machiavelli era capaz de soportar esa temperatura allí tendido, en el suelo, rendido ante la vida. El frío, sin embargo, despertó su instinto de supervivencia. Frío, oscuridad, humedad, soledad. Ya había pasado por una situación parecida y aquel despiste no solo le había dado una lección de arte, sino también de supervivencia. No hubiera podido imaginar que, muchos años después, aquella experiencia le volvería a salvar la vida.

Arrancó un nuevo pedazo de tela de la indumentaria de Machiavelli y buscó un instrumento cortante. Él no tenía ninguno y su amigo el político menos aún. Echó de menos la espada ropera que habían entregado al soldado frente al Pantheon. Necesitaba algún objeto con el que poder seccionar el elemento fundamental para avivar una vez más el fuego de la antorcha. Pelo humano. Con él potenciaría la capacidad de ignición de la tela de la indumentaria del político. Sin embargo, sin algo con lo que tajar, se sentía de nuevo frustrado. Allí, cerca de su posición, encontró una lámpara de barro con un crismón, el monograma de Cristo, hecha pedazos. No tenían pinta de estar demasiado afilados. Miró a su colega, que había dejado de sangrar completamente. Pensó en arrancarle algunos mechones de la cabeza a bocados, pero los cabellos de Machiavelli eran demasiado cortos para cortarlos a mordiscos. Los suyos también. Tuvo una idea mucho más cruel.

Se acercó a Niccolò y le asestó una sonora bofetada. Este abrió los ojos como platos y recuperó la vigilia.

—Pero ¿qué diablos hacéis?

—Escuchad con atención. No hay tiempo para explicaciones…

—¿Qué ha pasado con la llama?

—Precisamente por eso no hay tiempo de explicaciones. Solo tenemos una oportunidad

—Buonarroti, ¡no entiendo nada!

—Y menos lo vais a entender. Necesito que me arranquéis mechones de la barba a mordiscos.

—¿¡Que necesitáis qué!?

Agarró a Niccolò por la pechera con la mano derecha y se lo plantó enfrente de su cara

—Hacedlo. ¡Ahora!

Ante el grito desesperado de Buonarroti, Machiavelli agarró unos mechones de la barba del artista y empezó a roer con los dientes. El poco pelo que caía se lo entregaba a Michelangelo, que lo guardaba como si de un metal precioso se tratara.

Cuando se dio por satisfecho, incluyó la poca cantidad de pelo en un trozo de tela y, de nuevo, la enrolló en la poca madera que quedaba. El fuego llegaría a ese nivel inferior en breve y alzaría las llamas una última vez

—Si se acaba el fuego, amigo Buonarroti, no pienso morder el bello de vuestros genitales. Antes moriría.

Buonarroti sonrió. Le había sentado bien al político la cauterización de la herida y había recuperado parte de su locuacidad y sentido del humor. Esperaba no tener que lamentar la bofetada. Una más, y Machiavelli podría recitar de memoria la historia de Florencia que le encargó Clemente VII, motivo por el cual estaba en Roma. Bendita publicación.

Con la antorcha de nuevo en su zurda y Machiavelli a su diestra, emprendieron el camino. Oscuridad, humedad y más alimañas. El agua acumulada aquí y allá en el suelo calaba sus ya maltrechos calzados. Tomaron nuevos giros a la izquierda y a la derecha y, frente a las bifurcaciones, marcharon en dirección contraria adonde oscilaba la llama. Por allí vendría la brisa de un conducto de ventilación. Con eso evitaron descender a niveles inferiores.

—Niccolò, ¿seguís conmigo?

—Cierto. No me abofeteéis una vez más.

—¿Seríais tan amable de levantar vuestro indecoroso rostro?

Niccolò no encajó el insulto. Se hallaba demasiado extenuado como para iniciar una trifulca oral que se saldaría con un empate o con otra bofetada. Sin más, levantó la vista. Lo que vio fue un auténtico milagro. Si Dios existía, no era ni sordo ni ciego.

Michelangelo volvió a derramar las lágrimas. Sabía que había sollozado aquella jornada más que en toda la última década, únicamente afligida por las pérdidas de Da Vinci y Sanzio, pero las lágrimas de aquella jornada eran diferentes. Eran lágrimas de dolor, de tensión, de frustración, y ahora equilibraban la balanza. Eran gotas de gratitud, de esperanza, de vida. Frente a ellos se alzaban unas escaleras pétreas en sentido ascendente. No había luz, por lo tanto no habría oquedad. Ya se las ingeniarían. Ambos se miraron y sonrieron. Rieron como dos amigos después de cometer una chiquillería. Sonrieron cómplices. Casi lo habían conseguido.

—Amigo Buonarroti…

—¿Sí?

—El fin no justifica los medios. El fin justifica los miedos.

Buonarroti entendió. Asió con fuerza el resto de la antorcha y al político y realizó el último esfuerzo. En el último escalón se encontraron con un pequeño derrumbamiento. Los pedazos de tierra y roca no eran demasiado grandes y, al parecer, cedían con facilidad. Colocó un par de piedras a un lado de la escalera y clavó la antorcha allí para su alumbrado final. Machiavelli redirigió la energía de su lengua y, con las pocas fuerzas con las que contaba, ayudó a Buonarroti. Ambos querían vivir.

El primer rayo de la luz de la luna fue como un orgasmo. La refulgencia bañó tímidamente sus rostros, pero ellos querían más. Como si de un cortejo se tratara, la luna besó con suavidad sus mejillas, pero ellos querían, metafóricamente, hincar la verga tan pronto como fuera posible. Puro instinto animal.

Los trozos de piedra restantes cedieron y cayeron por su propio peso. Salvaron el último trayecto escarpado y respiraron aire puro. La noche reposaba silenciosa sobre ellos, como si viviera ajena a la barbarie que seguía teniendo lugar en el interior de las murallas aurelianas. Enfrente se encontraron con la vista más hermosa que podrían contemplar: San Sebastiano *fuori le mura.* Lo habían conseguido. Eran libres. Misión cumplida. Nuevo objetivo: Florencia.

Un pequeño establo frente a la iglesia, posiblemente de los encargados del cuidado del edificio sagrado, hizo el resto. Buonarroti upó a Machiavelli sobre la montura y montó su propio corcel. No era *Kabbalah,* desde luego, pero en ese momento le pareció la cabalgadura más hermosa de toda Europa.

Michelangelo miró a su colega.

—¿A Florencia?

—Sea.

Sin embargo, Niccolò Machiavelli ocultó a Buonarroti su dolor. La herida, cauterizada en un primer momento, se abrió de nuevo con el esfuerzo realizado en el último tramo de la escalera. La oscuridad impidió que el escultor se diera cuenta de la hemorragia y el político, por última vez y a su pesar, guardó silencio. Sabía que no le quedaba mucho tiempo más, pero también sabía que Michelangelo pasaría a la historia como uno de los más grandes. No debía entorpecer su destino. Buonarroti tenía que llegar a Florencia.

Ambos jinetes desaparecieron de Roma cabalgando como diablos.

«El lunes 6 de mayo de 1527, el ejército de Su Majestad Carlos arribó a los muros de Roma al alba del día, sin golpe de artillería, con tres o cuatro escaleras que hallaron en las viñas, a escala vista y batalla de manos, estando en la defensa cinco mil hombres soldados y más de treinta mil otros de todas las naciones. Más por divina Providencia que por fuerzas humanas, los nuestros entraron por la banda del Burgo. He de apuntar que el Burgo, con Roma, es como Triana con Sevilla. Habiendo entrado nosotros, los otros se pusieron en huida y siguieron hasta San Pietro y el Sacro Palacio, que es todo junto, y alrededor de los altares y capillas y por las cámaras de los aposentos y por todas partes del Burgo era tanta la multitud de muertos, así hombres como animales, que apenas se podía pasar de una parte a otra.

»El Papa, con hasta trece cardenales y doscientos soldados que quedaron vivos, y amigos y familia, aproximadamente unas mil doscientas personas, se introdujeron en el castillo. Los nuestros, dejando algún recaudo en la guarda, sin haber resistencia que los detuviese, pasaron a la ciudad, y en poco espacio fueron señores de todo cuanto perteneciere al Papa. Entre todos murieron hasta ocho mil personas. De nuestro bando, poco más de doscientos y el Capitán General Monsieur de Borbón. Gran pérdida, pues era un hombre querido por todo el ejército. Los nuestros fueron señores sin ninguna contradicción y comenzó el saqueo sin reservar ningún género de persona. Todas las iglesias y monasterios de frailes y monjas, incluido San Pietro con el aposento del Papa, fueron desprovistas de cálices, patenas y reliquias santas. Todo fue robado sin respeto, como si fueran turcos. No quedó casa de amigo o enemigo que no fuese saqueada y robada con tanta infidelidad».

Soldado imperial anónimo

La ciudad de Florencia no se salvaría de la desgracia. En el mes de junio de ese mismo año, el 1527 de Nuestro Señor, la peste sesgó la vida a un diez por ciento de la población.

Sin duda alguna, 1527 fue uno de los peores años de la historia de los Estados Italianos.

«El año de 1527 estuvo lleno de atrocidades y de acontecimientos nunca vistos durante muchos siglos: caída de gobiernos, perversidad de los príncipes, saqueos de ciudades de lo más aterradores, grandes hambrunas, una plaga atroz casi por doquier».

Francesco Guicciardini
Historia de Italia, 1537-1540

«El 6 de mayo tomamos Roma por asalto, matamos a seis mil hombres, saqueamos las casas, nos llevamos lo que encontramos en las iglesias y demás lugares y, finalmente, prendimos fuego a una gran parte de la ciudad. ¡Extraña vida esta! Rompimos y destruimos las actas de los copistas, los registros, las cartas y documentos de la Curia. El Papa se fugó al castillo de Sant'Angelo con su guardia y los cardenales, obispos, romanos y miembros de la Curia que habían escapado a la matanza. Lo tuvimos sitiado tres semanas, hasta que, forzado por el hambre se rindió en el castillo. El príncipe de Orange y los consejeros designaron a cuatro capitanes españoles, entre los que estaba un noble, el abad de Nájera, y un secretario imperial, para la entrega del castillo. Una vez realizada, encontramos al Papa Clemente con sus doce cardenales en una sala baja. El Papa tuvo que firmar el tratado de rendición que le leyó el secretario. Se lamentaban y hasta lloraban. Y nosotros llenos de oro.

»No hacía dos meses que ocupábamos Roma cuando cinco mil de los nuestros murieron de la peste, pues no se enterraban los cadáveres. En julio abandonamos la ciudad medio muertos para buscar aires nuevos…

»En septiembre, de vuelta en Roma, la saqueamos de nuevo y encontramos tesoros escondidos. Y allí nos quedamos acantonados durante seis meses más».

SEBASTIAN SCHERTLIN VON BURTENBACH,
capitán de lansquenetes

56

Valladolid, 1527, palacio de Pimentel

Valladolid cantaba la derrota de Roma mediante romances de anónimos compositores.

> *Triste estaba el Padre Santo,*
> *lleno de angustia y [de] pena,*
> *en Santángel, su castillo*
> *de pechos sobre un almena;*
> *su cabeza sin tiara,*
> *de sudor y polvo llena,*
> *viendo a la reina del mundo*
> *en poder de gente ajena.*
>
> *La gran soberbia de Roma*
> *agora España la refrena;*
> *por la culpa del pastor,*
> *el ganado se condena.*

Por otro lado, y amparándose en los deseos de Dios Todopoderoso, la realeza se eximía de tanta crueldad.

«... el Emperador ninguna culpa tiene en lo que en Roma se ha hecho. Y lo segundo, como todo lo que ha acaecido ha sido por manifiesto juicio de Dios, para castigar aquella ciudad, donde con grande ignominia de la religión cristiana, reinaban todos los vicios que la malicia de los hombres podía inventar...».

ALFONSO DE VALDÉS

La Castilla que ahora poseía veinticinco familias de grandes hidalgos y treinta y cinco de títulos vería nacer al príncipe heredero. Sonaba *Mille Regretz,* de Josquin Des Prés, canción favorita del emperador.

Mille regretz de vous abandonner	Mil pesares por abandonaros
et d'eslonger vostre fache amoureuse.	y por alejar vuestro rostro amoroso.
Jay si grand dueil et paine douloureuse	Siento tanto duelo y pena dolorosa
quon me verra brief mes jours definer.	que se me verá en breve acabar mis días.

El lugar que eligió el azar fue el palacio de don Bernardino Pimentel, regidor de Valladolid y partidario de Carlos I, pues este debía asistir a las Cortes convocadas en el mes de abril y, debido al avanzado estado de gestación de la emperatriz Isabel, tras el ofrecimiento del regidor, decidieron no trasladarse de nuevo hasta que el príncipe heredero viera la luz por primera vez.

A sus veintisiete años, el emperador se convirtió en padre. Ya había sucesor para la corona. Durante las dieciséis horas que duró el parto, nadie escuchó ninguna queja de Isabel de Portugal. Ni un lamento ni un llanto. Muy hábilmente pidió que oscurecieran la habitación para que nadie observase los gestos de dolor. En momentos determinados, incluso utilizó un velo para tapar su cara. Aun así, nadie la escuchó gritar.

—Antes morir —dijo la emperatriz a sus más allegados.

El médico real, Luis Lobera de Ávila, se encargó de los cuidados necesarios para que el parto no tuviera ninguna complicación. El rey dejó a su séquito en el patio central y se dirigió a la cámara donde tuvo lugar el nacimiento, en la que por primera vez disfrutaba de los nuevos tapices dedicados a su coronación en Aquisgrán. Sobre él, vestido de luto por el exterminio en la ciudad de la Santa Sede, caían todas las miradas de los allí presentes. Entre ellos estaban Catalina Fernández de Córdoba y Enríquez, marquesa de Priego, y su marido Lorenzo III Suárez de Figueroa, conde de Feria; el cardenal Francisco de Quiñones, antiguo paje del cardenal Cisneros, que ahora ejercía de emisario de Clemente VII a la búsqueda de un tratado de paz y que sostuvo a su hijo en brazos; Francisco de los Cobos, comendador mayor de León, y su mujer María de Mendoza y Sarmiento y Molina; Juan de Vergara, humanista, notario de la Inquisición de Valladolid y antiguo secretario particular del cardenal Cisneros; y Álvaro de Zúñiga, II duque de Béjar y Plasencia, condestable de Castilla. Orgulloso, el monarca lanzó una plegaria al Todopoderoso.

—Dios mío, ten misericordia de él y dale luces para gobernar prudentemente a sus súbditos.

Bastaron quince días para que se bautizara al joven vástago sobre el que recaería el gobierno de los territorios de su padre. Felipe sería su nombre y, en un futuro, «Su Católica Majestad» sería su tratamiento. Según la tradición y debido a la ubicación del palacio Pimentel, la iglesia de San Andrés se erguía como el lugar donde Felipe II recibiría el primero de los sacramentos. Sin embargo, la iglesia de San Andrés, debido a su avanzado estado de deterioro, se encontraba en plena restauración, como se reflejó en el acta del Concejo el día 4 de abril de ese mismo año.

Para Carlos I y la familia real, el deseo era bautizar a su hijo recién nacido en la iglesia de San Pablo, aunque para ello hubiera de saltarse la ley. Todo estaba previsto en la iglesia de San Andrés, pero la decisión del rey hizo saltar las alarmas. La realeza no podía burlar la jurisdicción parroquial de la ciudad por capricho, pero el condestable Álvaro de Zúñiga tuvo una idea. La ventana que encaraba la iglesia elegida, de estilo gótico isabelino, estaba cubierta de rejas. Quizá fuera una locura, pero Álvaro de Zúñiga no se resistió. Mientras la comitiva real recibía a la reina consorte de Portugal y ahora viuda Leonor de Austria, hermana del emperador, a la entrada del palacio Pimentel, el II duque de Béjar y Plasencia, con ayuda de Lorenzo III Suárez de Figueroa, rompió los barrotes que protegían la ventana y dispuso lo necesario para que la comitiva realizase el estrambótico paseo.

Los allí presentes enmudecieron. No hizo falta ninguna palabra más. Como si del hijo del viento se tratara, Álvaro de Zúñiga dispuso el pasadizo de madera en la puerta del palacio Pimentel en dirección a la iglesia de San Pablo y en poco más de una hora comenzó a desfilar el séquito real. San Pablo, una sola nave con capillas abiertas entre contrafuertes, les recibiría con ostentación. Colgaduras y luces distribuidas entre candelabros y arañas y miles de flores. Álvaro de Zúñiga, II duque de Béjar y Plasencia, había planeado una locura, sí, pero al fin y al cabo era un hombre fiel. Suyo sería el apadrinamiento y el honor de llevar en brazos al futuro rey de España, Felipe II.

Formaron parte del séquito el duque de Alba, el conde de Salinas, el conde de Haro, el marqués de Villafranca, la marquesa de Priego, el conde de Feria, el marqués de Vélez y el cardenal de Quiñones. Cerraron la comitiva la futura esposa de Francisco I y futura reina consorte de Francia, Leonor de Austria.

Alonso de Fonseca y Ulloa, arzobispo de Toledo, fue el oficiante del bautismo acompañado del obispo de Palencia, Pedro Gómez Sarmiento, y el obispo de Osma, García de Loaysa y Mendoza, confesor del propio emperador Carlos V.

Terminada la ceremonia con multitud de aclamaciones, quedaba un asunto pendiente para el cardenal Francisco de Quiñones, emisario de Clemente VII. Todos los dedos apuntaban al emperador Carlos V como máximo culpable de la masacre del saqueo de Roma, pero él, como si de un Poncio Pilatos se tratase, se lavó las manos una y otra vez.

—Alteza...

—Majestad —corrigió el rey y emperador con un tono imponente.

—Majestad —se atrevió a pronunciar de nuevo Francisco de Quiñones—, en cuanto al asunto de Roma, deberíais emitir un edicto disculpando vuestra intromisión en los territorios del papa. Sería bien recibido por toda la comunidad cristiana a pesar de la barbarie.

Carlos V miró al cardenal y se eximió de toda culpa en su pobre castellano.

—¿Yo? Tengo veintisiete años y aún no conozco la guerra. Por favor, cardenal, estamos en el bautizo de mi hijo, futuro rey de España. ¿No veis que voy de luto compadeciéndome por la Ciudad Eterna? —Y, dirigiendo la mirada a don Bernardino Pimentel, añadió—: Que den comienzo las obras de la catedral. Que se presenten Francisco de Colonia y Rodrigo Gil de Hontañón. —Y, enfrentándose de nuevo al cardenal Quiñones, continuó—: Sois mensajero de vuestra santidad. Ejerced como tal. Escribid a Clemente VII. Es su deber coronarme oficial y religiosamente como emperador del Sacro Imperio romano germánico.

—Pero...

—Partid. ¡Ya!

El último grito del rey Carlos I pasó desapercibido. La ciudad aclamaba a Carlos y a Felipe. Todos los caminos ya no desembocaban en Roma. Ahora convergían en Valladolid.

El cardenal Francisco de Quiñones se dirigió a Roma avergonzado para presentarse frente al vicario de Cristo. Clemente VII no tardaría demasiado en atender las peticiones de Carlos V, el nuevo *Cesare*.

57

Florencia, 1573, basílica de la Santa Croce

La narración del saco de Roma le había llevado bastante tiempo a Vasari. Innocenzo tenía hambre, pero no quería interrumpir al confesante en ese punto de la conversación. Sabía que a estas alturas Giorgio respondería a cualquier pregunta que le formulara.

—Querido Giorgio…, ¿cómo sabéis todo eso?

Aquel «querido» no sonó para nada amistoso.

—Señor, el mismo Michelangelo me lo contó en persona años atrás. Recuerde que escribí la biografía que él quiso que redactara.

—¿Por qué lo hizo?

La pregunta tampoco lo fue.

—Por admiración. Por respeto.

—Sus sentimientos van en contra de la fe cristiana, Giorgio —instigó el cardenal.

—De ser así, señor, no estaría sentado ante usted desnudando mi alma. Ruego lo tenga en cuenta.

Innocenzo jugó con el silencio. Valoró la información recibida de su amigo y ahora confesante y ordenó sus ideas. Giorgio Vasari se mantuvo a la espera.

El confesor sabía ahora qué había hecho Michelangelo Buonarroti en la Santa Sede. Sabía cómo lo había hecho el florentino, hijo del mismísimo Satán. Sabía dónde lo había hecho el artista que por Justicia Divina ardería en esos momentos en el Infierno. Lo único que no sabía, la única pieza que faltaba de ese macabro puzle era el porqué. Cuál era el motivo por el que Michelangelo, un antiguo hombre de fe, ahora mensajero de la herejía, había decidido optar por el paganismo. Por qué tanto odio a la Madre Iglesia que desde Roma procuraba el bien a todos los fieles hijos del Señor. Antes de formular la pregunta, reparó en otro detalle. No sabía cómo acabaron los días de Niccolò Machiavelli ni qué destino deparó a Michelangelo esa fuga *in extremis.* Se decidió por seguir por ahí.

—Contadme, Giorgio. ¿Qué fue de ese lacayo dedicado a la prostitución política? ¿Qué fue de Niccolò Machiavelli?

—No tardó en expirar, cardenal. Al parecer, las heridas sufridas en Roma no cicatrizaron correctamente y falleció. Las malas lenguas sostienen que el político murió de pena. La ciudad de Florencia se levantó contra los Medici y la gente creyó que Machiavelli conseguiría un alto cargo. Pero ni lo intentó. Él sabía que el hecho de haber apoyado en otros tiempos a los Medici había cavado su propia tumba política.

»Alrededor del año 1520 de Nuestro Señor había sido contratado por el cardenal y gobernador de Florencia, Giulio de Giuliano de' Medici, como sabe, Clemente VII en el trono de san Pietro, para escribir la *Historia de Florencia*. Lógicamente, la versión de Machiavelli no fue, como cabía esperar, lo suficientemente crítica con la familia Medici. El gobierno republicano se basó en esos escritos para, digamos, desterrar políticamente a un ya demasiado cansado Machiavelli. Se sabe que solicitó y recibió los últimos sacramentos y que en la jornada del 21 de junio de 1527 dejó este mundo.

—Al menos expiró viendo la luz. Un alma caritativa le preparó para el encuentro con Dios Todopoderoso. ¿Qué sucedió con el hereje? ¿Qué hizo el hereje además de abandonar a aquel que le tendió la mano en mitad de la batalla?

—Florencia recibió con los brazos abiertos a Michelangelo Buonarroti. Incluso el gobierno republicano le nombró gobernador y procurador general de la fabricación y fortificación de las murallas. Alrededor del año 1530 de Nuestro Señor la República cayó en Florencia y Michelangelo volvió a Roma bajo el perdón de Clemente VII.

—¿Una bula papal? —preguntó extrañado Innocenzo.

—Así es, cardenal. Una indulgencia del sumo pontífice. Michelangelo se había encargado de proteger la ciudad de Florencia frente a las tropas papales, pero el vicario de Cristo no quiso desprenderse del mejor artista de los Estados Italianos y lo condujo de nuevo a la Ciudad Eterna. No lo olvide, Clemente VII era Medici. Fue entonces cuando Michelangelo recibió todo tipo de encargos. Desde nuevos diseños pictóricos para la Capilla Sistina hasta diseños arquitectónicos para la ciudad de Roma. Michelangelo se ocupó de diseñar la plaza del Campidoglio, el palacio Farnese o la cúpula de la basílica de San Pietro.

—¡Maldita sea! Pero ¿es que nadie se dio cuenta de que en realidad Michelangelo Buonarroti era un monstruo?

—Nadie, cardenal, ni siquiera usted lo sabría si yo no tuviera la necesidad de purificar mi alma antes de reunirme con el Señor.

Aquel fue un golpe bajo. Un golpe sin intención, pero un golpe al fin y al cabo. En el fondo, Vasari tenía razón, toda la razón. El tono del cardenal se volvió algo agresivo.

—*Messer* Vasari, ninguno de los dos tenemos todo el tiempo del mundo. Solo una pregunta más. ¿Por qué?

—¿Por qué? —respondió Vasari advirtiendo la agresividad de su amigo y sin saber a qué se refería realmente.

—¿Por qué semejante barbarie? ¿Qué o quién fue el que instruyó al artista florentino en las artes oscuras del paganismo y la simbología? ¡Quiero saber por qué Michelangelo Buonarroti realizó el mayor atentado de la historia contra la Iglesia católica!

58

Roma, 1573, Capilla Sistina

Monseñor Borromeo no alargó la situación más de lo debido, pues ni el santo padre ni el cardenal tenían estómago para prolongar mucho más aquella coyuntura.

—Santidad, hay algo más…

Gregorio XIII estaba absorto, mirando hacia el techo. Michelangelo se había convertido en un ser inmortal gracias a aquel titánico esfuerzo. La mayor obra de arte de la historia se encontraba sobre sus cabezas y, sin embargo, se había convertido en el mayor atentado contra su Iglesia, más insultante incluso que el saqueo de Roma.

—Santidad… —insistió de nuevo monseñor Borromeo.

—Continúe, monseñor. Poco puede ya martirizar mucho más mi alma.

—No esté tan seguro. Al parecer, Michelangelo Buonarroti no fue ni el primero ni el único en sembrar la simiente de la herejía en nuestra capilla.

Gregorio XIII dudó. No sabía a ciencia cierta si es que no se fiaba de las palabras de monseñor Borromeo o si, por el contrario, era que no deseaba hacerlo. ¡De modo que había más! ¡Más allá de Buonarroti! Le dejó hablar.

—Un grupo de artistas enviado por Lorenzo de' Medici en el año 1481 de Nuestro Señor se encargó de decorar con sus frescos las paredes entre las cuales os encontráis en estos momentos.

Gregorio XIII, el cardenal Gulli y monseñor Borromeo otearon las paredes decoradas. Nada tenían que temer de la pared oeste de la construcción, pues un fresco de Hendrick van den Broeck terminado solo un año antes y un trabajo a medio terminar de Mateo Pérez de Alesio reemplazaban los trabajos de Ghirlandaio y Signorelli, destrozados tras el hundimiento del arquitrabe de la puerta medio siglo atrás.

Cuando sus ojos comenzaron a recorrer la pared norte, se manifestaron las primeras señales de incertidumbre. Allí se ubicaban los frescos dedicados a la vida de Cristo realizados por los maestros Perugino, Botticelli, Ghirlandaio y Rosselli. Escenas como *El bautismo*, *Las tentaciones*, la *Vocación de los apóstoles*, *El sermón*, *La entrega de llaves a san Pedro* o *La última cena* resumían la vida del Señor.

—Ese grupo de artistas estaba formado en origen por los maestros florentinos Sandro Botticelli; Domenico Ghirlandaio, que llegaría a ser maestro de Michelangelo; Cosimo Rosselli y el maestro de Umbría, Pietro Perugino, posterior maestro de Raffaello.

Borromeo iba enumerando uno a uno a los pintores mientras el cardenal y el papa escudriñaban los frescos en busca de simbología hereje.

—A priori, deberíamos eximir de culpabilidad al Perugino, pues, al no ser florentino, no estaba adoctrinado por el libre pensamiento promovido por los Medici.

Monseñor Borromeo seguía su discurso, sin tener muy claro si estaba siendo atendido. La voz del papa volvió a retumbar en la capilla.

—¡Santo Dios! ¿Eso que aparece en la sagrada última cena es un perro?

Gulli buscó con la mirada al can. Efectivamente, allí se encontraban, no solo un perro, sino tres animales participando de uno de los momentos más tensos de la vida de Jesucristo.

—Tiene una explicación, santidad —intervino Borromeo intentando apaciguar el fuego que tarde o temprano haría arder el Vaticano—. Es obra de Rosselli, aparece en más de un fresco. Al parecer, los artistas florentinos lo tenían de mascota, pero no se trata de algo que vaya más allá de un simbólico homenaje.

—Olvidemos al perro y centrémonos en otro tipo de animales. Aquellos que son capaces de pecar con plena conciencia.

Gregorio XIII empezaba a perder la paciencia.

Borromeo no tardó en complacer al jefe supremo de la Iglesia.

—Centrad, santidad, su atención en el panel de *Las tentaciones de Cristo.* En la parte derecha de la composición observareis que Botticelli conocía muy bien el escudo papal de Sisto IV: el roble. En este fresco se halla representado en dos ocasiones, y parece que la decisión de colocarlos donde están no fue casual. ¿Un roble al lado de Satanás? ¿Un roble recién cortado a punto de ser quemado en una hoguera?

Tanto el vicario de Cristo como el cardenal observaron con paciencia. Sí, al parecer, el roble, símbolo del papado de Sisto IV, se hallaba reproducido allí de una manera muy poco lisonjera.

—¿Pudiera ser, monseñor, una interpretación un poco precipitada?

Gulli no quería ver lo que tenía ante sus ojos.

Gregorio XIII calló y esperó respuesta. Al fin y al cabo, la pregunta de su cardenal no era del todo desacertada.

—Entiendo su incredulidad, cardenal, lástima que no aparezca el roble en ninguna otra composición. El roble solamente ligado al fuego y a Satán es, cuanto menos, curioso. Observemos los frescos de la pared que está frente a nosotros.

El trío inquisitorio dio media vuelta y afrontó la pared sur, donde la vida de Moisés estaba representada al fresco.

—¿Por dónde queréis empezar, santidad? —preguntó cortésmente Borromeo.

—Ya que nos estamos poniendo a prueba como servidores de Cristo —dedujo Gregorio XIII—, comencemos con las pruebas de Moisés.

—Santidad, hay un roble, símbolo de los Della Rovere, sobre los hostigadores idólatras; sin embargo, cerca de la zarza sagrada y frente a la imagen de Dios Todopoderoso, Sandro Botticelli representó un naranjo.

—¿Adónde queréis llegar? —Los nervios empezaban a apoderarse de la razón de Gulli.

—El naranjo —añadió Borromeo— simboliza el blasón familiar de los Medici.

De nuevo se hizo el silencio. Monseñor Borromeo ya se había acostumbrado a esos breves periodos de mutismo. La jornada no había sido corta. En absoluto.

Las preguntas fueron formuladas por Gregorio XIII a gran velocidad y las respuestas de monseñor Borromeo salieron casi de manera automática.

—¿El castigo de los rebeldes?

—De las dos embarcaciones que hay, la única que sigue su curso es la nave que enarbola la bandera de la ciudad de Florencia. Además, los rebeldes llevan los colores de los Della Rovere.

—¿El paso del mar Rojo?

—El faraón lleva los colores de los Della...

—¡Basta! ¡Maldigo a Lorenzo de' Medici!

El papa se dio por vencido. Efectivamente, allí había algo. Una confabulación, un atentado contra la Iglesia católica. ¡Y no solo de un artista, sino de todos los grandes artistas!

—Disculpad, monseñor, nos ha quedado claro.

Gregorio XIII necesitaba ayuda.

—Después de este despropósito, hay que buscar una solución. ¿Qué proponéis, monseñor Borromeo?

Borromeo miró al papa primero, y después al cardenal.

—Santidad..., propongo derribar la Capilla Sistina.

Las últimas palabras de Borromeo quedaron suspendidas en el aire.

59

Sevilla, 1528, castillo de San Jorge

Dejaron atrás San Pablo el Real de los Dominicos, primera sede de la Inquisición en Sevilla. Levantado por los dominicos fray Miguel de Morillo y fray Juan de San Martín,
servía de centro neurálgico del Tribunal del Santo Oficio.
Sin embargo, y ante la cantidad de herejes apresados para
ser juzgados, las celdas se quedaron cortas y se tuvo que
habilitar otro lugar. El castillo de San Jorge, en el barrio
de Triana, al otro lado del río, hizo de cárcel improvisada,
con sus veintiséis mazmorras o antros del horror. El trayecto, además, no era ni mucho menos cómodo, pues había
que atravesar el espontáneo puente de barcas, pero aquel
no era un problema para la Santa Inquisición.

Alonso Manrique, arzobispo de Sevilla e inquisidor
general, realizó el recorrido en dirección al arrabal de Triana. Ingresó al interior de la antigua fortaleza árabe y descendió a los calabozos. Sabía de la situación de Torrigiano,
pues este había sido el primer hombre al que mandó a prisión recién nombrado inquisidor general. Después de años

en cautiverio, y en desacuerdo con las acusaciones que la Inquisición le profería, había observado riguroso ayuno durante los últimos meses. La salud del prisionero era delicada, pero eso no era lo que preocupaba al inquisidor. En esos momentos se encontraba demasiado inquieto con el luteranismo. Bajo el mandato de Carlos I, todos los agentes de la Inquisición vigilaban cada texto que se publicaba con el fin de encontrar ejemplares heréticos. La herejía no solo era un pecado, también se consideraba delito.

El problema incipiente en la imprenta era la artesanía. Los encargados de poner en marcha la maquinaria eran jóvenes. Y extranjeros. Sobre todo franceses, procedentes del Languedoc. Era muy complicado establecer una hoja de ruta de cada uno de ellos y perfilar un denominador religioso común. Además, no reconocían la autoridad del Santo Oficio como tal. Se burlaban del «Santo». Ese era en realidad el problema del inquisidor general Alonso Manrique, que aspiraba a un ascenso: la dignidad de cardenal. El título más alto que le podría otorgar el vicario de Cristo, Clemente VII. Si había acudido al calabozo de Pietro Torrigiano era únicamente porque le preocupaba que muriera antes de ser juzgado y, muy posiblemente, ejecutado.

El reo, en otro tiempo artista de renombre, se encontraba sentado en la fría losa con la cabeza casi escondida entre las piernas. Probablemente había perdido la noción del tiempo. Los guardias del calabozo se alejaron para conceder privacidad al santo inquisidor. Alonso Manrique abrió la celda sin ningún temor, pues el cuerpo desnutrido que tenía frente a él poco podría hacer por escapar.

—Vengo a confesaros —dijo escuetamente.

—¿Por qué? —respondió Pietro, tan conciso como el inquisidor.

—Porque temo que muráis antes de juzgaros. Y vuestra alma, sin ningún tipo de purgación, ardería en el infierno para siempre.

—Ya lo hace, *signore,* ya lo hace —contestó Torrigiano con voz pausada.

—Poneos en pie.

Con las pocas fuerzas que aún conservaba, se levantó. Tardó más de lo que le hubiera gustado.

—¿Puedo, *signore,* pediros algo?

—Hablad.

Definitivamente, Manrique no había venido a entablar amistad.

—Si van a confesarme, le ruego, en verdad, *signore,* que sea el padre prior de los Jerónimos de Buenavista, pues trabajé un largo periodo con él y más de una vez me sinceré a su lado.

Alonso Manrique sabía que no mentía. Él mismo había disfrutado ante el *San Jerónimo penitente* de Torrigiano y valoraba ese acto de sinceridad. Sin palabra mediante giró sobre sus pasos y cerró de nuevo la celda. Partió en dirección al alcaide para transmitirle los nuevos acontecimientos.

A la mañana siguiente, el padre prior de los Jerónimos de Buenavista arribó al castillo de San Jorge. Portaba el inconfundible hábito blanco y su escapulario marrón, con la capucha sobre su espalda. Repitió el mismo camino que su camarada Alonso Manrique y accedió al calabozo de Torrigiano. Al no poseer llave alguna de los calabozos, los guardias hicieron las veces. Una vez estuvo el religioso en su interior, cerraron de nuevo la cancela, y antes de proporcionarles, como era costumbre, unos momentos de intimidad, se dirigieron al padre.

—Padre prior, cuando termine, solo tiene que dar una voz.

El padre prior no contestó. No resultó extraño, pues los jerónimos eran conocidos como personas silenciosas y solitarias. Acto seguido, los carceleros desaparecieron.

Después de observarse el uno al otro durante unos segundos, ambos se fundieron en un abrazo. El padre prior sabía que la acusación que pesaba sobre su amigo el artista era demasiado severa, pero corrían tiempos de castigos ejemplares y él nada podía hacer, salvo limpiar a su amigo de pecados y preparar su alma, si es que tenía salvación.

Cuando todo estuvo dispuesto, el prior dio una voz tal y como estaba pactado y los guardias volvieron a su posición inicial. Abrieron las rejas y dejaron salir al religioso, que iba ataviado con la capucha marrón cubriéndole la cabeza y las manos en actitud de rezar. Al fondo, en la oscuridad, reposaba Torrigiano semidesnudo. La puerta se cerró de nuevo, y el corredor se inundó de silencio. La noche cayó sobre la ciudad de Sevilla.

La mañana siguiente despertó diferente. Unos gritos alarmaron a los carceleros de los calabozos del castillo de San Jorge. Con torpeza, se dejaron guiar por ellos hasta la celda de Pietro Torrigiano. La voz no les resultaba familiar y se dispusieron a abrir la celda. Uno de ellos se armó prudentemente; el otro, dirigió la luz fluctuante de su antorcha para iluminar la escena. Un jarro de agua fría cayó sobre sus almas. El rostro que la tenue luz iluminaba no era ni mucho menos el de Pietro Torrigiano. Allí, semidesnudo y vociferante, se encontraba el prior de los Jerónimos de Buenavista. Se dio la voz de alarma y se convocó de manera urgente al arzobispo e inquisidor general Alonso Manrique.

La noche anterior, hábito blanco, escapulario marrón, y capucha sobre su cabeza, Pietro Torrigiano había llegado al puerto. A cambio de su preciado doblón de oro consiguió un billete para el Nuevo Mundo. Zarparía a la mañana siguiente, cuando el padre prior aún no hubiera dado ningún alarido. No miraría atrás. No derramaría ninguna lágrima. Había desafiado a Michelangelo Buonarroti y había burlado a la Santa Inquisición. En ningún enfrentamiento había resultado vencedor, pero tampoco se consideraba un derrotado. No lo había perdido todo. Miraba al frente. Hora de hacer fortuna en las Américas.

Alonso Manrique, fuera de sus casillas, llegó a los calabozos. Sus ojos no podían creer lo que veían. Allí estaba el prior y ni rastro de Torrigiano.

—¿Por qué? —es lo único que alcanzó a preguntar.

—Porque ambos sabemos que la acusación y la sentencia no eran justas —contestó afablemente el prior.

—Solo Dios puede juzgar eso.

—Entonces que sea Dios quien juzgue mis actos.

Las palabras de Alonso Manrique fueron su propia trampa. Delante de los guardias y de la comparsa que le seguía, sus palabras acababan de volverse contra él. Tenía un problema ante sus ojos. Un reo a punto de ser ejecutado por la Santa Inquisición había burlado las medidas de seguridad del brazo armado de la Iglesia. Esa noticia no podía salir de allí. Todos interrogaron al inquisidor con la mirada.

—Guardemos silencio todos. La muerte de Pietro Torrigiano será marcada en este mismo día. Proporcionadle una falsa sepultura y un epitafio.

—¿Qué hacemos con el prior, inquisidor?

Alonso Manrique miró al prior, que sabía cuál era su destino. Su cara de bondad solo transmitía una cosa: perdón. El padre prior ya había perdonado a Manrique antes de que este mandara ejecutar sentencia. Solo esperaba que su Dios Todopoderoso le perdonara a él cuando llegara a las puertas de san Pietro. No tardaría mucho.

—Que no quede rastro alguno.

Tras estas últimas palabras se dirigió a Santa María de la Sede, a seguir con asuntos de la Inquisición. El padre prior, aún semidesnudo, se arrodilló y se puso a rezar.

—*Pater Noster, qui es in caelis, sanctificetur nomen Tuum...*

El carcelero que portaba la antorcha miró a su compañero y este asintió con la cabeza. Espada en mano, alzó el brazo.

—*... adveniat Regnum Tuum, fiat voluntas tua, sicut in caelo et...*

La cabeza del padre prior de los Jerónimos de Buenavista rodó por el suelo.

Días después se comunicó la muerte de Pietro Torrigiano. En su imposible epitafio se escribió:

«En un arrebato de ira destrozó la estatua de la Virgen Inmaculada que había esculpido, murió encarcelado».

60

Florencia, 1490, jardín de San Marco

El joven empezó a sangrar mucho por la nariz. El golpe recibido le había pillado por sorpresa y no había tenido tiempo de esquivarlo. El agresor era un aspirante a escultor conocido por su temperamento. El agredido iba a convertirse rápidamente en uno de los mejores escultores que vería la ciudad de Florencia. Ambos tenían dieciocho años.

En ese momento se acercó con celeridad sorteando los cipreses Marsilio Ficino, el sacerdote neoplatónico valido por los Medici desde los tiempos de Cosimo de' Medici. El director de la Academia platónica florentina y canónigo de Santa Maria del Fiore de Florencia alcanzó al joven que parecía llevar la ofensiva. Le acompañaba su alumno y amigo Giovanni Pico della Mirandola, joven muy maduro, también protegido por el Magnífico tras ser acusado de herejía en Roma al publicar *Conclusiones filosóficas, cabalísticas y teológicas*. Enseguida se unió al sacerdote y ambos intercedieron para que el altercado no fuera a más.

Pietro Torrigiano, el agresor, estaba exaltado, dando muestras de querer abalanzarse de nuevo sobre el otro chico, que se agarraba una nariz que ya no volvería a ser la misma. Mientras los adultos lo agarraban de los brazos, el joven no dejó de increpar.

—¿Quién os creéis, Buonarroti? —vociferaba—. ¡Que el Magnífico os haya acogido en Palacio no os da derecho a mirar por encima del hombro a los demás!

El herido no levantó la vista. Apoyando la mano en la pared para no perder el equilibrio, observó cómo la sangre se le escapaba de entre los dedos y golpeteaba contra las losas del suelo. El golpe en la nariz le había provocado un fuerte dolor de cabeza, poco le importaba que el tabique nasal se le hubiera fracturado; ya no tenía solución. Lo único que quería era acabar el duelo cuanto antes para poder volver al trabajo.

—¡Eh, Michelangelo! ¡Hablo contigo, cobarde! *Mi girano i coglioni!*

Michelangelo alzó la mirada con los ojos inundados de lágrimas de ira. Deseó que la fría piedra sobre la que se apoyaba fuera liviana como para poder arrancarla y aplastar al miserable que le vituperaba. Tanto Marsilio, ya superados los cincuenta, como el joven Giovanni reprobaron la actitud, los modales y el lenguaje utilizado por Pietro. Algunos de los estudiantes que se encontraban en el jardín de San Marco salieron ante la algarabía que se había formado. El espectáculo era dantesco, pues dos de los llamados a ser mejores escultores de la ciudad de Florencia estaban enfrentados. De un lado, Pietro, que trataba sin cesar de desembarazarse de los brazos que evitaban que se abalanzara de nuevo contra su amigo y compañero. Del otro, Michelangelo, que no reaccionaba. No hablaba, solo se sujetaba la nariz, y poco a poco iba recuperando una posición más erguida.

En ese instante llegó Lorenzo de' Medici con su guardia personal. Como no podía ser de otra manera, la cara de estupor fue compartida por alumnos y mecenas.

—¿Qué diablos ocurre aquí? —preguntó el príncipe.

—Por lo que sabemos, *signore* —Marsilio tomó la delantera debido a su relación cercana con el Magnífico—, Pietro ha golpeado a Michelangelo durante sus trabajos en la capilla de Santa Maria del Carmine, pero desconocemos los motivos.

Torrigiano no se contuvo.

—¡Majestad! El alumno al que tanta estima tenéis se vanagloria ante sus compañeros de ser uno de vuestros elegidos a la hora de personalizar las tutelas. ¡No es justo! No tiene derecho a burlarse de los dibujos de los demás. ¡Y mucho menos de los míos!

Lorenzo escuchó con atención las palabras del joven, que parecía una fiera recién enjaulada, y, por alusión, giró la cabeza en dirección al lastimado.

—¿Es eso cierto, Buonarroti? —preguntó inquisidor el Medici.

Michelangelo guardó silencio. Ni siquiera apartó la mirada de su rival, aunque había desaparecido cualquier rastro de venganza en sus ojos. La mirada era hierática, como si esperase que el Destino juzgara aquella situación. Tarde o temprano.

—Está bien —resolvió Lorenzo—. Giovanni, por favor, acompañad a Pietro de nuevo al interior y que prosiga su trabajo. Luego hablaremos, joven Torrigiano. *Messer* Marsilio, acompañadme. Necesito un médico como vos para que Buonarroti sea atendido.

Tan pronto como Lorenzo de' Medici pronunció palabra, así se hicieron las cosas. Ficino alcanzó al joven, que había recuperado la calma y la quietud.

—Dejadme ver, joven —el médico y sacerdote examinó a Michelangelo—, tenéis fracturado el tabique nasal: hueso y cartílago. Puedo hacer una alineación manual, pero desgraciadamente no recuperaréis la forma inicial. Tardará un tiempo en bajar la inflamación. El derrame lo detendremos con un paño en los orificios.

Michelangelo no prestaba mucha atención. El aspecto físico no era importante para él, algo raro para una época en la que se habían abandonado los jubones recortados del medievo bajo hopalandas de mangas amplias por piezas con formas más cuadradas, bajas y de pliegues naturales con drapeados, y algunos artistas ya jugueteaban con aromas y esencias para el aseo, como método de distinción. Buonarroti solo elegía el negro para su vestimenta.

Ficino se había dedicado en los últimos tiempos a traducir a Platón, y ahora se encontraba inmerso en los nuevos trabajos lingüísticos de Plotino, pero no por ello había abandonado la docencia, la religión ni la medicina. Con un brusco movimiento subsanó como pudo la defor-

midad de la nariz y, acto seguido, intentó taponar la hemorragia. El herido ni se inmutó. Sentía un dolor muy diferente al físico.

Lorenzo instó al joven a que le acompañara a su
sólida fortaleza, firme e inquebrantable, y este asintió sin
pronunciar palabra. Ficino caminaba a su lado, rasgando
un trozo de tela y dándole la forma conveniente para
parar de una vez por todas la pérdida de sangre. La escolta personal del Medici apartaba sin consideración a los
ojos curiosos. No tardaron mucho en atravesar la vía
Larga, que separaba el convento de San Marco del palacio
Medici. Accedieron al estudio personal de Lorenzo, donde se guardaban antigüedades, gemas, medallones, monedas y una biblioteca con más de mil volúmenes, algunos
de ellos manuscritos protegidos por fundas de piel. Allí,
trabajando en la nueva basílica de Santa Maria delle Carceri, se encontraba el arquitecto favorito del Medici, Giuliano da Sangallo.

—Sentaos —instó Lorenzo a Ficino y Buonarroti.

Se acomodaron en sendas sillas *sella curulis*, recuperadas de la tradición romana, aunque se había sustituido
el marfil por madera de nogal.

—Giuliano, he aquí a Michelangelo Buonarroti.

—*Piacere* —se limitó a decir el arquitecto con una
sonrisa.

Michelangelo no reaccionó. Lorenzo de' Medici instó a su arquitecto a abandonar la sala amablemente. Cuando
Sangallo salió de la estancia, se dirigió al joven escultor.

—¿Qué ha pasado en el jardín, Michelangelo?

El hecho de dirigirse a él por su nombre significaba que, lejos de ser una reprimenda, el Magnífico buscaba conciliación.

—*Signore* —habló por primera vez el joven escultor—, mi único objetivo como artista es buscar la perfección.

Marsilio Ficino, a su lado, miró a Lorenzo de' Medici y esbozó una cálida sonrisa.

—Eso no os da derecho a reprender a los compañeros públicamente, si ese ha sido el caso.

—*Signore*, vos buscáis a los mejores. No se puede obtener la distinción si solo se buscan alabanzas gratuitas. En el error está el progreso, la mejora.

A los dieciocho años, Buonarroti estaba a punto de convertirse en un maestro de la perseverancia. Fue Lorenzo quien, en esta ocasión, devolvió la mirada a su amigo y protegido Marsilio, buscando una respuesta. Ficino, por supuesto, asintió.

—Veréis, Buonarroti. Os contaré algo. En verdad no os he llamado para amonestaros. Quiero haceros partícipe de una privilegiada información. El sumo pontífice anterior, Sisto IV, orquestó un atentado contra la familia Medici y la ciudad de Florencia hace poco más de una década. En aquella funesta jornada perdí a mi queridísimo hermano Giuliano en Santa Maria del Fiore, y pude perder mucho más si no hubiera sido por un artista, como tú, que me salvó la vida.

El joven Michelangelo escuchaba con atención, como si las palabras de Lorenzo sirvieran de un improvisado calmante para su maltrecha nariz.

—Os contaría que incluso llegué a surcar el aire, pero no lo creeríais. Prestad atención, Buonarroti, porque lo que os voy a narrar no lo repetiré nunca más. Ni delante de vos ni en cualquier otro sitio.

La conversación no duró mucho tiempo. Lorenzo reveló la información y el joven artista escuchó.

—¿Por qué me lo contáis a mí, *signore?* —preguntó Michelangelo sin más preámbulos, cuando el Medici hubo acabado.

—Porque el Magnífico está convencido de que pasaréis a la historia.

Esta vez las palabras fueron pronunciadas por Marsilio.

Buonarroti miró a Ficino y después al Magnífico. Estaba en confianza, decían la verdad. Se mostró paciente y dejó al Medici hablar.

—Con motivo del fracaso del atentado de los Pazzi, el papa solicitó a la ciudad de Florencia cuatro de sus mejores artistas para pintar las paredes de la nueva Capilla Sistina. Su motivo era acercar posturas y estrechar lazos. Y así lo hicimos, a pesar de que la pérdida de mi hermano aún me ardía por dentro.

—¿Cómo pudisteis sucumbir ante tal petición? —interpeló el joven escandalizado.

—Cuidado con los modales, Buonarroti.

Ficino no dejaba ni un momento a un lado su vena educativa.

—Tranquilo, amigo, parece que la joven promesa de la escultura sí se revuelve ahora y no cuando le partieron la nariz —intervino el Medici con socarronería—. Veréis, Buonarroti —prosiguió—, a veces la paciencia y el silencio son mejores armas que la espada o cualquier lanza. Mandamos a cuatro de nuestros mejores artistas disponibles a los Estados Pontificios con el fin de satisfacer la petición de Sisto IV.

La actitud corporal del joven Michelangelo iba dando muestras de interés, mucho interés. Incluso se atrevió a preguntar:

—Permitidme, *signore,* adivinar los nombres de los maestros. ¿Pueden ser los maestros Sandro Botticelli, Ghirlandaio, Leonardo da Vinci y —titubeó— el Perugino?

—Vuestra intuición no os falla, Buonarroti, pero no es infalible. Leonardo da Vinci no viajó. Demasiado inestable. Creyente y ateo al mismo tiempo, no pensé que fuera efectivo para cumplir el objetivo encomendado. Mejor ingeniero que artista, como yo mismo pude comprobar. En su lugar mandamos a Cosimo Rosselli.

—¿Cuál era, si me permitís la osadía, *signore,* el objetivo encomendado?

Michelangelo quería llegar hasta el final.

Ficino y el Medici cruzaron la mirada de nuevo. No había marcha atrás. La joven promesa de nombre Michelangelo Buonarrotti estaba recibiendo una información valiosísima. Cómo la utilizara dependía solo de él.

—*Vendetta,* Michelangelo, *vendetta.* Disfrazados bajo la apariencia de artistas, los cuatro hombres de mi confianza devolvieron el golpe a aquel que osó mirar hacia otro lado mientras mi hermano caía asesinado en el *duomo* de Florencia.

Buonarroti no terminaba de entender del todo el mensaje de Lorenzo el Magnífico. ¿Artistas atentando en el trono de san Pietro? Lorenzo se encargó de aclarar las dudas del joven escultor.

—No todos los crímenes se cometen bajo el uso de la fuerza o la hoja de una daga. El arte se utiliza como ostentación. También con fines propagandísticos. Una pintura, una escultura, incluso una obra arquitectónica, pueden indicar muchas cosas, casi todas relacionadas con el poder, si el mecenas así lo desea. Pero el arte también se puede utilizar para lanzar mensajes encriptados. Se puede destruir una institución poco a poco, desde dentro, siempre que haya ojos receptivos e instruidos que sepan leer la información.

—Mejor sería —puntualizó Ficino— utilizar la palabra «sabotaje» en lugar de «crimen», amigo mío.

Esta vez fueron los ojos de Michelangelo, también receptivos y en proceso de instrucción, los que se abrieron de asombro. Estaba asistiendo a una clase privada de arte, simbología y destrucción.

—*Signore*, ¿qué trabajos realizaron los artistas y con qué objetivo? —Michelangelo quería saberlo todo.

Marsilio Ficino sonreía benévolamente. No se trataba de una instrucción dogmática ni nada por el estilo. Michelangelo era un hijo de Florencia y, como tal, debía saber todo lo vinculado con las relaciones poco institucionales entre su ciudad y Roma, y las ansias de expansión de los Estados Pontificios.

—Veréis, Buonarroti, eximiremos de culpabilidad al Perugino, pues no era florentino y no quisimos inmiscuirle en el... —miró a su amigo Ficino— «sabotaje». A partir de ahí, nuestros artistas utilizaron los colores y los elementos de los blasones de la familia Della Rovere para aquellas imágenes asociadas a la maldad y a la negatividad. Y los elementos y colores relacionados con los Medici los asociaron a todo lo contrario: lo positivo, lo floreciente, la libertad. Los barcos romanos naufragan antes de llegar a Roma mientras que los florentinos alcanzan su destino sin problemas. No quiero, joven Buonarroti, estropearos la sorpresa.

—¿Qué sorpresa, *signore?* —inquirió Michelangelo, deseoso de saber aún más.

—La sorpresa que os llevaréis al ver las obras de los florentinos en la Capilla Sistina.

Michelangelo no comprendió. Miró a Marsilio Ficino, que recibió cálidamente la mirada del artista en ciernes. Ficino le dirigió de nuevo a Lorenzo, pues él sería quien le conduciría a la comprensión.

—Tarde o temprano, pequeño amigo mío, un papa, un supuesto enviado de Dios cargado de mentiras, os reclamará para Roma. Si continuáis con vuestra progresión, que no me cabe ninguna duda, os convertiréis en alguien digno de representar cualquier ciudad que sea capaz de cumplir con vuestras expectativas económicas. Tiempo al tiempo. Quizá no venga la iniciativa de este pontífice, pero, al final, os llamarán a la Ciudad Eterna. Y seréis vos quien decida aceptar o no la invitación. Seréis vos mismo quien aceptará o no el trabajo. Y lo más importante, seréis vos mismo quien decida cómo llevar a cabo ese trabajo. El *cómo* es lo que marca la diferencia. Podéis ser un corrupto romano defensor de la opresión o un noble florentino adalid de la libertad. Hasta pronto, Buonarroti.

Con esas palabras, el Medici dio por finalizado el encuentro privado. Marsilio Ficino instó al joven artista a ponerse en pie y salir de la habitación.

—Una cosa más, Buonarroti —improvisó Lorenzo de' Medici.

Tanto Ficino como el joven escultor se detuvieron y giraron sus cuerpos en dirección al Magnífico.

—Sé que a la hora de escoger temáticas religiosas, osáis universalizar vuestros conocimientos y optar por temas judíos frente a los cristianos. Seguid aprendiendo el Midrash, el Talmud y la Cábala bajo la tutela de Marsilio y Pico. Os llevarán por buen camino. *Arrivederci.*

—No. *Arrivederci* no.

Ficino y el Medici se quedaron sorprendidos. El joven Michelangelo acababa de rebelarse en el despacho del hombre más importante de Florencia.

—¿Así, sin más?

—¿Sin más? —preguntó Ficino, ya que Lorenzo no salía de su asombro.

—Me decís el motivo, el qué. Me decís el objetivo, el cómo. Pero no me decís el porqué alguien como yo debería ejercer de… sicario.

Ficino palideció. Nunca antes había escuchado a nadie dirigirse de tal modo al Magnífico. Hizo ademán de soltar una reprimenda, cosa que Lorenzo desestimó.

—Tranquilo, amigo mío. El joven es terco, pero tiene razón. Creo que merece una explicación.

—Adelante, pues.

Buonarroti no se detendría hasta acabar satisfecho.

—¿Cual es el símbolo del cristianismo, pequeño escultor?

—La cruz.

—¿Seguro?

Lorenzo de' Medici comenzaba el juego. Su juego.

—Tan seguro como que nací en Caprese.

—Bien. Hace escasos momentos hemos hablado de la manipulación del arte como arma o como instrumento emisor de mensajes en clave, ¿verdad?

Michelangelo asintió con la cabeza. Ficino sabía que iba a disfrutar durante los próximos minutos.

—¿Y si os dijera que el mensaje de la Iglesia también tiene esos elementos? Elementos en clave de, por ejemplo, sumisión.

El gesto del joven escultor hizo comprender a Lorenzo que necesitaba mucho más. Estaba dispuesto. Él era el arco y Michelangelo Buonarroti su flecha.

—Joven Buonarroti, la cruz no fue el primer símbolo cristiano de la historia. La cruz vino después, cuando se tergiversó el mensaje. El primer símbolo de nuestra religión fue un pez.

—¿Un pez?

—Así es. Los primeros cristianos utilizaron el símbolo del pez para expandir su mensaje en una Roma todavía politeísta, pagana. En griego, pez se escribe de la siguiente manera.

Lorenzo escribió algo en una hoja de papel y se la mostró a Michelangelo. En ella se podía leer lo siguiente:

«IXTHUS»

El joven tomó el pedazo de papel y lo miró atentamente, intentando encontrar un significado.

—¿Griego? —preguntó confundido.

—Así es. Los cristianos lo convirtieron en su propaganda habitual porque tenía un mensaje oculto: Jesucristo, de Dios el Hijo, Salvador.

Ficino sonreía ante la cara atónita de Michelangelo. El joven quería saber más, él no quería perdérselo, el Medici no iba a omitir ningún detalle. Lorenzo tomó de nuevo el papel.

—En griego, IXTHUS contiene —dijo deletreando a la vez que escribía—: *Iesous Xhristos Theou Hyios Soter.*

—Entonces... ¿a qué se debió el cambio?

—Es fácil —dijo solemne Lorenzo—, para guardar penitencia. El pez alega a la salvación, la cruz remite a la redención. Jesús de Nazaret murió por nuestros pecados. Vivimos con el arrepentimiento. Si no me creéis, observad el escudo de la Inquisición española. Una cruz, redención; una rama de olivo, misericordia; una espada, castigo. ¿Os imagináis a Cristo con una espada?

Para el joven Michelangelo todo cobraba sentido. ¿Y si después de todo, lo que hoy conocían como Iglesia era una burda farsa construida sobre unos cimientos sólidos de paz y amor?

—Entonces, todos vivimos en pecado... —dijo para sus adentros.

—¿Sois conocedor de las Sagradas Escrituras? —preguntó Ficino.

—Sí, así es. Aunque no en profundidad. Las estudiamos junto a la mitología arcana para las reproducciones artísticas.

—Entiendo entonces, Buonarroti, que estáis familiarizado con el Edén.

—Por supuesto. Paraíso, serpiente, manzana...

—¡Alto! ¿Estáis seguro de lo que decís?

Las palabras de Ficino fueron bruscas.

Michelangelo dudó.

—¿De verdad aparece una manzana en el Antiguo Testamento?

Marsilio se había sumado al juego del Medici.

Michelangelo se sonrojó. No sabía la respuesta a ciencia exacta.

—Joven, esa lectura necesita un nuevo visionado.

—No le atosiguéis, maestro —intervino el Medici para evitar una nueva amonestación—. Buonarroti, sabéis que hay más religiones. Algunas de ellas, incluso, mucho más antiguas que la que gobierna en los Estados Pontificios. Con ello no reniego de la fe ni de Dios. Lo que intento decir es que, en Florencia, pagamos con la misma moneda. No se trata de *vendetta* porque sí. Hay motivos personales, nunca lo dudaría. Pero también hay motivos de fe. ¿Creéis en Dios?

—Sí, señor.

—La pregunta es, ¿en cuál de ellos?, ¿en el vengativo o en el pacífico?, ¿en el resentido o en el indulgente?

—En el Dios del amor. El amor son las alas que Dios ha dado al alma para subir hasta él. Un Dios que abarca pero no toca, ni para bien ni para mal. Un Dios que perfuma con la luz.

—Hablamos el mismo idioma, Buonarroti.

—Si mi Dios castigara, nunca mortificaría a los homosexuales. Escarmentaría antes a los pederastas.

—Entonces, mi joven amigo, tenemos el mismo enemigo y el mismo Dios. Y, por favor, no tengáis esta conversación como una misión. Será una decisión. Decisión vuestra. Tarde o temprano la tomaréis y muy posiblemente ni siquiera yo esté aquí para verlo. Solo recordad que el arte es anterior a la religión.

—Creer también es crear, maestro.

—Si me lo permitís, ahora sí, *arrivederci*.

Michelangelo sonrió. Era otro. Había abierto los ojos. No había tomado ninguna decisión, aunque tarde o temprano tendría que hacerlo. «Si Dios quiere —pensó—. Dios siempre quiere, tenemos que querer nosotros», se corrigió a sí mismo.

—Ahora sí, *arrivederci*.

Maestro y alumno, ahora sí, abandonaron la sala.

Lorenzo era persuasivo, lo sabía, con un odio terrible por cualquiera que representara la opresión para la ciudad de Florencia, y los ocupantes del trono de san Pietro lo eran. Sobre todo con la revolución cultural basada en el pensamiento liberal no solo de los artistas, sino de los florentinos en general. Había sembrado una información en la cabeza de Michelangelo Buonarroti, gran florentino, y sabía que había acertado.

—Antes de marcharos —terminó añadiendo Lorenzo de' Medici—, *messer* Marsilio, expulsad a Torrigiano del jardín. No quiero violencia gratuita en mi ciudad y mucho menos en mis academias.

61

Florencia, 1573, basílica de la Santa Croce

La basílica de la Santa Croce albergaba un silencio sepulcral, y la voz de Vasari lo rasgó sin miramientos.

—Lorenzo de' Medici.

El volumen de la voz de Innocenzo subió inconscientemente más de lo debido. Sin preocuparle que pudiera estar presente en las inmediaciones algún oído receptivo, el cardenal se dejó llevar por la sorpresa y la herejía, conservando cierta violencia en su tono.

—¡¿Lorenzo de' Medici atentando contra la Santa Sede?!

En aquella pregunta retórica no había sitio para el protocolo eclesiástico.

—Más bien, si me lo permitís, padre, sabotaje. Esa sería la palabra correcta.

—Contadme todo lo que sepáis, Giorgio, quiero saber cuáles fueron los motivos de ese poco «magnífico» Lorenzo de' Medici para cometer semejante ultraje.

—Veréis, la formación de Lorenzo de' Medici fue exquisita. Instruido en el humanismo y versado en el latín y el griego, vivió como un príncipe desde muy temprana edad. No solo eso, también dirigió algunos debates filosóficos en la Academia platónica florentina, fundada en el año 1452 de Nuestro Señor por Cosimo de' Medici.

—Algo que iba totalmente en contra de la filosofía de santo Tomás de Aquino, que Dios lo tenga en su gloria, y su aceptación del aristotelismo.

Innocenzo poseía la verdad. Su verdad.

—Así es, padre.

—¿Qué sucedió, Giorgio? ¿Cuál es la versión florentina del atentado que marcó la vida de Lorenzo de' Medici y, por lo tanto, la de nuestra sagrada Capilla Sistina?

—Os lo resumiré de muy buena gana, padre. Cuentan las crónicas que el domingo 26 de abril del año 1478 de Nuestro Señor se levantó despejado. La ciudad de Florencia se disponía a participar en el día de Pascua y en la misa que estaba a punto de celebrarse en el *duomo* de Santa Maria del Fiore. Vestía de gala, como cada año, para recibir a lo más selecto del panorama toscano. El oficiante era el cardenal Rafaelle Riario, sobrino del papa. Las gentes de clase media se conformaban con ver pasar a las celebridades de la época en el cortejo de acceso al recinto. Y los maleantes estaban al tanto, ya que un día como aquel se podría equiparar a toda una semana de saqueos a viajeros descuidados.

—Escoria… —murmuró para sí el padre Innocenzo.

—El acceso prioritario se acordó a la nobleza, los banqueros y los jueces, los doctores y los artistas afiliados a un gremio con documento acreditativo. Casi como hoy en día.

»Lorenzo de' Medici acudió a la misa acompañado no solo de su mujer Clarice de Orsini y de su hermano enfermo Giuliano de' Medici, sino también de su madre Lucrezia Tornabuoni y sus hijos. También marchaba al lado del Magnífico su secretario personal, Angelo Poliziano. La sombra invisible de Girolamo Riario, el otro sobrino del papa Sisto IV, era alargada. A pesar de permanecer en Roma para no verse involucrado en ningún acto vandálico, había dispuesto sus piezas como si de una buena jugada de ajedrez se tratara: allí se encontraban su primo, el cardenal Rafaelle Riario, oficiante de la misa; el nuevo arzobispo de Pisa, Francesco Salviati; Francesco de' Pazzi, en aquel momento tesorero del pontífice y máximo representante de la familia rival de los Medici y, por último, Bernardo Bandini Baroncelli, el banquero conocido como *el Sicario.*

—Por lo que veo, querido amigo, dos bandos muy bien formados.

Innocenzo no se posicionaba. Sabía que Sisto IV era capaz de tejer enredos no exentos de pecado.

—Y con distintos objetivos, si me lo permitís, padre. Algunos más oscuros que otros. Pero os seguiré complaciendo con el relato.

»El cortejo atravesó la vía Larga. Si bien se ponían en duda los métodos de financiación y los gastos públicos, en general la gente quería a la familia Medici, incluso a pesar de un despotismo oculto que velaba por los propios intereses del linaje.

—En definitiva, los Medici no estaban exentos de pecado, ¿verdad, querido amigo?

—Ninguno, padre, estamos exentos de pecado. Esa es mi humilde opinión.

Vasari, sin querer, acababa de asestar un duro golpe a la moral de Innocenzo.

—La figura alta y esbelta de Lorenzo de' Medici —prosiguió— entró en primer lugar. Inteligente y con una memoria brillante, era muy conocido por su encanto y su brillantez en los coloquios, ya que sus facciones no eran muy atractivas. Previamente había dado órdenes a sus asesores de estar al tanto de cualquier oportunidad de negocio, a pesar de que la Iglesia se oponía rotundamente al arte de tratar, pactar y especular en la casa del Señor. Como veis, ni Lorenzo de' Medici se escapaba de alguno de los pecados capitales.

—Quizá Sisto IV tenía razón en querer detener a un gobernador dado a la avaricia y a la soberbia.

El cardenal trataba de limpiar la imagen de la Iglesia con cada palabra que pronunciaba.

—Posiblemente, padre. Pero recuerde que una de las fuentes de ingreso de Sisto IV era el impuesto sobre los nobles: estos podían pagar al papa para acceder a la cama de alguna virgen de otra familia noble. Por no mencionar las acusaciones que sobre su persona se han hecho de corrupción y bisexualidad...

Las palabras de Giorgio Vasari se sostenían sobre una cuerda muy fina.

—Creyente, pero además inteligente y con buena memoria, por lo que puedo comprobar.

—Recuerde, padre. No juzgo, solo soy un cronista —se cuidó de repetir, encauzando rápidamente de nuevo la conversación—. Nada más entrar al Fiore, un gran paño grueso dividía la nave central de la catedral. Las mujeres tomaban el camino de la *sinistra,* en el argot florentino; los hombres, a la *destra.* Cuanto mayor era la posición social del asistente, más cerca se sentaba este del altar mayor.

»La primera fila estaba reservada a la familia Medici, que no tardó en ocupar sus acomodados aposentos. Cerca del altar mayor rondaba tranquilo el cura Stefano da Bagnone, saludando a los primeros fieles reunidos a la espera del cardenal. La orden era precisa. El último a quien saludaría sería a Lorenzo de' Medici, justo después de saludar a su hermano Giuliano. Cuando Da Bagnone hubo terminado, dirigió la mirada a un monje que se hallaba detrás del trono episcopal, sobre el altar mayor. Era la mirada que esperaba Antonio Maffei. Con su hábito claustral se dio la vuelta y, en breves segundos, se produjo la señal que los conspiradores esperaban: las telas con las banderas de Florencia que colgaban de las cuatro galerías cuadradas que componían la nave central cayeron sobre los asistentes.

»La simbólica señal que esperaban los traidores era toda una declaración de intenciones. Caería la antigua Florencia y resurgiría de nuevo a manos de los Pazzi bajo la supervisión papal. Parte de la guardia personal de los Medici, al no esperar un ataque de tal magnitud, se vio superada por la retaguardia y cayó al suelo sin vida. La orden había sido decapitar únicamente la cabeza del eje de los Medici, Giuliano y Lorenzo, pero los mercenarios contratados a sueldo para ello disfrutaban mucho de su trabajo. Entre las voces de confusión y los gritos de las damiselas en apuros, se oyó una voz por encima de todas. Era la voz de Francesco de' Pazzi. Una voz que declaraba la guerra.

»"¡Soy Francesco de' Pazzi! ¡Ha llegado la hora de acabar con la tiranía de los Medici!".

»Tras estas palabras, tres hombres saltaron sobre Giuliano, pasando por encima de la congregación de creyentes allí reunidos, mientras otros tantos intentaban alcanzar a Lorenzo. Giuliano no tuvo tiempo de reaccionar. Diecinueve puñaladas en un breve espacio de tiempo. Una muerte brutal, aunque rápida.

—Por supuesto, ya sé el final de la historia. Lorenzo de' Medici sobrevivió. El único interés que ahora suscita la historia es saber cómo.

La actitud de Innocenzo se había vuelto relajada, como si el relato careciera ya de interés. Sabía el desenlace y solo tenía por objetivo descubrir quién ayudó a Lorenzo de' Medici a escapar y propició los consecuentes daños colaterales. Giorgio Vasari fue precavido y omitió el nombre del salvador.

—Déjeme acabar, padre, y le resolveré todas las dudas. La atención de Francesco de' Pazzi se centró en Lorenzo de' Medici. Mientras que su guardia personal se afanaba por mantener a un grupo pequeño de sicarios fuera del alcance del Magnífico, Francesco de' Pazzi y Bernardo Bandini llegaron a su posición sobre el altar mayor. Stefano da Bagnone y Antonio Maffei querían sumarse a la fiesta. Angelo Poliziano llamó la atención de Lorenzo. Le esperaba en la sacristía de los canónigos, pegada a la Tribuna de la Concepción, con el fin de que pudiera esconderse hasta que las cosas se calmaran. Como si del mejor ejército de la tierra se tratara, los asistentes a la misa, al ver cómo la familia Medici era víctima de un acto terrorista, se unieron en espíritu y comenzaron a auxiliar a la menguante guardia Medici. Cada uno como pudo, se lanzaron como animales sobre los conspiradores, rebajándolos uno a uno.

»Un minúsculo grupo se interpuso entre Francesco de' Pazzi y Lorenzo de' Medici. Desarmados y sin preparación para el combate, fueron presa fácil del acero del conspirador. Francesco alcanzó la puerta de la sacristía y asió fuertemente su espada, de la que aún goteaban los restos de los simpatizantes que habían intentado impedir otro crimen.

»Pazzi esperaba encontrarse allí con un banquete, pero lo que obtuvo fue un corte de digestión. La sacristía de los canónigos se encontraba totalmente vacía. Enfurecido, salió de nuevo en dirección al altar mayor, buscando la posible vía de escape del enemigo. Los restos de huellas que arrastraban la sangre de Lorenzo de' Medici por el suelo, que acababa de entregar su destino a un joven con el pelo y barba de color miel y una capa rosa anudada al cuello, se dirigían inequívocamente a la escalera en dirección a la cúpula. El ascenso no fue fácil para Lorenzo. El joven tiraba de él como podía, pero el príncipe se iba debilitando más y más. A medida que se acercaban a su meta podían oír las voces de sus perseguidores, Francesco y tres sicarios más. Cuando Francesco y los esbirros consiguieron entrar en la linterna, no encontraron a nadie. Era la segunda vez que le sucedía al líder de los Pazzi. Esta vez no había rastro de sangre que seguir.

Innocenzo se quedó con las ganas de saber más, pero no podía anteponer su propia curiosidad al trabajo encomendado: confesar a Giorgio Vasari.

—Supongo que las represalias de Lorenzo de' Medici no fueron, digamos, muy cristianas.

—Efectivamente, padre. Lorenzo no era de poner la otra mejilla. Colgó al arzobispo Francesco Salviati desde una ventana del palacio de la Signoria, y a Francesco de' Pazzi lo lanzó desde otra hasta el suelo de la plaza, donde se rompió las piernas y los florentinos se encargaron del resto. Bernardo Bandini fue colgado tiempo después. Al cardenal Rafaelle Riario lo consideró un títere en manos de los confabuladores. No solo lo dejó en libertad, sino que lo puso bajo protección. Aquí cometió dos errores. El primero, regalarle un salvoconducto para su autonomía, exenta de cualquier pesquisa. El segundo, eximirlo de un interrogatorio que le habría procurado la información de la que carecía. El cardenal Rafaelle Riario, como sabéis, era sobrino de Francesco della Rovere. Era familia directa del papa. Era cómplice de asesinato. Y era libre.

Innocenzo empezaba a molestarse con las palabras de Vasari. Le daba la sensación de que Giorgio tenía en mucha más estima a la ciudad de Florencia que a Roma.

—¿Os posicionáis, querido amigo? —interrogó con un tono poco amistoso el cardenal.

—¿Posicionarme, padre?

Vasari no terminó de entender el breve interrogatorio.

—Dais por hecho la culpabilidad de los conspiradores, si alguna vez lo fueron.

—Lo fueron sin duda, padre, pero eso no es posicionarme. Nunca dije que Lorenzo de' Medici fuera inocente. Simplemente me limito a narrar los hechos desde el punto de vista florentino para que entendáis el sabotaje artístico que Lorenzo perpetró en la Capilla Sistina.

—Además de la de Buonarroti, vos escribisteis las vidas de Botticelli, Perugino, Rosselli y Ghirlandaio, ¿no es así?

—Así es, padre.

—Entonces, ¿no deberíais confesar y arrepentíos al igual que lo hacéis con el escultor de Caprese?

—En realidad no, padre. La información que poseo sobre este grupo de artistas fue recibida después de mi redacción de sus vidas. Sin embargo, en cuanto a la de Buonarroti, la última que tuve a bien manuscribir fue con todo conocimiento de causa. De ahí esta mi confesión.

Innocenzo vaciló. La explicación de Giorgio Vasari fue suficiente. Nada que reprochar.

—Está bien, amigo, está bien. Al menos —añadió el cardenal tratando de aliviar su curiosidad—, decidme que el mensaje de Michelangelo no fue a más… Decidme que se convirtió en un hombre de fe y obró de buena manera.

Si no hubiera habido una tímida pared de madera entre ellos, Giorgio Vasari habría sentido la mirada del cardenal, que se volvió tan afilada como un cuchillo.

—Me temo que no puedo decir eso, cardenal —respondió sin titubear; para salvar su alma debía llegar hasta el final—. Siete años después de aquella noche en las catacumbas de Roma, Michelangelo Buonarroti fue contratado para pintar algo más en la Capilla Sistina. Al principio, el padre santo Clemente VII, que en paz descanse, le encargó un nuevo trabajo en una de las paredes, pero finalmente fue el sumo pontífice Paolo III el que le nombró supremo arquitecto, escultor y pintor del palacio apostólico con una renta anual fija. La obra cuyo contrato firmó y que atesora innumerables mensajes ocultos contra la Iglesia hoy la conocemos como *El Juicio Final*. Yo lo llamaría «El Atentado Final».

El cardenal tragó saliva.

62

Roma, 1535, interior de la Capilla Sistina

A Vittoria Colonna,

Si la parte divina de nosotros bien imagina
el rostro y los gestos de un ser, entonces doble
de sí misma, con solo un tosco y raudo boceto
hará vivir la piedra, y no el poder del ingenio.

Con papeles más imperfectos sucede lo mismo,
antes de que la mano dispuesta tome su pincel,
el más fino y alerta de los ingenios educados
comprueba y revisa y así completa su relato.

De igual forma conmigo, cuando hice nacer un boceto
de ninguna valía, mas cuando de vos renazca,
alta e ilustre Señora, seré objeto ilustre y perfecto.

Si vos con merced disminuís mis excesos
y aumentáis mi pequeñez, ¿a qué se debe el airado
fuego penitente, cuando me castigáis al arreglarme?

Michelangelo Buonarroti, *escultor*

Superó los últimos escalones y en el llano giró a la derecha. Atravesó la puerta y entró en la capilla. Una vez más. Avanzó hasta el centro del oratorio y alzó la vista hacia arriba.

Allí, a varios metros sobre el suelo, se hallaba la mayor obra pictórica ejecutada por el hombre. Por un solo hombre en sus más de quinientos metros cuadrados. Recorrió con la vista cada panel, cada personaje, cada escena bíblica del Génesis representada a trazo de pincel. Tanto mensaje religioso y, a la vez, tanto mensaje herético. Se tomó su tiempo, no tenía prisa. No era un extraño, podía hacer y deshacer cuanto quisiera.

El mundo había cambiado, y Lorenzo de' Medici tenía razón. En este mundo nuevo se habían descubierto lugares y razas que no aparecían en la Biblia, y la fe católica se tambaleaba frente a las ideas luteranas. Su colega Copernico derribaba los cimientos de la ciencia a través de su interlocutor en Roma, Johann Albrecht Widmannstetter. Al parecer, los fundamentos teológicos no eran tan sólidos como se creía. Esta vez, el eclipse sería de fe. Y Michelangelo estaba a punto de asestar un nuevo golpe a otro pilar fundamental en el corazón de la Iglesia.

De hecho, estaba allí de nuevo para ello. En la pared del altar se encontraban los frescos que realizara medio siglo atrás Pietro di Cristoforo Vanucci, *el Perugino*. No llegarían al siglo. La *Asunción*, el *Nacimiento y hallazgo de Moisés* y el *Nacimiento de Cristo* serían destruidas en breve. Necesitaba espacio para una nueva obra pictórica que entrañase un nuevo mensaje pagano en el corazón de la Iglesia. Como si de cerrar el círculo se tratara, el encargo reflejaría el último libro de las Sagradas Escrituras, el conocido como Apocalipsis. Michelangelo Buonarroti esbozó una leve sonrisa. La pintura no era de su agrado, pero la idea de volver a generar metáforas artísticas le excitaba.

En la mano llevaba el contrato firmado con el papa Clemente VII, que ardía en deseos de crear el fresco más grande jamás pintado sobre el Juicio Final, movido por una especie de venganza moral y doctrinal en respuesta al saqueo de Roma. Pero el pontífice pereció antes de ver el gran *Giudizio Universale*. Sería Paolo III quien gozaría de semejante honor. De nombre Alessandro Farnese, había ascendido a pastor universal a pesar de cometer actos impíos contra su propia religión. Contaban las malas lenguas que había entregado a su propia hermana a Alessandro VI para que la desvirgara. A partir de ahí se regocijaría de nuevo en el nepotismo, auxiliando a sus hijos Pier Luigi, Paolo, Ranuccio o Constanza.

Michelangelo analizó la pared de nuevo. Era el lugar perfecto. Cada vez que el sacerdote procediera a la liturgia, todas las miradas se dirigirían en aquella dirección. No había mejor lugar en todos los Estados Italianos para demostrar una vez más su dominio sobre la figura humana, su canon hercúleo que llamaban *terribilità* y el desnudo como arma principal. Remodelaría toda la pared, solo un paño único sin ventanas, inclinado unos centímetros para proporcionar a la obra un efecto vertiginoso si se observaba a escasa distancia. Homenajearía a su manera a las tablas de Moisés. Como la familia Farnese, de donde provenía el nuevo papa, se encargaría del mecenazgo, utilizaría todo el azul de lapislázuli que no pudo emplear en la bóveda de la capilla. Sería una gran obra de arte. Y sería cara, muy cara.

Inspeccionó la franja superior. Los lunetos albergarían a los ángeles portadores de los objetos propios de la iconografía del Cristo redentor, sí, pero serían sus ángeles. Nada de simbología arcaica. Sus ángeles no portarían alas. En el centro de la composición pintaría a un Jesucristo enojado, cargado de ira, mucho más vengativo e inclemente que misericordioso, inspirado en cualquier escultura pagana griega; un nuevo *Laocoonte*. Como si quisiera castigar de una vez por todas a los mal llamados portadores de la verdad por la tergiversación de su mensaje.

A la izquierda del paño irían las mujeres, desnudas, fornidas. Como si quisiera transmitir el mensaje de la necesidad de una mujer a la cabeza de la Iglesia; a la derecha, los hombres desnudos, sin ningún pudor a la hora de abrazarse y besarse, como buenos florentinos. En la franja inferior colocaría, a un lado, las almas salvadas; al otro, los pecadores sin salvación, con Caronte, barquero de Hades, como único guía del único trayecto de ida al averno. Tal y como lo describía el poeta Dante:

Blasfemaban de Dios y de sus padres,
del hombre, el sitio, el tiempo y la simiente
que los sembró, y de su nacimiento.

Luego se recogieron todos juntos,
llorando fuerte en la orilla malvada
que aguarda a todos los que a Dios no temen.

Carón, demonio, con ojos de fuego,
llamándolos a todos recogía;
da con el remo si alguno se retrasa.

Como en otoño se vuelan las hojas
unas tras otras, hasta que la rama
ve ya en la tierra todos sus despojos,

de este modo de Adán las malas siembras
se arrojan de la orilla de una en una,
a la señal, cual pájaro al reclamo.

Por último, se retrataría él mismo. No sabía dónde, pero sí cómo. Sería un trozo desgarrado de piel. Como si le hubiesen arrancado de su fe y de su pasión, su verdadera pasión: la escultura. La naturaleza. La vida.

«La perfección no es cosa pequeña,
pero está hecha de pequeñas cosas».

La misión de Lorenzo de' Medici y, sobre todo, de Michelangelo Buonarroti, llegaba a su fin. Su vida había sido un tormento, sí. Había llegado la hora del éxtasis.

63

Roma, Capilla Sistina, 1573

Gregorio XIII repasaba de nuevo la complejidad de la capilla. Ignoró los *ignudi,* pues eran demasiado indecorosos para su santuario. Hizo lo mismo con los medallones y repasó las pechinas una por una, prestando especial atención a la dedicada a David y Goliat. Inexorablemente le recordó a la relación entre Florencia y Roma. El pequeño contra el gigante. Aunque, en realidad, él sabía que no eran pocas las veces en que ambas ciudades se preguntaban: «¿Quién es ahora el pequeño?». Ese David, tan diferente a la imagen de la brillante escultura que había servido como símbolo de la ciudad floreciente...

Profetas, sibilas y antepasados de Cristo pasaron a un segundo plano, el pontífice centró su atención en el Génesis. Esos nueve paneles que habían cambiado la historia del arte y que, si él, pastor universal, no lo evitaba, podrían cambiar la historia de la religión. ¿Qué podía hacer? ¿Cómo podía hacerlo? En el fondo, esperaba una señal. Una señal divina.

—Santidad…, propongo derribar la Capilla Sistina.

Las últimas palabras de Borromeo quedaron suspendidas en el aire. El cardenal Gulli asintió levemente con la cabeza. Gregorio XIII miró, no sin cierto asombro, a los ojos del monseñor. Antes de pronunciar palabra, un leve sonido interrumpió la conexión visual entre ambos. Al girar la cabeza, se dio cuenta de que una ligera corriente de aire había desplazado la puerta de los monaguillos entornándola.

—¡Ahí está! —exclamó Gregorio XIII.

Su séquito no alcanzó a comprender, pero él sabía que era la señal que necesitaba. La ayuda del cielo. Tímida, breve, pero suficiente. Tenía la solución para el problema Buonarroti.

—Giulio II trasladó toda su colección privada a las nuevas salas del Vaticano hace mucho tiempo y no se ha aprovechado. Nadie puede competir contra la Santa Sede en cuestiones de fe, pero tampoco en cuestiones de arte. Hemos demostrado al mundo que la fe puede mover montañas, que quien pierde la fe no puede perder más. El justo vive de la fe. Ha llegado el momento de colocar a la Iglesia en el lugar del arte que le corresponde. Cardenal Gulli, inicie los procedimientos necesarios para convertir las estancias que contienen las colecciones privadas del palacio apostólico en lugares públicos donde la gente pueda admirar las colecciones.

—Pero, santidad…

—No hay discusión posible, cardenal. En Roma hemos estado ciegos. Cosimo I de' Medici, en Florencia, ha reunido gran cantidad de obras de arte y ha ordenado la construcción del palacio Uffizi. Estoy convencido de que en él ha depositado los cimientos para convertir sus colecciones en un acopio público. Pero Florencia, la ciudad del pecado, no batirá a Roma.

—En el fondo, santidad —añadió Borromeo—, si imagino adónde queréis llegar, no es una mala alternativa a la demolición.

El cardenal dirigió la mirada a monseñor Borromeo. Iba por delante de él. Sabía dónde quería llegar su santidad.

—Los fieles tendrán la oportunidad de admirar piezas de todo el mundo conocido. No soy el primero que utiliza el arte como herramienta política ni seré el último, pero debemos instruir a los devotos en el arte de la verdad, nuestra verdad.

—Santo padre —se atrevió a interrumpir Gulli, totalmente ajeno al objetivo de Gregorio XIII, para intentar disuadirle una vez más—, aún tenemos el problema del calendario. Son muchos los cálculos que tenemos que realizar para...

—¡Silencio! Ya tendremos ocasión de seguir con la reforma. Aún esperamos los resultados de los matemáticos de la Universidad de Salamanca. Abriremos los museos.

—Supongo —añadió Carlo Borromeo, adelantándose de nuevo a Gulli— que la contribución por el ingreso deberá ser cuantiosa, ¿verdad, santidad?

El tono de Borromeo abrió por fin los ojos del cardenal Gulli. No estaban hablando de arte, hablaban de negocios. Debía leer más.

—Sois un adelantado a vuestro tiempo, querido Borromeo —corroboró el papa, con la falta de pudor que le caracterizaba a la hora de lisonjear al monseñor—, acabaréis con la peste de Milán en breve, no me cabe duda. Efectivamente, esto supondrá unos ingresos extras para esta nuestra congregación. Llenaremos las arcas y reforzaremos la ciudad y los ejércitos. Evitaremos otro saqueo de nuestra ciudad si fuera preciso.

—Queridos hermanos —añadió Gulli en un tono mucho más humilde—, no entiendo qué tiene que ver todo esto con el crimen de Michelangelo Buonarroti. ¿No se dan cuenta de que al abrir las puertas del palacio apostólico la infracción del florentino estará expuesta a centenares de ojos curiosos?

—Por supuesto, querido amigo. Centenares, incluso miles de ojos curiosos e iletrados. Sobre todo iletrados. Haremos lo posible para que se llenen los pasillos. Eso provocará, por un lado, que las arcas de la Iglesia se recuperen rápidamente y, por otro, la afluencia de público dificultará la observación en detalle de las obras. Los espectadores se quedarán solo con una visión general de la obra de Michelangelo. Nadie se fijará en el maldito ombligo de Adán.

—¿Cómo conseguiréis eso, santidad? —preguntó Borromeo.

Gregorio XIII alzó la mirada hacia la magnánima obra de Buonarroti. Esbozó una sonrisa de medio lado.

—Muy fácil, menguando la iluminación.

Monseñor Borromeo se quedó pensativo. Sus palabras, en voz baja, fueron pronunciadas casi para él.

—Lógico, muy lógico... —corroboró Borromeo, en sintonía con el vicario de Cristo—, si queremos proteger un secreto, lo mejor es exponerlo. Nadie dudará de nada, ninguno se dará cuenta.

—¡Ensalzaremos a Michelangelo Buonarroti! —exclamó Gulli con desaprobación—. Entiendo entonces que no exhumaremos su cadáver.

—En efecto. Dejaremos su cuerpo donde está. Ensalzaremos al escultor. Defenderemos a la Iglesia y a Roma a cualquier precio —decretó Gregorio XIII—. Y, ahora, discutamos sobre la construcción del palacio del Quirinale.

Gregorio XIII emprendió el camino hacia la entrada de los monaguillos, la misma puerta por donde horas atrás había accedido a la capilla. Detrás de él, Borromeo seguía razonando la brillante resolución del líder supremo de la Iglesia católica con Gulli, que no terminaba de verlo claro. Demasiado expuesto, demasiado arriesgado. Y no le hacía mucha ilusión convertir al delincuente de Buonarroti en un héroe para la posteridad. Hubiera preferido quemar sus restos, aunque se cuidó mucho de insistir. Al llegar a la puerta, Gregorio XIII se volvió hacia ellos. Echó un último vistazo a la obra de Michelangelo Buonarroti, el florentino, y reparó en su pequeño séquito de nuevo.

—Las ciudades surgen y caen, pero Roma siempre permanece.

64

Florencia, 1573, basílica de la Santa Croce

Silencio.

A partir de aquella pausa, el cardenal Innocenzo tardaría en recuperar el color de la piel. Su palidez era más que evidente, pero Giorgio Vasari no lo percibiría. Recuperándose de la última información facilitada por su amigo, demasiado herética en su opinión, intentó no retener al biógrafo del artista mucho tiempo más. Ya sabía todo lo que necesitaba saber. No había ningún motivo para alargar la situación. Además, quería quitarse de encima el sudor acumulado y esa incómoda sensación de frío.

—Está bien, Giorgio —concluyó—. Ya hemos tenido suficiente. Podéis marchar en paz.

—Pero… —titubeó Vasari—, ¿no necesito rezar, *signore?*

El cardenal había olvidado toda liturgia de confesión y arrepentimiento.

—Por favor, amigo mío, con un salmo miserere servirá.

Giorgio Vasari accedió de buena gana y, tras una nueva pausa, comenzó su propia purga.

—Ten piedad de mí, oh, Dios, en tu bondad, por tu gran corazón, borra mi falta. Que mi alma quede limpia de malicia, purifícame de mi pecado. Pues mi falta yo bien la conozco y mi pecado está siempre ante mí...

La impaciencia de Innocenzo no terminó de delatar su prisa por desaparecer del lugar. No dudó ni un solo momento en suspender la plegaria.

—Basta, Giorgio. No veo culpa en vos, amigo mío. Creo que habéis purgado suficientemente vuestra alma, y ahora podéis descansar en paz. Id con Dios y rezad en casa, si fuere necesario.

Giorgio Vasari esperó unos segundos antes de pronunciarse. Se reincorporó de su genuflexión y, de nuevo, dudó antes de pronunciar palabra.

—Padre..., posiblemente esta sea la última vez que nos veamos.

Giorgio sabía que su final se hallaba cercano.

—No os preocupéis, amigo Giorgio. Nos volveremos a ver, seguro. Pero no aquí, no en esta tierra. Nos espera la gloria.

Giorgio captó el mensaje enseguida. Como hombre religioso, sabía que les esperaba a ambos un destino mejor, un destino mayor. Al escuchar esas palabras volvió a tomarse unos segundos. Esta vez eran de respiro. Esperaba un contacto físico, un abrazo quizá. Un abrazo que nunca llegó. Tranquilizó su pulso sin palabra mediante y, con el menor ruido posible, salió del confesionario.

Giorgio nunca pensó que la última vez que vería la cara de su amigo el cardenal Innocenzo sería antes de la confesión. Ahora ya daba igual. Había comenzado por un hola cargado de culpabilidad y ahora disfrutaba de un liviano adiós, libre de culpas.

Innocenzo, por su parte, esperó un tiempo prudencial. Dos sentimientos colisionaban en su interior. Necesitaba el tiempo suficiente para que su confesante se alejara, y, al mismo tiempo, deseaba actuar con presteza. Tan pronto como, a través de las diminutas rendijas de la madera, vio que la sombra de Giorgio Vasari se retiraba en dirección al centro de la basílica, terminó de recoger sus enseres. Entre ellos, una pluma y una carta. En esa epístola, Innocenzo había transcrito toda la información que pudo retener de la boca de Vasari. Todo cuanto su amigo había confesado se hallaba en su poder, de su propio puño y letra. No eran tiempos para secretos arcanos o sigilos sacramentales. Eran tiempos de saber cuál era el lugar de cada uno y qué sitio quería ocupar.

La información que tenía valía su peso en oro, y podría sacar un trato ventajoso a la hora de ascender en la jerarquía eclesiástica. Al fin y al cabo, estaba haciendo una buena obra, y todo, se diría a sí mismo, en nombre de Dios. Salió del pequeño habitáculo y se dirigió al corredor que avanzaba paralelo a la sacristía. Giró a la izquierda y de nuevo a la derecha hasta que pisó el ala del noviciado. Llamó al acólito que le habían asignado, un joven bello y sumiso, perfecto para los tiempos de necesidades. De todo tipo de necesidades. El adolescente, que no era la primera vez que ejercía de emisario, entendió en un momento las necesidades y la diligencia con la que tenía que llevar a cabo su cometido.

—Ya sabéis lo que debéis hacer.

Se apresuró a disponer de lo necesario y alcanzó los jardines del claustro mayor, donde se hallaban las caballerizas ya preparadas. Partiría de inmediato a Roma. Su destinatario era monseñor Carlo Borromeo, arzobispo de Milán.

En esos momentos, el arzobispo se encontraba en la Ciudad Eterna, pero pronto partiría a la ciudad de Milán para luchar contra la peste que diezmaba la ciudad. Muy posiblemente, el arzobispo Borromeo, al recibir el mensaje, recorrería los pasillos de las dependencias del segundo piso del palacio apostólico con celeridad. En su rostro reflejaría un rictus de preocupación. La información que estaba a punto de poseer no iba a ser ni mucho menos de su agrado. Para su santidad el papa Gregorio XIII, menos aún.

65

Florencia, 1573, basílica de la Santa Croce

«El Cielo, para ejemplo en la vida, en las costumbres y en las obras, ha mandado a Michelangelo Buonarroti aquí abajo para que los que miran en él puedan, imitándolo, acercar sus nombres a la eternidad mediante la fama; y, mediante sus obras y sus estudios, a la naturaleza; y, mediante la virtud, al Cielo, del mismo modo que él ha honrado continuamente a la naturaleza y al cielo. Y que nadie se extrañe de que yo haya relatado aquí la vida de Michelangelo estando él aún vivo porque, como no se espera que deba morir nunca, me ha parecido conveniente hacerle este escaso honor, que cuando bien abandone el cuerpo, como el resto de los hombres, no encontrarán nunca la muerte sus inmortales obras, cuya fama vivirá siempre gloriosamente mientras dure el mundo por medio de las bocas de los hombres y las plumas de los escritores a pesar de la envidia y a pesar de la muerte».

Giorgio Vasari deshizo el camino recorrido horas atrás ignorando todo cuanto sucedía en el ala del noviciado. Sin carga, sin remordimientos. Nada le pesaba en el alma, ningún ancla lo ataba al mundo terrenal. Podía partir tranquilo de Florencia hacia Arezzo, la tierra que le vio nacer, la tierra que le vería morir. Algo, de repente, le sacó de su paz interior. En mitad de la soledad de la basílica, un pequeño bulto se encaraba frente al monumento funerario de Michelangelo Buonarroti. Estaba quieto, observando. No hacía ruido.

Giorgio se acercó. Aquel bulto resultó ser un crío de aproximadamente nueve años. Estaba obnubilado con el lugar de descanso del artista más grande que había pisado la faz de la tierra conocida por el hombre. Vasari se aproximó lentamente, hasta alcanzar la posición del chiquillo, que estaba sentado en el suelo con las piernas cruzadas en posición de sastre y que reparó en el viejo artista tan pronto como lo tuvo a su lado.

—*Buonasera, bambino* —entonó Vasari, con un tono de voz tierno y caluroso.

—*Buonasera, signore* —devolvió el saludo el pequeño con muy buena educación.

Ambos miraron fijamente a un Michelangelo inerte, pétreo, inmortal. El niño seguía sentado.

—¿Qué hacéis aquí, pequeño?

—Mi padre me ha dicho que aquí están enterrados los grandes genios de la historia de Florencia. Hemos llegado hace poco a la ciudad y mi padre me ha contado muchas cosas sobre Michelangelo.

Vasari miraba al pequeño con orgullo. Un crío que no alcanzaba el decenio y se interesaba por la historia, por la cultura, por el arte.

—Vuestro padre debe de ser un hombre muy inteligente si os ha inculcado tales cosas —dijo aprobatorio.

—Yo le he dicho a mi padre que cuando me muera quiero que me entierren aquí.

El pequeño recorrió con la vista la basílica. Parecía que buscase su lugar para cuando llegara la hora.

—Pero, ¡joven! ¡Aún os queda mucho para eso!

Vasari no salía de su asombro. El pequeño demostraba una madurez impropia de su edad.

—Ya lo sé, *signore*. Pero quiero tenerlo todo preparado. Me esforzaré mucho, haré caso a mi padre y me convertiré en un genio como ellos —y, señalando los mausoleos de Niccolò Machiavelli y Michelangelo Buonarroti, añadió—: *Signore*, ¿sois vos un genio? ¿Os enterrarán aquí?

Vasari se dio cuenta de que, a pesar de la madurez del zagal que tenía frente a él, no tenía la suficiente delicadeza para filtrar según qué tipo de preguntas. Pero no le importó. La infancia carecía de normas, directrices o patrones de conductas. La improvisación aparecía, sin más, dando rienda suelta a la creatividad. En este caso, la creatividad verbal.

—Mucho me temo, mi pequeño y nuevo amigo, que no estoy a la altura de estos genios. Yo tengo todo preparado para marchar, cuando llegue la hora, en la tierra que me vio nacer. Pero algo me dice que vos trabajaréis fuerte y seréis un buen chico para conseguir vuestros objetivos. ¿Verdad?

—Mi padre quiere que sea médico. A mí me gustan la pintura, las letras y los números.

—¿Cómo se llama vuestro padre? —preguntó curioso Vasari.

No podía evitarlo. Deformación profesional.

—Vincenzo Galilei —contestó orgulloso el pequeño.

—¿El músico? —preguntó el artista mientras el pequeño asentía con la cabeza—. Vuestro padre, pequeño mío, es un genio de la armonía. Sus madrigales están a la altura de maestros como Andrea Gabrieli o Giovanni Pierluigi da Palestrina. No solo tenéis un gran padre, sino un gran instructor en casa. Enhorabuena.

—*Grazie, signore*. Se lo diré a mi padre cuando venga a recogerme.

—Ha sido un placer, pequeño. Encantado de haberos conocido. En cuanto a la medicina, hagáis lo que hagáis, que nunca os falte la pasión. ¿Entendido?

—*Ho capito!* —contestó el pequeño con una sonrisa de oreja a oreja.

Después dirigió de nuevo la mirada hacia Michelangelo, como si una extraña energía tirase de su curiosidad.

Giorgio Vasari acarició la cabeza del pequeño y acto seguido se dirigió de nuevo a la puerta. Pocos metros separaban aquel ambiente cargado de nostalgia y genialidad de la desembocadura de la realidad, el ajetreo de la plaza de la Santa Croce de Florencia. De repente, cayó en la cuenta. Había sido descortés con el pequeño. Giró sobre sus pies y encaró de nuevo al chico que seguía sentado en las losas de mármol frente a Buonarroti.

—Disculpad, pequeño, pero he sido algo desconsiderado con vos. Me llamo Giorgio Vasari, y, antes de partir, me gustaría conocer vuestro nombre.

El pequeño no gesticuló negativamente. Todo lo contrario. Le gustaba que aquel señor de avanzada edad le hubiera tratado como a una persona mayor y no como a un crío. En ese momento, por primera vez, se puso en pie y le tendió la mano derecha iniciando el ritual del saludo.

—Me llamo Galileo, *signore*.

Giorgio Vasari guardó silencio mientras miraba al pequeño. Extendió a su vez la mano derecha y ambos apretaron enérgicamente. Galileo sonrió, con la sonrisa cálida de un niño que gustaba de ser mayor, pero que no dejaba de ser niño. Parecía que fuera la primera vez que estrechaba la mano de un desconocido. Vasari le devolvió la sonrisa, tan cálida como añeja. Sus ojos, lentamente, se dirigieron a la tumba de Michelangelo. Después llevó la mirada a la pared opuesta, fría, solitaria, sin ornamentación ninguna. Allí había sitio para un genio más. «¿Quién sabe?», se preguntó. Pero esas palabras no fueron las que Vasari terminó pronunciando. Al volver la vista al pequeño, que no había apartado la mirada de él en ningún momento, le dijo:

—Galileo Galilei. Bonito nombre para pasar a la historia.

FIN

Apéndices

Triunfo púnico lamentable: sobre la profana entrada y saco de la alma ciudad de Roma

El tauro mostrando su fuerza y vigor
en nuestro hemisferio por muchas vegadas [veces],
restando del curso ya doce jornadas,
las fuerzas ajenas le ponen furor;
quando Luciana, con mucho temor,
del acto venturo mostró su figura,
viendo los unos en tanta tristura,
los otros alegres con gran estridor.

Ya mil y quinientos y más veinte y siete,
llegados después del primo tormento
que Cristo sufriera por el cumplimiento
de aquella mosaica por mano del prete [cura],
que administrando con un «gaudete» [regocijaos]
agudo lapídeo la circuncisión,
fue muy espantado de la perfección
del niño Jesús vistiendo un roquete.

Entró la potencia del nuestro león
por el Vaticano en el burgo de Roma,
pasando los muros como una paloma,
haciendo hazañas por admiración
allí el excelente duque de Borbón
murió de valiente la espada en la mano,
diciendo: yo muero contento y ufano,
pues he puesto en Roma la hispana nación.

Allí los hispanos decían: señor,
ahora es el tiempo que habéis de alegraros,
pues honra y dineros no pueden faltaros,
que en esta jornada ya sois vencedor:
donde él replicaba, por darles favor:
yo voy muy contento en morir el primero,
a pie a la muralla como caballero,
y no en perjuicio de mi emperador.

Estando en estas, el magno Clemente
por entre dos muros comienza a huir,
y los cardenales tras él por guarir [sanar, defender],
con furia invocando al omnipotente
Sant'Angelo luego guarnecido de gente
allí los recibe con mucha fatiga,
diciendo: señores, ved como la liga
que este houo [sic] hecho, le aprovechó niente [nada].

Donde, por lo que vi, yo tengo el sentido
turbado, perplejo, de mala manera,

la mano está presta, la pluma lo espera,
diciendo: tal cosa no se eche en olvido,
mas él de continuo se está amodorrido,
los labios se cierran, la lengua está muda,
turbado el oído, la vista ya duda,
diciendo: no creo que tal haya sido.

Y es que en San Pedro, bien junto al altar,
vi muertos varones de gran merecer,
que allí se acogían para prevalecer
de este tumulto feroz sin par,
en aquella iglesia vi otros estar
muertos, cortadas cabezas y manos:
oh, padre del mundo, entre los cristianos
¿por qué consentisteis tal cosa pasar?

Siguiendo victoria, los fuertes hispanos
hacían gran daño en aquellos papescos,
al tiempo que llegan los fieros tudescos
matando e hiriendo con golpes profanos.
Ninguno escapara de cuantos romanos
tomaron en medio los imperiales,
por haberles sido enemigos mortales
en la Lombardía con los venecianos.

Los imperiales allí refrescando,
los otros refuerzan el puente de Sixto
con gente y bastiones que yo bien he visto,
en tanto que Febo se va declinando.

Los cuales al tiempo de estar laborando
vieron los hispanos en fuerte escuadrón
y dejan el puente sin más dilación,
los que quedaron murieron gritando.

Así como lobos entre los corderos,
después que los perros son muertos del todo,
andaban en Roma con un cruel modo,
tudescos e hispanos sangrientos muy fieros.
Los unos a otros, con sed de dineros,
allí se mataban con mucha crueldad;
allí lamentándose el fraile y abad
de libres y exentos los vi prisioneros.

Allí cardenales y doctos periados [periodos]
fueron metidos en gran prisión,
muy reverenciados por gran ilusión
con dignos romanos muy ricos y honrados
hicieron sus tallas de largos ducados,
después de tomados dineros y ropa,
las donas pasaron sus males en popa
a las discreciones de nobles soldados.

Allí vi reliquias de santos y santas
que fueron tomadas por los luteranos,
y muy mal tratadas con actos profanos,
las cuales yo creo del cielo ser plantas.
Donde vírgenes, monjas y doncellas, cuantas
de noble prosapia allí fueron corruptas,

y las que huyeron pasaron las grutas
con otras suspensas por pies y gargantas.

PUERTAS

Allí vi la puerta Teodosiana,
con la que fue hecha por los senadores,
cubierta de sangre haciendo tremores,
y la Valentina con la Graciana,
también vi la otra que es dicha Adriana,
que estaba cubierta de muertos assaz [muchos, bastantes],
y la Fabiana con grande solaz,
pues era repleta de ropas de grana.

MONTES

Allí vi muy triste el monte Aventino,
y el otro de Jano con el Quirinal,
el monte Tarpeyo, también el Vinal
con el Lanitario, gritando continuo,
y no me fue innoto el monte Inquilino,
al cual los tudescos metieron a saco,
donde entonces me vino memoria de caco
viendo la furia del gran Palatino.

PALACIOS

Vi estar el magno palacio gemente,
con el del senado, y el de Octaviano;

allí el de Nerón con el de Trajano,
y el de Silvestro y Antonio eminente.
También el de Rómulo vi ciertamente
que el santo natal nos festeja con tino
y el otro de Claudio y el de Constantino,
haciendo caricias a tan fiera gente.

TEATROS

Allí vi el teatro que hizo Tarquino
en el septifolio, y el de Pompeo
en Damaso, triste, con poco meneo,
vi lamentarse el que hizo Flamino,
y a las catacumbas, si bien lo imagino
Vespasiano se vio en conflicto;
vi estar mal contento al teatro de Tito,
que de laudable memoria es indigno.

ARCOS TRIUNFALES

Vi el arco triunfante de Vespasiano
y Tito, donde están las siete candelas;
y el de Constantino, donde las novelas
se manifiestan al pueblo romano.
Allí vi destruido el Valentiniano,
que hizo Teodosio y Graciano en memoria;
y el de Octaviano, perdiendo su gloria
y el otro de Antonio con el Juliano.

ARCOS MEMORIALES

Y además de estos que son triunfales,
por muy admirable trabajo fundados,
notaba otros muchos que son disipados,
que ahora se nombran los memoriales.
De estos que digo por muy especiales,
yo vi los que dicen de la piedad
de la buena dueña con gran voluntad
hecho por su hijo de gemidos mortales.

Por casos guerreros de gran valentía
estos fueron hechos con gran dilación,
los cuales notando la hispana nación
de verlos se ríe con gran fantasía.
Diciendo que el arco que el cielo tenía
dará testimonios de hecho de España,
y que la eminente celeste campaña
le sea en su bando, que en esto confía.

TERMAS

Allí vi las termas de Domiciano,
las hondas cavernas alejandrinas
y las subterráneas limpiadinas;
también las reflejas de Maximiliano,
las grutas que hizo Diocleciano,
que siendo el yemal de fuego repletas,

y en tiempo de estío con aguas quietas,
eran ocupadas echadas a mano.

Por estas que digo vi entrar los soldados
buscando la ropa con hachas ardiendo,
donde unos a otros se van siguiendo
bien más de dos millas con graves cuidados.
De aquí muchas sedas, damascos, brocados,
bastante oro y plata les vi sacar,
donde vi que algunos queriendo boltar [volver]
perdían la vida y quedaban burlados.

TEMPLOS

El templo lloraba del gran Pantheon,
el templo de Marte, también el de Vesta;
el templo de Eneas, donde hizo gran fiesta
el fuerte Pompeo con gran afección;
donde el secretario del crudo Nerón
estaba, y el templo de Venus, no solo
con el oratorio del lucido Apolo,
y el de la Minerva y castelo, Junón.

Las fiestas pasadas que allí se hacían
placeres, solacios sin cabo, sin cuento,
allí fueron vueltas en grave tormento,
pues la libertad y la ropa perdían,
quedando con vida que en poco tenían,
las perdidas otras les voy a decir,

aunque no cesaban de siempre gemir
por los deshonores que allí padecían.

CAPITOLIO

Vi el gran Capitolio, donde César tenía
su templo y donde Febo su magno palacio,
y Hércules otro, que hizo despacio;
y Aquiles el suyo con gran fantasía;
el templo de Juno allí se incluía;
también en el Jano con el de Carmento,
de donde Octaviano muy más que contento
a Dios hijo vio y a su madre María.

COLOSSEO

Vi el gran Colosseo con muchas cavernas,
que aquel papa Silvestro mandó derrocar,
donde se solía el gran Febo sentar,
con fiera persona y muy largas piernas,
estaba cercado de muchas linternas,
donde su cabeza tocaba en el cielo,
mas ahora el cuidado no tiene consuelo,
pues tiene fatigas que son sempiternas.

Allí yo no vi representaciones,
según en el tiempo de Febo solía,
mas vi lansquenetes con gran tiranía
matando las donas con niños varones;

allí los romanos yéndose en prisiones
le vi muy humildes quebrada la hiel
los buenos menores le vi por nivel
medidos a palos por sus presunciones.

La mucha soberbia de los memorados
la vi tan perdida que no tiene medio,
pensando cuidosos cargados de tedio,
y entrando la furia muy desatinados,
donde ya las hazañas y cuentos narrados
aquí fenecieron con esta de ahora,
y los edificios de tanta demora
desde hoy mucho menos serán estimados.

AGUJA

Notaba el aguja en el Vaticano
con el sacro tallo de César se incluye,
donde la natura mirando se excluye,
diciendo ser puesta por arte inhumano;
vi triste el caballo, con el aldeano
que dio libertad a Roma y su gente,
del muy poderoso rey Magno de Oriente,
que ahora ha pagado su coito profano.

Otros edificios vi muy inefables,
con mil suscripciones de lindas figuras,
los caballos de bronce y las sepulturas,
con los epitafios de casos notables;

allí las cenizas de los venerables
en pomos de bronce altas parecían;
mil bultos marmóreos allí se ofrecían
de tanta grandeza que son admirables.

Allí los infantes mil arcabuzazos
les vi que tiraban con gran puntería,
diciendo: pues estos con gran fantasía
aquí por memoria pusieron sus azos [fuerzas, ánimos]
ahora, pues somos llegados a plazos,
es bien saludarles sus nobles cenizas,
que si son excelsas ya son muy cedizas
con sus epitafios labrados de lazos.

Donde los florentinos muy determinados
llegaron a tiempo muy cerca de Roma,
pero temiendo la España, que doma
los reyes excelsos con los principados,
los vi que tornaron, quedando menguados
la vuelta de sena con mucho temor,
donde el papa sintiendo con gran desfavor
vi que se rendía con otros prelados.

Notando el triunfo del papa Clemente,
el fausto tan grande los cardenales,
la gran rutilancia de los principales
romanos honrados con la común gente.
Sintiendo la gloria del pueblo valiente
con tantos de hijos triunfantes lascivos,

me tiemblan las carnes por verlos cautivos
de pobres hispanos por modo fuerente.

Donde viendo la peste andar tan horrible
aquel orbe mundano no vio su par,
muy temeroso me vi titubear,
notando ser muerte tan aborrecible,
y pues mi deseo me fue tan falible,
por ser los negocios en tal suspensión,
me fui para el reino sin la confusión
de lo que esperaba, pues era imposible.

Alabado sea Cristo.

Vasco Díaz Tanco de Frexenal,
recogido por Antonio Rodríguez Villa

Romance del saco de Roma por las tropas del condestable de Borbón

Triste estaba el Padre Santo,
lleno de angustia y de pena
en Sant'Angel, su castillo,
de pechos sobre una almena,
la cabeza sin tiara,
de sudor y de polvo llena,
viendo la reina del mundo
en poder de gente ajena,
los tan famosos romanos,
puestos so yugo y melena;
los cardenales atados,
los obispos en cadena;
las reliquias de los santos
sembradas por el arena,
el vestimento de Cristo,
el pie de la Magdalena,
el prepucio y Vera-Cruz
hallada por Santa Helena,

las iglesias violadas,
sin dejar cruz ni patena.

El clamor de las matronas
los siete montes atruena,
viendo sus hijos vendidos,
sus hijas en mala estrena.

Cónsules y senadores,
de quejas hacen su cena,
por faltarles un Horacio,
como en tiempos de Prosena.

La gran soberbia de Roma
hora España la refrena:
por la culpa del pastor
el ganado se condena.

Agora pagan los triunfos
de Venecia y Cartagena,
pues la nave de San Pedro
quebrada lleva la entena,
el gobernalle quitado,
la aguja se desgobierna:
gran agua coge la bomba,
menester tiene carena
por la culpa del piloto
que la rige y la gobierna.

¡Oh, Papa, que los Clementes
tienes la silla suprema,
mira que tu potestad
es transitoria y terrena!
Tú mismo fuiste el cuchillo
para cortarte tu vena.

¡Oh, fundador de los cielos,
dadnos paz, pues es tan buena!
Que si falta a los cristianos,
huelga la gente agarena,
y crece la secta mala
como abejas en colmena.
La justicia ya es perdida;
virtud duerme a la serena;
quien más puede come al otro,
como en el mar la ballena;
fuerza reina, fuerza vale,
dice al fin mi cantinela.

ANÓNIMO
Romancero General o
Colección de romances castellanos
anteriores al siglo XVIII,
recogidos, ordenados y clasificados
por Agustín Durán

Tesis de Lutero

Por amor a la verdad y en el afán de sacarla a luz, se discutirán en Wittenberg las siguientes proposiciones bajo la presidencia del R. P. Martín Lutero, Maestro en Artes y en Sagrada Escritura y Profesor Ordinario de esta última disciplina en esa localidad. Por tal razón, ruega que los que no puedan estar presentes y debatir oralmente con nosotros, lo hagan, aunque ausentes, por escrito. En el nombre de nuestro Señor Jesucristo. Amén.

1. Cuando nuestro Señor y Maestro Jesucristo dijo: «Haced penitencia...», ha querido decir que toda la vida de los creyentes fuera penitencia.
2. Este término no puede entenderse en el sentido de la penitencia sacramental (es decir, de aquella relacionada con la confesión y satisfacción) que se celebra por el ministerio de los sacerdotes.
3. Sin embargo, el vocablo no apunta solo a una penitencia interior; antes bien, una penitencia interna es nula si no obran exteriormente diversas mortificaciones de la carne.

4. En consecuencia, subsiste la pena mientras perdura el odio al propio yo (es decir, la verdadera penitencia interior), lo que significa que ella continúa hasta la entrada en el reino de los cielos.

5. El Papa no quiere ni puede remitir culpa alguna, salvo aquella que él ha impuesto, sea por su arbitrio, sea por conformidad a los cánones.

6. El Papa no puede remitir culpa alguna, sino declarando y testimoniando que ha sido remitida por Dios, o remitiéndola con certeza en los casos que se ha reservado. Si estos fuesen menospreciados, la culpa subsistirá íntegramente.

7. De ningún modo Dios remite la culpa a nadie, sin que al mismo tiempo lo humille y lo someta en todas las cosas al sacerdote, su vicario.

8. Los cánones penitenciales han sido impuestos únicamente a los vivientes y nada debe ser impuesto a los moribundos basándose en los cánones.

9. Por ello, el Espíritu Santo nos beneficia en la persona del Papa, quien en sus decretos siempre hace una excepción en caso de muerte y de necesidad.

10. Mal y torpemente proceden los sacerdotes que reservan a los moribundos penas canónicas en el purgatorio.

11. Esta cizaña, cual la de transformar la pena canónica en pena para el purgatorio, parece por cierto haber sido sembrada mientras los obispos dormían.

12. Antiguamente las penas canónicas no se imponían después sino antes de la absolución como prueba de la verdadera contrición.

13. Los moribundos son absueltos de todas sus culpas a causa de la muerte y ya son muertos para las leyes canónicas, quedando de derecho exentos de ellas.

14. Una pureza o caridad imperfectas traen consigo para el moribundo, necesariamente, gran miedo; el cual es tanto mayor cuanto menor sean aquellas.

15. Este temor y horror son suficientes por sí solos (por no hablar de otras cosas) para constituir la pena del purgatorio, puesto que están muy cerca del horror de la desesperación.

16. Al parecer, el infierno, el purgatorio y el cielo difieren entre sí como la desesperación, la cuasi desesperación y la seguridad de la salvación.

17. Parece necesario para las almas del purgatorio que a medida que disminuya el horror, aumente la caridad.

18. Y no parece probado, sea por la razón o por las Escrituras, que estas almas estén excluidas del estado de mérito o del crecimiento en la caridad.

19. Y tampoco parece probado que las almas en el purgatorio, al menos en su totalidad, tengan plena certeza de su bienaventuranza ni aun en el caso de que nosotros podamos estar completamente seguros de ello.

20. Por tanto, cuando el Papa habla de remisión plenaria de todas las penas, no significa simplemente el perdón de todas ellas, sino solamente el de aquellas que él mismo impuso.

21. En consecuencia, yerran aquellos predicadores de indulgencias que afirman que el hombre es absuel-

to a la vez que salvo de toda pena, a causa de las indulgencias del Papa.

22. De modo que el Papa no remite pena alguna a las almas del purgatorio que, según los cánones, ellas debían haber pagado en esta vida.

23. Si a alguien se le puede conceder en todo sentido una remisión de todas las penas, es seguro que ello solamente puede otorgarse a los más perfectos, es decir, muy pocos.

24. Por esta razón, la mayor parte de la gente es necesariamente engañada por esa indiscriminada y jactanciosa promesa de la liberación de las penas.

25. El poder que el Papa tiene universalmente sobre el purgatorio, cualquier obispo o cura lo posee en particular sobre su diócesis o parroquia.

26. Muy bien procede el Papa al dar la remisión a las almas del purgatorio, no en virtud del poder de las llaves (que no posee), sino por vía de la intercesión.

27. Mera doctrina humana predican aquellos que aseveran que tan pronto suena la moneda que se echa en la caja, el alma sale volando.

28. Cierto es que, cuando al tintinear, la moneda cae en la caja, el lucro y la avaricia pueden ir en aumento, mas la intercesión de la Iglesia depende solo de la voluntad de Dios.

29. ¿Quién sabe, acaso, si todas las almas del purgatorio desean ser redimidas? Hay que recordar lo que, según la leyenda, aconteció con San Severino y San Pascual.

30. Nadie está seguro de la sinceridad de su propia contrición y mucho menos de que haya obtenido la remisión plenaria.

31. Cuán raro es el hombre verdaderamente penitente, tan raro como el que en verdad adquiere indulgencias; es decir, que el tal es rarísimo.

32. Serán eternamente condenados junto con sus maestros, aquellos que crean estar seguros de su salvación mediante una carta de indulgencias.

33. Hemos de cuidarnos mucho de aquellos que afirman que las indulgencias del Papa son el inestimable don divino por el cual el hombre es reconciliado con Dios.

34. Pues aquellas gracias de perdón solo se refieren a las penas de la satisfacción sacramental, las cuales han sido establecidas por los hombres.

35. Predican una doctrina anticristiana aquellos que enseñan que no es necesaria la contrición para los que rescatan almas o confessionalia.

36. Cualquier cristiano verdaderamente arrepentido tiene derecho a la remisión plenaria de pena y culpa, aun sin carta de indulgencias.

37. Cualquier cristiano verdadero, sea que esté vivo o muerto, tiene participación en todos los bienes de Cristo y de la Iglesia; esta participación le ha sido concedida por Dios, aun sin cartas de indulgencias.

38. No obstante, la remisión y la participación otorgadas por el Papa no han de menospreciarse en manera alguna, porque, como ya he dicho, constituyen un anuncio de la remisión divina.

39. Es dificilísimo hasta para los teólogos más brillantes ensalzar al mismo tiempo, ante el pueblo la prodigalidad de las indulgencias y la verdad de la contrición.

40. La verdadera contrición busca y ama las penas, pero la profusión de las indulgencias relaja y hace que las penas sean odiadas; por lo menos, da ocasión para ello.

41. Las indulgencias apostólicas deben predicarse con cautela para que el pueblo no crea equivocadamente que deban ser preferidas a las demás buenas obras de caridad.

42. Debe enseñarse a los cristianos que no es la intención del Papa, en manera alguna, que la compra de indulgencias se compare con las obras de misericordia.

43. Hay que instruir a los cristianos que aquel que socorre al pobre o ayuda al indigente realiza una obra mayor que si comprase indulgencias.

44. Porque la caridad crece por la obra de caridad y el hombre llega a ser mejor; en cambio, no lo es por las indulgencias, sino a lo más, liberado de la pena.

45. Debe enseñarse a los cristianos que el que ve a un indigente y, sin prestarle atención, da su dinero para comprar indulgencias, lo que obtiene en verdad no son las indulgencias papales, sino la indignación de Dios.

46. Debe enseñarse a los cristianos que, si no son colmados de bienes superfluos, están obligados a retener lo necesario para su casa y de ningún modo derrocharlo en indulgencias.

47. Debe enseñarse a los cristianos que la compra de indulgencias queda librada a la propia voluntad y no constituye obligación.

48. Debe enseñarse a los cristianos que, al otorgar indulgencias, el Papa tanto más necesita cuanto desea una oración ferviente por su persona, antes que dinero en efectivo.

49. Hay que enseñar a los cristianos que las indulgencias papales son útiles si en ellas no ponen su confianza, pero muy nocivas si, a causa de ellas, pierden el temor de Dios.

50. Debe enseñarse a los cristianos que si el Papa conociera las exacciones de los predicadores de indulgencias, preferiría que la basílica de San Pedro se redujese a cenizas antes que construirla con la piel, la carne y los huesos de sus ovejas.

51. Debe enseñarse a los cristianos que el Papa estaría dispuesto, como es su deber, a dar de su peculio a muchísimos de aquellos a los cuales los pregoneros de indulgencias sonsacaron el dinero aun cuando para ello tuviera que vender la basílica de San Pedro si fuera menester.

52. Vana es la confianza en la salvación por medio de una carta de indulgencias, aunque el comisario y hasta el mismo Papa pusieran su misma alma como prenda.

53. Son enemigos de Cristo y del Papa los que, para predicar indulgencias, ordenan suspender por completo la predicación de la palabra de Dios en otras iglesias.

54. Oféndese a la palabra de Dios, cuando en un mismo sermón se dedica tanto o más tiempo a las indulgencias que a ella.

55. Ha de ser la intención del Papa que si las indulgencias (que muy poco significan) se celebran con una cam-

pana, una procesión y una ceremonia, el evangelio (que es lo más importante) deba predicarse con cien campanas, cien procesiones y cien ceremonias.

56. Los tesoros de la iglesia, de donde el papa distribuye las indulgencias, no son ni suficientemente mencionados ni conocidos entre el pueblo de Dios.

57. Que en todo caso no son temporales resulta evidente por el hecho de que muchos de los pregoneros no los derrochan, sino más bien los atesoran.

58. Tampoco son los méritos de Cristo y de los santos, porque estos siempre obran, sin la intervención del Papa, la gracia del hombre interior y la cruz, la muerte y el infierno del hombre exterior.

59. San Lorenzo dijo que los tesoros de la Iglesia eran los pobres, mas hablaba usando el término en el sentido de su época.

60. No hablamos exageradamente si afirmamos que las llaves de la Iglesia (donadas por el mérito de Cristo) constituyen ese tesoro.

61. Está claro, pues, que para la remisión de las penas y de los casos reservados basta con la sola potestad del Papa.

62. El verdadero tesoro de la Iglesia es el sacrosanto Evangelio de la gloria y de la gracia de Dios.

63. Empero este tesoro es, con razón, muy odiado, puesto que hace que los primeros sean postreros.

64. En cambio, el tesoro de las indulgencias, con razón, es sumamente grato, porque hace que los postreros sean primeros.

65. Por ello, los tesoros del Evangelio son redes con las cuales en otros tiempos se pescaba a hombres poseedores de bienes.

66. Los tesoros de las indulgencias son redes con las cuales ahora se pescan las riquezas de los hombres.

67. Respecto a las indulgencias que los predicadores pregonan con gracias máximas se entiende que efectivamente lo son en cuanto proporcionan ganancias.

68. No obstante, son las gracias más pequeñas en comparación con la gracia de Dios y la piedad de la cruz.

69. Los obispos y curas están obligados a admitir con toda reverencia a los comisarios de las indulgencias apostólicas.

70. Pero tienen el deber aún más de vigilar con todos sus ojos y escuchar con todos sus oídos para que esos hombres no prediquen sus propios ensueños en lugar de lo que el Papa les ha encomendado.

71. Quien habla contra la verdad de las indulgencias apostólicas sea anatema y maldito.

72. Mas quien se preocupa por los excesos y demasías verbales de los predicadores de indulgencias sea bendito.

73. Así como el Papa justamente fulmina excomunión contra los que maquinan algo con cualquier artimaña de venta en perjuicio de las indulgencias.

74. Tanto más trata de condenar a los que bajo el pretexto de las indulgencias intrigan en perjuicio de la caridad y la verdad.

75. Es un disparate pensar que las indulgencias del Papa sean tan eficaces como para que puedan absolver,

para hablar de algo imposible, a un hombre que haya violado a la madre de Dios.

76. Decimos por el contrario que las indulgencias papales no pueden borrar el más leve de los pecados veniales que concierne a la culpa.

77. Afirmar que si San Pedro fuese Papa hoy, no podría conceder mayores gracias, constituye una blasfemia contra San Pedro y el Papa.

78. Sostenemos, por el contrario, que el actual Papa, como cualquier otro, dispone de mayores gracias, saber: el Evangelio, las virtudes espirituales, los dones de santidad, etcétera, como se dice en 1ª de Corintios 1.

79. Es blasfemia aseverar que la cruz con las armas papales llamativamente erecta equivale a la cruz de Cristo.

80. Tendrán que rendir cuenta los obispos, curas y teólogos, al permitir que charlas tales se propongan al pueblo.

81. Esta arbitraria predicación de indulgencias hace que ni siquiera, aun para personas cultas resulte fácil salvar el respeto que se debe al Papa, frente a las calumnias o preguntas indudablemente sutiles de los laicos.

82. Por ejemplo: ¿por qué el Papa no vacía el purgatorio a causa de la santísima caridad y la muy apremiante necesidad de las almas, lo cual sería la más justa de todas las razones si él redime un número infinito de almas a causa del muy miserable dinero para la construcción de la basílica, lo cual es un motivo completamente insignificante?

83. Del mismo modo: ¿por qué subsisten las misas y aniversarios por los difuntos y por qué el Papa no devuelve o permite retirar las fundaciones instituidas en beneficio de ellos, puesto que ya no es justo orar por los redimidos?

84. Del mismo modo: ¿qué es esta nueva piedad de Dios y del Papa según la cual conceden al impío y enemigo de Dios, por medio del dinero, redimir un alma pía y amiga de Dios, y por qué no la redimen más bien, a causa de la necesidad, por gratuita caridad hacia esa misma alma pía y amada?

85. Del mismo modo: ¿por qué los cánones penitenciales que de hecho y por el desuso desde hace tiempo están abrogados y muertos como tales se satisfacen no obstante hasta hoy por la concesión de indulgencias como si estuviesen en plena vigencia?

86. Del mismo modo: ¿por qué el Papa, cuya fortuna es hoy más abundante que la de los más opulentos ricos, no construye tan solo una basílica de San Pedro de su propio dinero en lugar de hacerlo con el de los pobres creyentes?

87. Del mismo modo: ¿qué es lo que remite el Papa y qué participación concede a los que por una perfecta contrición tienen ya derecho a una remisión y participación plenarias?

88. Del mismo modo: ¿qué bien mayor podría hacerse a la Iglesia si el Papa, como lo hace ahora una vez, concediese estas remisiones y participaciones cien veces por día a cualquiera de los creyentes?

89. Dado que el Papa, por medio de sus indulgencias, busca más la salvación de las almas que el dinero, ¿por qué suspende las cartas e indulgencias ya anteriormente concedidas si son igualmente eficaces?

90. Reprimir estos sagaces argumentos de los laicos solo por la fuerza, sin desvirtuarlos con razones, significa exponer a la Iglesia y al Papa a la burla de sus enemigos y contribuir a la desdicha de los cristianos.

91. Por tanto, si las indulgencias se predicasen según el espíritu y la intención del Papa, todas esas objeciones se resolverían con facilidad o más bien no existirían.

92. Que se vayan, pues, todos aquellos profetas que dicen al pueblo de Cristo: «Paz, paz», y no hay paz.

93. Que prosperen todos aquellos profetas que dicen al pueblo: «Cruz, cruz», y no hay cruz.

94. Es menester exhortar a los cristianos que se esfuercen por seguir a Cristo, su cabeza, a través de penas, muertes e infierno.

95. Y a confiar en que entrarán al cielo a través de muchas tribulaciones, antes que por la ilusoria seguridad de paz.

Wittenberg, 31 de octubre de 1517

1484-1492	Inocencio VIII	(en italiano: Innocenzo VIII)	Gioavanni Battista Cybo
1492-1503	Alejandro VI	(en italiano: Alessandro VI)	Rodrigo Borgia
1503-1513	Julio II	(en italiano: Giulio II)	Giuliano della Rovere
1513-1521	León X	(en italiano: Leone X)	Giovanni de' Medici
1522-1523	Adriano VI	(en italiano: Adriano VI)	Adrian Florisz Boeyens
1523-1534	Clemente VII	(en italiano: Clemente VII)	Giulio Zanobi di Giuliano de' Medici
1534-1549	Paulo III	(en italiano: Paolo III)	Alessandro Farnese
1550-1555	Julio III	(en italiano: Giulio III)	Giovanni Maria Ciocchi del Monte
1555	Marcelo II	(en italiano: Marcello II)	Marcello Cervini degli Spannocchi
1555-1559	Paulo IV	(en italiano: Paolo IV)	Gian Pietro Carafa
1559-1565	Pío IV	(en italiano: Pio IV)	Giovanni Angelo Medici di Marignano
1566-1572	San Pío V	(en italiano: Pio V)	Michele Ghislieri
1572-1585	Gregorio XIII	(en italiano: Gregorio XIII)	Ugo Buoncompagni

1469-1492	Lorenzo de' Medici, *el Magnífico,* hijo de Piero *el Gotoso* de' Medici
1492-1494	Piero, *el Joven*
1494-1512	*Restauración de la República*
1512-1513	Giovanni de' Medici
1513-1519	Lorenzo II de' Medici, duque de Urbino
1519-1523	Giulio Zanobi di Giuliano de' Medici (arzobispo de Florencia y futuro Clemente VII)
1523-1527	Ippolito de' Medici
1527-1529	*Restauración de la República*
1529-1537	Alessandro de' Medici
1537-1574	Cosimo I de' Medici

1476-1494	Gian Galeazzo Sforza
1494-1499	Ludovico Sforza, *el Moro*
	Guerras hispano-francesas de Milán
1499-1500	Luis XII de Francia
1500	Ludovico Sforza, *el Moro*
1500-1512	Luis XII de Francia
1512-1515	Massimiliano Sforza
1515-1525	Francisco I de Francia
1525-1535	Francesco II Maria Sforza
1535-1540	*Periodo de transición*
1540-1598	Felipe II

1474-1504	Castilla	Isabel I de Castilla, *la Católica*, con su marido Fernando II de Aragón, *el Católico* (desde 1475)
1479-1516	Aragón	Fernando II de Aragón, *el Católico*
1504-1555	Castilla	Juana I de Castilla, *la Loca*, junto a Felipe I de Castilla (solo el año 1506)
1516-1555	Aragón	Juana I de Castilla, *la Loca*
1516-1556		Carlos I y V del Sacro Imperio romano germánico

1483-1498   Carlos VIII

1498-1515   Luis XII (Valois-Orleans)

1515-1547   Francisco I (Valois-Angulema)

1547-1559   Enrique II

1559-1560   Francisco II

GIORGIO VASARI Y LA CONFESIÓN

PLANTA SANTA CROCE S. XVI - FLORENCIA

1 Fachada y entrada principal
2 Tumba de Michelangelo Buonarroti
3 Tumba de Niccolò Machiavelli
4 Crucifijo del Maestro del Figline
5 Piedad de Agnolo de Bronzino
6 Capilla Bardi o de San Silvestre

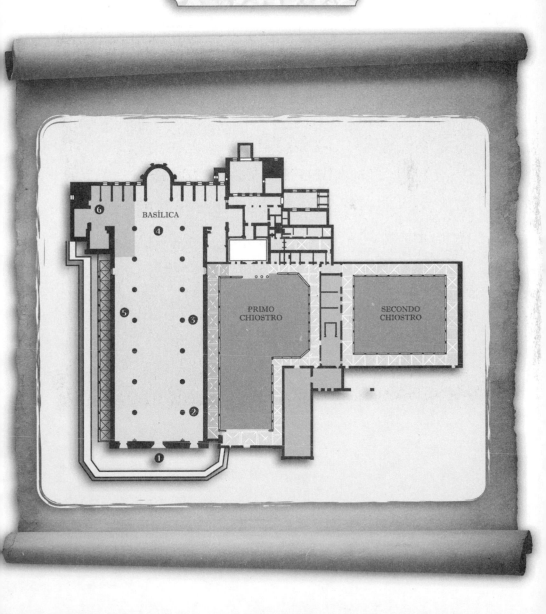

BASÍLICA

PRIMO CHIOSTRO

SECONDO CHIOSTRO

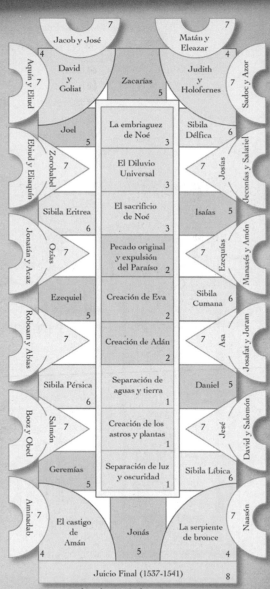

1 LA CREACIÓN
2 LA CAÍDA DE ADÁN Y EVA
3 LA HISTORIA DE NOÉ
4 PECHINAS
5 PROFETAS
6 SIBILAS
7 ANTEPASADOS DE CRISTO
8 EL JUICIO FINAL

Jacob y José — 7

Matán y Eleazar — 7

Aquín y Eliud — 7 — 4

David y Goliat

Zacarías — 5

Judith y Holofernes — 4

Sadoc y Azor — 7

Joel — 5

La embriaguez de Noé — 3

Sibila Délfica — 6

Eliud y Eliaquín

Zorobabel — 7

El Diluvio Universal — 3

Josías — 7

Jeconías y Salatiel

Sibila Eritrea — 6

El sacrificio de Noé — 3

Isaías — 5

Jonatán y Acaz

Ozías — 7

Pecado original y expulsión del Paraíso — 2

Ezequías — 7

Manasés y Amón

Ezequiel — 5

Creación de Eva — 2

Sibila Cumana — 6

Roboam y Abías

7

Creación de Adán — 2

Asa — 7

Josafat y Joram

Sibila Pérsica — 6

Separación de aguas y tierra — 1

Daniel — 5

Booz y Obed

Salmón — 7

Creación de los astros y plantas — 1

Jesé — 7

David y Salomón

Geremías — 5

Separación de luz y oscuridad — 1

Sibila Líbica — 6

Aminadab — 7

El castigo de Amán — 4

Jonás — 5

La serpiente de bronce — 4

Naasón — 7

Juicio Final (1537-1541) — 8

Fuente: Wikipedia, T. Taylor

MAPA DE ROMA EN EL SIGLO XVI

Entrada de las tropas imperiales

1. Belvedere
2. Puerta Pertosa
3. S. Onofre
4. Puerta Septimania
5. Puerta Aurelia

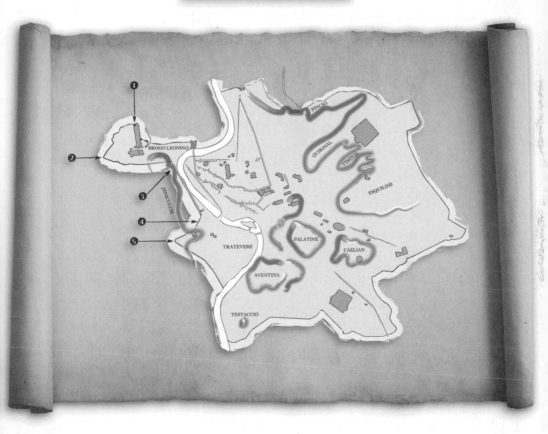

Estudio grafológico y psicológico de la letra y firma de Michelangelo Buonarroti

por Clara Tahoces*

En la firma de Michelangelo, al igual que ocurre con su escritura, llama la atención la monotonía. Esa uniformidad hace referencia a la escasa vibración que se observa en el conjunto, y es un barómetro de la emotividad de la persona. No es que Michelangelo no fuera una persona emotiva, pero luchaba por controlar sus emociones, las enmascaraba y ocultaba. Otros rasgos, como las arcadas presentes en la letra M refuerzan esta tendencia a la ocultación, a la reserva. No se entregaba con facilidad, había que ganarse su confianza. En este sentido se puede decir que Michelangelo Buonarroti era una persona un tanto arisca, dura y difícil de tratar.

En él se observa una mezcla de lógica e intuición. Ambas tienen su peso. El corazón le hablaba, pero él lo escuchaba solo cuando su cabeza se lo permitía.

---

* Escritora y grafopsicóloga española. Entre sus obras cabe destacar: *Lo esencial de la grafología*, Madrid, Libros Cúpula, 2005; *Grafología*, Madrid, Libros Cúpula, 2007, y *Sueños*, Barcelona, Luciérnaga, 2015.

La dirección de las líneas, completamente horizontales, revela su obsesión por el control de todo lo referente a su vida: trabajo, amistades, etcétera. Desde los grandes hasta los más pequeños detalles, todo debía de estar bajo su supervisión.

La presión, en su conjunto, tiende a la verticalidad, lo cual muestra introversión, deseos de autoafirmarse, egoísmo, dotes de mando y obstinación.

En la arquitectura gráfica predomina con fuerza el ángulo, signo de un carácter fuerte, constante y tenaz. Pero también nos descubre una persona conflictiva y, en cierto modo, inflexible.

En síntesis, puede decirse que Michelangelo Buonarroti no se presentaba como realmente era. Utilizaba una máscara de frialdad para tapar sus verdaderas emociones y sentimientos, y no era fácil ver cómo era el verdadero hombre que se escondía detrás de su arte[*].

---

[*] Estudio realizado sobre la carta de Michelangelo Buonarroti a Salvestro da Montaguto, escrita y firmada por el escultor en 1545 en Roma. British Museum, Mil. CDXLIII, Londres.

Quién es quién en
Rezar por Miguel Ángel

ALIGHIERI, DANTE (1265-1321). Poeta italiano cuya obra influyó en la cultura italiana del Renacimiento al dejar obsoleto el pensamiento medieval.

ANTONINI DA VITERBO, EGIDIO (1469-1532). Humanista, filósofo y cardenal italiano. Reformador teológico, orador y poeta.

ARETINO, PIETRO (1492-1516). Poeta, escritor y dramaturgo italiano.

BELLINCIONI, BERNARDO (1452-1492). Poeta italiano cuya carrera comenzó con Lorenzo de' Medici y continuó con Ludovico Sforza.

BEMBO, PIETRO (1470-1527). Cardenal, humanista, filólogo, escritor, poeta, traductor y erudito italiano.

BERRUGUETE, ALONSO (1490-1561). Escultor, hijo del pintor Pedro Berruguete. En su etapa italiana fue protegido de Bramante.

BIBBIENA, BERNARDO DOVIZI (1470-1520). Cardenal y escritor afincado en Roma. Gran amigo de Raffaello.

Bilhères de Lagraulas, Jean (¿-1499). Francés católico, abad, obispo y cardenal. Encargó la *Pietà* del Vaticano.

Bonaccorsi, Piero di Giovanni / Perin del Vaga (1501-1547). Pintor alumno de Ridolfo Ghirlandaio, hijo de Domenico. Trabajó en el taller de Raffaello.

Borbón, Carlos III de (1490-1527). Condestable y comandante en jefe de los ejércitos de Francisco I, y a las órdenes de Carlos V después.

Borgia, Cesare (1475-1507). Hijo de Rodrigo Borgia y hermano de Lucrezia Borgia, fue capitán del ejército vaticano. Se rodeó de hombres como Leonardo da Vinci o Niccolò Machiavelli. Fue un sangriento estratega y sirvió de modelo para la obra de este último, *El príncipe*.

Borgia, Rodrigo / Alessandro VI (1431-1503). Papa n° 214 de la Iglesia católica, practicó el nepotismo y ascendió al trono de Pedro siendo sobrino del Papa n° 209, Callisto III. Ejerció con fuerza la política y estuvo inmiscuido en la guerra italiana desde 1494 hasta 1498. Padre de Cesare Borgia.

Borromeo, Carlo (1538-1584). Cardenal y arzobispo de Milán, representante del prelado santo y reformador.

Botticelli, Alessandro di Mariano di Vanni Filipepi *Sandro* (1455-1510). Pintor florentino bajo el mecenazgo de Lorenzo de' Medici. Alumno del Verrocchio y amigo íntimo de Leonardo da Vinci.

Bramante, Donato di Angelo di Pascuccio (1443-1514). Pintor y arquitecto italiano, que introdujo el estilo del primer Renacimiento en Milán y el «Alto Renacimiento» en Roma.

BRUNO, GIORDANO (1548-1600). Astrónomo, filósofo, matemático y poeta. Superó el modelo copernicano y fue perseguido por la Iglesia.

BUGIARDINI, GIULIANO (1475-1555). Pintor florentino a las órdenes de Buonarroti al inicio de la Capilla Sistina.

BUONARROTI, MICHELANGELO (1475-1564). Arquitecto, pintor y escultor italiano. Su trabajo estuvo bajo el mecenazgo de la familia Medici y el papado romano. Considerado uno de los mejores y más completos artistas de la historia.

CAPPONI, NICCOLÒ DI PIERO (1472-1529). Político italiano que conspiró contra los Medici para instaurar la República en Florencia.

CASTIGLIONE, BALDASSARE (1478-1529). Noble cortesano, diplomático y escritor italiano, amigo íntimo de Raffaello Sanzio.

CELLINI, BENVENUTO (1500-1571). Escultor, orfebre y escritor florentino.

CERI, RENZO DA (1475-1536). Condotiero italiano al mando de las tropas de Clemente VII.

CHABANNES DE LA PALICE, JACQUES II DE (1470-1525). Mariscal de Francia y noble francés, señor de La Palice, Pacy, Chauverothe, Bort-le-Comte y Le Héron.

CHIGI, AGOSTINO (1466-1520). Rico banquero y mecenas del Renacimiento, amante de las fiestas y el lujo.

CIOCCHI DEL MONTE, INNOCENZO (1532-1577). Cardenal católico cercano a la curia romana hasta la muerte del papa Giulio III.

Cisneros, cardenal Francisco Jiménez (1436-1517). Cardenal, arzobispo de Toledo, primado de España y tercer inquisidor general de Castilla. Gobernador del reino de Castilla hasta la llegada de Carlos I.

Colonna, Fabrizio (1450-1520). *Condotiero* italiano nombrado por Fernando el Católico jefe máximo del ejército español en Italia.

Colonna, Prospero (1452-1523). *Condotiero* italiano al servicio del Sacro Imperio romano germánico.

Colonna, Vittoria (1490-1547). Esposa y viuda de Fernando Francesco D'Avalos, marquesa de Pescara y poetisa e influyente intelectual del Renacimiento italiano.

Cominges, Odet de (1485-1528). Conde de Cominges, vizconde de Lautrec y vizconde de Vilamur. Destacado militar a las órdenes de Francisco I.

Condivi, Ascanio (1525-1575). Junto con Vasari, biógrafo de Michelangelo Buonarroti además de discípulo.

Copernico, Niccolò. *Véase* Kopernik, Mikołaj.

D'Argenta, Piero (¿-1529). Artista italiano, discípulo de Buonarroti.

D'Avalos, Fernando Francesco (1489-1525). Militar napolitano de origen español casado con Vittoria Colonna y general en jefe de los ejércitos del emperador Carlos V durante las guerras italianas.

Dini, Cuio (¿-1527). Capitán y *condotiero* italiano, amigo de Sebastiano del Piombo.

Donnino, Agnolo di (1446-1513). Pintor florentino a las órdenes de Buonarroti al inicio de la Capilla Sistina.

ECK, JOHANN (1486-1543). Escolástico y teólogo germano, máximo defensor del catolicismo y asistente del arzobispo de Tréveris.

ENCINA, JUAN DEL (1468-1529). Poeta, músico y autor teatral apreciado por los papas.

FICINO, MARSILIO (1433-1499). Sacerdote católico, filólogo, médico y filósofo, artífice del renacimiento del neoplatonismo y líder de la Academia platónica florentina.

FLORISZ BOEYENS, ADRIAN (1459-1523). Regente de Castilla y sumo pontífice bajo el nombre de Adriano VI.

FOSCHI, PIER FRANCESCO DI JACOPO DI SANDRO (1463-1530). Pintor florentino a las órdenes de Buonarroti al inicio de la Capilla Sistina.

FRANCIA, FRANCISCO I DE (1494-1547). Rey de Francia y propulsor del Renacimiento francés. Mecenas de artistas como Leonardo da Vinci. Continuó la campaña bélica de Luis XII en el ducado milanés.

FRANCIA, LUIS XII DE (1462-1515). Rey de Francia y primo del padre de Francisco I, su sucesor. Estuvo en constante guerra con el norte de Italia, el Ducado de Milán.

FREDIS, FELICE DE (¿-1529). Miembro de una familia de nobles y propietario de las tierras donde se descubrió el *Laocoonte* en la ciudad de Roma.

FRUNDSBERG, GEORG VON (1473-1528). Líder lansquenete al servicio del emperador Carlos V.

GALLI, JACOPO (¿-?). Caballero y banquero influyente en la ciudad de Roma y protector de Buonarroti.

GENOUILLAC, GALIOT DE (1465-1546). Capitán y gran maestro de artillería del ejército de Francisco I de Francia.

GHIRLANDAIO, DOMENICO (1449-1494). Pintor italiano y retratista oficial de la alta sociedad florentina. Aprendiz del Verrocchio, conocido de Sandro Botticelli y maestro de Michelangelo Buonarroti.

GIRALDI, LILIO GREGORIO (1479-1552). Humanista y erudito del Renacimiento.

GRANACCI, FRANCESCO (1469-1543). Pintor y alumno de Ghirlandaio. Ayudante de Buonarroti al inicio de la Capilla Sistina.

GREGORIO XIII (1502-1585). Papa nº 226 de la Iglesia católica, de 1572 a 1585. Elegido nuevo papa gracias a la influencia que ejerció el rey de España, Felipe II. Instauró el calendario gregoriano.

GUICCIARDINI, FRANCESCO (1483-1540). Filósofo, historiador y político romano.

GULLI, CARDENAL (¿-?). Secretario de Estado del papa Gregorio XIII.

INGHIRAMI, TOMMASO (1470-1516). Humanista y diácono de la Iglesia católica. Conocido también por sus dotes interpretativas, se convirtió en el prefecto de la Biblioteca Palatina del Vaticano.

JACOPO, GIOVANNI BATTISTA *EL ROSSO FIORENTINO* DI (1494-1540). Pintor y uno de los más destacados exponentes toscanos del manierismo pictórico.

KOPERNIK, MIKOŁAJ (1473-1543). Polaco. Matemático, astrónomo, jurista, físico, clérigo católico romano, gobernador, líder militar, diplomático y economista del Renacimiento que formuló la teoría heliocéntrica del sistema solar.

LEYVA, ANTONIO DE (1480-1536). Militar español destacado en las guerras italianas.

L'INDACO, JACOPO TORNI (1476-1526). Pintor florentino a las órdenes de Buonarroti al inicio de la Capilla Sistina.

LOBERA DE ÁVILA, LUIS (1480-1551). Médico español del rey Carlos I.

LUTERO, MARTÍN (1483-1546). Teólogo y fraile agustino que inició la reforma religiosa contra la mercantilizada religión que provenía del Vaticano.

LUTI, MARGHERITA (¿-?). Conocida como la *Fornarina* o panadera, ya que su padre, Francesco Luti da Siena, ejercía tal profesión. Era la amante de Raffaello en la ciudad de Roma.

MACHIAVELLI, NICCOLÒ DI BERNARDO DEI (1469-1527). Diplomático, funcionario público, filósofo político y escritor italiano. Amigo de Leonardo y Michelangelo.

MAGRO, DANIELLE (1486- ?). Campesino romano que trabajaba para Felice de Fredis. Autor fortuito del descubrimiento del *Laocoonte*.

MANRIQUE, ALONSO (1471-1538). Cardenal y político español, arzobispo de Sevilla e inquisidor general.

MARCO DI GIACOMO RAIBOLINI, FRANCESCO *EL FRANCIA* DI (1450-1517). Pintor, orfebre y medallista italiano, activo en la ciudad de Bolonia.

Mazzola, Girolamo Francesco Maria *el Parmigianino* (1503-1540). Pintor italiano, uno de los máximos exponentes del manierismo.

Medici, Giovanni Angelo (1499-1565). Papa nº 224 de la Iglesia católica, conocido como Pio IV. Consagró toda su atención a la realización de los trabajos del Concilio de Trento.

Medici, Giovanni di Lorenzo de' (1475-1521). Papa nº 217 de la Iglesia católica, conocido como Leone X. Hijo de Lorenzo de' Medici y Clarice Orsini. Como mecenas, reunió a artistas de la talla de Michelangelo, Raffaello, Leonardo o Bramante en Roma. Martín Lutero se levantó contra su mandato por las ventas ilegales de indulgencias.

Medici, Giulio de' (1478-1534). Papa nº 219 de la Iglesia católica con el nombre de Clemente VII. Hijo de Giuliano de' Medici y sobrino de Lorenzo el Magnífico.

Medici, Lorenzo di Pierfrancesco *el Popolano* de' (1463-1503). Primo de Lorenzo el Magnífico y mecenas de Buonarroti.

Medici, Lorenzo *el Magnífico* de' (1449-1492). Hijo de Piero de' Mecidi. Fue el gobernante de la República de Florencia y un gran mecenas del arte de su tiempo.

Medici, Lucrezia, Piero y Maddalena. Los otros hijos del matrimonio entre Lorenzo de' Medici y Clarice Orsini, junto con Giovanni di Lorenzo.

Melzi, Giovanni Francesco (1493-1568 o 1573?). Pintor milanés del Renacimiento. Uno de los alumnos favoritos de Leonardo da Vinci y secretario personal del maestro. Era conocido cariñosamente como Kekko. Le acompañó hasta sus últimos momentos. Heredó gran parte de los bienes de Leonardo.

MIRANDOLA, GIOVANNI PICO DELLA (1463-1494). Humanista y pensador italiano, amigo personal y valedor de Girolamo Savonarola. Alumno de Marsilio Ficino y protegido de Lorenzo de' Medici. Profesor en el jardín de San Marco.

MONCADA, HUGO DE (1476 - 1528). General valenciano de Mar y Tierra y virrey de Nápoles y de Sicilia.

MONTMORENCY, ANNE DE (1493-1567). Noble y militar francés. Primer barón cristiano y primer barón de Francia. Barón de Montmorency, duque de Montmorency y par de Francia, mariscal de Francia y gran maestre de Francia y conde de Baux. Combatió a los ejércitos del emperador Carlos V del Sacro Imperio romano germánico en sus disputas con Francisco I de Francia como condestable de Francia.

PASSERINI, SILVIO (1469-1529). Obispo, cardenal y regente de Florencia durante las ausencias del duque Alessandro de' Medici.

PAZZI, FRANCESCO DE (1444-1478). Noble florentino, tesorero del papa Sisto IV, cuya familia rivalizaba con los Medici. Principal protagonista en la conjura que lleva su apellido.

PAZZI, JACOPO (1421-1478). Uno de los ciudadanos más ricos de Florencia y protagonista de la conjura contra Lorenzo de' Medici.

PERUGINO, PIETRO (1448-1523). Pintor italiano, maestro de Raffaello y encargado de decorar los muros de la Capilla Sistina.

Piombo, Sebastiano Luciani del (1485-1547). Pintor italiano, protegido de Buonarroti.

Poliziano, Angelo (1454-1494). Humanista y poeta italiano, era el secretario privado de Lorenzo de' Medici.

Portugal, Isabel de (1503-1539). Esposa de Carlos I de España, emperatriz del Sacro Imperio romano germánico y reina de España. Madre de Felipe II entre otros.

Prés, Josquin des (1455-1521). Compositor franco-flamenco del Renacimiento.

Quiñones, Francisco de (1480-1540). Franciscano español, ministro general de su orden, cardenal, paje del cardenal Cisneros y emisario del papa Clemente VII.

Raibolini, Francesco *el Francia* (1450-1517). Pintor, orfebre y medallista de Bolonia.

Raibolini, Giacomo di Francesco (1486-1557). Pintor, hijo de Francesco Francia.

Rangoni, Ercole (1491-1527). Protonotario apostólico y cardenal italiano.

Riario, Rafaelle (1461-1521). Cardenal de la Iglesia católica y sobrino del papa Sisto IV. Ofreció la misa en el *duomo* de Santa Maria del Fiore en Florencia durante la conjura de los Pazzi. Fue el primer hombre que encargó un trabajo a Buonarroti en Roma.

Romano, Giulio (1499-1546). Pintor, arquitecto y decorador, alumno de Raffaello.

Roselli, Piero (Pietro) di Jacopo (1474-1531). Arquitecto romano, amigo de Buonarroti y Sangallo.

Rovere, Francesco della (1414-1484). Papa nº 212 de la Iglesia católica, conocido como Sisto IV. Uno de los dirigentes, en la distancia, de la conjura de los Pazzi. Su papado se dividió en luces y sombras. Fue artífice del Renacimiento y creador de la Capilla Sistina, y se sirvió del nepotismo para introducir a familiares cercanos en cargos de autoridad.

ROVERE, FRANCESCO MARIA DELLA (1490-1538). *Condotiero* italiano que dirigió la infantería veneciana que, como retaguardia o reserva, participó en la batalla de Bicocca.

ROVERE, GIULIANO DELLA (1443-1513). Papa nº 216 de la Iglesia católica, conocido como Giulio II el papa guerrero. Ejerció, entre muchos otros deberes, como abad comendatario de la abadía de Montserrat. Posteriormente fue mecenas de artistas como Michelangelo o Raffaello.

SALAI, GIAN GIACOMO CAPROTTI (1480-1525). Pintor renacentista de Oreno. Entró en el taller de Leonardo con tan solo diez años. Da Vinci le llamaba «ladrón, embustero, obstinado y glotón».

SANGALLO, BASTIANO DA (1481-1551). Sobrino de Giuliano da Sangallo. Pintor y escenógrafo a las órdenes de Buonarroti al inicio de la Capilla Sistina.

SANGALLO, FRANCESCO DA (1494-1576). Escultor, hijo de Giuliano da Sangallo.

SANGALLO, GIULIANO DA (1445-1516). Arquitecto, tallista, ingeniero militar y escultor.

SANSEVERINO, GALEAZZO DA (1460-1525). Capitán general del ejército sforcesco. Se casó con Bianca Sforza, hija de Ludovico.

SANZIO, RAFFAELLO (1483-1520). Pintor y arquitecto italiano. Su arte estuvo influenciado por Leonardo da

Vinci y Michelangelo. Una de las tres grandes figuras del Renacimiento italiano.

Sarfati, Schmuel (¿-1519). Líder de la comunidad judía en Roma. Arquiatre y jefe médico de Giulio II.

Savonarola, Girolamo (1452-1498). Religioso dominico que predicó contra la corrupción de los gobernantes de Florencia y de la propia Iglesia católica. Sus sermones cautivaron a una gran multitud.

Sforza, Ludovico *el Moro* (1452-1508). Duque de Milán y mecenas de artistas durante su mandato. Combatió constantemente contra los ejércitos invasores de Francia.

Sforza, Massimiliano (1493-1530). Duque de Milán, hijo de Ludovico, gobernó la ciudad entre las ocupaciones francesas.

Soderini, Piero di Tommaso (1450-1522). Estadista florentino elegido *gonfaloniere* vitalicio en 1502. Fue el encargado de nombrar embajador a Niccolò Machiavelli bajo las órdenes de Cesare Borgia.

Tamagni da San Gimignano, Vincenzo (1492-1530). Pintor al servicio de Raffaello en su taller de Roma.

Torrigiano, Pietro (1472-1528). Escultor italiano, conocido por su carácter violento, fogoso y apasionado. Partió la nariz de Michelangelo Buonarroti de un puñetazo.

Valois, Claudia de (1499-1524). Esposa de Francisco I y duquesa de Bretaña.

Valois, Francisco I de (1494-1547). *Véase* Francia, Francisco I de.

VASARI, GIORGIO (1511-1574). Arquitecto, pintor y escritor aretino, se le considera uno de los primeros historiadores del arte gracias a sus célebres biografías de los grandes artistas de su época.

VERROCCHIO, ANDREA DEL (1435-1488). Pintor, escultor y orfebre florentino. Trabajó para la corte de los Medici y fue maestro de Leonardo da Vinci, Sandro Botticelli y Ghirlandaio, entre otros.

VESPUCCI, AMERIGO (1454-1512). Comerciante y cosmógrafo florentino. Realizó viajes al Nuevo Mundo, continente que hoy en día se llama América en su honor.

VINCI, LEONARDO DA (1452-1519). Hijo de Piero da Vinci y Caterina. Alumno de Andrea del Verrocchio y maestro de Gian Giacomo *Salai* y Francesco Melzi. Polímata, se le considera una de las mentes más brillantes de la historia y encarna el prototipo del hombre del Renacimiento.

VITERBO, EGIDIO ANTONINI DA (1469-1532). Fraile agustino, obispo de Viterbo, cardenal y prior general de Giulio II. Teólogo reformador, orador, humanista y poeta.

ZÚÑIGA Y GUZMÁN, ÁLVARO II DE (1460-1531). Duque de Béjar, Grande de España, II duque de Plasencia, III conde de Bañares, I marqués de Gibraleón y padrino de bautizo de Felipe II.

Agradecimientos

Quiero dar las gracias:

A todos aquellos que apreciáis la multidisciplina. A los que sabéis la diferencia entre el talento y la pasión y a quienes fusionáis ambos términos para realizar cosas geniales.

A toda la audiencia que hace posible que un programa de televisión sea un referente cultural y de entretenimiento durante más de ocho años. Empezamos en julio de 2007. Gracias por el verano más largo de nuestra vida.

A todos los que disfrutáis con las colecciones de *Olympia* de Almudena Cid y *El pequeño Leo da Vinci*. Se puede entretener y educar a través de los cuentos también.

A vosotros, que me hacéis sentir importante al otro lado de los 140 caracteres que nos permite Twitter, que alabáis el trabajo bien hecho o que criticáis, siempre de manera constructiva.

A todos los países extranjeros que recibieron *Matar a Leonardo da Vinci* con los brazos abiertos. Gracias a ellos ha nacido *Rezar por Miguel Ángel*. Espero que lo recibáis de la misma manera, con ilusión.

A Giorgio Vasari, Ascanio Condivi, Martin Gayford, Antonio Forcellino, Angela K. Nickerson, Heinrich Koch, Fred Berence, Herman Grimm, Benjamin Blech, Roy Doliner, Alberto Angela, Philip Wilkinson, Trevin Copplestone, José Camón Aznar, William E. Wallace, Frank Zöllner, Thomas Pöpper y Christof Thoenes y a todos aquellos que me hicieron conocer un poco más a Michelangelo. Otros Buonarroti.

A los libreros, por creer aún en la magia de la publicación física.

A los comerciales. No es nada fácil vender con pasión algo que no es vuestro y, aun así, lo conseguís.

A Antonia Kerrigan, mi agente literaria. Nadie como ella para alimentar mi fe. En un momento dije que vine para quedarme en el mundo de la literatura. Ella creyó desde el primer minuto.

A Gonzalo Albert, de mi editorial, por estar ahí. Por no faltarme nunca, por contestar cada *mail*, por leerme, por guiarme, por comprenderme, por ser paciente. Por estar ahí.

A todo el equipo de Suma de Letras (Penguin Random House) por seguir tratándome como un escritor de verdad y por querer compartir conmigo los próximos años a través del papel. Nos queda Renacimiento por delante.

A María Teresa Gómez Horta y Paloma Gómez Borrero. Roma es más cercana gracias a vuestra generosidad sin condiciones.

A J. J. Benítez. Gran parte de esto empezó gracias a ti. *Caballo de Troya* y *El Ovni de Belén* tienen mucha culpa de que yo escriba.

A Iker Jimenez. Porque me sigues enseñando, porque te sigo aprendiendo. Por luchar siempre contra corriente. ¿Quién dijo que la distancia es el olvido?

A Ignacio García-Belenguer Laita, director del Teatro Real de Madrid, y todo su equipo. También saben de pasión.

A Claudio Serrano y José Barreiro, solo vosotros sabéis cómo suena el Renacimiento.

Jose Manuel Querol, mi antiguo profesor de literatura y amigo personal, que me trata como un compañero de pasión y de profesión. Me llama escritor. Me sonroja. Gracias por las charlas con cafés.

A María Emegé, Alberto López Palacios e Irene Martín, compañeros de viaje a través de los entresijos de la creación de la Capilla Sixtina.

A Manu Martínez (I-Man), gran amigo en la distancia, porque una carta manuscrita te puede cambiar la vida. La vida de escritor. Espero estar a la altura para recibir una misiva más de tu parte. Gracias.

A Ortzi Acosta y Paul Urkijo. Pocos saben aún qué significa la palabra «honor». Ellos la llevan tatuada en el alma.

A Rafita, Marina G. Torrús y Rafa Guardiola. Mi otra familia.

A Dani Flaco (Magro), nunca una primavera y un Sant Jordi dieron para tanto.

A Óscar, Patricia, Manuel, Juan, Isabel (Aitana y Chloe), Juanjo, Antonio, Ismael, Lara, Dani e Iñaky. Saben cómo hacerme llorar.

A mis padres y a mi hermana Aïnhoa, que me han acompañado con libros, documentales y mucha fuerza. Más de la que creen.

A Almudena. Porque si ella es lienzo, yo soy pincel. Si ella es mi mármol, yo su cincel. Y viceversa.

Este libro
se terminó de imprimir en España
en el mes de marzo de 2016